湾区纪事
三部曲

# 巨浪！巨浪！

荆泽晓 —— 著

SPM 南方传媒 花城出版社
中国·广州

图书在版编目（CIP）数据

巨浪！巨浪！／荆泽晓著. -- 广州：花城出版社，2025.6. -- ISBN 978-7-5749-0228-2

Ⅰ．I247.5

中国国家版本馆CIP数据核字第2025PR4221号

## 巨浪！巨浪

JULANG! JULANG

荆泽晓／著

| | |
|---|---|
| 出 版 人 | 张　懿 |
| 责任编辑 | 李　谓　夏显夫 |
| 技术编辑 | 凌春梅 |
| 责任校对 | 汤　迪 |
| 装帧设计 | 姚　敏 |
| 出版发行 | 花城出版社 |
| 经　　销 | 全国新华书店 |
| 印　　刷 | 佛山市浩文彩色印刷有限公司 |
| 开　　本 | 787毫米×1092毫米　16开 |
| 印　　张 | 23.25　1插页 |
| 字　　数 | 360,000字 |
| 版　　次 | 2025年6月第1版　2025年6月第1次印刷 |
| 定　　价 | 59.80元 |

版权所有·侵权必究。如发现印装质量问题，请与出版社联系。

购书热线：020-37604658　37602954

# 目 录

第一章　无处安放的泪水　/ 001

第二章　彼此眼里的风景　/ 012

第三章　前程并不如锦　/ 024

第四章　他山之石　/ 034

第五章　真实噩梦　/ 043

第六章　逃出樊笼　/ 053

第七章　这不是全部的世界　/ 062

第八章　总有不改的暖意　/ 071

第九章　交往的悖论　/ 081

第十章　事破　/ 090

第十一章　不能走在老路上　/ 099

第十二章　最低位入手　/ 109

第十三章　突然失控的局面　/ 119

第十四章　崩塌　/ 129

第十五章　潮汕人喝茶从早到晚　/ 138

第十六章　春来发几枝　/ 147

第十七章　刻舟求剑　/ 157

第十八章　碗仔翅　/ 166

第十九章　回不去的从前　/ 176

第二十章　鲸落　/ 185

第二十一章　剧本杀　/ 194

第二十二章　毫无破绽的逻辑　/ 203

第二十三章　不是当初的自己　/ 212

第二十四章　何方　/ 221

第二十五章　过山车　/ 230

第二十六章　秋风悲画扇　/ 240

第二十七章　癫　/ 249

第二十八章　草蛇灰线　/ 258

第二十九章　截然不同的如今　/ 267

第三十章　代价　/ 276

第三十一章　动荡之秋　/ 285

第三十二章　不必对赌　/ 291

第三十三章　补助　/ 300

第三十四章　完美的唐翔　/ 308

第三十五章　我不能　/ 317

第三十六章　假道于虞　/ 326

第三十七章　独木桥　/ 335

第三十八章　坏种　/ 344

第三十九章　比星星更明亮　/ 353

第四十章　巨浪！巨浪！　/ 363

# 第一章　无处安放的泪水

五月的广州，夏天的热浪已无处不在。

林静雯从开着空调的公交车下来，从体育西站走到天河大厦，坐上前往深圳龙华的大巴。这几百米的路，就已让她微微出汗了。

深圳龙华，就是她此行的目的地。

大四这最后一学期开始，她一直都在参加各式各样的面试。但似乎除了一些前台文员之类的工作，几乎所有的简历投递，都没有回音。一旦毕业，她还没有办法留下来，那么就得回家乡了。

她不太想回去，她是潮汕人——潮汕人的习惯，富贵还乡。

能来省城读大学的她，是身为工人的父母的骄傲，她不想灰溜溜地回去。她得尽快拿到 offer，找到工作，才能在省城留下来，当然，如果能留在深圳也可以。

林静雯坐在大巴车上，看着窗外开始飞逝而过的人和车、楼房，还有随处可见的，将要到来的 2010 广州亚运会的标志。

前台文员的 offer，她倒是收到好几份，但她不愿入职。她觉得那不是一份有上升空间的工作。

能做到几岁？二十六？二十九？三十？很少能看见公司里，有超过三十岁的前台文员吧？

她不知道，总之这不是她想要走的路。

"龙华到了！龙华的下车啊！"大巴的乘务员，用不太标准的普通话叫喊起来。

下了大巴之后，林静雯又搭了摩托车，辗转来到她要应聘的公司门前。

这里当然是龙华区，只不过，不是龙华的商业中心，而是龙华区下辖的某个村。

一幢明显有着年月痕迹的厂房，挂着一块同样有些斑驳的公司招牌。

很快就有人来领她进去，跟她一起等着面试的，还有十几个年轻人。

填了表之后，身份证都被收上去，而有前台文员拿着一摞身份证喊人进去面试。

"你是应聘什么的？我？我没做过，当然是做普工啊！"一起等待面试的年轻人，有人询问旁边的人。大多人一样说是来应聘普工，也有一位看着年长一些的大姐说："我来应聘线长的。"另外还有位成熟些的大哥，是来面试跟单员的。

直到问到了林静雯，她犹豫了一下："我是来应聘运营专员的。"

无论是她的妆容，还是她应聘的职位，都跟这里的其他人格格不入。

很快，捏着一摞身份证的前台文员，就叫到了她的名字："林静雯！"

面试她的中年男人，完全没有HR（人力资源）应该有的气度。

不论如何，她毕竟应聘过几次IT公司、游戏公司的前台文员，并收到过offer，她见过正经的HR。

"我看你的求职意向，是希望担任运营专员？但你没有经验啊！"中年油腻男人看着她的目光里，带着某种不屑和居高临下，"这样，你得对公司的工作有所了解，试用期三个月，你先到车间里，从普工做起，做得好的话，转正之后，开始做运营。"

她感觉不太对劲。具体哪里有问题，她并不是拥有丰富职场经验的人，一时之间，也说不出来。更重要的是，整个氛围让她感觉紧张。

总之有问题，所以她向对方问道："我能问一下，运营做什么工作吗？"

对方并没有回答她的问题："运营当然就是干运营的工作了，你转正之后再来问这个事不迟。"

林静雯开始有点慌了："我想回去再考虑一下。"

对方没有说话，就这么静静地望着她，也丝毫没有把身份证还给她的意思。

林静雯觉得有些口干舌燥，她掏出手机——从论坛淘来的二手诺基亚N78，但发现这里没有信号。

中年油腻男人冷笑着，上下打量着她。

林静雯强迫自己冷静下来，她咽了一口唾沫："试用期，公司会帮我交五险一金吗？"

这个问题，让对方皱起了眉头。

她又接着问道："公司要跟我签三年的合同吗？"

这让中年油腻男人的眉头皱得更深了，他终于开口："你觉得可能吗？当然不是！一年的合同！一年一签。"

林静雯咬着自己的嘴唇，以让自己不哆嗦，完整地述说："那就不对了，按《劳动法》的规定，三年以下的合同，不可能有三个月的试用期。"

男子站了起来，挥舞着手臂："你开什么玩笑！开什么玩笑！来实习的，还有半年呢！"

林静雯却不示弱："你是HR，不会连实习员工和试用期员工都分不清吧？"

中年油腻男子一时语塞，然后他匆匆走了出去。林静雯听着，他在外面用粤语，通过对讲机在沟通："老细……人看着很机灵……什么五险一金，什么《劳动法》的……看起来很不好招呼！嗯嗯，好的、好的。"

他很快重新进来，又用对讲机呼叫了另一个频道："拿身份证进来。"

之前在外面叫名字的前台文员，捏着一摞身份证走了进来，拣出林静雯那一张，放在中年油腻男子的面前。

"你是潮汕人？"男人再一次皱眉，这一次，似乎还有些嫌麻烦的意思。

林静雯也是无语了，填了简历，又递了身份证，结果到现在才发现自己是潮汕人？

男人把身份证拨到她的面前："潮汕佬，最中意闹事打架！算了，算了，你回去想好再来吧！"

林静雯也不知道从哪里来的勇气，拿起身份证："你不要乱讲！你搞地域歧视吗？你到底是真的招运营，还是骗人来当普工的？我搭了大巴从广州赶过来，你到现在连运营工作内容也讲不清楚！我上网曝光你这破厂！"

中年油腻男子一拍桌子就要发火，但想了想，指着林静雯："看吧，潮汕佬，就是喜欢搞事，对不对？行行，算我倒霉，我赔你车费，可以了吧？"

他掏了一百块扔在桌子上，气呼呼地望着林静雯。

"还有二十块摩托钱！"林静雯把一百块收了起来，但看上去比他还生气。

中年油腻男子一下子就火了，连骂了好几句粗口："仆街潮汕妹，我是不是还给你中午饭钱？你要来大姨妈了，我还得贴上卫生巾的钱对吧！"

林静雯就死死望着他，也不说话。

"啪！"男子拍了二十块钱在桌上，指着门口吼道："滚！马上给老子滚！"

她拿起钱，一言不发出门而去。

坐摩托到长途车站，再坐大巴回到广州天河客运站。

下了长途大巴走进地铁站，林静雯在购票机面前，突然蹲了下去，抱头痛哭。

所有的惊恐和害怕，在这一瞬间爆发出来。

她在网上看到过太多被拐卖到大山里、被卖去黑砖窑的新闻，在那厂房里，她很担心自己的结局。

但她更清楚，如果真的如她所虑，陷入那种可怕的骗局，哀求是毫无意义的。

所有的冷静和据理力争，只不过是当时她唯一能做的。

甚至坐上摩托车去长途车站，她都准备着有人追上来，或是方向不对就跳车！

走进这熟悉的地铁站里，她才敢哭，才敢暴露出自己的软弱和恐惧。

她哭得天昏地暗，以至于许多人冲她指点、绕行。

谁也不知道她怎么了，所以也都不敢上前劝说安慰。这些年的一些新闻报道，让大家都下意识地避免惹上麻烦。

地铁的保安通过对讲机，呼叫了同事，开始往这边而来。

这时一张纸巾递到林静雯面前，然后是前后鼻音不分的普通话："是不是被人抢了包啊？还是被人揩油了？我甲李讲（闽南话，和你讲），勿哭啦！我帮你追啊！往哪边跑的？"

林静雯抬起头来，看见说话的人，得有一米八几，浓眉大眼，笔挺的鼻梁让他看着很有正气，略厚的唇又显得憨厚没什么心机——至少看上去是这样。

她接过纸巾拭了泪水，他着急地问道："抢你包的，或是占你便宜的家伙，往哪跑了啊？你指方向啊！"

不知道为什么，这位热心肠的年轻人，那很不标准的普通话，仍然驱散了她心里许多的郁结，她抽了抽鼻子："谢谢你，我……我只是不开心。"

是的，只是不开心，发泄出来之后，林静雯觉得自己又可以重新面对前途的风雨和挑战。

说到底，就是一次面试，不太正规的面试，对年轻女孩来说很吓人的面试。但它终归也就是一次面试。

"噢。"他有点手足无措，搔着自己的脑袋，很有些尴尬，"没事就好，没事就好。"

林静雯再次向他道谢，然后去买票，等候下一班地铁。

地铁，已经是这座城市大多数人出行的首选了。它不会堵车，没有风吹日晒，班次也多。

但在等下一班地铁时，平静下来的林静雯发现，刚才给自己纸巾的年轻人，焦虑地走来走去。好几次，这位带着闽南口音的年轻人，想走向地铁的工作人员，然后似乎又放弃了。

平静下来的她，看出了他的困惑。

她等的地铁呼啸而来，但是她没有上车，而是走向了那年轻人。

"您等人？"她向他问道。

他有些羞涩地笑了起来，搔着脑袋："不是，我就看看。地铁好新鲜，嗯，我们泉州很快也会有地铁的！听说过几年就会有的！"

林静雯笑着问道："您是泉州人？"

"对啊！我刚来广州，这里好多高楼，嗯，我们泉州也有许多高楼的。"

他舔了舔那略有些厚的唇："我叫石朴，你就别'您'了行不？"

石朴是从福建泉州下辖某个小镇，到广州来寻求发展的年轻人。

林静雯觉得石朴很有趣，也许是他那很重的闽南口音，让母语是潮汕话的她，天然有些亲切感；也许是刚才一开始，他想帮忙打抱不平的热心肠，给了人很好的第一印象。

"你对地铁不太熟吧？"林静雯跟他又聊了几句，这么问他。

但石朴拼命地摇头："地铁有什么不熟的？超熟的，我来广州，我去哪里，我都是专门坐地铁啊！"

第一章　无处安放的泪水

他说着，举起手里的票，那是一张到终点的地铁票。

林静雯笑着点了点头，没有再说什么。

在短暂的交谈里，石朴得知了她马上就要毕业："你是大学生啊？好厉害！我就读到初三。"

这句话在其他人说起来，大多会让人觉得敷衍，甚至可能因为语气不好，成为争吵的开端，可是石朴说出来，绝对没有人会误会。林静雯真真切切看出来他眼里那种真挚的仰慕，或者拔高了说，对知识的敬畏。

但马上他又加了一句："我们家巷头的蔡叔的儿子，也是大学生啊！听说叫华南理工的！"

林静雯听着，就有些黯然了。在她想来，要是华南理工毕业，大抵留在广州的难度，是要小上很多的。

她有些悻然说道："那我比不了，华南理工那是985，我读的是二本。"

地铁并没有让他们等很久，马上就呼啸而来。

挤上车之后，石朴对林静雯说："那个，二本……二本也很不错，我在泉州就听说过，广州二本，那学校，也很大的。二本也很厉害。"

他这安慰，笨拙得让人扎心。

在林静雯看来，大约在读书时，他也没怎么关心过升学，要不怎么会觉得，有一所叫"广州二本"的大学呢？

但他的眼睛明亮，比他矮一个头的林静雯，望着他的眼睛，能感觉到，他已经尽其所能，是真的用心在安慰和开解她了，她禁不住便笑了起来："你这人很有趣。对了，你来广州做什么呢？"

"我在花都学做竹升面，学会了，我回老家开店去！我听人说，以前我们那边没有肠粉的，有人来广州学会了，就传过去……"他说起自己的未来，并没有什么宏图霸业的期望，但有种触手可及的幸福，仿佛是下个地铁站到了，就能见到的东西，平实而生动。

林静雯轻轻地点头，在这比起公交车平稳得多的地铁上，听着他诉说。

"你从花都过来市区，很远噢。"

石朴咧嘴笑了起来，整齐的牙齿白得耀眼："我妹要我拍一下天字码头，拍一下广州的地铁……"

大塘地铁站很快就到了，石朴和她挥手道别，然后他就陷入了茫然：我接着怎么办？

其实这是他第一次坐地铁，这是他在地铁站里徘徊的原因。

之前他求助过工作人员，但他的普通话，乡音实在太重，工作人员不太明白他的诉求，问了几次他也没弄明白。所以当时石朴犹豫，要不要再向工作人员问一次。

这时，他花两百块钱买的山寨手机，发出了超响的消息提示声。

刚刚加了QQ的林静雯发来信息："下一个站你就下车，去对面坐相反方向的地铁，在广州塔那个站下车，然后坐121A路公交车，不用转车就能到天字码头。"

石朴一下子心里就踏实了，马上回了个感谢的表情，但放下手机，他却笑着摇了摇头："我是不是演得太过？她可能觉得，我真的以为有所名叫'广州二本'的大学。"

但他觉得也无所谓了，毕竟这座城市这么大，可能以后再也不会相遇，萍水相逢嘛。

至少，她挥手告别时显得很开心，而不是初见到她时那悲伤的模样。石朴觉得，这就足够了。

地铁这时到了站，石朴按林静雯发给他的信息，下车转到对面，等待对向的列车到来。

出了地铁站的林静雯，走到公交车站等车时，抽空给石朴发了信息。

刚才一下子从开着冷气的地铁中，走进了骄阳下，让她有些要冒汗的感觉，就算快步走到了公交候车亭，那窄窄的遮阳棚，也根本提供不了什么凉意。发完信息的林静雯，看见马路对面有一条车道被拦起，做着路面的修补。

尽管离得远，她似乎也能闻到沥青的气息，这愈加让人感觉燥热。加上那钻击路面的机械噪声，让人越来越难忍受。

她抬眼眺望远方，期望这样可以让自己转移注意力，远处的脚手架就映入了她的眼帘。脚手架里面，应该是年老低矮的楼房，围起来，是为了粉刷外墙。因为这座城市，近来很多地方都有同样的工程在进行着。

将要到来的亚运会，让整座城市都在努力地焕然一新。

尽管带来噪声和灰尘，以及沥青的气味，让人感觉到燥热和烦恼，但林静雯却不愿意离开这座城市，她喜欢大城市里这种充满活力和生命力的感觉。

对她这样的年轻人而言，不愿回乡，除了衣锦还乡的传统习惯之外，小城的恬静容不下他们年少的激情，恐怕也是更现实的原因。

公交车终于来了，因为这个时间的关系，她在这趟有冷气的公车上找到了一个座位。

坐下之后的林静雯，从包里拿出手抄本翻开，里面是她在图书馆里抄摘下来的资料。

用了四年的笔记本电脑，电池老化得撑不了半小时，不插电基本没用，她就干脆没带。

她投了许多简历，但她当然没有相关工作经验。

这手抄本里，就是她尽自己所能，在图书馆和网络搜寻到的信息，她投递的职位相关的信息。

也许有用，也许没用。林静雯并不知道，她只是尽自己的努力，去准备好这一切。

而刚坐过了一个公交车站，她手机响了起来，是QQ的信息。一个叫"唯1.のsē彩"的好友给她发来了一条信息，不是像平时一样的火星文，难得的正经："家里让我回去，参加国家公务员考试。"

大约对方也意识到，这不是一个能轻松起来的话题。

这让她愕然。因为，之前读计算机系的他，是跟她说好一起留在广州深圳的。

她不知道怎么回复，而过了一会儿，"唯1.のsē彩"又发来一条信息："当然除了国考，省考也参加，碰碰运气了。"

不，林静雯知道，这不是碰运气。

谁是傻子呢？至少她知道，对方的伯父，是专门开课补习申论写作的。就算是二本毕业，如果题刷得足够多，申论又能写得出彩，公务员考试，并不是没有机会。

"唯1.のsē彩"又发来信息："你有什么打算呢？你说你喜欢雪，我家乡每年都下雪，也许我们可以一起看雪花。"

在这两年里其实该聊的，都商讨过；该憧憬过的，都梦想过。但从来没有提起，跟他一起回到那会下雪的家乡。

这一句话，应该就算是赤裸裸的逼迫了。

她想了好一会儿，不知道怎么回复对方。又到了一个公交车站，再次下了一些人，又上了一些人，然后再次启动，沿着每日不变的轨迹行驶。但她仍没有想好，如何给他回复。

应该是等了许久仍没有收到她回复，对方又发来了一条信息："回家的话，我们家有房子，也就不用考虑首付和房贷的问题。"

她不知道为什么，突然就生气了，很生气。

她快速输入了一大堆的话："谁家没房子？谁家里还不是只有一个孩子？这些问题我们之前不是讨论过的吗？"

她还打了许多的字，包括抱怨和咒骂，但在发送之前，她停了下来。

她全选了文字，按下了删除。

她重新输入一句话，发给了对方："一路保重，前程似锦。"

发送成功之后，她拉黑了这个好友，然后关掉了手机，黯然泪流。

她咬着唇不让自己哭出来，但泪水却无法止住，一直地流淌。

有几位大姐犹豫着，想过来劝她。但这时公车到站停靠，林静雯匆匆下了车。

她看出了人们的善意，但她不想被安慰，她不想向陌生人诉说自己的悲伤。

越秀公园在这个时候没什么游人，离这公交车站也不远，林静雯就坐在公园里，默默地流泪。尽管听说毕业就是分手的季节，但她总以为自己会例外。因为她知道，自己不会像那种传说中爱慕虚荣的女孩一样，为了金钱就背弃跟他的约定。

而他，也没有帅到有富婆来包养的地步。

所以她一直觉得，自己的这段感情会例外地长久。

没有想到，仍旧逃不出毕业就分手的魔咒。

泪水流着流着，就渐渐干涸了。

如果不是电话响起，她都没意识到，自己坐了许久，连天色都有些昏暗。

"阿雯，你能过来帮忙吗？你姐夫病了，明天我得自己开店。"电话是表姐打来的。

如果是在她坐上公交车之前接到这个电话，她会很为难。因为她明天、后天还有面试，她还要去递简历求职，好让自己留在这座城市。

但现在她只有茫然，有一片枯了一半的竹叶，打着旋儿落到她的肩膀上。表姐在电话那头，似乎听见她的低泣："你感冒了？你多喝点开水啊，自己要吃药！"

林静雯抬手拭去眼角的泪，她不再为难了，自己还为什么要留在这个城市呢？跟她相约的他，都当逃兵了，她坚持的意义，又在哪里？

"嗯，那我明天过去。"她应下了表姐的请求。

林静雯现在处于第四学年，大家都在找工作，所以是否回校，倒管得不是太严。

"你没什么事吧？"表姐终于听出不对来。

林静雯再一次拭去眼角的泪："能有啥事？我一会儿坐公交车过去。"

挂了电话，她失魂落魄地走出了越秀公园。

公园边上也有低矮的房子被脚手架围起来，工人在粉刷着外墙；她走过的马路，也有挡住不让通行的车道，有机械在施工。

她只感觉到吵闹。

表姐比她大了近十岁，高中没读完，就跟姐夫出来广州。

他们打拼了这么些年，在番禺那边租了一个小小的店面，卖着烟酒杂货。

林静雯到了番禺之后，没有告诉表姐龙华之行的惊险，也没有告诉表姐自己求职的不顺。

表姐并没有帮她留在广州的能力。也许对表姐来说，找一个看得过去的同乡，再一起进厂做工，千方百计省钱，然后开个小店，把孩子养大，孩子长大后，也找一个差不多说得过去的伴侣，接着开个小店……就是一生。

林静雯从来不想要这样的人生，但她现在，也不知道自己该走向何方。

她只是想逃，逃离这座曾让她恋恋不舍的城市。也许就在帮完表姐的这个忙之后。

这天林静雯独自守店到晚上九点，就像前几天一样，下了拉闸门，准备回表姐家里休息。

番禺比起天河、海珠、荔湾、越秀那些区域，更有烟火气。特别是大石这边，到了晚上，会有很多烧烤店，街头巷尾都可见。

茴香和孜然的味道，弥漫在夜晚燥热的街道上空，极为诱人，她吸了吸鼻子，很香。但她没有停步，毕竟从广州坐车到深圳龙华，她都不舍得买一瓶水喝。

在小区门口,她的手机响了起来:"那个……那个是你吗?林静雯?我……我是石朴啊!"

她几乎都不记得他了,还好他那带着浓厚乡音的普通话,让她一下子想了起来。

石朴就在小区门口的烧烤档里,和同乡的李建南一起,叫了十串羊肉,还有两瓶啤酒,消磨着这个夜晚,而无意间看见了林静雯。石朴也不知道哪来的勇气,试着拨通了她的电话。

就在烧烤档边,石朴冲她挥着手,笑得灿烂。他站起来,一米八几的个子,刚剪过的板寸头干净利落。

在路灯下,他那雪白的八颗牙齿,有一种感染力,让她不知不觉嘴角弯了起来。

## 第二章　彼此眼里的风景

锦绣花园小区里，两幢高层住宅楼的灯光在一瞬间熄灭了。

小区北门外的小杂货店门口，拿着一袋雪糕的刘书萱一下子愣住了。

"我要一支就好了，这些还给你。"她拿起其中一支雪糕，然后无奈地把挑了半天的一大袋雪糕递还给杂货店老板。

因为她住的地方，正是停电那两幢楼之一。

她下来买雪糕，没想到遇见停电，难道提一袋雪糕，回去放进停了电的冰箱吗？

小生意有小生意的窍门，这么一袋雪糕有一百多块钱，就这样退钱给她，老板觉得不合适。所以他笑着接过那袋雪糕，对她说道："应该很快就会来电的啦，一会儿来电了，我帮你送上去？2708房嘛！"

她二十出头，一身宽大的旧T恤和大裤衩，让她看起来纤细得完全没有任何减肥的热量压力。在这样的夏天，雪糕本来就是她的至爱，何况刚刚辞职的她正需要放纵和安慰。

所以刘书萱听着老板的话，就露出了笑脸，两个小小的酒窝很是动人："那也行！"

撕开手上那支雪糕的包装纸，她一边吃着雪糕，一边走向小区，还没进小区的门，就听到往外走的人在抱怨："啾！电梯都没电哪！""食屎啦！这种天气停电！""是不是外面修路，挖断了电缆啊！"又有人在骂物业，又有人提议打市政的电话，一下子，整个小区变得喧嚣起来。

刘书萱耸了耸肩，电梯也没电，走上27楼？就算楼道里有应急灯，那也蛮恐怖哇！何况，想想就好累。于是她咬着雪糕，抛下身后黑暗笼罩的小区，向外面的光明走去，高高扎起的马尾，一甩一甩的，似乎能把所有的忧愁都远远驱散。

街道两边摆着地摊和烧烤摊，从临街铺子里接出来的电灯有些杂乱，但是很有烟火气。就像来往的人流中那些南腔北调带着乡音的普通话，尽管不标准，但鲜活无比，在这都市，在这样的夏夜。

但刘书萱越往热闹的地方走，她脸上的笑容，就跟嘴里的雪糕一样慢慢地消融。

当她把雪糕棍子扔进路边的垃圾桶时，脸上阴郁得能滴下水来。

街上每个人都有自己的未来和梦想，她觉得，只有她没有自己的明天。

她从大裤衩的兜里摸出一包烟，熟练地抖了一根，叼在嘴上。

这是个坏习惯，她比谁都清楚，从大二过完英语专八，第一次自己去买烟解闷时，她就知道这一点。但她没有动力去戒。

她手上的火机没有打着火，于是她走到烧烤摊边上，冲着那唯一的一桌客人道："喂，借个火。"

说着她递了两根烟过去，带着闽南口音的那个年轻人本来想接她的烟，但同桌那个女孩低声说："还是不要抽陌生人给的烟吧？"

然后女孩把桌上的火机递给了刘书萱。

点着了烟的刘书萱抽了一口，心里本来就有郁结，因为递烟被拒绝，更加不高兴。她根本就是无事找碴，看着这一桌三人，扑哧一声笑了起来："三个人喝一瓶啤酒？现在才九点多啊，你们打算这瓶啤酒喝到十二点吗？"

这唯一的一桌客人，就是石朴和偶遇的林静雯，还有石朴的老乡李建南。

会在这里偶遇，是因为李建南发现边上的糕点店招工，薪水要比石朴之前的工作更高些，所以两天前他介绍了石朴来这里打工。

李建南要比石朴大上几岁，他在攒钱结婚，每天除了在五金店打工，晚上还去停车场当夜班保安，早上起来还跑去边上的早点店帮忙以多赚点钱。十块钱的烤串、三块五的啤酒，消磨上一小时，然后去停车场上班，就是他小小的奢侈。

至于石朴，刚来广州没多久，那是兜比脸干净的人。所以尽管很高兴遇上林静雯，但也并没有张罗更多的酒肉。

现在一心想着逃离这城市的林静雯，更不可能主动去叫酒叫菜。

"我们就是坐着聊聊天。"石朴有点尴尬，这么对刘书萱说道。

而林静雯叹了口气,望着自己的脚尖,她想离开了,其实如果不是出于礼貌,她刚才是不会过来坐下的。

但她真的不想跟人沟通,不记得在哪儿看过的一句很老气的话,林静雯觉得,也许就是自己现在最好的心情写照:"厌与人言语,惯批鬼唱诗。"

就在林静雯组织措辞,想着怎么离开更合适些时,刘书萱就贴着她坐了下来。

然后刘书萱对着烧烤摊老板说道:"老细!拿一打'科罗娜'来!没有?去对面超市买啦!有生意都不会做!"

老板看了一眼刘书萱,当他瞥见她随手扔在桌子上的那包软装的"中华"烟后,马上就跑到对面小超市里,扛了一箱啤酒过来。

刘书萱给每人都递了一瓶打开的啤酒,本来林静雯要拒绝的,但刘书萱问她:"我难道还能占你便宜?报警站不就在对面吗?"

有时不得不承认,颜值往往决定了第一印象。刘书萱尽管抽烟喝酒,但她看上去,真就不像坏人。

而且,这里是热闹的街区,报警站的确就在对面。二十米外,就是林静雯表姐家所在的小区。

所以林静雯接过了那瓶啤酒。其实,也许所有的原因,只是她也想喝醉。

"来二十串牛肉!一打生蚝,再烤两个鱿鱼。"刘书萱把老板支使得团团转。

她又向林静雯和石朴说道:"想吃啥,自己叫,我请客。"

刘书萱从小就是个要强的人,对她来说,向来没有什么能打击她。

去年毕业季,其他人还在四处求职,她最后一学期已拿到游戏公司运营的 offer,凭着 985 毕业生的背景,还有超乎同行的能力,不过一年,她就成了运营部门的主管。

但她今天辞职了,被迫辞职了,这对她来说,是沉重的打击。

可是,她不想向熟悉的朋友倾诉,她脱不掉骄傲的外壳。

因为这二十三年,她早就习惯,这么骄傲地活着。所以她才去买了那一大袋的雪糕和肥宅快乐水。没有想到,又遇上停电。

"我其实早就想辞职了,那份工作,除了能赚点钱,有什么意思?"刘书萱喝了半瓶酒之后,话开始多起来,"这份工作,对于广州,对于广东,对于国家，对于人类，有什么意义？它仅仅提供给我一份还算可以的薪水！很了不起吗？"

边上的林静雯叹了口气，她想开口说：一份还算可以的薪水，一份可以抽得起这么贵的烟、可以请陌生人撸串喝酒的薪水，其实，对于同龄人来说，已经很了不起了。

但手里冰凉的啤酒，提醒着她，出于礼貌，总要给请客的人一点尊重。

所以林静雯无声地苦笑，喝了一口酒，没有说什么。

刘书萱仍然在发泄着她的不满："我就是自己买了个包，不小心把小票夹在出差的报销凭证里递了上去，我也没要求报销呀！我提交的报销总额并没有含那个包的钱哪！这样也要我辞职？"

烤串和烤鱿鱼很快就被送上来，对于这样大手笔的顾客，老板要比对李建南热情太多了："靓女，生蚝还在烤，好了马上给你送过来！"

刘书萱已经在喝第二瓶啤酒了，听了老板的话，又说："烤几个鸡中翅！"

"好嘞！"老板很爽利地应着，那声音里谁都听得出高兴。

这高兴衬托得林静雯愈加郁郁寡欢。

刘书萱拿起第二瓶啤酒，跟她碰了一下："潮汕人？对，你那后鼻音，喝了酒就能听出来，喝一口啦，你这杯中酒总不见少的，养金鱼呢！"

其实喝了酒，刘书萱自己也不知不觉，在她本来字正腔圆的普通话里带出几句粤语来。

李建南站了起来，他要去车场点卯了："我去报个到，等一下就过来。"

"你不高兴？"石朴低声问着林静雯，他看得出她眼里的失落，跟那天在地铁站不一样。

她有一种深深的忧伤。

不知道为什么，这让他想起，前几年为情所困而自杀的堂姐，最后跟他吃的那顿饭。

这很不祥。石朴不喜欢这样。

所以他对林静雯说："你有什么办不了的事，说出来，差钱？还是差啥，我帮你搞定！"

"不要怕！你可能不知道，半个广州都是我的！"

刘书萱听着，笑着问他："你这是一瓶酒没喝完就醉了？"

看着石朴那一身的地摊货，刘书萱压根就不觉得石朴能搞定什么。更别提，什么半个广州都是他的，可能吗？

石朴又喝了一口酒，很严肃地说道："这要一瓶酒喝完，半个珠三角都是我的！"

不光刘书萱当场一口酒喷了出来，就连一直紧锁着眉头的林静雯也忍不住笑了起来。

烧烤摊在白天用于堆放杂物的狭小门店里，那台悬挂着的老旧电视机放映着选秀节目，从李建南离开时，《快乐男声》里的李炜开始了他的演唱。而还没等李炜唱完那首歌，李建南就快步回来了——也许他很在乎新认识的朋友，又或者，只是因为有人请客，有免费的啤酒。

他过来打了招呼，坐下之后，就安静地喝酒撸串，不怎么参与聊天，也不怎么说话，不多会儿，面前就有四个空酒瓶了。

"广州唱区这位唱得还不错呀。"林静雯无意中扫了一眼电视，喝了口啤酒这么说道。

这让石朴一下子就高兴起来："这位呀，我知道，他2007年就参加过的，到50强就冲不上了，今年希望能冲上去！这么看着我干啥？我妹追星嘛，而且，这哥们是胡建人！没错，我们胡建人！"

刘书萱"呵呵呵"很夸张笑了起来："我还以为你是他经纪人呢！还有，兄弟，跟我读，福建人，福建，福！你试试，不行，我一定要教会你，你跟我读，福！"

林静雯笑到直不起腰。

但是石朴读了四五次，仍然扭不过来。

刘书萱长叹了一口气，举起酒瓶对他说："你赢了，胡建兄弟。"

然后她沮丧地把半瓶酒都喝光了，抬头对烧烤摊老板喊道："再拿一打啤酒过来，珠江纯生！再烤两条秋刀鱼！四串牛舌！"

石朴看了林静雯一眼，对着刘书萱挑衅："不要看不起人啊，我甲李讲，林北（闽南话，类似北方口语常见的'老子'的意思）在泉州，出入也是坐奔驰的呀！"

"哪一款奔驰呀？"刘书萱扔下空酒瓶，自己又开了一瓶啤酒。

石朴被她这么一呛，就愣住了，摇了摇脑袋："那种两个门的！"

"SL 系列？还是 CL 系列？AMG GT？"刘书萱又点了一根烟，随意地问道。

石朴想了想，把瓶里的酒喝光了："其实是这样，我舅给人开车，有时候老板不用车，我舅就开车带我，对，就是这样！我这也不算吹牛，对不对？"

刘书萱听着，那酒都直接从鼻子里喷出来了，在边上咳得天昏地暗的。

吓得林静雯连忙帮她拍背，又去边上买了瓶矿泉水，给她漱了口，忙乎了好一阵，刘书萱才停下咳嗽。

刘书萱重新坐了下来，石朴要开口，她连忙伸出手示意他闭嘴。

"你先收了神通。"林静雯咬牙对石朴说道。

就算没人说话，但刘书萱仍有点控制不住自己，就是想笑，拼命咬着嘴唇，忍住声音，还得不时一阵发抖，好几分钟才消停下来。

刘书萱拿起烤好的牛肉串咬了一口，对石朴说道："你这牛，吹得不尴尬？"

"我甲李讲吼，我又没乱讲，对不对？讲道理嘛！"石朴一脸的真诚。

他那认真的模样，连林静雯也笑得捂住肚子了。

刘书萱不停捶着桌子："老板买了跑车！然后请你叔当司机！给他开这跑车？"

"我舅！"石朴认真地纠正她。

刘书萱直起身来，伸出大拇指道："这老板，讲究！"

干掉了一个鸡中翅的石朴，骄傲地说道："那是，我舅的老板，那必须是讲究人。"

刘书萱摇了摇头，直接转过身去，开始对付那烤鱿鱼，不打算跟石朴说下去了。

她是觉得，这人肤浅到一种不可理喻的地步。

不过石朴从不拒绝喝酒，只要刘书萱一举瓶子，石朴每次都喝得干脆利落。

所以刘书萱提了个建议："你能不能只喝酒，别吹牛？"

但石朴笑着应了，却依然不着四六地胡侃着，他看得出刘书萱对他的不屑。可是林静雯脸上那种忧伤的神情，随着他的插科打诨，慢慢地减弱，渐渐消失了。

石朴叼着烟的嘴角，也渐渐地放松，他并不太在意刘书萱对他的嘲讽，更让他在乎的，从一开始就是林静雯身上、言谈之中，那种似乎放弃了整个世界的冷灰色。

而现在，笑得乐不可支的林静雯，明显比刚才少了拘谨，多了许多的活气，生活的气息。

这时老板拿了烤好的菜，扛着一箱啤酒过来。

李建南看着不对："我们只要一打呀！"

"放在这里喝嘛！喝多少一会儿结账算多少！"老板搁下啤酒，直接这么说道。

对于刘书萱这样的豪客，老板总是显得特别好说话。

"别走，等下，等下！"刘书萱叫住了老板，指着电视机对他说，"这几个唱得都不行啊，又丑！转个台，转个台，随便！不要选秀就得了。"

老板很痛快地把遥控器放到桌上来，现在还不到十点，烧烤摊热闹的时间点还没到。

就这么一桌客人，又点了这么多东西，当然是他们想看哪个台，就看哪个台呀。

李建南顺手换着台，当他换到某个港台访谈节目时，主持人在向嘉宾发问："内地搞港珠澳大桥的目的是什么呢？"

于是嘉宾就用本地方言夹杂着普通话，从各个不同角度去描绘港珠澳大桥的蓝图远景。

石朴扔下吃完了的生蚝壳子，拿起酒瓶轻轻跟林静雯碰了一下："这两人中邪了？或者说他们从这个世界的服务器离线了？他们是玩家，我们都是这个服务器里的 NPC 吗？"

因为刘书萱和李建南看着那电视里的谈话节目在聊港珠澳大桥，两人眼睛都直了，跑到电视机前面，一直盯着电视，酒也不喝了，串也不撸了。

但林静雯听着石朴的话，却就察觉到了异样，她感觉不符合在此之前石朴给人的印象。

不是他这句话有多高明，而是跟之前的那些胡扯和玩笑不是相同的思维模式。也许，这才是石朴真实的一面？

不管怎样，林静雯在刚才的闲聊里能感觉到石朴的善意，所以她也笑着说道："也许，他们才是 NPC，现在宕机了，正在重启呢。"

"有道理，值得干杯！"石朴大笑了起来。

这时，那访谈节目结束了，李建南和刘书萱坐回桌子边，算是重新上线。

李建南笑着举起酒瓶过来凑趣："刚才听你们说什么宕机、离线的，阿朴仔你有读过初中啊，读书还是对的，跟我不一样，读了小学就出来，很多东西真的就听不懂。"

他说着，指着电视节目："刚才他们说的吼，我也不懂，但这大桥要建好了，咱们是不是就能去香港打工？听说那边做五金店赚得多呀，我也会铺木地板吼！"

"啾！男人老狗，有点大志好不好？"刘书萱喝尽了瓶子里还有三分之一的酒，随手就扔下了酒瓶，颇有些狂态，明显是喝了酒之后不再去控制情绪了，声音有点高亢，"人生在世，你就为点蝇头小利计算着？人，总要做出点什么事，你要想想，三十年后，五十年后，一百年后，到那时的人，回首往事，回首历史，能不能有什么东西，让人可以记得起你！那样，才不枉来这人世间走一趟！"

把李建南不分青红皂白这么训斥了一番之后，她一把抱住了林静雯："我就不信命！我不要过……过从现在就能一眼看到死的人生！平平稳稳的人生，有什么意思？我还有青春，我不要这么活着！你懂的，对不对？"

她的话让李建南撇了撇嘴，明显他是很不认同的，平稳的人生有什么不好？

但看在免费啤酒的份上他终于没有开口，狠狠咬一口牛舌，嗯，味道不错，他就平衡了。望着停车场的方向，李建南慢慢地喝着酒，慢慢地在风里，憧憬着五年以后，凑够了首付的人生。

可是刘书萱的话，却让林静雯在那一瞬间，似乎心里有些东西复苏了。

她喃喃地回应着刘书萱的话："对啊，'三不朽'嘛。"

"没错！立言、立功、立德！总得做点什么，总得在历史里留下一点什么啊！"刘书萱大笑起来，和林静雯碰了碰瓶子，抬头就把大半瓶啤酒一口气喝光了。

"结账！"刘书萱对老板喊道，豪迈得都有破音了。

林静雯仍在喝，直到老板走过来，她才把那瓶酒喝完，喝得有些撑。她极少喝酒，这么喝下来，很有些醉意。

　　"你能认得回去的路吗？"石朴很有些担心地问道。

　　林静雯看着他，有些站立不稳，打了个酒嗝，但却很坚定地说："我不会回去了。"

　　刚才那最后一瓶酒喝完，林静雯就知道，她不会回去了。

　　"我会向前走。"她说着，挥了挥手，算是与偶遇的朋友的告别。然后踉跄着，走向二十米外的小区。

　　"喂！等下！潮汕妹你也别走！扯卵蛋！你们玩我呀！"烧烤摊的老板愤怒地叫骂着，连乡音都出来了。

　　林静雯醉眼惺忪地转过身来，却发现一件很尴尬的事。

　　喊人过来结账的刘书萱身无分文，她连手机都没带，只有一串锁匙。

　　本来就是下楼买雪糕和肥宅快乐水，揣了两百块，一包烟六十七块，那一袋寄存在小店的雪糕，她当时专门挑过的，凑到恰好二百块不用找嘛。

　　"骗酒喝的酒蒙子，混到你这么豪气，也是牛啊！"石朴苦笑了起来，他拦着要爆粗口的老板，"我在那蛋糕店打工的，这样，这账我认倒霉，毕竟我和我朋友都喝了，我来扛吧，我一发工资就拿过来还给你，不行我给你写个欠条也可以。"

　　烧烤摊老板倒是傍晚摆摊就见过石朴在附近出没的，听着这话，脸色稍好一些。

　　但边上李建南却非常生气："你扛个屁！"他一把推开石朴，指着刘书萱，对烧烤摊老板说道："报警啊！你听到今晚她说埋单的，对不对？"

　　老板点了点头，就听李建南又质问道："叫东西也全是她叫的，对不对？那你这四百多块，凭什么我们来给啊？你报警，我们给你做证！"

　　他这么说，也不是没有道理，但石朴觉得不妥，几次想过来分说，却被李建南推开，最后甚至一脚把石朴踹倒："你一个月才那两千不到，我们扛得起这么一顿酒四百八？"

　　老板咬了咬牙："得了吧，那就报警吧。操，我他妈倒霉啊！"

　　但就在这时，五张百元人民币递到老板面前："找钱给我。"

　　拿着钱的林静雯对他说完，又打了个酒嗝。

当阳光透过窗户，照在沙发上林静雯的脸上，她下意识扯着被子想盖到脸，以躲避阳光。但她开着机的电脑上，QQ传来了提示声，有人向她申请加好友。

她挣扎着爬起来，唤醒屏幕，就看见申请的信息写着：昨晚的酒友。

林静雯会心一笑，那肯定就是刘书萱了，她只给了刘书萱QQ号码。

但一通过对方的申请，她马上就收到了信息的"轰炸"，甚至表姐被那急促的消息声吓到："你不会中了'熊猫烧香'吧？"

这个臭名昭著的病毒虽然已过去三四年，但即便是表姐这样不上网的人也知道它。

"不是啦！"林静雯笑着安慰表姐，事实上，是因为刘书萱的输入太快了。

几乎一条信息赶一条信息地发过来：

"醒了？昨天谢谢你了！"

"你在哪，给我地址呀，我去找你玩。"

"要不咱俩约个地标见面也可以。"

"我们不如去天河城逛逛，然后去体育东路'中森名菜'吃日料好不好？"

"还是吃川菜？那里离'川国演义'也很近；天河东路的'黄埔和苑'喝茶也没问题呀！"

刘书萱那打字的速度实在太快了。于是林静雯干脆把没写完的信息都删了，就发了一个字："好。"

几乎每一个女孩，都很难拒绝逛街的邀请，何况是可以一起共醉的同性朋友。

从公车站下来，远远望着天河城，那种城市在生长的感觉，再一次于林静雯的心头浮现。几年前她第一次随父母来省城时，它还没有两旁双塔，而现在，这高耸的双塔"长"了出来。

从地下通道过了马路，林静雯拨通了刘书萱的电话："我到了，你在哪里？"

刘书萱早就坐在咖啡厅里了："我都喝完一杯意式咖啡了。"

她在支付宝里把钱转给了林静雯，然后自嘲地笑了起来："我刚才傻了，明明昨晚送你回去，就知道你住在那边的，我直接开车过去捎上你，就不用等了。"

但林静雯却摇了摇头："不用，公车和地铁都很方便啊。"

一下子场面就冷了下来。

但刘书萱望着林静雯的眼神时，却流露出一种知己式的欣赏，她向林静雯伸出手："我的朋友都叫我阿萱。"

她能意识到，林静雯一点也不想占她的便宜，和那些千方百计想在她身上蹭吃蹭喝占便宜的所谓同学朋友，完全不是同一类人。

"叫我'阿雯'就可以了。"林静雯握住了对方纤细的手，她的脸上洋溢着轻松的笑容。

林静雯能看得出，刘书萱对她的尊重，就算贫富各不相同，但她们的相处，不因此而存在问题。

她们不约而同，相视而笑，然后结伴而行，徜徉在琳琅满目的天河城里，不只是浏览商品，更是放松心情。就算兴尽而归时，林静雯只买了一条降价的国产丝巾，而刘书萱提着好几个名牌的袋子，但她们的快乐并没有什么差别。

而最后晚饭也没有选择去很贵的"中森名菜"，尽管刘书萱一再声明她请客。

"我消费不起。"林静雯很真诚地对她说道。

毫不卑微，也不矫情。

但刘书萱一听，就明白她的意思，这就让刘书萱更加视她为知己了。

不是谁给钱的问题，是她的消费能力如果达不到某个层次，那么她不愿去攀附朋友，然后去获得这样的便利。

"那咱们去'川国演义'！别和我提 AA 制，我出来就说好请客的！"刘书萱做出一副张牙舞爪的姿态，奶凶奶凶的，引得林静雯笑了起来，禁不住伸手捏了一下她的脸。刘书萱扔下那堆名牌购物袋，开始反击，两人在停车场里笑着打闹了一通。

"川国演义"当然是四川菜馆，刘书萱和林静雯两个广东人，吃完饭之后连喝了好几瓶王老吉，都感觉没有缓过来。但当她们坐进刘书萱的车里，两人都觉得这一顿吃得很过瘾，刘书萱一边递给林静雯矿泉水，一边对她说道:"下次再来!下次我不开车,咱们可以喝点酒。"

"那得说好,下次我请客。"林静雯接过矿泉水这么说道。

刘书萱用力地点了点头:"下次'川国演义'归你,但今天全是我的,走,我们去做SPA,别拒绝!不要钱的,我有赠券。我帮他们翻译了一份产品文档,他们在付了钱之后送的赠券。"刘书萱甚至在她的iPhone 3GS上,打开甲方发给她的邮件,并递给林静雯看。

林静雯犹豫了一下,最后还是点了点头。

这就让刘书萱高兴起来,打开车里的音响,Tarja的歌剧花腔女高音响起:"All those beautiful people,I want to have them……"

她轻踩油门,保时捷911跑车的推背感,马上就让林静雯惊叫起来:"别太快!"

"并没有超速,放心啦。"刘书萱尽管这么说,还是松开了油门,于是一辆跑车缓慢地爬行在车流之中。

不是她特别迁就林静雯,而是像这样的朋友,她在初中以后,基本就很少遇到了。

这座城市里不太多见的泰式的美容院,很高档。进去第一眼,林静雯就有点后悔跟刘书萱到这里来。因为这不是她能消费得起的地方,她很在意这一点。如果是她能消费得起的场所,就算对方请客,她也能接受,不然的话,总会让她觉得心里不太好受。

一分钱,一分货。毫无疑问,在这个美容院里,林静雯感受到从来没有过的舒适和尊贵。她很庆幸边上燃着袅袅的檀香,使这本来就休闲的房间里,更显现出禅静的氛围,让一切尽在不言中。否则她不知道该说些什么,来打破这种尴尬。

做完了SPA的林静雯,喝了一口茶,指着房间角落里的机器,向正在收拾东西的女技师问道:"这是什么仪器?"

这么高档的美容院,她没有来过,但普通美容院,总是去过的。可是角落里那仪器,林静雯却是从来没有见过,所以好奇地问了这么一句。

女技师似乎不懂中文,所以直接去喊了她们店长过来,这倒让林静雯有些不好意思,因为本来都准备走的了。刘书萱笑着安慰她:"那有啥?不懂咱就问嘛。不方便,他们就直接说不方便嘛!"

## 第三章　前程并不如锦

店长是位很和善的中年女性，她进来刚好听到了刘书萱的话，就笑了起来："哪有什么不方便？这是上一店家留下来的，上一店家是个医美机构吧，反正他们说是，是不是我也不知道啊，有一些仪器他们也不愿搬，折价留给了我们。"

她指着那台机器："这家什是洋玩意儿，光电泳美白仪器！之前好使时，倒是很能赚钱的，咱们有一说一啊。不过一坏，没地方修，我找了修音响的、修空调的、修电脑的，都来看过，修不了，扔了又可惜对不对？靓女你懂这个吗？你要能帮我找到地方修，我送你十次SPA的赠券啊！"

这种美容院，就凭这装修，还有进门就帮顾客洗脚的服务态度，估摸一次SPA没几百块钱是下不来的，十次赠券，算是很有诚意的了。但林静雯的眼睛一下子亮了起来，却不是因为赠券，而是她认为，这台机器在没出故障之前，应该真的很赚钱，要不然，店主不会一开口就这么诚恳。

"我可以帮你上网查一下，如果是欧美那边，咱们可以发邮件过去问问嘛。"林静雯笑着对店主说道，但她凑到那机器上的铭牌一看，就闹了个大红脸。因为那不是英文，她也认不出到底是哪个国家的文字。

这时耳边响起刘书萱的声音："是德文，汉堡的工厂生产的吧。"

"哪有这闲心帮她弄这东西？你不是说还要递简历吗？走吧走吧！"刘书萱催促着林静雯，显然十次的赠券一点也无法打动她。

"靓女，能帮就帮一下嘛，这机器美白效果很好的啊，要是能修好，我免费给你们用一次！不，五次！"店主一点也不在意刘书萱的脾气，笑着凑了上来，然后又过来跟林静雯拉家常。要没这长袖善舞哄顾客的本事，在这闹市中心，开这么大的店，那是要等着亏本的。

这时电视机里在播放港台谈话节目，焦点就是港珠澳大桥的施工难度。

刘书萱倒是注意力一下子就被吸引过去了，所以倒也没有再催着林静雯离开。

"搞不成的，你看那些专家都说了，那什么海底隧道的沉管，是世界顶尖的难度啊，咱们哪有这技术搞得出来！"店主很认同谈话节目里嘉宾的论调。

这就让刘书萱更加反感，白了她一眼："就咱们国家，不能弄点别人搞不出来的工程？"

"实力摆在那里呀，你看内地和香港一起施工，人家香港那边，有技术，专业，让人看着倒是有信心；咱们这边，你说能成？"可话说了一半，店主马上又收了回来，跳到刘书萱这边，"当然，我肯定希望能成，这要真办成，欧美那边就不敢小看我们了！"

可刘书萱又不是傻子，那种言外之意，不是明摆着的吗？

边上林静雯拿出手机，拍下那台机器的铭牌，然后一把拉住准备开启战斗模式的刘书萱，对店主说道："我们要走了，我帮你上网查一下，要是有消息，我再联系你。"

当她们离开这家美容院，刘书萱突然开口道："港珠澳大桥，这要放在《文明》游戏里，怎么也该是一个奇观级的建筑吧？要是加入这样的团队，等这大桥建起来，那么我也就可以开启混吃等死的人生了吧？"

所谓工作不好，回家继承亿万家财，对别人是笑话，对刘书萱，却就是她的真实生活。

不单是石朴打工那蛋糕店的产权是他们家的；林静雯表姐五金店的产权也是他们家的；连李建南做夜班那停车场的所有权也是他们家的；而且还有林静雯表姐租住的小区里两幢高层住宅楼的产权，暂时不能算全是她的，但她是第一顺位继承人。

她算是"拆二代"，不光家里只有她一个孩子，而且她叔伯辈都没有子女。

"《文明》游戏？像男生玩的 CS？还是跟《英雄联盟》一样？我玩不来那个，反应跟不上。"游戏方面，林静雯就接不上话了，但她能捉住刘书萱话里的重点，"但要说加入建设大桥的团队，没那么容易吧？"

老实说，林静雯也不是没有考虑过这个方向的就业。

事实上她早就尝试过了,大桥工程外包的团队也有招人的,但需要考试,她第一轮笔试就被刷下来了,听说要考好几轮,有一个进到第三轮的学霸回来说:"那比考公务员还要难上许多!"

刘书萱笑了起来,她一边走,一边把车匙的锁匙环套在食指上转着:"不就是考试吗?"

她从不害怕考试:"从奥数到高考,从托福到雅思,虽然我不努力,但考过线问题不大。"

林静雯听着,停了下来:"死学霸,你再这么说话,我捏你脸了。"

因为刘书萱略有点婴儿肥,又白,在阳光下,肌肤边缘甚至有点透明的感觉,看着就让人很想捏上一把。她吓得双手捂着脸:"不许捏我脸!我投降!"

"走吧,我捎你回家,反正顺路。"

林静雯笑着摇头:"不了,我得回趟学校。"

刘书萱看着她,大约过了两秒,点了点头:"好的,那你自己路上小心喽,如果来大石,记得喊我出来撸串!"

在道别之后,走到车场坐进车里,刘书萱觉得,林静雯一定是自己坐公交到地铁站,然后搭地铁回大石的。

有一些借口是很明显能听得出来的,何况她们两人,已经隐约有点知己的默契。

但她能理解林静雯的坚持,尽管她不认同,但不妨碍她欣赏林静雯的这种坚持。

因为初中以后,她已经很少在身边那些家境不如她的朋友身上,见到这样的执着了。

正如刘书萱所料,林静雯这时候已经坐上公交车。她找到一个空位,还有好几站,所以她戴上了耳机,播放的,是现在流行的歌曲:当初是你要分开,分开就分开,现在又要用真爱把我哄回来,爱情不是你想卖想买就能卖……

林静雯看着车窗外来来往往的私家车,她不知道,什么时候自己才能买得起车。

她尽管不会开车,也不太认识车,但她能猜到,刘书萱的车不便宜。

所以，她拒绝了对方的好意，因为她害怕自己会习惯。

她看过漂亮的学姐，习惯了坐别人的车，最后难堪收场的结局。

有些事，她觉得，要努力控制自己，不能去习惯。

人的习惯是很微妙的，当有一些东西维持地进行之后，慢慢就变成一种习惯。

而渐渐地，就算艰难一些，也总是可以咬牙坚持下去的。

比如说，林静雯不停地递简历和面试，终于在越来越热的广州，她通过了一项不再是前台文员的面试。

尽管这公司租在废弃的厂房区，看上去整个格局压根就不是写字楼，连电梯都是那种工厂货运电梯的样式。但从电梯里走出来的林静雯，一点也不在意这些细节。

重要的是，她能感受到，这是一家朝气蓬勃的公司，林静雯看见他们午间的工作餐，都很简单，但每一个人都斗志昂扬！

想到这里，她禁不住露出微笑，挥拳给自己加油。

毕竟这里，离南方测绘大厦与网易大厦里那些IT公司，离科韵路的IT创意园，大约也就不到一个公车站的距离。

她感觉自己并没有被时代甩下，再多的艰苦，也不足以将她吓退。

这时林静雯的诺基亚手机响了起来，是一条QQ的信息，跳跃的头像，是一个动漫牛头形象——《我叫MT》里的哀木涕："我又换了一份工作，保安！工资多了三百块。"

"怎么样，是不是感觉'鸭梨很大'？"

"晚上我请吃饭啊！"

林静雯微微笑了起来，她现在也习惯了"哀木涕"每天的出现。

这是石朴的QQ，他像一块海绵似的，在吸收所有对他而言新鲜的事物。

现在他的普通话要比大半个月前，在地铁站跟林静雯的初次见面好上许多，尽管仍有点乡音；而且他对网络新梗，"鸭梨很大"这一类的东西，接受速度要比林静雯和刘书萱都快。

在大半个月里，这是他换的第四份工作：竹升面学徒—蛋糕店员工—饭店跑堂—保安。

他飞快地融入了这个城市，几乎可以预见，再过半年，他就会像这城市躯体里，亘古存在的血液分子一样，完美地与这座都市共生并存。

林静雯想了想，回了他一条消息："哼，你的鸭梨留给自己吃吧，我也找到工作了。"

然后她又加了一个笑脸的表情。

这个时候，她又接到刘书萱的消息："过了。"

就这么简单，朴实无华。

但林静雯感觉有点哭笑不得，因为"过了"这两个字，刘书萱指的，是她去参加承接港珠澳大桥外包工程的团队招聘，通过了几轮笔试、面试之后的结果：她通过了号称比公务员考试还艰难的筛选。

也许对学霸来讲，这并没有什么意外。

林静雯马上发了一条信息回复："你就嘚瑟吧！死学霸！"

刘书萱的手速很快，回复得也很快："哈哈哈哈，你咬我呀？晚饭唱K宵夜直落，我请客！我喊上石朴那衰人了。"

晚上的聚会，当然不会在上次的烧烤摊，而是在仓边路上的蒙地卡罗西餐厅，当然这是刘书萱的妥协，太贵的餐厅，林静雯肯定不愿过来的。当林静雯到那里的时候，刘书萱看起来已经坐了一会儿："石朴那衰仔还没到呢。"

"你别老这么'衰仔，衰仔'地叫他，他会不高兴的。"林静雯无奈地翻了翻白眼。

从那晚烧烤撸串认识之后，她们和石朴又聚了两三次，因为石朴总是好吹牛皮，一戳就破的牛皮，所以刘书萱就给他起了个外号"正衰仔"。

"管他呢，他要不高兴，就别在我面前吹牛皮呀！"刘书萱一点也不在乎。

她向来不太在乎别人的眼光和感受，用她的话讲："我又不找他借钱吃饭！合不来就别来往嘛。他敢吹牛，我就敢叫他'衰仔'！他只要不吹牛，那我当然也不给他起花名，嘻嘻。啊！"

最后的尖叫，是因为她气鼓鼓的表情，显得特别萌，坐在她身边的林静雯禁不住捏了一把她的脸。于是刘书萱就挣扎起来："潮汕妹，你好了噢！住手！哈哈，我投降！"

显然看起来，两人的心情都很不错。

"你说今天找到工作了？衰仔石朴也说今天换份个新工作呀！"

刘书萱叫了服务员过来，随手点了两杯咖啡，然后认真对林静雯道："那公司行不行啊？租了厂房当办公室，看着就是没什么实力的公司，对职业生涯规划来讲，并不是太好的选择呀。几年后，你要跳槽，简历上不好看！要慎重。"

听着她真挚的建议，林静雯就有些哭笑不得了："何不食肉糜？"

什么几年以后的简历，什么职业生涯规划？

职业生涯的规划之类的，在大三，林静雯也有去听过类似的课程，她知道这是什么意思。她也知道刘书萱说的是对的。但是在生存压力面前，对和错，有意义吗？没有，活下来才有意义。

林静雯当务之急，就是让自己在广州能够生存下去，能够留下来。其他的事情，真的都要排到后面了。

如果没有找到这份工作，她应该会去之前面试通过的公司当前台，再想其他出路。

服务员把饮品端了上来，刘书萱端起黑咖啡，喝了一口，对林静雯说道："别来这套。"

如果单纯就为了生存，在一起去了美容院之后几天的聚会上，她曾主动介绍林静雯去世交叔父的外贸公司上班，但当时林静雯跟她去转了一圈就拒绝了。

尽管当时那位世交叔父看在刘书萱的面子上，开出了试用期五千——对林静雯而言，这是绝对的高薪。

"去不去？你这工作转正了月薪也才三千五，你要愿意去我叔父那里，我现在就打电话。"刘书萱放下咖啡杯，这么向林静雯道。

"不，那样不好的。"林静雯还是跟那天一样，温柔而坚定地再一次拒绝了这个提议。

因为她当时看得明白，五千块全是人情和脸面，里面就没有哪怕一百块，是为她林静雯的能力而支付的。她不想让自己跟刘书萱的关系变得复杂起来，所以她对刘书萱说："那样，我就不好捏你的脸了！"

"放手！潮汕妹，你滚！"又一次被捏脸的刘书萱不停地挣扎着。

这让服务员有点皱眉了，因为已经有好几桌的客人，叫了服务员过去投诉了。

幸好石朴过来了，否则服务员恐怕要过来劝说她们，不能在这西餐厅里打闹。

"谢天谢地谢人！"石朴一出现，就飙出了徐根宝的名言，还抱拳向刘书萱致谢，"还好那天撸串听你说了那句话！"

刘书萱和林静雯都蒙了，压根不知道他在说什么。

还好石朴马上自己接着往下说："那天撸完串，你送阿雯回去之前，跟我说，别听南哥的话，说薪水不是涨上去的，是跳槽跳上去的！我就是听了你这句话，从第二天起，就努力跳槽！"

刘书萱一副瞬间石化的模样，而林静雯更是傻了眼。

倒不是说这话有什么问题，在这个时代里，至少金融行业和IT行业，基本适用这句话，但谁也不会想到，这话能在前竹升面店学徒、蛋糕店员石朴身上应验！

"我真的这么对你说了？"刘书萱看着一脸感激的石朴，咬着牙在考虑要不要给自己一巴掌。

石朴拼命点头，如果不是当时刘书萱这么说，他怎么会做四五天就跳一次槽？

但越跳槽，他越觉得刘书萱说得有道理。

在竹升面店当学徒包吃住，月薪是一千二；到了蛋糕店，月薪有一千五；本来他知足了，就是因为听了刘书萱的话，所以他努力地跳槽跳去酒楼当跑堂，月薪有两千；现在跳去当保安，包吃住，月薪有二千三！

所以他真的是带着一脸的感激："还给交那什么保什么金！你说得太对了！"

"五险一金？"林静雯在边上帮他补上这么一句。

石朴一拍大腿："没错，就是这！这顿饭我请客，你先结账，等我发了工资还钱给你！我跟你讲吼，不要跟我争啦！"

这话要是李建南说出来，刘书萱和林静雯肯定都会很不以为然。身上没钱，还要争着请客，又要别人先结账，见鬼吧！但石朴的眼睛，很清澈的眼睛，有一种孩童式的纯真，让人觉得，他想请客是真心实意的，他是真的想表示感谢。

这份心意能让人真真切切感受到，那么大家是朋友，先帮他垫一下，又算得了什么事？

"行，后面唱 K 宵夜我请客，这顿饭钱算你的，我先帮你垫上。"刘书萱痛快应了下来。

而林静雯也很开心，朋友们至少看上去，都有着对于自己来说美好的前程。

"点菜！"她招手让服务员过来。

毕竟是石朴请客，所以林静雯主动点菜，而不是让刘书萱来做这事。

不然刘书萱放开手脚点菜，恐怕一顿饭下来，石朴那二千三都要玩完：蒙地卡罗这餐厅，一份牛排几十块钱，但架不住来一句"红肉配红酒"，要是刘书萱叫上几瓶红酒，石朴怕得白打半年工了。

刘书萱很明白林静雯的意图，所以她也笑着让林静雯一并点了就是。

"不用帮我省钱！二千三，给我留两百抽烟就行！反正还有那什么保，就是生病了，听说都能报销！"石朴豪气万千地对着她们说道。

一个人并不为求别人办事，就是朋友相聚，他肯为了请客，把下个月工资都透支光，只留两百块烟钱，那不论他一个月赚多少钱，他肯定是把在场的人真真正正当朋友的。

她们两人不得不冲他伸出大拇指："大佬威武啊！"

石朴傻笑着挠着脑门，他本来就是很容易开心的人。

但在这个时候，他那台山寨机不合时宜地响了起来。

"三叔，啥事？我在广州蛮好的，你放心，我有钱花，这边朋友都很关照我，我找了份新的工作！"石朴笑着接了电话，对着电话那头的长辈用闽南语聊了起来。

但是三叔打这个电话过来，并不是想了解石朴在广州过得好不好，而是要告诉他一些事："阿朴仔啊，三叔厝后有猪栏，你知晓吧？第二个猪栏，南边有块砖可以撬起来，下面有个饼干盒，里面就是三叔留给你的'手尾钱'①。"

石朴听着脸色就变了，这明显不对啊，交代后事的感觉。

---

① 手尾钱：民间遗物的一种戏称。

在村里有个什么事，大伙都愿意来找三叔讨主意。

几年前村里办厂，各家各户都掏钱凑份子，那可都是棺材本，谁又信得过谁？

最后就推了三叔出来当厂长，这厂才算办起来。

这样的人，打这个电话，石朴知道，肯定是出了大问题！

"三叔，你勿吓我啊！出了什么事？总是有办法解决的啊！"

电话那头，传来三叔点烟的声响，接着是一阵静寂，然后是一切都盘算清楚之后的绝望："有什么办法好想的？村里办的石材厂做不下去了，咱们这货源，它断了呀！贷款年底要还，怎么还？"如果单是这样，也压不垮这闽南汉子的腰背，三叔抽了口烟，惨然笑道："九月还有一批收了定金的货要交呢。"

交不了货，至少得赔双倍定金。

石朴听着就着急："那咱就赔钱，退定金嘛！"

三叔沉默了有七八秒，才幽幽开口："哪来的钱赔？钱都拿去进机器了。阿朴仔，没办法的了，三叔肯定得走了。"

石朴听着，急得太阳穴上青筋暴起了。他知道三叔的意思。

如果三叔因此自杀，那客户也好，银行也好，看着死了人，就不敢逼得太急。

而且对三叔来说，也许还有承诺和尊严："阿朴仔，到时慢慢把厂卖掉，说不定，赔完了钱，还了贷款之后，村里大伙最后还能分一笔钱，对不对？三叔要不走，急着卖机器，一百万的机器，人家二三十万给你收了去，还算是给你面子，到时整条村都得背上债。他们相信三叔，才叫我当这个头啊，我得，我得……"

石朴的呼吸变得急促起来，因为他听得出，三叔是真真切切不想活了！

"三叔你听我说，我有办法！对，我有办法！不就是货源吗？我有办法，你别做傻事！"石朴压低了音量，但却十分坚定，"三叔，别做傻事，你给我三天。"

"阿朴仔，你勿傻了。"三叔是精明人，要不村里的人也不会推他出来当厂长。

他当然不相信从来没涉足过石材的石朴，能解决这几乎无解的难题。

石朴对着林静雯和刘书萱说道:"国内找不到石材资源了,村办石材厂开不下去了,我叔不想活了!"

"国内没有,就往国外找啊!"林静雯因为母语的关系,能听懂几成闽南话,知道石朴现在需要一个答案,所以马上就给了一个答案。

石朴如获至宝,对着电话说道:"三叔,我们往国外找过没有?"

"国外?外到哪里呀?你在说梦话呀阿朴仔?"三叔苦笑着说。

石朴捂着电话,再次望向他的朋友们:"国外哪有石材资源?"

刘书萱几乎是下意识地:"埃及那边这种资源很丰富吧。"

"埃及,三叔,埃及就有。"石朴连忙对电话那头的三叔说道。

无论如何,他也不能看着自己三叔去寻死,哪怕没有希望,他也要找出一个希望,来打消三叔的念头。

这下子,电话彼端的三叔沉默了有七八秒,才开口道:"真的?是不是真的啊?就算是真的,我又不会说埃及话,有鬼用啊?阿朴仔呀……"

"我会呀!三叔,我有朋友埃及话说得很好,我跟他学几天就会了!你等我三天!"

## 第四章　他山之石

或许是蒙地卡罗西餐厅里的灯光有些迷离，所以映照在石朴的脸上，让他眼里隐约有了泪光。他挂掉电话之后，抽了抽鼻子，带着哽咽："埃及真的有石材资源吗？"

这是林静雯认识石朴这大半个月来，第一次，在他的眼中看到了担忧。

就算不会坐地铁，就算在竹升面店当学徒，就算去蛋糕店刚上了一天班，可能被酒蒙子坑上三分之一的月薪，他向来都是洋溢着笑意的，至少在他的眼睛里，有着勃勃的生机。

或者粗俗直白地说，这原本是个没心没肺的人，能在坟头蹦迪的家伙。

但现在不一样，石朴很担忧，担忧刚才她们所说的只是玩笑。

那么他就不知道怎么办了，该怎么去面对三叔的困境。

林静雯不知道为什么，长长地呼出了一口气：她也是平凡的人，事到头上，她也一样手足无措。

但石朴紧接着又说道："要是没有，我得回去，把三叔弄出来！"

之前点的饮品来了，刘书萱拿起属于她的爱尔兰咖啡，舔了一下那带着巧克力的忌廉，俏皮地冲林静雯伸起大拇指，然后满带期待地望着石朴："把三叔接出来，然后呢？"

作为家里有钱，又有生意上的人脉，本身又是学霸的刘书萱，她当然有好几种办法应对。

所以在她看来，把三叔弄出来，就有后续一系列的方案来解决问题，甚至还应该有 plan b 之类的备用方案。

在她看来，生意起起伏伏，并不是什么大不了的事。

她并没有跳出自我。否则的话，她就会发现，以石朴所拥有的资源，去审视石朴遇到的这个问题，是完全应对不了且没有"然后"的——这是一个站在石朴角度不可能完成的任务。

听着刘书萱的话，石朴那本来激昂的神情渐渐地销蚀，桌上擦得雪亮的餐刀，映出他仓皇的面容。

林静雯喝了一口冰凉的西瓜汁，然后打开手机。

不用等石朴开口，她就知道，没有"然后"，他就想着把人弄出来。

而且她估计，石朴现在连回泉州的火车票钱都没有。

她打开手机QQ，向在省纺织品进出口集团工作的师姐求助关于埃及矿产的信息。

为了省事，她声称自己要写一篇相关的论文。

林静雯当然知道，最好是去找矿材相关专业的朋友打听，但她就只认识这位师姐，没有更多的资源。

每个人都仅仅是自己。

啜了一口面前的咖啡，带着酒味的液体让刘书萱感觉到惬意。她觉得这是一个不错的下午，冷气隔去了暑意，两位可以无话不谈的好友，还有一杯这样的咖啡，还有什么不高兴的呢？

她放下咖啡杯，向石朴问道："接了三叔出来，然后怎么办？需要帮忙吗？"

石朴没有回答刘书萱的问题，他沉默地站了起来，拼命向上仰着头，似乎天花板上的吊饰里，有能解开他困境的锁匙。又或者，他只是不想让眼泪淌下来。

他指了指洗手间的方向，拿走了桌上的纸巾，匆匆而去。

刘书萱看着远去的他，转头向林静雯问道："你觉得他能有什么招？"

她这样的腔调，并不是第一次出现，而林静雯其实是反感的。

仿佛世间的事都是一道习题，大家可以无比理性，去讨论解题的方法，寻找最优的解。

"我不知道。"林静雯突然感觉失去了聊天的兴趣。

QQ这时提示有新的消息，师姐答应会找做外贸的同行，帮林静雯搜集相关的矿产资料。

这对林静雯来讲，算是一个好消息。

她拿出自己的纸质笔记本，开始做方案，假如能够拿到相关的资料，那么石朴应该如何去挑战这个不可能完成的任务呢？

在她的纸质笔记本上，石朴首先要推动的，就是去报一个开放教育的成人大学，也许拿不到文凭，但这不重要，起码对基本的外语和商业运作模式，得有一定的了解；接着每天要固定进行资料搜集，建立买卖模型，一个月之后，再和实际矿产成交价格做对比，来确认这个买卖模型有没有参考价值……

这方案当然不一定正确。

她频繁递简历、面试，这么长时间过去，直到现在，才拿一个勉强符合预期的 offer。

但这是她所能做到的极致。

"你在写啥？"刘书萱端着咖啡凑了过来，看了一眼，笑了起来，"你保养得可真好，没发现，你小孩都跟我差不多大了呀！"

林静雯一下子没回过神来，放下笔望着她："你疯了？我哪来的小孩！还跟你差不多大呢！"

刘书萱喝了一口带着威士忌味道的咖啡，指着那笔记本上的方案："你这个，不就是那传统戏曲，叫啥来着？对了，《三娘教子》！"

她是在嘲讽林静雯大包大揽的态度，仿佛自己是石朴的老母亲。

其实，这也是刘书萱有点不爽林静雯的地方，包括上次帮美容院老板，打听那台机器的维修之类的——根本就是跟她无关的事。但只要林静雯一听到人家求助，她就感觉自己有义务去解决这个问题一样。

刘书萱觉得，真的是完全没有必要。

每个人，也许能照亮的，仅仅就只是自己脚下的路。

因着刘书萱的话，下一秒，林静雯放下纸笔，就准备去捏她的脸颊了。

后者为了逃避"蹂躏"，连忙对林静雯说道："庄重点！在外面呢，你们潮汕女性贤良淑德的形象，不能毁在你手上！"

可惜身为九〇后的林静雯，显然完全不吃这一套。

于是刘书萱只好努力自救："你那计划有问题！"

当然有更好的方案，因为林静雯列出来的所有东西，都是纸上谈兵。

而且还是想当然的纸上谈兵，她没做过外贸，也根本不懂石材。

所以刘书萱认为她的方案有问题，那是再正确不过的事。

"你有更好的办法？"林静雯停了下来，向刘书萱问道。

刘书萱盯着她有七八秒，右手扯着下眼皮，冲她吐了吐舌头："略略略略略……"

不过看着马上要动手的林静雯，刘书萱赶紧放下咖啡，清咳了两声："他很烦哪，对不对？"

关于这个问题，林静雯倒是跟刘书萱有共识的。

刘书萱烦石朴漫无边际的吹牛，而林静雯明显不喜欢石朴频繁跳槽、行事毫无计划性。

刘书萱拿着桌上的汤匙，轻轻敲了敲咖啡杯，金属汤匙和玻璃杯撞碰的声音清脆得孤独，就像她疏懒腔调里那种淡淡的寂寞："那他自己家事，关我们什么事？他不高兴咱们安慰他几句，他要没饭吃，咱们请他吃个饭就是了。更何况，他愿意我们帮他吗？"

石朴是个自尊心很强的人，这一点，不论他是竹升面店学徒，或是蛋糕店伙计，乃至现在的保安，都不曾改变。

刘书萱再一次敲了敲杯子，清脆的声音，冷冷的疏离感更强了："也许，上洗手间的他，永远也不会再回来……"

她没有再说下去，因为红着双眼的石朴已经出现在视野里了。

之前他们点的套餐都送上来了，石朴很快吃完了所有的食物，包括最后一汤匙罗宋汤，然后他放下餐具，点了一根烟，望着她们："帮我。"

借着洗手尿遁逃避一切再找无数开解自己的借口，容易；回来面对残酷的现实，面对自己的无力，难。

他尽管有许多的缺点，但终于还是回来了。

在去学校图书馆的路上，林静雯的电话响了起来，是刘书萱打来的：

"你这两天在忙啥呢？"

她的话里透露着某种期待感，感觉这只是一句开场白。

林静雯能听到，电话的彼端有麻将洗牌声，还有中年女性不耐烦的唠叨声："八万，碰！死女包，快点去相亲，生个外孙让我带啦！你有本事生一对足球队，你老妈我负责养！自摸！清一色！"

没等林静雯开口，刘书萱就说道："QQ上聊吧！"

然后很急地挂断了电话。

林静雯笑了起来，家家都有本难念的经。

走到图书馆，时间还早座位还没被占完，她一边上网查询着德文资料，一边翻着词典，一边在自己的笔记本上写写画画。

她前几天把自己做的计划给了石朴，到现在她也忘记不了，当时石朴看见那份计划时，脸上流露出来的恐惧感。毕竟他是一个不喜欢读书，也不擅长读书的人，而按着她的方案，他不单得努力读书，还得恶补之前的知识，以让自己能读下去——对于石朴，这比杀死他更可怕。

但林静雯没有忘记，在经历了如同变脸的挣扎之后，石朴认真读了计划，并决定按此去做。从他坚毅的眼神能看得出来，他不是为了自己这么做，而是为了给他的三叔希望，才决定这么做。

这是林静雯今天仍来图书馆，查询那台德国美白仪器资料的动力。

其实从美容院出来，她就做过许多查询了，也发过不少电子邮件了。

没有回音，一切都如石沉大海。

昨天去蒙地卡罗吃饭时，她本来已经放弃了。

何况周一就要去公司报到上班，她也没有太多空闲的时间，再去帮美容院做这件事。

但石朴的眼神打动了她。

这时QQ上响起了消息提示，是刘书萱发来的："他找同乡李建南借钱交学费了。"

"姓李的居然怀疑，石某人被咱俩骗钱了！我没想到，他真的会试着去做。你说，要不我找人带他一下？"

这就是刘书萱发消息的习惯，她有非常吓人的手速，在手机上打字输入方式用的也是全键盘，而不是九宫格。

林静雯正抱着词典，查着德文网站，收到这堆信息，马上就回了一句："要。"

然后她就把手机设成振动模式了。

因为她看德文非常吃力，甚至很多时候，她感觉自己看懂的句子，可能跟真实的意思完全不相符！所以她压根没有能力去分心。

至于刘书萱怎么拉石朴一把，怎么找人带他，人家为什么愿意带他，这无数的问题，林静雯并不打算去考虑。她相信刘书萱开了口，那当然就有自己的办法和把握。

这时，手机在桌面抖动起来，林静雯连忙起身，走出了图书馆才接通。

是父亲打来的电话，在问了她的近况之后，又聊起家长里短。

她听着父亲有些咳嗽，就劝道："爸，您别抽太多烟了，不然妈又得说你。"

"她敢？我只是不想跟她计较。"

父亲说这句话时脸上的表情，就算隔着几百公里，林静雯也能脑补出来。

一时间，她不禁有了笑意。

而这时就听见母亲熟悉的声音，在电话那头响起，可能是一边扫地，一边发泄地数说着："他那大女儿高中没读完就出去混了，哼，那钱也不知道哪来的，一天到晚炫耀！"

林静雯听着，脸上的笑意就渐渐消失了。

她知道母亲说的，就是隔壁家的女儿。

自从那邻居姐姐给家里买了汽车之后，母亲就对这家人观感越来越差了。

母亲一辈子好强。似乎生活于她的意义，就是通过寻找某些其实并不存在的心理优势，来证明自己不弱于人。

对母亲来讲，哪怕仅仅是家里的多肉植物长得比别人家的稍好些，或是她知道某个常用字怎么读，而别人碰巧读错了，也会让她心生优越感。

而在省城上大学的她，毫无疑问，就是买不起汽车的母亲，用来抵挡邻里汽车的心理优势。

这时父亲又咳了起来："阿雯哪，我和你妈一辈子当工人，也没读过什么书，就指望你争气呀！"

母亲又凑到电话边上，声音高了八度："你要在省城待不下去，混到要回来就丢死人了！"

不知道为什么，听到这句话，林静雯的眼眶一下子就红了起来。

"回来也不好找工作！陈姨儿子北大的，回来考公务员都考不上！"

母亲嘴里陈姨的儿子，其实是北大青鸟毕业的，但林静雯已经不想去分辨这些了。

她只是想逃离母亲的声音，尽管她总是说服自己，母亲也是为了激励她，家里也并无其他孩子。

"爸，妈，你们放心，我拿到 offer 了，周一就去上班。"

她只能这样和父母分享自己的日常，以期能给他们一些宽慰，并尽快结束这通对话。

或者这就是母亲所需要的，她的语气便平缓了下来，开始埋怨父亲一辈子只能当个工人。

挂了电话之后，她站在图书馆外的走廊向校园眺望：郁郁葱葱的树木，把匆匆的都市遮挡在外；夏天的蝉，在这校园里，得以张扬它们的鸣叫；那些角落里，则是学弟学妹隐约可见的身影。

可是这一切，林静雯无比清晰地知道，只是假象。

其实，她并不怪母亲，人总要找到平衡点，才能生活下去。

或者说，面对残酷的真实，是需要决绝的勇气的，特别是人到中年。

但她不想自己以后，也需要这样才能生活。

幸好，周一就去上班了。

她在这象牙塔里，默默握拳，为自己鼓劲。


当周一到来，再一次踏入北京龙源国际有限公司的办公室里，林静雯感觉到，这就是她期盼和寻找的团队。广州废弃厂房里，简朴的办公设施，却因为热情的同事，隆重的欢迎仪式，而带来了勃勃的生机。

他们一起鼓掌，一起舞蹈，欢呼着她的名字。

她有些羞涩，心里又有着更多的期待，融入他们之中去的期待。

由主管带领她参观公司荣誉墙，可以看见公司创始人和各界名流、政要的合影。

这要比起奢华的装潢，更让人觉得实在。

"我们是年轻的团队，也是实干型的团队，我们不搞那些虚头巴脑的，我们就是要成功！"主管激昂地这么对她说道。

接着她就成了这个团队的一员。

几乎不到十分钟，她就娴熟地跟着同事们一起回应主管"伙伴们好！"的问候："你好我好龙源带领大家赚钱好！"

公司有福利：在废弃的厂房边上，有一些城中村的房子，公司租过来作为宿舍。

"福利，当然是不用给钱的了！"来自东北的女孩童敏，对着林静雯这么说道。

童敏漂亮得有点过分，就算都是女孩，林静雯也觉得看着她，就是在欣赏美。

她比林静雯早来了两天。

看起来，她很喜欢这里："跟我爸妈描述的童年一样。"

她说的，是指从入托到入学到工作、到结婚分房，单位都管的年代。

而这位于广州的北京龙源国际有限公司，的确有这个意思。

中午饭就是不用钱的，健康的水煮白菜，少盐无油，白米饭管够。

"养生。"李亮这么对她们说着，一边欢快地扒着饭。

李亮要来得更早些，一个星期前就来了，所以对公司也更为了解："下午就要培训了。"

培训分为三个环节，首先是讲公司如何创立的，创始人满怀激情的演讲，激起了无数掌声。

接着是让大家一起喊口号，突破自己设定的界限："我要成功！"

"我，林静雯，一定会成功！"

第一次她有些不好意思，到了第三次，她挥动着手臂，和童敏、李亮他们并无二样。

最后的一个环节，是让销售之星上来讲他们的心路历程。

林静雯看着上台分享的同人们，这些本来是教师、干部、企业老板等的同辈，因为在人生落魄低潮时投身到了公司，结果都获得了前所未有的成功，东山再起，缔造人生辉煌。

林静雯激动起来了。她更加确定，自己的选择，是无比正确的。

这一次，她喊得比童敏和李亮更洪亮，更有激情："我，林静雯！我要成功！"

而培训之后，公司的督导又安排了宿舍给林静雯，这样就不用每天奔波了。

每天上下班步行也就五分钟。

宿舍并不十分宽敞,她跟童敏还有另外两个女孩住在一起。在学校住了近四年的林静雯,对此并没有什么不习惯,相反,这让她有更多的亲切感和归属感。

这天晚上,没有酒,但住在一个房间的四个女孩,诉说着自己对未来的梦想。

她们满怀希望和憧憬,有热血,有青春。

对林静雯来说,这大约是近一个月来,睡得最好,心情最为愉悦的一个夜晚。

# 第五章　真实噩梦

美好的夜晚之后，对林静雯而言，她心里还是有一丝丝的犹豫和猜测，无油少盐的健康餐，比起学生宿舍还要差一些的员工宿舍等，她隐约觉得有些异样，也许该这么说，跟她预期的模样，有那么一点差别。

在狭小的洗手间里，是没有边框的简陋镜子，镜上泛着黑斑，不知道是污垢，还是霉斑。

刷着牙的林静雯，在镜子里看到了：身后有发黑的裂纹的防水瓷砖，还有迷茫的自己。

是的，她有些迷茫，觉得似乎有些细节，跟期望不一样。

例如职场偶像剧里的职业套装和优雅的淡妆，在这家公司里，并没有见到。

就算那些总经理，衣着也很朴实。

而且因为要办五险一金，财务收走了大家的银行卡和身份证原件。林静雯不太喜欢这样。但办五险一金，是不是就得这样？她也不太清楚。难道不办吗？明显不可能啊。

"早上好！"洗手间门外，传来了同屋女孩欢快的问候。

特别响亮的声调，突兀得让林静雯有些慌乱，以至她有些张口结舌："嗯……啊，早上好。"

紧接着另一位同住女孩的问候，以及睡懒觉的童敏，被室友"骚扰"的尖叫。

气氛一下子就欢快起来，林静雯用力地刷着牙，似乎这样能把心里的一些东西清刷而去。这是一个务实的公司，这是一个充满生机的团队，当然和偶像剧是不同的，再说——电视剧里还手撕鬼子呢！难道还真相信吗？

吃了健康的早餐之后，回到公司里，主管发到每一个人手上的《生活经营管理二十条》，更是彻底打消了林静雯最后的疑虑。

因为这份规章，抬头第一句就写着："为了全面贯彻执行党和国家的商业法规和文明守则，正确宣传经营理念和优质产品，树立爱国家、爱人民、爱公司，共创美好人生的企业精神……"

这样的公司，这样的规章制度，林静雯的心，一下子就稳了下来。

而那些总经理级的人物，毫无架子，分享自己在行销推广项目的经验和话术，更让林静雯和童敏她们，找到了对这里的归属感。

时间悄悄地过去，每一天，都是饱怀着希望和冲劲的一天。

没有人茫然，也没有人忧伤。

甚至林静雯觉得，这要比大学里的氛围更积极上进！

没有那些八卦是非，也没有什么妒忌猜疑，没有小圈子针对谁、诋毁谁。

成功的伙伴，毫不保留把自己的心得分享给每一个人；失败的挫折，团队的安慰和鼓励让每个人都有了再次冲刺的力量。

甚至，这里也没有大学里那些男女关系。

渴望成功，走向成功，每个人都努力在通往成功的道路上奔跑！

李亮每一天都在不停地打电话，希望把这个项目分享给他的同学、他家乡的好友，看上去卓有成效。他的眼神里，毫不遮掩地流露着对成功的渴求，他有野心、有能力、有冲劲，出身名校的他，比其他人更容易地理解这个项目，也更快开启自己的职涯之路。

而今天，李亮终于有了收获，拿下了第一个客户。

他的发小，听明白了这个项目的意义，马上就打了3988元到公司账户。

终于因为他的努力，引领了挚友加入这个阳光2080项目中来。

他没有辜负这份友谊。

此时他的脑海里，和发小一起长大的那些瞬间，一一掠过。

李亮感觉自己在发光！是引人向善的正义的光芒，是肝胆相照的义气的光芒。

"再完成一单，你就能冲上主任级别了，加油！"华南区的总经理，对着放下电话的李亮拍了拍肩膀，这么说道，而且向大家号唤，"来，让我们一起，给李亮，给我们团队的未来之星李亮，一个爱的鼓励！"

于是，带着节奏的掌声热烈响起。

而公司的音箱，同时开始播放起《我相信》这首歌曲："我相信我就是我，我相信明天，我相信青春没有地平线！在日落的海边，在热闹的大街，都是我心中最美的乐园……"

这种氛围感染了所有人，包括林静雯和童敏。

不用任何人催促，童敏也开始了尝试，可她明显没有李亮的口才，所以并不能把这个项目的优点和好处快速分享给其他人。但身边小伙伴和主管不停地鼓劲，让她在被拒绝之后，总是能满怀冲劲，重新拨出号码。

林静雯也觉得自己要试试，讲师的鼓舞，主管的分享，小伙伴们的身体力行，让她觉得，自己不能让亲朋好友失去这个机会——在响应国家号召的同时，又实现自己飞黄腾达的千载良机！

她拿起了电话，开始拨号。

而且她深信，这就是自己踏往成功路上的第一步。


中信商厦的 81 层，是臻巅国际在广州的总部。

此时坐在臻巅国际总部接待室的石朴，用如坐针毡来形容，是一点也不过分的。

其实如果不是他的个性十分开朗，或者是用刘书萱的话讲，脸皮特别厚，换成一般人，压根就坐不下来的。

在进入商厦的大堂开始，因为衣着和外形的关系，他就被保安盘问了若干次。

而从大堂上到 81 层，要换三次电梯。

似乎每一座现代化的大厦，往往都会在换乘电梯的楼层配备保安，而作为广州地标的中信商厦，当然也不例外。

待到 48 层换电梯上 80 层时又再次被盘问，80 层换电梯上"空中楼阁"第 81 层时，当然也不能幸免。

这时刚才接待他，并把他安排到这里等待的职场丽人，优雅而干练地走了进来，对他说道："石先生，请跟我来，杜总现在有空见您。"

仓皇起身的石朴，跟在丽人的身后，走出了接待室。

前方丽人身上那若有若无的幽香，让血气方刚的他，好几次下意识地吞咽唾液。

幸好高跟鞋敲落在地毯上的步点，清晰地引领着石朴。

走进杜总的办公室，石朴对于奢华的装潢和宽敞空间还没反应过来，就被这399米上的阳光惊艳了。

阳光透过玻璃幕墙，洒落在昂贵的地毯上，而放眼望去，不论是市长大厦还是其他高楼，都在其下。

在这一瞬间，这缕阳光，要比任何的名表、古董更加地震慑他。

"看多了，其实也就那样。"宽大的大班台后面，看起来斯文儒雅的杜长卿，微笑着这么对石朴说道。

杜长卿抬手拢了拢自己略有些花白的头发，摘下无框眼镜，从大班台后走了出来。

他微笑着向石朴伸出手，全然没有楼下那些保安眼里的不屑。

因为办公室宽敞，在杜长卿走了四步之后，石朴终于反应了过来，连忙小跑上去，双手握住了杜长卿的手："杜总您好！"

杜长卿看了一眼石朴身上的衣服，笑了起来："很真诚的小伙子，现在不多见了。"

这其实也是石朴从进大堂就被盘问的根本原因。

他穿了一身没有标识的保安服。

因为要来见杜长卿，所以石朴知道要穿得正式一点，这就是他最正式的衣服。

石朴坐在奢华的意大利真皮沙发上，看着比刚才领他进来的人，气质和形象更佳的秘书过来，像是执行着某种高贵而神秘的仪式，优雅而复杂地冲泡出三杯茶。她这些近乎炫技的表演，让石朴感觉自己这个从懂事起就喝茶的闽南人，都不知道怎么泡茶了。

杜长卿向石朴伸手让茶："书萱介绍你过来学做石材贸易的生意，那我总得冒昧问一句，小伙子，你的办公地点准备选在哪里呢？"

这话一问，石朴的脸就红得跟猴子屁股一样。

因为他是问过租金的，或者说，林静雯给他列的计划就有这一环节，要找一处合适的办公地点。但就算是远离市中心，别说写字楼了，即便是公寓，棠下的勤天E品，有近三十平方米的，也得每月三千五百元起步。

他租不下手啊!

"我,我想在猎德村租个店面。"石朴越说,声音越小了。

听了石朴的话,杜长卿微笑着点了点头:"书萱跟我说,她投了你五十万元零花钱?"

如果她不投钱的话,凭什么这位世交叔父,要教石朴做生意?

石朴点了点头,但听得懂杜长卿的意思:又不是没钱,为什么想租城中村?

这是他走进这幢大厦之后,第一次真正意义地挺直了背,抬起头,望向杜长卿:

"那是本钱,不能这样花掉的。我三叔和乡亲也凑了五十多万,那都是棺材本,不能花的。"他很坚定地这么说,甚至在杜长卿的眼里,还带着点傻气。

也许因为背负着这两笔钱,压得他全无灵光,全然没有平时的没心没肺或是小机灵。

去猎德村租个小店面,两千块就够了,他谈好了,押二交一,把公司的牌子挂起来,晚上他还可以睡里面。石朴甚至想过,还可以卖点烟酒汽水雪糕,补贴店租。

他其实很惶恐。不是因为没钱,而是因为身上有了这两笔钱,对他来说,是巨大的负担。

杜长卿听着,也不说话,就是微笑地点头。

等石朴说完了,他想了想,对石朴说道:"我也投五十万吧,我要占你利润的10%。"

商人逐利,杜长卿当然有他这么做的理由。

或者是因为刘书萱才投的钱,或者是其他,但石朴不可能拒绝呀。

因为石朴的公司还没注册,所以他就在杜长卿秘书诧异的眼光下,讨了两张A4复印纸,手写了一份协议,跟他给刘书萱写的那份一样。

字算得上极丑,但石朴写得很慢,所以两份协议写得密密麻麻,但没有一个错别字。

秘书看着这份内容近乎儿戏一样的协议,真的感觉到极度荒谬。

但她没有想到,杜长卿居然微笑着签下了名字。

"现在，我是你生意的股东了。"杜长卿再次伸出手，跟石朴握了握。

因为是股东了，所以杜长卿接着就把公司在世贸大厦一间闲置的办公室，以每月一千元的价格，租给石朴一年。并承诺派遣资深的三人团，用半年时间去带石朴上手，而且前半年这三人团队的薪水，会由杜长卿这边来支付。

杜长卿端起茶杯，对石朴说道："作为合伙人我赞助你几套旧西装，在生意盈利之前，你得保持正装。没异议吧？"

石朴站了起来，端端正正给杜长卿鞠了个躬："杜总，我没读过什么书，但我知道好歹。"

走出中信商厦之后，广州夏天正午的阳光照在身上，毒辣得让人皱眉。

还没走几步，石朴就感觉全身都在冒汗了，但他开心得连蹦带跳。

手里文件袋中的租赁合同，那可是世贸大厦一百二十平方米的写字楼租约！

世贸大厦的租金多少钱？这个价，在看写字楼价格的石朴是真知道的。

嗯，当然没中信商厦的贵。但加上电费、管理费等各种费用，每平方米也得二百块左右了。而且经常满租，也就是有钱不一定能租得到。

一千块一个月，这跟白捡有什么区别？

在走到公车站之前，石朴的电话响了起来，是林静雯打来的。

他很高兴地接通了电话，还没等林静雯开口就说："完蛋了，我现在欠刘书萱的人情还不清了！她如果要逼迫我当上门女婿，我恐怕得从了呀！"

"不然她拿天九翅扎你，用金华火腿打你，对吧？大白天的，你做什么梦啊！"林静雯在电话那头笑得很欢乐，无论何时，似乎跟石朴聊天，总能让她笑起来。

石朴笑着把刚才的经历跟林静雯仔细说了，但又颇为担心地说道："我要学不会这生意，不单三叔那边没法交代，感觉刘书萱和杜总这边，也没法做人了。"

他一说完，电话里就静默了得有四五秒，林静雯才开口，很严肃地对他说道："那你应该马上加入阳光2080工程！"

在龙源国际此起彼落的电话声里，林静雯笑着问道："那位杜总，跟你长得很像对吧？"

这明显就是玩私生子的梗，石朴一听就明白了，没好气地说道："滚！我甲李讲吼，我甲我父，跟同一个红龟粿的粿模印出来一样！"

他的意思是，自己跟父亲长得几乎一模一样，不存在是杜长卿私生子的可能。

林静雯就在电话那头笑得乐不可支。

其实她是想了许久，才拨了石朴的电话。

她原本是想拨给父亲的，但是父亲所有的收入都归母亲管，所以说服了父亲也没有任何意义。至于母亲，她不想跟母亲聊投资的事，或者说，她惧怕去跟母亲聊任何事。

因为母亲最后都会归结到一个点：你去省城读大学，就学会来弄家里的钱？

她甚至不敢打给家乡的亲友，尽管她觉得，公司的项目足以引领亲友飞黄腾达。

总会有人觉得不好的，李亮也是尝试了许多次才有了成功的业绩。

哪怕只要有一个人觉得不好，说上两句不好听的话，母亲得悉之后，就会大发雷霆。

所以她就打给了石朴。

尽管林静雯很清楚，如果她打给刘书萱，后者一定不会拒绝她。但她就是不想，甚至这半个月里，神州行的手机卡里还有钱时，有两次刘书萱打电话、QQ上约她出去玩，她都没提这事。

她害怕自己习惯这种赠予。毕竟那位习惯了被豪车接送的师姐，最后的下场，到现在仍让林静雯毛骨悚然。

所以她拨给了石朴，也许只是因为，她在寻找一个理由，来打石朴的电话而已。

"你不用担心，我没有疯成这样。"石朴对电话彼端的她，笑着这么说道。

在他看起来，她是担心他得意忘形，所以在隐晦地提醒他，不要走错了路。

但一下子，电话里就沉默了。她便没有再开口。

"没有疯成这样？"她第一反应是被激怒了。

因为这话听起来，是不是有暗喻她疯了的意思呢？

但她在挂断电话时，却想起了在地铁站，这个素不相识的年轻人，笨拙地问她是被抢包，还是被欺负，要路见不平帮她出一口气的时刻；想起被刘书萱请客之后，要被逼埋单时，哪怕没钱也敢于出来认账的时刻。

不论如何，至少石朴不是一个阴阳怪气，会冷嘲热讽的人。

但一想到这里，她就觉得更加不对了。

细细揣摩着石朴的话，她紧紧咬着自己的唇，不再言语。

其实有一些东西，每个人都会习惯去逃避。特别是在逆境之中，实在很难让人鼓起勇气，去面对残酷的事实。

不单林静雯的母亲是这样，很多人也是这样，包括这一刻的林静雯。

过了良久，石朴开口道："其实我对你说起的2080阳光工程很有兴趣，你给我地址，我过去交钱。"

如果说之前还有什么犹豫，此刻林静雯一下子就醒了。

因为她现在已经不在那废弃的厂房，也不在那边上的农民屋了。

加入公司不到一周，就换了办公场地和住宿，都是公司派小客车把大家运过来的。

现在他们在一幢五层楼的农民屋，二三楼办公，四五楼住宿。

当时她还跟童敏、李亮他们感叹，公司可真贴心，从起床到睡觉，全都不用操心，都管上了。

到了现在才发现，自己压根就叫不上这里的地段名，这里到底在新塘的哪一条街？

她抬头望向了自己的主管，向他问道："我有朋友想加入我们的项目，我们这里的地址是什么呢？"

当主管得知林静雯的朋友希望来了再交钱，就给了她一个地址，在人和的某个地方。

林静雯心里的异样感更重了。

因为她知道，这里不是人和。

她只是说不上哪个地段、哪一条街，大致上，她还是知道，这里是新塘。据说正在准备拆迁的新塘。

"他加入的话，得参加下一期的展业培训了，到时我们一起去人和接他。"主管笑着这么解释，她的意思是，下一期培训就在人和。

有些东西，一旦被点醒了之后，就能找到许多原来以为一点问题也没有的蛛丝马迹。

林静雯犹豫着，是否要把人和的地址报给石朴呢？

她沉默了很长时间，直到石朴再一次问她："给我地址吧，我也去加入你的这个项目。"

"你不想加入就算了，你要好好努力，把生意做起来。"林静雯对他这么说，然后挂断了电话。

她转过身，望向自己的主管，那位据说原来在国企当过处长的中年女性。

这半个月里，林静雯很承这位主管的情，毕竟她很关照自己。

前几天她到了生理期，半夜竟发起烧来，主管跑出去帮她买药，膝盖都摔破了。

林静雯不讳言，她甚至有些把主管当成母亲依赖。或者说，她理想中的母亲，也许就应该是这样的形象。

但今天放下电话，她望着主管，却终于没有跟平时一样诉说了。

其实有很多东西，不见得林静雯之前就没怀疑过，没注意过。只不过，在这种群体催眠的环境下，人会刻意地忽略这些细节，让自己去相信大家都愿意相信的东西。甚至有人在逃离这种环境之后，仍会有斯德哥尔摩效应，觉得在这里有着宝贵的经历和回忆。

"不要害怕失败，加油，你要相信自己，成功属于我们！"主管还是如往昔般热情。

也许是因为，她对这个项目的信心，让她并没有发现，林静雯的回应比起之前要显得牵强。又或者，边上沮丧放下电话的童敏，更需要主管的激励和安慰。

童敏很沮丧，因为她比林静雯尝试了更多次，但她仍没有成功。

比起犹豫了许久，半个月来才拨出十几通电话的林静雯来讲，童敏有着足够的勇气和更高涨的热情。她每天都要打几十通电话，到现在为止，已经把通讯录里的人，只要能拨通的，几乎都联系过了。

对于林静雯和童敏两人来说，她们只有一笔业绩，就是自己掏钱加入的那一单。

"怎么办呢，怎么办呢！"童敏很不安地摇着林静雯的手臂。

尽管她有一米七左右，要比林静雯高挑不少，但在相处中，她更依赖林静雯。

主管仍旧在鼓励她们。但这时在童敏左手边有一个人成交了，不但钱到账了，而且约定了明天就来加入团队！几乎人挨人的办公室里，马上爆发出了欢呼声，所有人都在为成功者加油欢呼。

林静雯苦笑着自语："是呀，我们怎么办？"

## 第六章　逃出樊笼

身处新塘某个小区的林静雯，不单身上的钱跟童敏一样，都投了 3988 的项目费。手机也从进了公司宿舍的第二天起，被主管以防止丢失的名义统一保管了，有电话打进来了，主管才拿过来让她们听。

而且两人的手机卡前几天就没钱了，电话也没有再响过。

现在白天要打电话，都是拿着抄下来的电话本，用公司提供的电话来打，接着怎么办呢？

"要不这样！"童敏想到了一个不得了的主意，她感觉能解决困局。

"老铁、发小们不愿加入，没事，咱们找他们借钱，借了钱，帮他们投入项目里去。"

有些人就算不化妆，随便缩起头发就很好看。

童敏无疑就是这样的例子。她皱起鼻子的侧脸，因为夏天的酷热，还渗着汗水，看着就显得特别有活力。她接着说的话，也同样很有活力："等收益回报了，那些亲友，哼，他们就知道感谢我了！"

林静雯听着她的话，看着她，就好像看见给石朴打电话之前的自己。

身边那些狂热的同事，疯狂的鼓掌、呐喊，林静雯机械地附和着拍手，趁着主管没注意，轻轻地扯了扯童敏，对主管说："我去洗手间。"

童敏尽管不知道林静雯啥意思，但她读懂了暗示，马上说道："我也去！"

这些天两人表现得很积极，加上主管正在对那位成功者进行表扬，所以并没有如往常一样，让人给她们"带路"，而是示意她们自己去这幢农民屋一楼的公用洗手间。

或者觉得，她们两人互相"带路"，想来就不会出问题了。

夏日的太阳很猛，但新塘这处农民楼，可能是设计的问题，似乎压根就透不进阳光。

　　扶着墙壁下楼的两人，在这陡峭的楼梯上，只有压抑的燥热。下到一楼，放眼所及，是每一扇窗户上的铁栅栏，让人身处其中，有着压抑的窒息感，特别是对如梦初醒的林静雯而言。

　　林静雯一把将童敏扯进了狭窄的洗手间里，然后反锁上门。

　　"咱们跑吧。"她对童敏这么说道。

　　童敏听了，一时反应不过来，傻傻望着她，张开嘴不知道该说什么。

　　为什么？为什么要跑？她还在合计着，跟亲友借钱之后，瞒着他们来投项目呢！

　　这时洗手间外边响起了同宿舍女孩的声音："你们好了没啊，我好急呀！"

　　童敏刚想开口，却被林静雯一把捂住嘴，然后后者对着外面说道："我拉肚子呀，童敏等不及，去外面找洗手间了，你要不也出去看看？"

　　她的话，成功地让这位明显是主管派来的姐妹感觉到了慌乱。

　　于是响起了匆匆上楼的声音，林静雯连忙打开洗手间的门，让童敏出去："说这院子里怎么没其他厕所。"

　　所谓院子，是用围墙圈起来，不到五平方米的空间。

　　主管匆匆地下楼，脚步声急促，如同接到十万火急警报的救生员一样。

　　被林静雯从洗手间推出来的童敏，一脸的懵懂。但面对着匆匆下楼来的主管，童敏按着林静雯的叮嘱说道："咋就没其他洗手间了！"

　　尽管她此时完全不知道林静雯到底是在干什么，但这半个月来的朝夕相处，童敏只是觉得自己得仗义，别坏了姐妹的事。至于什么事，她一点头绪也没有。

　　主管喘了好半天，才对童敏说："你不知道去四楼吗？"

　　农民建的楼，为了省地方，五层楼只有两个洗手间，一个在四楼，一个在一楼。

　　当林静雯从洗手间出来时，主管就在门外等她，还如平常地关怀："拉肚子吗？是着凉了吗？来，这感冒药吃两颗！你要不今天先休息，就别工作了。"

　　但这些话听在林静雯的耳中，却跟以前有着不一样的感受。

她接过药，缓慢上楼，在充当宿舍的二楼停下来，隐约就听见主管在骂一楼的人。

为什么要骂人？一楼的那几个老在打牌的人，他们的责任是什么？

林静雯只觉得浑身发冷，之前有多热血，现在她就有多惊恐。

因为主管认为她拉肚子生病了，所以给她做了面条，还加了个荷包蛋。

想着其他人必定跟往日一样，肩膀挨肩膀坐在三楼地板上，吃着无油少盐的健康水煮青菜和米饭，林静雯捧着面碗，泪水默然流了下来。

主管很满意林静雯的感动，轻抚着她的头发："没事，好好养病，好了之后接着努力，你一定会成功的！"

坐在重叠的行军床上铺，林静雯点了点头，一句话也说不出来。

主管陪着她，她慢慢地吃着面。

两人都是一身的汗水。

炎热的天气，没有空调，连风扇也得整个房间六人到齐，才能打开，浑身大汗在所难免。幸好这农民楼的窗户上装了纱窗防蚊，于是在这中午的阳光底下，就能不时看到蚊子在纱窗外盘旋着，爬附在上面，努力寻找着进入的空隙。

用力咽下一口面条的林静雯，看着那些蚊子，看见的仿佛是之前各式的自己。

她努力吃完面条，然后躺在单薄的床板上，让自己尽快入睡。

黑夜，总是会如期而至。当呼噜声和蚊子的振翅声都显得刺耳时，夜已深了。

睡了一天的林静雯，蹑手蹑脚翻下了上铺，她捂着童敏的嘴，轻轻摇醒她："陪我去洗手间，我有点昏。"

"得了，得了，烦！"童敏没好气地拍开她的手，但倒是麻利地起了身。

林静雯对她说："你穿好衣服，哎哟，蚊子毒得很，听话！"

童敏叹了一口气："姐们，我真的很想弄死你！得了，我怕你了，我穿，我陪你尿个尿，你恨不得要我裹上秋裤，这什么人嘛！"

两人摸索着出了房间，童敏想去开灯，又被林静雯拉住："别！"

"你这是黄皮子上身还是咋了？咋那么多毛病呢？"童敏很无奈，一边骂着，一边陪着她摸黑往楼下走。

走到一楼，林静雯推开洗手间的门，看到里面没人，那几个打牌人的房间也传出了呼噜声。她压低了声音，对童敏说："我们逃吧。"

"没业绩厌了？都说了不用怕，我想到法子了呀！"童敏打了个哈欠，对林静雯说道。

林静雯很担心一会儿别人发觉了，抬手捂着她的嘴："这是传销，咱们进传销窝了！"

月光下看着她仍一脸的懵懂，林静雯咬牙掐了她一把，童敏一下子痛得睡意全无，算是清醒过来，但望着林静雯，她就摇头道："咱这怎么能是传销呢？咱这是国家批准的2080阳光工程……"

她停了下来，因为林静雯并没打算跟她辩论，径直走向了围墙。

因为感觉完全劝不动啊。

林静雯倒没有觉得童敏这样就如何不可救药。

在石朴无意提了那一句"我没有疯成这样"之前，她何尝没有认定，这就是自己的成功之路呢？所以劝不动没有关系，实在不行，自己先逃出去，之后再想办法来救这姑娘了。

但月光把童敏长长的影子投射到了她的前方。林静雯回头，就看见童敏跟在她的身后。

"你想明白了？"林静雯冲她问道。

童敏摇了摇头："我咋不明白了？是你在干蠢事咧！"

一瞬间，林静雯禁不住心就往下沉。

她倒不担心童敏会出卖她，因为要这么做，吼一声就得了。

可这时候童敏来跟她纠缠或劝阻她之类的，绝对是她最不想看到的结局。

但让林静雯没有想到的是，童敏揉了揉眼睛："要翻墙就快整啊，你硬要走，我就陪你嘛，铁子一起干个蠢事，咋了？整不整？整就快翻，不整我回去睡了。"

而这时从洗手间的角落，传来了熟悉的声音："墙上有玻璃呢！"

两人吓了一跳，却是穿着整齐的李亮，从洗手间边上的阴暗角落里走了出来。

"要不我早就跑了。"李亮对她们无奈地说道。

林静雯看着眼前这位，李亮在这半个月来，有两单人没来、钱先到账的业绩；有三单是人带着钱来加入项目的业绩；另外还有五单是人带着钱过来，但还没到，正在路上的。

这么算起来，半个月，他就做了十单。

事实上，李亮在这里已经被称为高级经理了。

如果那五单在路上的人到了，并顺利交了钱，按公司的晋升制度，那他就将成为地级市的总经理，带人到下面市里开拓业务了。

不论是林静雯，还是童敏，谁也没有想到，李亮竟也想跑。

他其实在林静雯她俩下来之前，就试过想翻墙跑的，可那围墙上面有玻璃片，这让李亮感到束手无策。

李亮推了推眼镜，对她俩说道："没法爬，唉！"

"你转过去。"林静雯对李亮这么说道，虽然不知道为什么，但李亮"噢"了一声，下意识就转身了。然后就听见林静雯对童敏说："把你的胸罩脱下来给我。"

"凭啥？你有病啊！"童敏没好气地拒绝了。

林静雯从鼻子里呼出气来："我有用，你的够大。"

"那必须的！"童敏就得意起来，"你要这么聊，那就让你卑微一下！其实大也不好，买衣服特别烦。"

林静雯摇了摇头，指了指墙头："闭嘴吧，赶紧把我举起来。"

她不太可能举得起高她十厘米的童敏。

接着林静雯就用胸罩裹着手，当成防护手套，扳着墙头，爬了上去。

她那高帮靴的厚底鞋，这时就显出好处，接连踹掉了一段墙头的玻璃碴，一点事也没有。

不过爬过了围墙，跑了一段路之后，童敏就发现还到她手上的那内衣已经多处破裂，而且上面指不准还有玻璃碴子，气得她不停地咒骂着林静雯："你这虎娘们！我这还咋穿咧？"

让人意想不到的是跟在她们后面喘得风箱一样的李亮，轻松地解决了这个问题。

因为李亮是高级经理了，他拿到了那五单分成的钱。只要有了钱，在夜市的小摊贩那里，当然可以买到内衣。

"咱们赶紧去市区呀！你在找什么？"李亮和童敏看着在夜市的小贩里四

处打听的林静雯,感觉完全摸不着头脑。

林静雯可不打算就这么回市区,她不打算就这么算了。

她就不肯轻易放过别人,也不肯轻易放过自己。

逃出来,对她来讲,这事不算完。她要去报案。

不论是广州还是深圳,甚至香港,几乎整个大湾区的底层小生意里,菜市场里,总不乏潮汕人的身影。

这当然不见得就值得夸耀,但它是一个事实。

所以说着潮汕话的林静雯很快就找到同乡,打听到了派出所的位置。

几个卖发圈、发夹、凉席之类的潮汕中年妇女,自发护送着林静雯去了派出所报案。

而当警察询问她要打电话给谁时,她想了想,却终于摇了摇头。

家,是温暖的港湾,这句话并不适用于每个人。至少对林静雯而言,她现在最不想面对的人里,绝对包括她的母亲。

她不想听母亲在身边不断地数落,埋怨她给家里丢脸了,进而抨击这么些年的大学白读了之类的,最后母亲关心的,大概是禁止林静雯和她父亲跟任何人说起这件事,以防她在家乡的亲友面前无地自容。

"我只想拿回我的身份证和被骗的钱。"她对警察这么说道。

过了一会儿,警察过来告诉她:"系统里面,你的朋友中午就在天河、人和都帮你报警了,你现在没事了,那我们得通知他一下。"

接着警察说出了石朴的名字。

她点了点头,在警局的接待室椅子上,抱着膝盖,眼泪如同掉了线的珍珠一样,不停地往下掉,往下掉。

童敏劝她,李亮也劝她。她不断地点头,但不知道为什么,就是眼泪止不住过一会儿又往下淌。

不知道过了多久,熟悉的不标准的普通话,在耳边响起:"是不是被人抢了包啊?或是被人揩油了?我甲李讲,勿哭啦!我帮你追呀!往哪边跑的?"

她抬起头,石朴穿着那一身没有任何标识的保安服,站在她的面前。

如同初次偶遇,他对她所说的话。

并没有讲什么道理,但她抽泣着,慢慢止住了泪,眼里渐渐地泛起了笑意。

夏日的天总是亮得早些，第一缕阳光不知不觉已划破夜幕，透过窗户，就照在她仍带泪的笑脸上。

朝阳的光，让新塘的早晨被赋予了广州的节奏，疏懒且有点赶墟式的夜市不知道在什么时候荡然无存，那些大排档、烧烤摊也如同不曾存在过。环卫工人在清理路上的垃圾，很快，夜的痕迹就会被抹去。

早餐店门口的人们，极少有坐下来吃完再走的，就连从警局里做完了笔录出来的林静雯和石朴、童敏、李亮他们几个，也不例外。

买了早餐之后，他们也跟大家一样，拎着塑料袋装的包子或蒸饺、油条、豆浆之类的早点，赶往公车站。

尽管他们其实都不赶着去上班，但在这个城市，已经习惯了如此。

街上匆匆而过的行人，无论穿的是高跟鞋或运动鞋，绝对不会因此影响前行的速度。

马路上有洒水车经过，它行走时所播放的音乐，有着跟这座城市的节奏格格不入的缓慢，几乎路人都会下意识皱眉，期望着它快点驶过。

公交车似乎带着起床气，就算拖着沉重的躯体，但那切线和启停的急促，也让人毫不怀疑司机有着上F1赛道的雄心。候车亭的人们大多很有经验，贴着公交车的前门侧边挤了上去，这个钟点，那些想从前门正面登车的人，最后往往都只能等下一趟了。

行驶得很快的公交车，把挤得像沙丁鱼罐头一样的乘客不停地甩动。而石朴像一只大鹅，张开双臂抓着车门的立柱，努力地把林静雯护在角落里。

林静雯不知道为什么，突然想起一句读过的诗：相濡以沫，不若相忘于江湖。

但她在下一刻，随着公交车的颠簸，又把这个念头甩到了九霄云外。因为书上说的，也不一定就是合适的，就像她从石朴手臂下面望过去，那一脸淡然的李亮，北京名校毕业的李亮。

北京龙源的高级经理李亮。

她不太喜欢这个人。刚才做完笔录时，李亮告诉她们，他早知道那公司不对了。从拿下第一单时，他就知道那个所谓北京龙源是个传销窝。

不知道是真的，还是他为了炫耀才这么说。

林静雯咬着唇，她希望，那只是他好面子的炫耀，不然的话，真的就太可怕了!

"花园酒店到了。"还没有到站,司机就按下了到站的播放键。

这座城市,似乎所有的人和事都特别急。

车上的人们,大多就如起跑线上的选手,望着后门,做好了冲刺的准备。

人生的路,各不相同,谁也不见得能陪谁走到最后。

就像从公交车上一拥而下的人们,刚才彼此贴得很近,就在下车之后,各奔西东,成了也许一生再不相遇的陌生人。

林静雯他们的目的地不是花园酒店,在这个公交站下车,是因为广州世贸大厦,就在花园酒店对面。而石朴刚好在这里有一间每月一千块租金的办公室。

一百二十平方米,月租一千的办公室。

李亮跟着他们踏入这间办公室,就惊叹:"这样的写字楼,一个月得几万块租金吧?"

"就这办公室的装潢,没个七八十万下不来呀!"

"石朴,你带咱们这么进来,方便吗?一会儿让这公司的人看到,训斥咱们就丢脸了。"

林静雯是知道这来龙去脉的,回头对李亮说道:"这是石朴的办公室。"

李亮愣了一下,但他是很聪明的人,聪明到可以在传销窝里,半个月成交十单,所以他并没有去质疑石朴。

看着石朴把大家带到总经理办公室坐下来,李亮脸上就露出了谦卑的笑:"石总真人不露相啊!"

身着没有标识的保安服的石朴,一边跟林静雯和童敏吃着从新塘路边早餐店买来的包子、油条、豆浆,一边跟李亮开始胡扯,他习惯性毫无边际地胡吹乱侃。

但所有的一切,似乎在这豪华办公室的映衬之下,让李亮感觉到高深莫测。

何况杜长卿承诺的三人督导组,在十点半左右就过来公司,随着他们过来的,还有来给石朴量身定做西服的裁缝。看着就绝对是商业精英的三人督导组,其中一位更是比李亮高了几届的北京名校的师兄,这一切看在眼里,李亮望着石朴,眼里就有炽热的光。

"石总，我来广州，一直都在寻找……"李亮还没说完，就被喝完第二杯豆浆的童敏打断了话头。

相比于林静雯一路的沉默，以及眼光里对李亮的审视和判断，童敏是不同的。

她一开口，明显是带着愤怒的情绪："喂，李亮，你刚才说，你知道那是传销？你知道是传销，你不和我跟静雯提一嘴？"

林静雯抽了张纸巾擦了嘴，把它扔进垃圾桶里，望着李亮也开口问道："你不跟我们说也算了，你还忽悠人过来？半个月成交十单。"

李亮伸出食指，扶了扶眼镜，苦笑道："不是，我有苦衷的。"

"你可别跟我俩这个那个的了，要怎么地你能说就说，不能说你就滚犊子！别跟我俩搁这装！装鸡毛啊装？"童敏这火气一上来，那可真不是林静雯能比的。

本来想顾左右言他的李亮，一时被呛得没法转移话题，只能老实说："我怕他们打我呀，我想着，做多几单，他们不再防着我了，我不就能跑了吗？没跟你们说，说真的，你们在里面也很积极，我哪敢跟你们提呀？"

童敏听着又要发火，因为在那里，李亮和她们俩是走得很近的，甚至李亮还好几次跟她们分享展业技巧呢。要是他早点跟她们说，那不就早一些醒悟过来吗？

但林静雯扯住了她："行了，行了，都是成年人，人家不欠咱们的，对不对？"

李亮抹着额上的汗，感激地向林静雯点了点头。

而他是个很聪明的人，看着这场合，自己是没有什么机会巴结上石朴，很快地，找了个借口，告辞离开石朴的办公室。

"接着怎么办？咱俩除了警察好心借的两百块，身无分文啊！"童敏向林静雯这么问道，她转过头望着石朴，"兄弟你看着就是个仗义的，借点钱让我俩缓缓，过阵子还给你呀。你办公室都能扔七八十万装修，借我们两千块，不为难吧？"

# 第七章　这不是全部的世界

还没有等石朴开口，林静雯就摇了摇头，对童敏说："这都不是他的钱。"

她不想让他为难，因为她知道石朴真的没有什么办法。

石朴不单有这么一个装修豪华的办公室，他的账户里至少还有三笔钱：三叔和乡亲的棺材本；刘书萱给的投资；杜长卿给的投资。但这都不是他的钱。

无论是从道理上，还是道义上，他都不应该为了帮林静雯去动这些钱。

不单他知道，林静雯也知道。

"你电话停机了，充一下值吧。"石朴递过来一张充值卡，对林静雯说道。

时代的脚步从不停歇，现在，给电话交费连营业厅也不必去了。直接在路边的书报亭买一张这样的充值卡，刮开了涂层，就能完成充值。

"不用了，我等一下自己……"她笑得有些牵强，以至于本来还想再说什么的童敏，也识趣地对付手里的包子，没有再开口。

石朴向她伸出了手："我来帮你充！我充值超厉害的，来来，你快把手机拿来。"

他笑得灿烂，毫无心机的坦诚，以至于她不知道怎么拒绝。

把手机递给了他，林静雯从沙发上站起来，望着窗外。

从高层往下望，拥挤的人和车辆都像积木、玩具一样渺小。

这个时候是上班的高峰期，电梯几乎水泄不通，大厦外的人流也极拥挤。

但其实，能从写字楼下到地面，不是只有电梯。

一个红色的薄膜袋，不知道是被风刮起，还是谁在某层楼扔下来的。在林静雯的视野里，它飘荡着，飘荡着，但终于不可逆地往下沉。

如同她几乎不堪负荷的心。

就在这个时候，急促的信息提示声突兀而不断地响了起来，一下子就打断了林静雯的思绪，她回过头，面对着同样手足无措的石朴，和一脸惊讶的童敏。她的那台二手诺基亚N78手机，不断地抖动和响起，如此的连绵不绝，以至于让林静雯一瞬间有种错觉：在彼端的电信公司，是不是有一些如刘书萱一样打字速度快过语速的"触手怪"，正在疯狂地输出？

从石朴手上拿过手机，无数的信息里先跳出来的，是刘书萱几天前发的QQ留言。

她似乎察觉到林静雯的不对劲："你是不是遇到什么过不去的坎？我们是朋友，我一直这么认为。"

林静雯想了想，回复了她："出了点事，刚回广州，等我处理完手头的事，见面聊。"

尽管她对母亲的处世方式有着诸多的诟病，但事实上，她也难免沾染母亲的某些习惯——事不到偏执，说不上好坏，只是习惯。

"他们回复我了！"她突然兴奋地尖叫了起来。

真的尖叫，高声尖叫。

以至于在外面研究、制订计划，怎么带石朴走上石材外贸的三位商业精英，都被惊动了，走了过来看了没事，才放心继续他们的工作。

林静雯尖叫的原因是，HFB厂商，也就是那家光电泳美白机器的德国厂商，回复了她的邮件，而且还有一通从德国打来未接的国际电话。

打开邮件，是厂商回复过来的邮件。

因为她通过查询发出的电子邮件里，发现有一个是真正厂商的联系邮件。

对中国乃至亚洲市场，邮件里这位名叫米歇尔·巴拉克的女士，很例行公事地告诉林静雯，HFB并没有针对亚洲及中国市场的开发计划，坏了的机器，可以通过国际快递寄到德国维修。至于林静雯在邮件里提出的，成为HFB的中国区代理，米歇尔·巴拉克很不以为然，她声称如果林静雯真的想申请HFB的代理，那么应该提供一些资质类的文件，否则按邮件里的原文意思，大约就是：我们不知道你是谁，我们不可能随便赋予某个人重要的责任，上帝可以。

"我要一台电脑！可以上网的电脑！"林静雯这么对石朴说道。

而这么豪华的办公室，当然不会缺少这样的一台电脑。

林静雯很快就上网搜索到她想要的东西：代理商资质。

"按搜到的这个加入扒鸡连锁店的资质来讲，要有营业执照，有场地，有员工。"童敏在边上看着搜索，这么说道，"咱俩啥也没有啊！警方倒是说可以送咱们回原籍！"

被骗的几千块，当然要等警方把那个传销窝捣毁，通过司法程序，再行退回给他们这些受害者。

"要不，找一下刘书萱吧？她也说了，大家是朋友。"石朴凑到电脑边，对仍在搜索信息的林静雯这么说道。

林静雯正在给米歇尔·巴拉克女士回复邮件，向她表示感谢，并且告诉她，自己将提供HFB所要的资质文件，请米歇尔·巴拉克女士提供文件的标准格式。然后她关掉了浏览器，冲着石朴摇了摇头："不，你别跟她提这事，她不是我的世界的全部。我会想办法的。"

说着林静雯招呼着童敏："走吧，找个地方让你先待两天？"

童敏一下子就高兴起来，揽住林静雯："姐们，靠谱！"

石朴想了想，拦住她们，示意林静雯跟着他到边上。

避开了童敏，似乎让他感觉轻松些："生意我一个人也做不起来，总要请人的。要不，你留下来帮我吧。那什么HFB，那么远，也不知道能不能成……"

他平时的口若悬河，这个时候全然不见踪影了，甚至显得有点笨拙。

"谢谢，但是，我不想这样。"林静雯看着他的眼睛，尽管从中读出了真诚和坦荡，但还是毫不犹豫地拒绝了。

当石朴送她们进电梯，电梯门关上的那一瞬间，她吐出了一口气。

他也不是她的世界的全部。她要走在自己的路上。

毕竟林静雯还没毕业，所以学校的宿舍仍然可以住上一些日子。

而宿舍里，总有一两个受不了宿管阿姨，跟同学合租在学校外头的舍友。

事实上，林静雯宿舍里有两个同学住在外面，所以林静雯跟她们说了一声之后，就带童敏到宿舍里偷偷暂住几天。

但这天一早，林静雯就被童敏摇醒了，后者气得柳眉倒竖："这厮包在向我们示威呀！"

她举着手机，向林静雯这么说道。

上面是李亮发来的信息，他找到工作了，去了一个国内顶级的游戏公司当策划。

林静雯看了之后，并没有太大的反应，只是向童敏说道："名校出身哪，找这么一份工作的确不难。"

这是一个客观事实，那所北京的名校出来的学生，对他们来讲，绝对不至于找不到工作。能进那所名校，本身说明他们就有足够的能力，如同李亮，就算误入传销窝，半个月也能有十单的成交额。

所以林静雯还真不觉得这是在向自己示威。

"你还有时间生气呢？你今天有三个面试，最快那个就在一小时后，赶紧吧姑娘！"

她对童敏这么说道，后者惊叫起来，连忙冲进了卫生间开始洗漱。

毕竟谁也不可能依靠大学宿舍、大学饭堂来长久逃避社会，不论是林静雯，还是童敏。

随着童敏匆匆地奔出宿舍，林静雯也并没有再停留多久。她有自己的行程，但不再是去面试。或者说，她已经有了自己的工作。

再一次走进地铁站，再一次来到表姐小杂货店的门口。

"我想争取一个代理，德国的代理，厂商给我回复了邮件。"她对表姐这么说道。

其实她不只是对表姐说，在大学宿舍里，这几天她已跟不下三十名同学聊过。

也许正如尼采所说的，没有杀死她的，只会让她更坚强。

传销窝点就是这样，经历了这一切的她，更加勇敢，毫无畏惧。

"姐没读过书，这外国字我也看不懂，阿雯你要说这生意能做，那就试试看吧。"

表姐的私房钱只有几万块，犹豫了许久，她终于答应借给林静雯。

不过随即她又叮嘱："表姐没什么钱，这个小店要养一家老小，你这次要是做不起来，下次，那就没法子再帮你了。"

这话如果是林静雯的母亲听见，必定勃然大怒，觉得没来由看轻了人。但林静雯并不以为有什么不对，谁也不可能无休止地去帮助别人，或相信别人。哪怕是亲友也不应例外。

正如她如果赚到钱，会拿给母亲，但她绝不会去找母亲聊这类投资的事宜。哪怕母亲主动要求参与，林静雯也一定不会接受。

在离开表姐家去地铁站时，遇到了石朴的同乡李建南，他仍在五金店里打工，晚上仍然去车场当保安，早上照例在早餐店帮忙。

生活对李建南来说，每一天似乎就是毫无区别的重复。

但他的眼里有朝气："马上我就攒够首付款了！"

他有问林静雯过来番禺做什么，当听到她说起争取德国厂商代理权的事，他觉得是件不错的事。但当林静雯开玩笑地问他要不要投资，大家一起来做这件事时，李建南跟见了鬼似的："不，不，我没钱，有钱投啥资？放银行吃利息不好吗？"

他甚至不愿跟林静雯再聊下去，找了个借口，匆匆走去边上的烟店喝茶，直到她的身影在街角消失，李建南才如释重负地走回五金店。

林静雯能感觉他的戒备，但她并不是太在意，她并不觉得自己能让所有人都满意与认同。

关键是向来保守的表姐，都默认了这生意是可行的，愿意借钱给她！

其实不单是表姐，学校的七八个要好同学，也已经帮她凑了两万，还有在十三行打工的高中同学，也帮她凑了几万块。

这么算在一起，就有近十万块了。

林静雯觉得，这足够让自己有底气去应对 HFB 厂商的要求。

只要拿到代理的资质，她会努力去跑美容院，她会全身心地扑到工作上。这一个市场空白，足够她积累第一桶金了！

一切都在变好，她脸上的笑意按捺不住，连走路都轻轻地蹦跳。

走出地铁站的时候，电话响了起来。

"晚上去潮汕牛肉火锅，我请客！"童敏在电话里大笑着对林静雯说道。

因为她找到了一份广告公司的平面设计师工作，公司对她很满意。

毕竟她是美院科班出身，与只会操作软件的竞争者相比，无论是构图还是色彩，她都有着降维打击一样的优势。

何况，高分的颜值，对于第一印象来讲，总是无法否认的加分项。

公司不但承诺提供午餐补和单人宿舍，而且还给她预支了半个月薪水。

"在寺右大马路，明天就上班喽！"她迫不及待地在电话里跟林静雯分享自己的喜悦。

林静雯听着这消息，在地铁口笑得灿烂，如同路边怒放的龙船花。

传销窝里那半个月的"健康饮食"，让她们对肉食有着极大的兴趣。而新开的这家牛肉火锅，毫无疑问，从吊龙到匙柄，牛身上各部位的肉，带给了她们极大的愉悦感，哪怕这只是两个女孩的晚餐。

"你的情况怎么样？"童敏打了个饱嗝之后，向林静雯问道。

林静雯笑了起来，做了个手势。

童敏压低了声音："你借到八万？你好厉害！那咱们这事能成！"

她一把握住了林静雯的手，低声欢呼起来："我几个铁子今天也答应给我凑点，能有三万！明天你就去租办公室！"

林静雯也用力点头，那就更加不用担心了。

她原本是没有想到，童敏能帮忙的。因为她知道童敏也没什么钱，家境可能还不如她。

带着童敏一起合计这事，是因为这姐妹在脑子没想明白时，觉得林静雯干蠢事时，仍愿意陪她一起疯。那林静雯觉得，自己看到了机会，不能落下这样的朋友，或者，用童敏的话说：老铁！

没有想到，童敏也凑到了三万块，那就有十一万了。

尽管夜色渐浓，但望向店外，不管是明亮的路灯还是对面商场的广告墙或是霓虹灯，放眼所及，尽皆光明。

在潮汕牛肉火锅店里，林静雯就在满目的光明里，举起茶杯，跟童敏碰了一下。

用喝酒的气概，她们饮下这杯茶。

林静雯是做过调查的，在去图书馆查资料时，她也查询了国内相关的行业信息。

当前在美容行业里，这种光电泳美白技术的确是很少人涉及的空白区。而极少数有所涉及的美容院，这一块的营收都有很不错的回报值。

愿意出大价钱请林静雯帮助想办法维修机器的店主，明显也可以验证这个事实。

为什么没人去做？因为存在成本、维护、售后、操作培训以及相关的技术支持，更重要的是技术专利的壁垒等问题，而只有拿下代理，这些问题才有解决的希望。

她们一点也不怀疑，自己的努力值得锦绣的前程。

至于租办公室，那是很简单的事，完全不是一个值得讨论的问题。租在哪里，林静雯早就想好了。

当然不是跟石朴所考虑的一样，租在城中村。

当时林静雯被骗去传销公司面试时，那公司所租的由废弃厂房改成的办公室，就很便宜。两千块，完全可以在那里租一个三十平方米的隔间了。

当然，那不是写字楼，不是公寓，离市中心又极远。可是重要吗？只要有个办公场地就行了。

而且按她们在网上搜索到的信息，加入扒鸡连锁店的资质来讲，有营业执照，有场地，有员工，就足够了。十一万块，她们都觉得足够完成这一切，也足够拿到一个代理权。

这个时候，林静雯的手机响了起来，是邮件的提示声音。

可能是德国厂商 HFB 的米歇尔·巴拉克女士，在午餐的时间随手回复的信件。

童敏发现了林静雯的异常，她伸手在后者眼前晃动，但林静雯毫无反应。

她的眼中失去了焦点，茫然无助，接着林静雯的手一松，手机落在了桌子上。

童敏捡起它，只看了一眼，她似乎也被某种魔法所诅咒，陷入了跟林静雯一样的状态。

那是一个翻译软件的界面，从德文翻译成中文，因为是机器翻译，有些词不达意，但勉强还是能看懂。

这是米歇尔·巴拉克女士发来的邮件，关于代理商资质的需求：不少于一百五十万欧元的注册资金；经营同类产品三年以上的证明文件；在美容化妆品行业拥有成熟经营渠道的相关证明文件；至少拥有二十人以上的从业团队；有专业的财务和税务管理……

后面还有没翻译完，需要下拉才能浏览的部分。但其实看到第一条，一百五十万欧元，就是一千万元人民币，就足够了。

无论林静雯或是童敏，都失去了下拉阅读的兴趣，或者说勇气。

所谓绝望，莫过于此。

在港珠澳大桥的灌注桩工地,刘书萱戴着安全帽奔走在工地,尽管夜色已临,尽管很累,但每一天对她来说都是元气满满,就像她开来上班的那辆车一样,尽管小巧,但却硬朗无比——因为加入港珠澳大桥的外包单位,总归是要下工地的,所以她换了一辆双门的路虎卫士。

这对她来说很好,就像晚礼服总要配上名贵的珠宝,穿汉服得佩上玉坠,去潜水戴一块绿水鬼的劳力士一样,平常而应景。

"王工,咱们这进度是不是有点慢了?"在准备离开工地回家之前,她走到停车场遇见了负责灌注桩施工的工程师,毫不避讳地向他请教。

其实她已经着手在备考相关的工程师资格了,对于施工现场她有自己的判断,而现在,除了日常的寒暄,也就是一种知识上的验证。

几乎没有男人能拒绝一位明眸皓齿的少女,带着仰慕眼神问出的专业问题,所以王工停了下来,很详细地解说了一番。

在各自准备拿车的时候,王工犹豫了一下,还是开口提醒她:"刘秘书,施工队里流传着言论,说这个月如果按期完成进度,会有十万块奖金。他们都说是你讲的,最好澄清一下吧,我记得并没有这奖励。"

"好的,谢谢王工。"刘书萱很有礼貌地向王工道了谢。

事实上,就是她许诺的奖励。

施工单位没有这奖励,她也并不准备上报,而是打算自己掏钱来兑现这奖励。

能用钱解决的事,刘书萱觉得就不是什么太大的事,特别对她而言,并不算太多的钱。

而当上了高速公路之后,车载蓝牙电话响了起来,是母亲打来的电话。

不改的麻将背景声,这让刘书萱莫名地烦躁起来:"妈,又点啊?对,返紧屋企呀!"

母亲打来电话,询问她什么时候回家,当然还有另外一件很关键的事:"六婶介绍的后生仔,英国留学返嚟的呀!咩藤?噢,常春藤!约了今日晚黑过来食饭,你拿拿声返屋企!六万,等阵,我杠!"

刘书萱觉得时代的进步,也许有些东西并不太好,至少以前母亲只要打麻将,就很少折腾自己,但因为有了蓝牙耳机,一切就不同了。母亲一开始很抗拒蓝牙耳机,说戴着它像酒楼的大堂经理,但现在已经离不开它了。

因为戴上它之后,她就可以一边抽烟,一边摸麻将牌,一边跟三姑六婆煲电话粥——帮女儿找相亲对象。

"赶唔上啊,我宜家上高速,到屋企都半夜了,递日啦。"刘书萱没好气地拒绝她。

但似乎赢了牌的母亲毫不气馁:"咁约听日?听日你要瞓一日?后日要上班?上咩班啊,扣钱就扣喽,最多炒咗你。"

"我怕你了,得,听日就听日啦。"刘书萱无奈地妥协。

她有信心应付任何考试,但却很难应付母亲。

不是没有试过拒绝相亲,她试过各种拒绝的方式,包括离家出走等决绝的手段。但母亲马上就会祭出"叉烧大法",也就是所谓的:"你日日激我,生你不如生旧叉烧!"

如果这种灵魂拷问没能达成目的,那么"一哭,二闹,三上吊"就会接着上演。

刘书萱觉得很烦人,所以宁可略去中间的环节,直接妥协算了,懒得跟她争。

这时另一个电话响起,她按下了接通。

是石朴打来的电话。

"我觉得还是应该跟你说一声,因为杜总肯定是看在你的面子上,才这么做的。"

石朴在电话那头,大约是认识刘书萱以来,第一次这么诚挚地一一道来。

他把跟杜长卿见面的每一个细节都仔细说出来,以及杜长卿派出的三人督导组等。

刘书萱听着,在收费站入口急刹车停了下来:"你有没有签什么文件?"

"一千块租给我的写字楼合同。噢,还有一份,海关保税仓库货物权益转让的协议……"

刘书萱没有等他说完,向来什么都蛮不在乎的她厉声问道:"海关那份协议你签了没有?如果你签了,马上报案!现在就报警!把你怎么签这协议的每一个细节都告诉警察!我现在联系律师,让律师去帮你处理后续的事。"

# 第八章　总有不改的暖意

一千万对林静雯和童敏来说，就是一个天文数字。遥远和庞大到她们足足愣了五六分钟，才回过神来。

2009年广东省的人均工资是每年三万六千三百五十五元，每月三千块，就是收入的中位数。

童敏找到提供餐补月薪五千二的平面设计师工作，其实对刚出学校没多久的人来讲，已经算是很不错的起点了，即便是在广州。

扣掉个人所得税和五险一金自己要交纳的部分，到手也就五千左右。就算加上涨工资和通胀，童敏恐怕也要上一百年班，不吃不喝，才能赚到一千万。

童敏犹豫着，打破了僵局："要不，我看看，介绍你进这家广告公司？他们好像在招运营人员，你其实应该是适合的！"

"我想试一试。"林静雯望着她，这么说道。

童敏用力地点头道："我明天上班就给你递简历！"

可是林静雯并不是这个意思："不，我是说，我还是想试一试，拿到代理商的资质。"

"一千万，咱俩扛不起呀！"童敏的肤色本来就白，这时显得惨白了。

林静雯摇了摇头，她刚才在心里盘算了一遍，其实最难的恐怕还不是这一千万的注册资金，而是在美妆行业拥有成熟的经营渠道。她有预感，很可能这一条才是最为致命的。

但她想试试。

"就这十一万，咱们要是做不成，就背这十一万。"

童敏听着，其实她并不太认同的，一千万，跟她们能筹到的十一万，差得实在太远了。但迎着林静雯的目光,她看得出,林静雯这时候需要一个支持她的人,于是童敏没有犹豫:"那就干吧,亏了一人背五万五,啃一两年方便面也还得清。"

但林静雯没有同意这方案,她提出童敏用筹借到的三万块入股,而她自己以八万块和自己的工作来入股:"亏了,你背三万,赚了,你拿10%。"

"在没能赚钱之前,每月工资我分一半给你。"童敏没有任何多余的话。

她们在潮汕牛肉火锅的餐巾纸上,用点菜的圆珠笔写了这份协议,近乎儿戏的协议。

甚至连这份协议是否有法律效力,此刻的两人也压根儿不清楚。

但她们就这么定了下来,然后林静雯开始规划明天要跑的美容院。

"你星期六、日,要是能休息,也要帮手去跑!我到时把要跑哪几家给你标出来。"她一边做计划,一边对童敏这么说道。

童敏苦着脸对她道:"我要看电影,我要约帅哥,你不能把我所有的时间都占用啊!"

林静雯就静静地望着她,直到童敏受不了:"你真的太虎了,好好好,我周末也跑美容院!"

如以前一样,她尽自己所能,做好计划,尽可能细化可能遇到的问题,然后努力地按照计划去执行。

但有些东西,并不是计划做得好,尽力去执行,就能有好的结果。

她这一天走访了大大小小二十多家美容院,能坐下来谈的有七家。能跟老板谈的,只有三家。愿意听她说完的,仅有一家,而听她说完计划之后,美容院的老板就问她:"也就是说,你什么都没有,你没有厂商的资源,也没有行业经验,更没有资金和渠道,然后,你想让我加盟你的公司,以给予你资金和行业背书?是这意思吗?"

老板是一位很丰满的女性,看起来怕得有两百斤。

她瞪着眼,这么居高临下地望着林静雯,那种压迫感几乎让人窒息。

"是。"她没有回避老板的目光和问题。

老板扑哧一下子笑了起来:"妹仔,你觉得是你有病,还是我有病呢?我干点啥不好,去掺和你这无本生意?凭什么?"

林静雯站了起来,望着老板,脱口而出:"我会成功的,我林静雯一定会成功的!"

声音如此之大,老板被吓了一跳,在店里进行美容护理的顾客也纷纷望过来。

林静雯的脸唰一下红了起来,连耳根都发烫了。

她也不知道,自己为什么会突然吼出这么一句。也许,是在传销公司受到的影响,导致她感觉到压迫时,就中二且热血地吼出来?

她不知道,反正她感觉没有脸面在这美容院里多待一秒钟。甚至连告辞时,她都不敢望向美容院的老板。

但就在她几乎要落荒而逃时,还没有走出门口,就听到身后老板笑着说道:"妹仔,等一下。"

老板走过来,伸手轻轻拍了拍她的肩膀:"如果有美容院愿意加盟你的公司,承诺接受你的产品铺货,那样的话,嗯!"老板揉了揉太阳穴,下了决定,"你可以再来找我,我可以做第二个加入你项目的人。"

林静雯突然就哽咽了,她说不出话来,只是冲着老板深深地鞠了一躬,转身匆匆而去。

其实,她做好了被所有人拒绝和嘲笑的准备,更何况这位老板看上去就不好打交道的模样。不能以貌取人的道理,只要上完小学的人都懂。可是面对体格庞大、气势逼人的老板,谁会料到对方是善良的人?

可没有想到,这真的是一位善良的人,林静雯一下子就被对方的善良击中了。

生活虽然艰难,梦想尽管遥远,这人世间,总归还是有温暖的,让人心悦的温暖。


不单是林静雯感受到了温暖,石朴看见刘书萱帮自己找来的律师,也同样感受到来自朋友关怀的温暖。

律师来后的第一句话,就是告诉石朴:"从现在开始,无论签署什么文件,都必须让我审过,你才能签字。"

然后他拿出一份合同,递给石朴:"如果你没有其他意见,看一下合同,没问题就签个名,并转五万块到合同上的这个账户,我会帮你处理后续相关的事务。"

石朴示意律师稍等一下，他拨通了刘书萱的电话："一个好消息，一个坏消息。"

刘书萱没有一秒的迟疑："坏消息。"

"这位律师我不想要，至少这次不要。"石朴当着律师的面，对着电话彼端的刘书萱说道。

刘书萱在那头"嗯"了一声："好消息？"

"昨天杜总要我签的合同，我说要想想，所以直到现在我还没有签。"

那份转让权益的文件，是杜长卿派出的三人督导组拿给石朴的。而当时石朴感觉到不安，并不见得他察觉到什么不对劲。

也许仅仅只是他觉得受之有愧？担心是否会因为接受这样的馈赠，而给刘书萱带来不必要的麻烦呢？

或者真的如他说："我以为杜总跟我开玩笑，都不知道怎么接梗。所以，我打了电话给你。"石朴略有点尴尬地对刘书萱这么说道。

而当时匆匆把车停在高速收费站入口的刘书萱，的确没有听他说完。

在电话里让他去报案，挂断电话，刘书萱又联系了跟杜长卿走得比较近的世交叔伯，知悉了一个信息，那就是海关近来在查杜长卿的一个子公司账目。

已经到了什么地步呢？海关派出工作组，进驻这个子公司了。

所以刘书萱马上着手帮石朴找律师，尽可能地阻止石朴被当成替罪羔羊。

"你没签？"刘书萱有点惊讶。

石朴的处境并不好，她跟林静雯都知道，后者被骗进传销窝点，都不敢跟石朴借钱。

任谁看来，这么白得的便宜，怎么可能不签？但他就是没有签，事情到这地步，石朴不可能吹牛的。

石朴笑了起来，对着电话那头的刘书萱说道："我甲李讲吼，林北就是高智商吼！"

显然刘书萱对此就很不认同，直接嗤之以鼻。

看了一眼律师，石朴起身又走远了几步，压低了声音："喂，这生意你也有份，你介绍这位杜总不是好人哪！"

"看漫画书救不了三叔。"刘书萱没好气地说道，然后就直接挂掉了电话。

石朴挠着头发，他听着这话很耳熟，但一时想不出在哪听过。

不过意思他是明白的，出来学做生意，就不可能跟漫画书里一样，好人坏人壁垒分明。杜长卿愿意派出三人督导组来帮他，给他投了类似风投的五十万，几乎白送般租给他写字楼，帮他在商场上起步，这看着完全就是好得不能再好的好人；但偏偏又会在子公司被海关查账时，来让他签这权益转让的协议——表面对他极度有利，背面有无限风险的协议。

石朴没有签，其实也并没有很理性的逻辑，至少现在的他没有。

当时只是觉得，如果什么事都是杜长卿给自己安排好，那自己还能学到什么东西？

石朴觉得，那样只不过是乞食，人家高兴，就打发点什么。

当然如果乞食能够帮家乡的亲友，帮三叔找出一条出路，他倒也不介意。

他没读过什么书，但他有这样的勇气。

可是，能吗？

如果杜长卿说一句：三叔和乡亲们以后的出路我负责，那要他签什么，他就会签什么。

可是没有，杜长卿并没有给出一句话的保证。

那他当然不愿意，每一步都按着别人画好的线走下去！

他本来就是半个月能跳槽四五次的人，报了成人大学，就敢背着乡亲棺材本，替乡镇工厂找出路，石朴从不缺乏勇气。

而且更重要的是，他害怕某种可能，某种不愿面对的可能。

打电话给刘书萱的根本原因，其实他只想看看，这件事刘书萱是不是也知情的？

幸好，结果不是他害怕的那种。

"漫画书有什么不好呢？我就希望，我的朋友就像漫画书里的好朋友。"

石朴对律师这么说道，打赢过无数官司的律师耸了耸肩膀，不失礼貌地报以微笑。

送走了无用武之地的律师，石朴拿起电话，拨通了杜长卿的号码。

在寒暄了一通之后，他说道："杜总，那份海关保税仓权益转让的协议，我很感激，但我暂时就先不签了。"

当听到他这么说,电话那头的杜长卿微微地笑了起来:"好。"

并没有翻脸,也没有质问,更没有解释。

在挂了电话之后,石朴的手机传来了短信提示声。那是一条杜长卿发来的短消息:"第一课,你获得满分,请再接再厉。"

石朴大笑了起来,给杜长卿回复了一些感谢的话。

放下手机,他摇了摇头,用闽南话自语:"从开始读书,除了偷改成绩,我就没有得过满分。"

依旧是炎热的天气,并没有因为是周末就有所改善。

因为高温,从公交车下来,林静雯感觉路面甚至都有些扭曲了。但她并没有停歇,而是按着手上的地图,招呼着身后的童敏,奔向另一家美容院。她到现在仍没有找到愿意签意向书、承诺加盟的美容院。

承诺加盟当然不是空口白话,是要付定金拿仪器、进物料,要掏钱出来的。

童敏苦着脸,她有点后悔了。

后悔不是因为钱的问题,跟林静雯一起背上这十一万,她并没有怨言。而是因为时间,所有的时间,都被林静雯压榨得一干二净。

事实上,她现在非常渴望上班,上班对她而言,反而成了一种休息了。

"快点,快点,咱们约的时间是十二点半。"林静雯招呼着她。一般美容院有生意,往往一点半以后会更多一些,如果想聊点什么,十二点半的确是最好的时间。

童敏拖住了林静雯,冲后者努了努嘴,示意着街边的奶茶店。

"我要死了,我得了不喝珍珠奶茶会死的重症!"她一下子弯腰塌背,冲着林静雯吐着舌头翻着白眼。

林静雯伸手拍了拍额头:"渣女,我又不是你男朋友!咱们没什么钱了。"

真的没什么钱,而且快到毕业,学校宿舍也要清退,她们俩还得想租房子的事。

总不能把那十一万拿来租房和吃喝花光吧?那笔钱是肯定不能动的。

所以,林静雯是很节省的,就算花童敏的钱,她也觉得不应该浪费。

可是童敏拉着她的手，左右摇晃着。撒娇这种事，颜值总是不可否认的加分项，所以尽管林静雯又损了她几句，但最终童敏还是得逞了。

抱着特大杯的奶茶，童敏就开心起来，大长腿在这夏日的街道，走成了一道风景线。

"你能别嘚瑟吗？"林静雯苦笑着，拖着她进了住宅小区，在稍微阴凉些的石椅上坐下。

到现在为止，仍谈不下一家美容院愿意签意向书、支付仪器、耗材定金的。

怎么办？

林静雯看着这小区草丛里的蟋蟀徒劳无功地蹦跶，仿佛自己的模样。

但在边上的童敏抱着奶茶，舔了舔嘴唇，她似乎一点也不担心，因为她觉得，都有十九家美容院，签署了意向合约。尽管还没按意向书支付仪器和耗材的预付款，但都口头承诺，只要有一家同行的美容院加盟交钱，他们就愿意作为第二家加入、打款了。

所以童敏觉得："担心啥呀？咱们形势一片大好，不是小好！"

"闭嘴。"林静雯喝了一口奶茶。

第一位这么说的美容院老板让她感动得流泪，但当第十九家美容院老板这么说时，她知道，出问题了，她需要一个榜样，一个她可以说服那十九家美容院跟随的榜样。

"要不，咱们骗她们，说有人加入了？怎么样？"童敏也有在想办法的。

似乎奶茶里每一颗珍珠都带给她灵感："我们去找小美容院试试？"

远一点的地方，车陂或者新塘、人和，找些名不见经传的小美容院，也不失为一个办法。

至于这些小美容院拿不出加盟所需要提供的资金，类似仪器定金、耗材预付款等怎么办？

童敏嚼碎了另一颗珍珠，便又有了新的主意："对，我们自己出钱给小美容院，然后让他再转账给咱们，把记录给那些大美容院看！"

林静雯摇了摇头，她需要一个榜样，一个在美容行业有说服力的榜样。

真的去找偏远的小美容院，就算抛开道德上的顾虑，也是没有意义的。因为完全没有起到林静雯她们洽谈过的商家所期待的榜样的力量。

而大型连锁的美容机构怎么可能来配合林静雯她们做这种假账？不单是风险太大，而且一旦流传出来，在同行业里会无处容身的。

"你接着去谈，我先回去。"林静雯突然对童敏这么说道。

她匆匆抛下委屈的童敏，冲向了地铁站。

童敏喝了半杯奶茶，拿出手机，看了一下地图，很快发现，小区外面就有一个大型商场，于是童敏决定去商场里吹吹冷气。而在商场转了一会儿，就发现五楼的电影院，正在上映《人在囧途》。童敏左右张望，确认林静雯并没有在暗处盯着她，便赶紧买了张票，溜进了电影院。

而这个时候的林静雯已经从地铁站走了出来。她去的是那一家从前刘书萱带她去过的泰式美容院，也是求她帮助维修 HFB 美白仪器的那家美容院。

店主仍然带着客气的笑脸，而那台美白仪器，仍然在角落里。

事实上，曾经带给美容院丰厚利润的它，现在已经成了弃之可惜的鸡肋。

林静雯在来的地铁上已经打好了腹稿，利用这台美白仪器做文章，来说服店主加盟。

但她发现了一件事，店主脸上并没有期待，也就是说，当初拜托她的店主已经忘记这件事了，甚至，把她这位只来过一次的客人也忘记了。

林静雯当然不会来这么高消费的店里做 SPA，所以她连忙拒绝了要帮她换鞋浴足的技师，准备找个借口告辞而去。但在她正准备说辞时，她看到了沙发上一张招聘的海报。

这家高端的连锁美容院在招运营地推和文案人员。

"我想应聘文案人员。"林静雯这么向店主说道。

店主听着，态度就不一样了："做过美容行业几年了？"

林静雯摇了摇头。

这就让店主觉得有些纳闷，皱起眉头道："那你之前做什么的？广告？有操作过美容的单子吗？有成功案例吗？"

林静雯再次摇头，这马上就迎来了店里几乎所有工作人员的嘲讽。

用"几乎"，是因为有外籍技师听不太懂普通话。

"你在做梦吗，姐姐？"前台的小姑娘这么劝说着林静雯，"醒醒吧！"

更有在休息的技师低声笑道："我做了三年美容，都不敢想去应聘文案！"

"谁不知道文案的钱好赚？那是一般人能做得来的吗？"工作人员窃窃私语道。

她们看着她的眼神，就像骄傲的大鹅看着刚刚破壳而出的雏鸡。

"我觉得，我能胜任这份工作。"林静雯微笑着这么说道。

店主犹豫了一下，还是把那张招聘的海报拿起来递给了她。

当林静雯离开这家美容院时，店里的工作人员就哄堂大笑，她们纷纷揶揄，甚至学着刚才林静雯的话语，直到店主看着怕要影响后续进店的客人，大声说道："行了，闭嘴！她是否胜任，写字楼的 HR 会拿主意，轮得到你们去当考官啊？人有梦想有错吗？哈哈哈。"

说到最后，她自己也笑了起来。

因为是高端的连锁美容院，所以公司的行政、企划、品牌推广之类的部门并不在店里。

当林静雯按着那份招聘海报的指引，走进这家在城建大厦办公的连锁美容院的公司，她用了三十分钟，就得到了这份工作。

为了应聘运营的工作，她在这一学期，面试了无数工作。二本其实也不算很差的学校。而且至少有十九家大型美容机构的负责人跟她签下合作意向。林静雯可以如数家珍，说出不下三十家高端美容院的位置、推广方式、大体的客流量以及他们的拳头产品等。

甚至对这个行业来讲，属于高精端的德国 HFB 厂商，她也保持了至少良好的私交，尽管 HR 对那些德文邮件完全看不懂，但的确 HFB 和林静雯有频繁的联系。

"我还没有毕业，这是我的劣势，但我可以让学校开证明的。"林静雯带着一点点惶恐这么说道，HR 禁不住扶了扶眼镜，没有毕业，也就是说她足够年轻，有着很大的提升空间和可塑性。

尽管一份六千块工资的文案工作，在此时算是不低的薪酬，但 HR 觉得，六千块并不一定能留住这样的人才。

所以在聊了二十分钟之后，林静雯被要求在面试的房间等通知。

HR 和品牌推广部门的负责人用了十分钟，去一个个验证，那十九家美容院真的跟这个没毕业的女孩签下了意向；她提到的那三十家高端美容院的人流、推广方式等确有其事。

然后，林静雯毫无疑问地得到了这份工作。

曾经她在这座城市苦苦求索了五六个月，甚至被骗进传销窝点，不过是想找一份三千块的工作。但当拿到 HR 给她的胸卡、考勤卡，林静雯却没有丝毫的激动。

"我在下面的门店里，见到有 HFB 的美白仪器被闲置。"她对部门负责人这么说道。

这份工作已不再是她的目标。她只是换了一条路，为了更好地奔向目标。

# 第九章　交往的悖论

当第二天林静雯重新来到昨天获得招聘海报的美容院，拿出公司的胸卡："我要搬走那台机器。"店里所有人都瞬间失语了。没有人想到她真的拿到了那个职位，而且是如此迅速地到岗。

"它……它坏了。"店主咳了几声，指着那台机器，以掩饰自己的尴尬。

林静雯喝了一口店里免费提供给客人的大麦茶，笑着对店主说道："有售后的，你联系不上，我可以。"

店主又慌张了起来，因为她找五金店的、修空调的、修音响的拆过这仪器。

仪器的耗材用完了之后，她自己又用了其他的耗材来替代。

"会不会不给保修啊？"店主担心地问道。

林静雯放下了杯子，马上有人过来为她添茶——昨天在嘲笑林静雯的人里，笑得最大声、语言也最刻薄的那位惶恐地过来添茶，当然是为了弥补一下昨天的过失。

但林静雯并不记得她是谁，或做了什么。

看着她过来添茶，林静雯礼貌地道谢，转过身对店主说道："有可能啊，那样的话……"

她这话说了一半，店主就开始不安了。

因为这样的话，公司可能就会要她赔这台仪器了。

这种进口的医美仪器可不便宜。

尽管它是这个店上一手的租客留下来的，但它就像公司向其他企业买下的打折电脑一样，仍是公司的财产，把它搞坏，公司追究起来，自然是可以要求赔偿的。

店主一下子就慌了，马上就想推卸自己的责任。

林静雯打断了她的话："别怕，我帮你去跟厂家商量，不过你要打申请到公司，我们公司向厂家订上几批耗材，这样我会好说话一些。"

店主还指望着这美白仪器给她赚钱呢，订几批耗材，她肯定是愿意的。

何况林静雯愿意帮她摆平这可能爆发的危机。

公司接到这份申请，查阅了这台机器正常工作时的营收，当然不会拒绝这请求。

何况林静雯承诺，能让 HFB 公司为这台机器提供几乎不可能存在的保修。

向谁提交保修和订耗材呢？公司里没有人知道。

这就是为什么林静雯要应聘这工作的根本原因。当她成为这公司的员工，当她敢于承诺，完成其他人完成不了的任务时，无论是搬走仪器去处理，还是跟她自己的公司签意向书、打款订耗材，都不是问题。甚至不用去说服谁。

于是这家拥有连锁美容院的公司，就成了林静雯的第一个加盟客户，她也收到了第一笔耗材预付款。

大学宿舍里，刚刚被男同事送回来的童敏，不太敢直视推门进来的林静雯。

林静雯一眼就看穿了她："你这什么眼神！搞得跟去偷情一样？我又不是你男朋友！"

说着冲她招了招手："下楼，下楼，跟我去学校后门搬东西。"

搬的当然就是她从美容院搬回来，答应给人家保修的仪器了。

童敏跟她下了楼，就看见宿舍楼门前停着的三轮自行车。

"这么好的大长腿，不蹬三轮不可惜了吗？"林静雯坐在后面货架上，示意童敏快点去蹬脚蹬子。

"你这虎玩意！你嫉妒我！"童敏气得腮帮子都鼓了起来。

林静雯点头道："对呀，你就说蹬不蹬吧？你要不蹬就我来。"

她说着就去摆弄那三轮车，看着就不是架势。

童敏一把拨开她："得了，得了，坐货架上！"

从学校后门把装在行李箱里的美白仪器放上三轮车，大长腿蹬得飞快，似乎只要她们蹬得足够快，所有的忧伤和挫折就都会被抛在身后。

两人在夕阳的余晖里笑得很灿烂。

接下来，当然是给 HFB 那边发邮件了。

林静雯拍摄了美白仪器的照片，作为邮件的附件发送过去。

通过这么多次跟米歇尔·巴拉克女士的沟通，林静雯也找到规律了。

邮件一定要在德国时间的中午饭前发送，这样吃中午饭时，米歇尔·巴拉克女士往往打开邮箱就会看到，大多数情况下，她就会随手回复邮件。而如果发得太早或太晚，那可能要等到某一天她去查找未读邮件时，才来回复。

果然她们很快就收到了回复。

根据照片上被破坏的封条，以及林静雯描述的情况，米歇尔·巴拉克女士的回复也很直接："私自拆装，不按规定使用其他耗材等，不在保修的范围之内。"

而且可能这位女士被林静雯这种锲而不舍的精神打动，她在邮件里还额外多说了两句："寄过来的话，可能得超过两百欧元的国际运费，单程的运费。维修费用按你的描述，我个人觉得，大概率是芯片烧毁，那至少得两千欧元。"

林静雯跟童敏对望了一眼，童敏皱着眉说道："这样修理加上运费，得两三万块噢。到时美容院老板不肯给，咱们怎么整？"

林静雯对此明显早有预案："这两三万块我们来给。我们是 HFB 的代理商。"

童敏伸手到林静雯的额头："几个菜呀老铁？喝成这样了？你去上班，然后贴半年工资，给公司白修仪器？还倒贴国际邮费？"

林静雯没好气地拍开她的手，她当然不是喝醉了。这是一个突破口。

"修好了，我们就是 HFB 在广州的代理商！"

甚至，如果她们发展得足够好、足够快，可能是华南区或是中国大区的代理商。

广州花园酒店尽管没有它在 1985 年刚开业时那么惊艳，但至少装潢华丽的大堂里，仍保持着五星酒店应有的档次，冷气也很充足，来往的客人就算长袖长裤也无碍，甚至有穿着西装的，也没有明显不适。可是坐在大堂里，短袖短裤的李建南不停地抹汗。

在短短的十五分钟里，李建南喝完了自己带的矿泉水。或者更准确地说，他喝光了出门前灌进一千五百毫升矿泉水瓶里的所有冷开水，并去了三次洗手间。

到了第二十分钟的时候，他觉得自己又想去洗手间了，他知道这样是不行的。

于是他拨通了石朴的电话："阿朴仔啊，对，我到了啊，噢，我没上去。这样，要不，我到旁边的麦当劳等你吧？"

电话里传来了石朴爽朗的笑声："南哥，我在中餐厅订好位子了，你先坐着等我一会儿。"

李建南有些沮丧地挂了电话，他并不怪石朴让自己等，因为他来早了一个小时。

坐在这大堂，他真的很不习惯，更别提让他去中餐厅了。

除了结婚和亲友的婚宴，麦当劳就是他去过最好的餐饮店了。

他从来没有进过这么高档的酒店。当年结婚时，他的婚礼是在老家县城的酒楼举行的，那便是他人生最高光的时刻。

如果不是石朴约他，可能一辈子他也不会走进这种五星级酒店的大堂。

李建南觉得自己并不是自卑，他只是不知道怎么应对。

还好石朴并没有等到他们约定的时间才过来，大约过了十分钟，石朴就匆匆走了进来，一进大堂他便向李建南打招呼。

"阿……阿朴仔，你结婚哪？你要先跟我讲吼！"李建南看着一身西装的石朴，真的就有点生气了。

在李建南默认的逻辑里，穿西装那就是结婚摆酒时才会有的装束。

同乡朋友一起漂泊在广州，结婚了，当然该给礼钱。

因为没有准备，所以他没有提前去银行把定期存款取出来。现在李建南身上不可能凑得出来六百块，怎么办？

红包没法封，这对他来讲，觉得非常的失礼，又觉得被看不起，脸都气得发青了。

听着他这话，石朴愣了一下，大笑着抱了抱李建南："这边上班都穿西装，不是结婚。结婚我肯定先跟你讲，你得给我封个大红包。"

气得脸色有点发青的李建南，听着这话，才渐渐恢复过来，他没好气地推开石朴："去抱女人啊！抱我做什么？你再这样我打你吼！"

石朴却恶作剧地作势又要抱他，李建南便逃开了。

两人笑闹到保安开始走过来才消停。

"南哥走啦，去中餐厅。"石朴对他说道。

李建南点了点头，临走时瞄了一眼那个喝空的一千五百毫升的矿泉水瓶。他又看了西装革履的石朴一眼，终于没有带走它。

不是怕自己丢脸，他只是不想让石朴没面子。

但这种融洽，在吃饭时石朴接了几个工作的电话之后，渐渐就被打破了。

特别是三人督导组大发雷霆，认为某个没有签署的文件拖延了项目进度。于是公司身着职业套装的文员，穿着高跟鞋，从对面的世贸大厦办公室下了电梯，一路小跑过来，拿文件来给石朴签署时，李建南感觉到自己与石朴之间的疏离感达到了某个顶点。

以至在那位文员离开之后，李建南下意识地跟着刚才那位文员称呼："石总……"

"南哥！你要这样，我翻脸的吼！"石朴很认真地对他说，"狗屁的石总，我就是你的小兄弟阿朴仔。"

李建南不知道为什么，一下子眼眶红了，抬手拍了拍石朴的手臂，举起酒杯："来！"

大概这酒的度数高，有些辣，李建南缓了一会儿才开口："阿朴仔，你比我强，有出息！"

"南哥，我有啥出息，没有的啦，我请你过来，一个是咱俩得有两个月没见了。"石朴给李建南添上酒，然后很认真地说道，"另外就是我现在这边起步了，南哥你有没有兴趣过来帮我？"

李建南没有说话，一杯接一杯地喝酒，喝了四五杯，才开口道："那个潮汕妹似乎过得不太好。"

然后他跟石朴说起上两个月，听说林静雯向她表姐借了不少钱的事。

"你要缺人，不如找潮汕妹过来帮你吧，人家大学生啊。"

说着他再一次拍了拍石朴的肩膀："南哥赚不少的，你就勿担心啦！"

石朴还要再劝，李建南就笑着摇头道："天天穿成你这样，免啦！我受不了的，喝酒，喝酒！"

第九章 交往的悖论

陪着李建南痛快地喝完了酒，石朴想给他叫一辆出租车，但李建南很坚决地拒绝，上了公交车："阿朴仔，赚到钱，要省点，省点吼！"

站在候车亭的石朴，望着缓缓远去的公交车，他自己感觉很有些漫画书里友人送别的意思。

走回办公室的路上，石朴在他和林静雯、刘书萱的QQ群里发了信息："约个晚饭？"

"约哪儿啊？我现在很忙，要不改天吧。"林静雯很快就回复了。

石朴进了世贸大堂，走到电梯间按下按钮，一边回复信息："你再忙也要吃饭嘛，你定地方我过去就是了。"

"阿萱你出来吗？"林静雯回复了这么一行字。

刘书萱压根就没有回复。

石朴在上电梯前发了一条："她又是在横琴跑工地吧。"

其实刘书萱并没有在横琴工地，因为今天是她母亲生日。

如果不想被她母亲拎出来，再三跟叉烧比较的话，她是肯定得在家里的。

她现在就一边刷着电视剧，一边看着QQ上响起的信息。

"朋友约你，你点解唔去啊？死女包，成日系屋企发霉，几时先可以生个孙仔俾我凑啊？"难得今天没有打麻将的母亲凑了过来，看着刘书萱的QQ，这么数落着。

她移动鼠标，指着林静雯的头像："佢系度拉紧投资，应该仲差一两百万，佢冇同我开口，咁如果我去咗，唔通当冇呢回事咩？"

"佢份人点啊？可唔可以交心？如果份人纯品，又可以交心嘅话，帮得咪帮啰。"母亲点了根烟，这么问道。

刘书萱摇了摇头："如果系咁，佢就唔算我嘅朋友。"

她们之间的交往形成一个很奇怪的逻辑：因为林静雯不希望占刘书萱的便宜，所以刘书萱觉得很难得，跟那些整天想找她借钱、借车的朋友不一样，加上两人的三观有许多一致的地方，所以她们成了好朋友。

而当林静雯需要投资时，如果她向好朋友刘书萱开口，那么她们成为朋友的基础就崩溃了，当她们不再是朋友，刘书萱当然也就不可能借钱给林静雯。

"死女包，作状！"母亲屈指往刘书萱头上敲了一记，痛得后者抱头缩成一团。

但刘书萱并不打算改变自己的原则："我又唔係散财童子！"

再说那些会把地产给她继承的叔父、姑姑们都不成家，到时养老不也得她来侍候？所以她不可能因家里有钱，就随处当散财童子。

更重要的是，她身边有太多这样的"朋友"，如果需要这样的朋友，她不必结识林静雯。

但她这种逻辑明显不为母亲所认同。

还好家里很快就来客人了。

"阿嫂，生日快乐呀！"来的是石朴的熟人杜长卿。

刘书萱的母亲笑着说道："阿杜，你年年都这么有心！"

别人都是去酒楼等宴席，只有杜长卿总是先到家里来，陪刘母打一下午麻将。

"我嚟跟阿嫂学打麻将啊！"杜长卿一口的粤语，已经让人完全听不出来，他二十岁以前一直生活在长江以北。他笑着让随行的助理把那些袋子放下，然后走过来跟刘书萱打招呼，张嘴就开玩笑，"小萱，你不去横琴，港珠澳大桥进度赶不上怎么办啊！"

这当然是善意的吹捧，就算刘书萱上司的上司缺勤，也不至于影响到进度。

"卿叔，别这么夸张好吗？"刘书萱没好气地应了他一句。

"对了卿叔，拜托你别去搞我的生意好吗？我有投钱的啊。石朴让你玩残，我的投资就玩完啊，你连我小小私房钱也要吞？"

杜长卿一点也没有尴尬的意思，笑着说道："总要看一下人品。"

他这么说，也不算是空口胡扯，当年那么多人跟刘书萱的父亲一起，收村里地皮，就刘父做起来，其他人都败家了，归根结底，基本都可以归到人品不行，欲壑难填。

所以他对刘书萱说道："石先生人不错，你又有投资，我本着为你负责，也总要考验一下，对吧？"

似乎也不是说不过去。

刘书萱听着却笑了起来："卿叔，那我真的要谢谢你了。"

这个"谢谢"听上去，就很有些锋芒。

杜长卿大笑起来："好了，好了，是卿叔不好，这样，我送台奔驰给石先生的公司用，消消气吧。"

他当然不是怕刘书萱，也不是在意五十万的投资，那对他来说算什么？送台奔驰商务车都不止五十万。

刘父也不可能为这样的事来向杜长卿发难，因为他们并不存在上下级的关系，而是一起走过风雨的朋友。刘书萱那五十万投资，刘父和杜长卿真的不可能会因此翻脸，但杜长卿退一步，是因为他很在意的是刘家人的投资眼光。

当年就是刘书萱的父亲在杜长卿几乎绝境时，毫不犹豫地支持他，所以才有他的今天。

刘母过来，看着就要训刘书萱了，但杜长卿笑着自己认了错："阿嫂，别，是我错。"

他说着坐了下来，对刘母说道："小萱的眼光跟刘哥一样，都很厉害。"

杜长卿沉吟了一下，笑着说："石先生不单人品可以，脑子够用，而且太拼命了。"

他起身对刘母说道："比我当年还拼命。"

杜长卿派出的三人督导组，每天都定时向他汇报石朴上班的情况。

督导组上周就跟他汇报了，石朴一直在加班，不知道多久没吃饭了，结果直接低血糖，晕倒在办公室。幸亏有员工车钥匙没拿，回来办公室找才发现他晕倒了。送去医院，据说都尿血了。

后面在医生的逼问下才发现，石朴不单在公司跟订单通宵加班，还在跟成人教育那边的课程，一点也不曾放松。但不论哪一边，对石朴来说都绝对是艰难的。

他本来就不擅长读书，也不会做生意。这并不是穿上一身光鲜西装，就能马上转变的问题。

所以石朴能做到两边都没掉链子，至少都勉强跟得上进度，他的努力，真的是非常人能及。

杜长卿说着递了一根烟给刘母，殷勤地帮她点上火："这样的人，能控制自己的欲望，脑子够用，又肯拼命，怎么样也能起来的。"

当然他有一句话没说，那就是石朴得能活下去。

这么拼命的人，其实也有起不来的。杜长卿也见过不少，大多都一个原因：活生生累死。

因为他们的基础太差了，不过，这不是今天适合聊的话题。

杜长卿很娴熟地把话兜了回来："所以，小萱的眼光真的犀利！"

对绝大多数人来讲，没有人不喜欢别人夸自己儿女的，如果有，那必定是夸得不到位。

刘母当然也是绝大多数人里的一员，她笑着说一些"不能太宠晚辈"之类的场面话，但脸上那笑意，可真的是由内至外的开怀。

比起杜长卿的助理进门放下那一堆名牌袋子时客套的笑容，完全就不是一回事。

看着另外一个赶到家里来的姑妈跟着刘母还有杜长卿去麻将房打牌，刘书萱冷哼了一声，她真的讨厌杜长卿了。

因为她听得出杜长卿的潜台词：暗指石朴这样的人，往往会活活把自己累死。

她又看了一下 QQ 的信息，林静雯再一次在问她："要不要一起出去约饭？"

"我这边有事过不去呀，帮我吃穷石朴那家伙！"她回复了一条信息。

林静雯欢快地应允了，仍然没有跟她提起自己在四处找投资注资的事情。

于是刘书萱觉得，自己有必要帮朋友的忙。她开始联系在国外的同学和亲友，寻找 HFB 的相关信息，包括各级代理商的名单等。

"死女包，去扮下靓啦，阿三姨话，佢嗰个系瑞典哈根达斯毕业的世侄，一阵间都会去酒楼！"刘母急急地从麻将房冲出来，对着刘书萱这么招呼。

哈根达斯？刘书萱禁不住笑了起来："娘，哈姆斯塔德吧？"

"总之！你同我好好地去相睇！"

刘书萱耸了耸肩，每到此时，她真的就非常羡慕林静雯了，也佩服她敢远离家乡留在广州发展的勇气。

当然她从不会在林静雯面前去表露这一点。

人与人的悲欢，并不相通。

## 第十章　事破

海印桥脚的炳胜酒家对林静雯而言，有着许多的回忆。好些年前，父母带着还在读五年级的她来广州游玩时，它就存在了，这是一家偏向大排档式的餐馆。她记得，那时似乎就叫"炳胜大排档"，应该说跟高档两字没有什么干系。

可是到了她来读大学时，不知不觉就成"酒家"了。而且开始走高档的路线，据说除了江燕路那家分店，又开了好几家分店。

"励志故事呀！"捧着大杯奶茶的童敏，坐在海印桥脚的炳胜总店，听着林静雯说起往事，不断地点头，"我知道你为什么会定在这里了！我们也会跟炳胜一样发财的！"

林静雯勉强地笑了笑，对她说："不。"

当然不是这样。她选择这里，是因为在记忆中，当年和父母来省城游玩，父亲有着挺拔而高大的背影，言语间总有欢笑声，不像如今这样微驼着背，咳嗽伴着不时的叹息，让她每次打电话，都能想象出他眉间的悬针纹；而那时的母亲，大抵也正是最好的年华，或者是觉得她的人生仍有可以期待的灿烂，所以看着美好的人或事，也总能露出真诚的笑脸，并不因对自己未来的绝望，一再地压迫着丈夫和女儿。

尽管昔日时光都已远去，但她愿意在自己面临抉择时重返旧地，寻找往昔的一缕暖意。

"我知道了！"童敏突然大笑起来，"因为别人埋单！我猜对了吧？哈哈哈！"

现在的炳胜的确有点贵了，不是林静雯平时消费的层次。

尽管童敏颜值佳，又正青春照人，但她这样略带癫狂的大笑，仍是让边上不少人侧目，以至于坐在她们对面和她一起来的同事赵维很有些尴尬。

刚从东北985大学毕业的赵维，进入广告公司的时间跟童敏差不多。因为他的母校就在童敏的家乡，所以总有许多共同的话题，两人便走得比较近。

他起身向着附近的几桌客人作揖，赔着笑说道："不好意思，不好意思，有点喝高了。"

林静雯看着童敏这样，又禁不住叹了口气："怎么喝成这样？"

"中午那客户开玩笑，说把酒喝了，他就签合同，结果她真就喝了一瓶XO。"赵维皱着眉，很有点无奈。

签合同本来是客户经理的事，他和童敏，都是设计师，除了客户返稿要求修改之外，接单子也好，回款也好，其实都不干他们的事。

而这张单客户经理本来是要放弃的，觉得这个甲方太难伺候了，但没想到童敏真的能签下来。

童敏伸手搂住林静雯的肩膀，凑到她耳边说："我签的单，我拿提成啊，有五万！"

她拍了拍自己胸口，又把手按在林静雯的锁骨上："我留了你的银行卡号。"

然后她趴在桌上，很快就传来了微微的呼噜声。

林静雯苦笑着摇了摇头，本来她有些犹豫的：是不是要现在就裸辞呢？然后去投入争取代理资质的事务上？

现在这么看，她其实不用选择。

坐在对面的赵维有些腼腆地笑了笑，他并不擅长找话题去打破僵局，或者说，他和第一次认识的林静雯很难找到一个共同的话题，所以他迟疑了一下，就开口道："要不，我送她回家吧？"

林静雯听着就有些抵触了，因为童敏并没有跟她提起赵维，无端地就提出要送酒醉的童敏回家，这就让林静雯觉得太突兀，甚至觉得这人是否有些居心不良："不用麻烦您了，我们住在一起，赵先生您如果忙的话……"

"噢噢，这样，对的，那我……那我有些事，我先走了。"

赵维匆匆地告辞，离席时有些仓皇，以至于把一只汤匙带落地上，摔得粉碎。

中间有两次，服务员过来问："可以上菜了吗？"

"再等等。"林静雯对服务员这么说道。

直到海印桥上的灯光亮起,石朴才面容颓废地奔到这里。

能把一身名贵西服穿出这样的感觉,是因为他在出租车上睡了一觉。

"我顶不住了,本来要出门,然后有个客户打越洋电话过来吼,没办法,只能应付了他再说。"他仍有不改的乡音,但比起几个月前在地铁站的初遇,已经好了许多。

石朴看着童敏,向林静雯问道:"她没事吧?"

林静雯摇了摇头,她伸手揉了揉太阳穴,望着石朴:"你脸色不是很好呀。"

"我能有啥事?赚钱了,知道吗?我开始赚钱了。今天说好我请客的,不许跟我争啊!"石朴笑了起来。他招手让服务员过来,告诉对方可以上菜了:"有点那个生鱼片没有?没有的话来一条鲈鱼,就做生鱼片,多重?一斤多就行了,两斤也好吼。"

林静雯觉得有点多了,因为她本来就点了菜。

但大约是因为在这家店留存了一些美好的回忆,所以她也没说什么吃不完之类的话。

开始上咕噜肉时,童敏就醒了,她看着有十几碟蘸料的生鱼片,就觉得很新鲜。她不停地尝试各种蘸料的组合,而且脸上不时流露出各种搞怪的表情。

林静雯和石朴看着她这样,都被逗笑了。

"好饱噢。"童敏吃着切片的西瓜,带着满足的惬意这么感叹着。

然后又过了一会儿,她突然清醒起来:"小赵呢?我带来的那个同事呢?"

林静雯笑得直不起腰:"我以为你明年才想起来呢!"

刚才赵维走时六点出头,童敏醒时是七点多,现在都快九点了。

"不是!那家伙,你别看他长得人模狗样,还有点害羞,渣男啊!"童敏神秘兮兮地说。

接着童敏就开始分享八卦小剧场:赵维的爱人是他大学同学,两人是在大学期间就珠胎暗结,然后奉子成婚。但据说赵维平时总爱跟其他年轻妹子搭讪。

"刚才他还说要送你回家，我让他先走了。"林静雯笑着说道。

童敏一把抱住她："不愧是我老铁！救我狗命啊！"

至于为什么会跟赵维这渣男一起过来，童敏道出了缘由。

"我找他借钱，说起咱们这项目，他说没钱借我。"童敏又拿起一块西瓜边吃边说。

但是赵维就建议，他们可以一起去找这个被客户经理放弃的甲方聊聊。

"这是个有本事的人。"石朴听着，给了这么一个评价。

林静雯笑着纠正他："有本事的渣男。"

"对！"童敏抱着林静雯，大笑起来。

林静雯觉得，自己真的不用去考虑是否辞职了，并没有什么可以抉择的。随着项目推进，她已经无法一边上班，一边处理争取代理资质的事务了。

她必须辞职，哪怕仅仅为了童敏。

走在滨江东路，江边的风驱散了不少夏夜的暑意，灯火辉煌的轮渡已失去了它本来的意义，如同北京路的天字码头一样，成了这座城市的历史点缀。

童敏倚着江边的栏杆，要林静雯给她拍照。一开始表示没问题的林静雯，在三分钟后就后悔了。

因为美院出身的童敏，可不是嘟着嘴、比画剪刀手就能打发的。她摆着各种姿势，并且要求拍摄者的位置和镜头的角度，讲究构图等。

林静雯帮她拍了得有六七分钟，童敏才算满意，但林静雯已感觉腰酸背痛了。

"我请喝奶茶吧！"童敏笑着便跑开了，她似乎永远喝不腻珍珠奶茶。

而趁着童敏跑向边上卖奶茶和章鱼小丸子的手推车，石朴拿出一张银行卡塞给林静雯。

"我听说你在凑钱做生意，这里有六万二，我这几个月赚的，凑个份子。"他这么说。

在江边的路灯下，她看见他苍白的脸上少了许多先前的鲜活，甚至连夹着烟的指尖也没有当初一起撸串时那种随意了。他很明显成长了，短短的两个多月里，而成长的代价，是他在透支自己，或者说，他在拼命。

世上本没有什么唾手可得，或是轻易得来的成长。

她握着那张银行卡，对他说："会亏的。"

"我得留几千块在身上，只有这么多。"几乎同时，他开口这么说。

然后两人便笑了起来。

"笑啥呢？整得傻乎乎的，你们这俩家伙，快来帮手拿啊！眼睛咋就不好使！"童敏大呼小叫，捧着三杯超大杯的奶茶和两纸盒的章鱼小丸子跑了过来。

夜色很暖，在这夏日的江畔。

其实林静雯想辞职的念头并不是从炳胜酒家的饭局开始的，也不是在一周之前，"保修"的那台仪器远渡重洋回来的那天，她才开始考虑这事的，而是在第三家高端美容院按意向书打了预订仪器的定金时，她就在考虑这个问题了。

榜样的力量是无穷的。不论林静雯以什么身份，促成了这家高端泰式连锁美容院加盟了她的公司，在别人的眼里，就是有了第一个试吃螃蟹的人，有了业内可靠的同行在帮林静雯背书。

但是，因为林静雯其实并没有拿到代理的资质，所以，就算收到第四笔钱，她仍然一分钱没赚，如果算上第一笔钱的"保修"，她还亏了三万左右。

如果她想在这个项目上推进下去，接着就得去维护客户关系，让更多的客户加盟，用他们的行业资质来为自己背书，用他们的渠道来构建自己的渠道。她还得说服更多的客户加入进来，她还要组建团队，她还得说服加盟的商家、美容院一起来完成一百五十万欧元的注册资金的目标。

她不可能一边上班，一边来做这些事。

可是吃饭要钱，接着租房也要钱，没上班时没有体会，当拥有一份稳定的工作之后，而且还是薪水绝对不低、在公司内部也很受器重的情况下，放弃这份工作，然后去面对未知的风险——连社保都得自己交！她一直在犹豫。

直到她的卡上多出童敏那五万块，还有石朴塞过的六万二，林静雯才发现，其实，并没有苟且的选择，而她也并不孤单。

HR和品牌推广部的总监在接到林静雯辞职信时，并不太过惊讶，都是行业内的人物，林静雯近来在行业内的操作，公司怎么可能不知道？就算公司不想知道都不行，那些想给林静雯打钱的同行也会来问啊。

"公司一直没有找你聊，你知道为什么吗？"总监对她这么问道。

林静雯倒没想到公司知道她要辞职，更没想到公司对她的操作早已知晓。不是每个人都能算无遗策，看透人心。

她摇了摇头。

总监笑了起来："你没耽误过公司的工作。"

"你跟同行聊时，再三提醒，这是你自己的生意，不论好坏，公司不会帮你背书。"总监伸出手，略带着做作，但不乏诚挚，"希望我们还有再次合作的机会。"

"我也是这么希望！非常感谢公司给予我的机会。"林静雯很客气地跟总监握手道别。

从找不到一份三千多块能留在这城市生活的工作，到第一份工作就拿到让同学惊叹的六千薪水，到现在毅然辞职走出城建大厦，风雨之后，终见彩虹。夏日的空气里，仍然充斥着柏油路面散发的刺鼻的气味，但林静雯已经不再为此烦躁，也不再为此忧伤。

她走进小路，六运小区在播放着流行歌曲，歌手一次又一次地告诫着世人："爱情不是你想卖，想买就能卖！"

林静雯跟着轻轻哼了起来，她喜欢这旋律，就是喜欢这嗓音。和歌曲述说的故事无关，她已经不需要那种把自己置身于悲剧女主角的感伤。

手机传来了提示声音，是有新邮件送达。

米歇尔·巴拉克女士发来的邮件。从开始的不耐烦，到被林静雯打动，现在这位女士已经不是跟以前那样公式化地回复邮件了。

这两三个月里，林静雯所做的努力并没有白费。

如果要说有什么遗憾，那就是她很努力地学了两三个月，对于德文，离了翻译软件，仍然无法阅读。

她现在没法联网，手机上的翻译软件，不论是《灵悟词典》还是《有道词典》，都只能逐词翻译。所以她读这德文邮件，读得很慢。

之前她对此很困扰，也很自责，但现在她可以平静面对了。有些东西，可能真的就是无法妒忌的天赋。

没事，她可以努力，她有足够的耐心，总有熟能生巧的时候。

"我用员工的权限，帮你付了那台仪器的维修费，所以，你应该能收到退回去的一千欧元。"

邮件里米歇尔·巴拉克女士是这么说的，这一句，林静雯非常确信自己看懂了。

"耶！"她欢呼，不单是因为白捡了一千欧元，更是因为米歇尔·巴拉克女士态度的转变。这比一千欧元，更值得庆祝。

毕竟对于要争取代理资质的林静雯来说，这位女士是她跟厂商联系的唯一媒介。

当刘书萱走向项目部的办公室时，她一点也不慌。尽管去工地把她叫过来的大姐，脸上的神色很为她担忧，并且偷偷暗示她大事不好。

有许多事情，刘书萱并不是不懂，她不但不是散财童子，而且也绝对不是小白花。

但当她推开集装箱改成的办公室的门，看见很正式地坐在办公桌后面的林总，刘书萱莫名有些心悸。毕竟，这是她上司的上司。

名校出身的林总是这个外包项目的总工程师，他的脸上似乎永远都挂着笑容。常年在工地奔波的他，早生的白发和黝黑的脸孔，使他看上去是施工队的基层员工。如果不是在共事中，对他的专业水准有所了解，真的很难相信这样的一个人是当年的天之骄子——那可是大学扩招之前，毕业了有派遣证的名校高才生。

"坐呀，小刘，有件事要跟你核实一下。"林总尽管出身名校，但他的普通话湖南口音很重，听上去很亲切。他示意刘书萱可以随意抽烟，让刘书萱刚才进来时那点拘谨感消失了。

开水壶的烧水键被按下去，那么不管怎么样，只要有电，这壶水总是会开的。而林总要问的问题，始终也还是要问出口。

但他没有问，刘书萱也就没有说。

对有学霸属性加持的她来讲，刘书萱很清楚在办公室政治里，这是一种策略：明知道是要问某事，偏偏不问，来添加被问者的心理压力，以让被问的人产生一种迫切感。期待上级提及某事，以进入正题，结束这种等待的煎熬。然后当上级开始提到问题，被问者就会下意识回答，其实就是精神层面上的被驯服。

但她不会。她有足够的耐心，也有足够的底气耗下去。

外面的打桩机发出轰隆的声响，单薄的集装箱隔板无法阻挡尘土飞扬的场面在脑海里出现。

水开了，林总给自己那个恐怕得有一升的大保温杯里添了水，倒没有去问刘书萱是否要茶。因为她也来了这么几个月，向来都是只喝自己车里的依云或是巴黎瓶装水。

"项目部下面的工程队反映，你们那边的工程队有额外的奖励？"林总笑着这么问道。

外面的打桩机再一次重重地落下，刘书萱下意识地掏出烟，点上一根。

她回想着每一个细节，在脑海里复盘。

所谓额外的奖金，就是她自己拿钱出来奖励工程队的事了。

不过刘书萱又不是傻子，她当然不会明目张胆这么干。在阶段验收过关，宴请工程队的酒席上，她笑着给每一个人发了红包："端午节我私人给大伙几个粽子。"

甚至她还留了一句："我结婚时，你们可都得给红包哦！"

工程队的同人又不是傻子，当然都纷纷应允。

十万块，刘书萱没把它当回事，说真的，她当时装钱的爱马仕皮包都不止这个价。

也就是当时跟工程队说了，只要能把进度赶出来，她就自己掏钱来发这个奖励，图个喜庆，那真的按时按质完成任务了，她还能舍不得这么点钱？

她轻吸了一口烟，没有过肺就吐出来，抬起头望向林总："没有这回事啊。"

人情来往，不是奖励。她早把这漏洞琢磨明白了，所以还加上要大家在她结婚时回礼的话。

林总微笑着点了点头，喝了一口茶，很没有风度地嚼着茶叶："那就好。"

他又轻声说了句什么话，刘书萱没有听清楚，因为外面轰隆的机器作业声实在太大了，不过应该不是什么严厉的话，因为林总嚼着茶叶的脸上并没有什么太激动的表情。

其实林总会找她过来谈话，刘书萱是知道怎么回事的。因为这个阶段性验收通过之后，她所在的这个工程队被评了"先进"。另外几个工程队就在闹腾，说不公平，埋怨自己的领导抠搜，不肯发奖金。

"咱们要发奖金，发多少，得有相应职权，得有申请和审批的流程。他们不懂。"林总低头吹了吹那个坑坑洼洼的大保温杯，又喝了一口茶，这么跟刘书萱闲聊着。

他们不懂，刘书萱这学霸可是非常懂。什么级别的领导，能签多大的奖金，都有严格的标准。

按刘书萱的标准，她连给工程队奖励个盒饭的权限都没有。要不然的话，她也不会用端午节送粽子的借口给大伙发钱。

别说事业编制的项目部，就是私企，她又不是领导，这么给下面工程队发钱也是犯忌讳的——她这么搞，私企领导也许觉得，这是要收买人心，准备架空上级，还是要带整个团队跳槽？

"这是王工的意见。"林总从抽屉里拿出一个文件夹，放在桌子上，推到刘书萱面前。

但她没有打开，王工就是她的上司，文件夹里就是王工的意见。

王工如果帮她把这事扛下来了，那就应该由王工来跟她聊，而不是林总找她。

那么，林总会越级找她聊，当然就是王工觉得她这么做有架空自己的嫌疑，或者不合制度。总之，王工必定是对她这样的举止进行谴责的，不用翻开文件夹，她也一清二楚。

# 第十一章　不能走在老路上

"林总，我该找谁交接？"她猛吸了一口烟，因为过了肺，吐出来的烟雾便不泛蓝了。

她仍是希望工程顺利的，如她之前以为的，这样的工程是足以称为奇观的，自己参与到其中，是实现"三不朽"的途径。就算要离开，她也想把手头的杂务好好交接给下一个人，不要因为自己的原因让这工程有什么差错，哪怕是极小的差错，也有违她的本意。

至于为什么要交接？因为她要被炒了啊！

直接上级王工不保她，林总找她谈话，尽管她可以狡辩，但有意义吗？

肯定是工程队里某个人喝酒吹牛时说漏了嘴，要不其他工程队也不可能知道，然后闹腾起来。

所以到这个地步，狡辩或哀求林总让自己留下吗？

何必呢！她来这里，又不是为了这份薪水，到现在为止，她领到的薪水，别说离十万块很远，甚至还支付不了她那辆双门的路虎卫士的油钱和保养费用。

该走，那就走嘛。

刘书萱想得很明白，说不好港珠澳大桥另外的项目外包方，人员不足开启外招时，她到时有兴趣，再去考一次，不就又能加入这个工程吗？尽管不会在这个项目部，有什么关系？都是这个大工程的一个构件嘛，并没有什么好在意或悲伤的。

她不是林静雯，也不是石朴，对自己情绪的调控，刘书萱很出色。

她指尖上的烟挂着长长白色的灰，她的脸上现出不失礼貌的笑意："林总？"

林总笑了笑，摇了摇头："没那么快，总是需要点时间。"

她没有什么意见，大约是要招到新的人手，来对接她的岗位吧？

于是刘书萱熄掉了烟，站了起来，准备告辞出来继续忙手头的活计，等到有人来接手再离职就是。

人到无求品自高，她是这么认为的。

"坐，坐。"林总笑着抬手，虚压着，示意她坐下。

然后他并没有训斥她，也没有安慰她，只是开始讲一个故事，或者说，讲述他自己的人生经历。

那是大约二十年前，林总刚毕业之后，分配到单位的事了。

"太阳底下无新事，很老套，咱们随便聊聊。"他笑着这么说，就开始叙述。有着干部指标的年轻大学生，下到某个建筑公司下面的施工队。因为欺生，施工队里的质安人员也好，施工人员也好，处处为难他。加上他不抽烟、不喝酒，便愈加不合群了。

现代的办公室都有所谓办公室政治，工地上又何尝没有一套自己的潜规则？

"有人的地方就有江湖啊，哈哈！"林总说到这里，自己也笑了起来。

当时尽管年少，其实他是懂的，扩招前的名校高才生，难道脑子会不好用？不可能的事。他当然知道，买包烟，买点酒，没事跟工程队的人散散烟，下班随便找包花生米弄俩小菜，找人喝点酒，慢慢就融进去，很多隔膜，也就会随着时间的推移很自然地消除。

林总说到这里，盖上了保温杯的盖子，闭上了眼睛。

黝黑的脸庞，厚厚的眼镜，常年戴安全帽压出的发型，朴实无华的中年人。

但当他睁开眼睛，重新叙述往事，似乎就不一样了，在这种朴实里，似乎有着某种闪光的东西："我从乡村小学开始努力读书，接着一边捡废品一边上中学，最后成了县里当年的状元考上大学。我知道，我不是为了那样。"

"不是为了那样！"这个似乎永远带笑的中年人说出这句话时，也没有什么斩钉截铁的决断，仍然是带着笑，仍然是温和的。

"我也不相信，人会那么坏。"他笑着又这么说道。

故事继续展开。年轻的大学生，虚心学习工地里每一项操作的实务，再印证自己在学校里掌握的知识，很快，他几乎就能指出任何一个基层施工人员工作里的漏洞，并且在必要时，他能顶替他们任何一个人的岗位，他便成了他们。

然后遇到技术难题，他用自己的知识和见识，带领着他们向前。

林总笑着放下保温瓶，对刘书萱说道："做项目这么些年，我不抽烟，也不喝酒。倒也不是为了养生啥的，那时年轻，我没这觉悟。就是觉得，我读书，那么努力读书，我不是为了那样。"

当他再一次说出"我不是为了那样"，刘书萱的眼眶就红了起来，泪水无法抑制地淌下。

她为什么会自己掏出十万块来作为奖励？其实，林总的故事里，何尝没有她的影子？

在工地里，一个喝着依云和巴黎水的女孩，有什么能让施工队长、施工人员信服她的凭证？

没有，谁信她！大伙都觉得这人就是来玩的，或者来混资历的。

那么，很多事情，王工下派的任务，到了她这里就执行不下去了。

下面的施工人员有一万种办法磨洋工，还让她找不出一点毛病。

那么，她就掏钱，不服？没事，她从小就习惯了用钱砸到服！她不认为有什么问题。

直到这个平凡且朴实的中年人，温和地跟她讲述了自己的往事，并且说出了这么一句："我不是为了那样。"

她来这工地，是为了撒钱，满足某种有钱人的畸形快感的吗？是为了沽名钓誉的吗？

不是，她也不是为了这样！她不是为了这样，或者说，她背叛了自己投身于此的初心。

林总抱怨地苦笑，把纸巾推到她面前："别哭，别哭，是我工作方式不对，我道歉。"

刘书萱一下子站了起来，冲着林总很突兀地鞠了个躬。

因为哽咽着，她一时说不出话来，但她真的感觉应该表达自己的谢意。

"坐，坐，别这样。"林总有些慌乱，苦笑起来。

他等到刘书萱情绪稳定下来，才喝了口茶，对她说道："有两个处理方案，一个是调你到项目部来负责相应的工作。"

她惊诧地抬起头，连泪水都忘记抹了。

因为，这是升职啊。

很快，她就想通了这种处理方案：把她调到项目部，下面七支施工队，她总不能每个队都去自己掏钱发奖金吧？

"另外一个方案，就是把你跟另一个施工队的工程助理对调。"

工程助理，就是刘书萱实际上的职位，所谓"秘书"，不过是国人习惯性的抬举。

对调，就是给刘书萱一个重新开始工作纠正自己错误的机会。

林总把保温杯的盖子拧上，望着刘书萱："我想听听你的意见。"

"不炒我？"她下意识地问道。

林总大笑了起来，好半晌，停了下来望向她，大约是她认识他这么长时间以来，第一次，他脸上没有挂着笑："我只是觉得，你也不是为了那样。"

"对调吧。"刘书萱回答道。

林总又笑了起来，然后他站起来，向刘书萱伸出手，握了握。

在送她出门时，他说了一句话，这句话刘书萱觉得，可能就是刚才被施工声音掩盖，她没有听清楚的话："项目部也是党支部，实际工作中有什么困难，大家都可以一起来讨论解决方案。"

她想说些什么，但又哽咽了，只是拼命地点头。

工地边上的海浪不停地拍击着礁石，但当它退下，礁石仍然静静地峙立。它总是不能被掩盖的，只要回望，便在那里。

海风总是带着咸咸的气息，坐在岸边望去，浪花的顶端似乎就是海鸟掠过的轨迹。

很多东西，并不是看了便能学会的，也不是懂了，就做得到。刘书萱当然也懂这个道理，所以在和林总聊完之后，她就去买了一个大保温杯。

带上保温杯，灌上凉白开，她在努力地融入施工队里去，试着让自己变成他们。

当一个学霸放下心理障碍，决心去做一件事时，他们往往都能做得比一般人更好。

刘书萱也不例外，所以，她在大半个月之后，项目部例行的体检过后，直接住进了医院。

因为她做得太好了。但娇生惯养二十几年的身体，经过这么折腾，马上支撑不住了。

不但血压过低，而且血红蛋白浓度只有 86g/L——这就是妥妥的贫血呀。而且在心肺功能的检查之中，医生发现不大正常，连刘苏萱自己也提到近来有心悸。医生开单让她去加查了一下，竟然查出病毒性心肌炎。

于是她的新领导张工，在看到检查结果后，就被吓到了。

不是因为她是刘书萱，而是施工队里谁查出这样，都不敢轻视呀。

什么叫盛世？盛世，就是一条宠物狗死了，大家都会觉得这是个事，这是一条生命。何况是人！这也是项目部定期让员工体检的原因啊。

可刘书萱觉得没啥事，吃点药就行了，她有点陶醉于施工队的成员对她的认同和依赖中。没错，就是依赖。

工地的事，她慢慢地在学、在听、在融入。但当施工队里出现以往老经验解决不了的问题时，她的学霸属性就出彩了：基本上几个大语种的外语，她看说明书完全没问题；谁也没接触过的新设备，她一起在边上听着，就比别人学得快多了。

这样的人，又大方，又不会跟人计较，那有问题，当然都愿意找她呀。

所以她不愿意离开工地，觉得没啥事，过几天，适应了就好。

可张工觉得不行啊，他跑去找林总，很光棍地说："这要出点啥事，我得吃挂落，她家里人要找我事，我可怎么办啊！"

看着张工那脸上吓得都在颤抖的肥肉，项目部当场开了个会。然后林总拍板，组织了几位行政的大姐，几乎是硬扯着给刘书萱办了住院。

刘书萱的母亲在得悉之后，连夜就让司机从广州开车到了珠海。

"仲笑，死女包，你份人工都唔够加油！你真係搞笨啊！"刘母看着躺在病床上的刘书萱，气得不行。

倒是在笔记本电脑上跟刘书萱视频通话的刘父要豁达许多："做人，梗係要有啲抱负嘅，老窦撑你！"

刘书萱晒得有些小麦色的脸上便有了笑容，伸手跟远在国外的父亲遥遥击掌。

但刘母听着，眉一横，连着远在万里之外的刘父一起骂："撑你个死人头啊！就得呢个女，都病成咁嘞，心肌炎了！仲有咩嘢贫血，椎间盘突出！"

刘书萱怯生生地插了一句："娘，我系腰肌劳损，冇椎间盘突出。"

"你咁搞落去，跟住就系嘞，仲咩鬼抱怨？你哋两父女可唔可以讲啲人话。"刘母火力全开，刘父和刘书萱被骂得哑口无言。

"对，小萱的确要注意尺度！"刘父附和了两句，然后就以那边信号不好为由，匆匆下线了。

刘母冷哼了一声，并没有接着发泄下去，望着刘书萱，她叹了口气："阿女，想食啲咩啊，成个面都尖晒，真系阴公啰。"

她是真心疼自己的女儿，对于刘母来讲，又不是家里没钱吃饭，为啥要受这样的苦？

不过她来了珠海，当然不可能省钱，所以很快就帮刘书萱转了院。因为刘母坚持要单独的病房之类的，而开始就入住的公立医院因为病人太多，实在不可能满足这样的要求，更不要提，刘母还要安排从广州带过来的家政护理人员贴身陪伴刘书萱。

辗转联系到满足刘母需求的医院，花钱不提，这中间也是托了许多人的。

"妈，我没事，休息几天就好。"刘书萱感觉要崩溃了。

但刘母不这么认为："你领导同工友过嚟睇你，都话呢度环境唔得。"

对于刘书萱来讲，她都懒得开口接话茬了。住上两天，好点就出院了，又不是度假胜地，环境啥的，她感觉也无所谓。

但是随即刘母又开始念叨，是不是让某位毕业于"哈根达斯"的年轻人过来探望刘书萱之类的，吓得刘书萱马上妥协："唔好啊，救命啊，娘，放过我啦！我应承你，住到医生觉得冇问题，我先出院啰！"

相比于刘母包下单间病房，又请了两个护工，还从广州带了保姆过来照顾刘书萱的大阵仗，同样住进医院的林静雯，陪伴她的就只有下班匆匆赶过来的童敏了。而现在童敏还没下班，眼看着输液袋里快要空了，她就按铃叫了护士，可是明显护士忙不过来，现在最后一滴药液都滴尽了，护士仍没过来。于是林静雯自己摸索着，把输液管的卡子压到头掐住管子，躺在那里等着。

自从辞职以来，她几乎想把每一分每一秒都用在工作上。

而所谓借口经营也好，趁热打铁也好，毕竟有好几个大美容院加盟了，借着这势头拓展业务，是自然而然之举。所以她一直在跑，给那些心存疑虑的美容院做仪器的产品说明；又要整合已加盟的美容院，必须得通过利用它们现有的渠道和客户群体，整合成自己向厂商申请代理的资质；然后她还要组建厂商要求的专业团队。

她也不过是拿到毕业证书没多久的女孩。

一个人在干一整个团队的活，生理期本来就虚弱，但她一点也不敢放松，仍在拼命跑客户、招聘人员等，结果一躺下，就发高烧、说胡话了。童敏当时看着她都烧到神志不清了，送她到急诊，一测体温都三十九度了。这么一烧起来，又查出有些肺部感染、贫血、低血糖等，于是也就从急诊直接转到住院部。

"两天了，白白浪费了两天，唉。"她一边等着护士来换输液袋，一边叹息自语。

不是她矫情，而是真的时不我待。平凡人的人生里，也许一辈子就只有那么一次机会。

人往往不会太珍惜自己天生便拥有的东西，例如刘书萱对于钱或者对于考试的天赋，又或者是林静雯对于她那被刘书萱羡慕和钦佩敢于远离家乡，在省城独自闯荡的勇气。

童敏也不例外，听着拖鞋趿拉声在病房的走廊响起，林静雯苦笑了起来，这就是童敏下班过来了。是的，童敏现在几乎每天都踏着人字拖到处走，因为她从来不用为身高发愁，所以在这南方城市里，谁也不能阻止她穿人字拖。

她甚至说自己爱广州这城市，就是因为它几乎一年四季都可以穿拖鞋！

林静雯当时气得咬牙，要是跟童敏一样，光脚都有一米七了，谁还穿松糕鞋、马丁靴呢？

走进病房的童敏，对着同病房的几个患者打招呼，大姨、大娘叫得特别亲切。

只不过没有什么回应她的声音。因为那几床病人都是等着手术的，恐怕不是好的预期，连着家属的脸色都极阴沉。

但童敏并没有在意，她把手里拎着的食盒放在病床的床头柜："你按铃了没？咋还不来呀？我去喊一下！"

然后就听见她在护士站的声音响起："我们这67床都输完液了，这咋整？要不我洗个手，自个拔了插边上那袋上？我看你们整过几次，也蛮简单的，我觉得我能行啊姐！反正你忙，我去试试！"

那护士大约真被她吓到了，连忙叫住她："站住！"

护士训了她两句之后，终归还是怕她真的犯二，自己动手给林静雯换针头，到时出啥事可说不清了，所以很快就推着车过来，麻利地帮林静雯换了输液袋。

帮林静雯装好了粥，童敏给自己也装了一碗，就在病床前对付着吃了起来。

童敏边吃边扯着上班的趣事，把林静雯逗得乐不可支，这顿晚饭吃得倒也算是开怀。

"回去吧。"林静雯对着吃完了虾蟹粥，正收拾外卖盒的童敏劝说道。

因为这袋液输完，今晚就不用再输液了。

那林静雯自己能走能吃的，也不用专门有人在边上陪护。

童敏把那些一次性的碗和筷子都收拾进袋子里，点头应了。

但她收拾完了，在病床前坐下来，随手把头发挽了起来，对林静雯说道："我明儿辞职吧。"

林静雯会住院，就是累病的，这个童敏也是十分清楚。

因为事就那么多，总要有人去做，现在就只有林静雯在做，如果这项目还要推下去，那林静雯真的会被累死的，所以童敏觉得，自己得辞职，过来帮手一起处理。

林静雯这次没有和往常一样客气，因为她真的感觉撑不住了。

再说，不单是身体上的力竭，还有心理上，长时间的孤单作战也让她很累，如果童敏加入进来，至少彼此在工作上有个照应，互相激励，也更好应对一些。

"67床在这边。"护士在门外没好气地说道，"你们探病的人不要太多！医院不是会客厅，大家都互相体谅一下。"

童敏和林静雯连忙对着护士赔了不是，来的是提着一大袋水果的石朴。

毕竟这里是医院。为什么会说他们，倒也不是故意针对他们。

就算是病中的林静雯，因为有石朴和童敏的到来，病容中仍透着生气，相比于病房里的其他病友，这如同雪白的墙壁或雪白的天花板上的一点红色那么显眼。

石朴瘦了很多，他把水果放在床头柜："你别那么拼。广东俚语，长命工夫长命做啊。"

"你也有份啊，仗义点，也过来搭把手。"童敏一边剥着橘子，一边对石朴说道。

她指的是林静雯在争取代理的这件事，石朴也凑了份子的。

林静雯冲着童敏摇了摇头，示意她别提这茬："帮我换瓶烫点的开水吧。"

于是童敏就拎着热水瓶去开水房了。

有累到尿血先例的石朴，其实是最没有资格来劝说林静雯的。

而且看上去，石朴现在有种病态的亢奋，带着黑眼圈的双眼神采奕奕。

林静雯感觉他的状态甚至比自己更差，要一倒下，恐怕就会出大问题。所以指望石朴来帮忙并不现实。

她对他说道："你别听她乱讲，不用担心。"

为了缓解他眼中的担忧和焦虑，又说起童敏会把工作辞了，来陪她一起分担的计划。

但没有想到，一下子就出现了有些尴尬的沉默。因为石朴听着这话，就陷入了思考之中。

林静雯一时也不知道该说点什么，她看着旧得有点泛黄的铁皮床头柜，心里无比希望有一只蚂蚁或是蟑螂经过，好转换话题。

"最好不要让童敏辞职吧。"石朴结束了长久的思考，这么对林静雯说道。

这要是童敏在场，怕得当场吵起来。

现在的石朴，不知不觉中已经有了自己的体会："你还是需要有专业的团队。"

林静雯一下子就被他点醒了。

让明显对医美和化妆品行业没兴趣的童敏辞职，其实并不见得能帮上什么忙，更多的是心思上的互相依靠，而这种依靠，并不需要童敏辞职来实现。

这是一种作坊式的思路，正如石朴低声劝说的："咱们不能走三叔的老路吼。"

这时门外传来了童敏急促的拖鞋声，她拎着开水瓶飞奔进来："开电视、开电视，亚运会开幕了！"

在广州的海心沙岛，庄严的国歌响起。

运动员乘船从珠江由西向东驶向开幕式现场，并通过登陆星光大道步入场内。

躺在病床上的林静雯，看着电视里的开幕式，还有在自己病床边叽叽喳喳讨论着运动员服装、摄影师镜头构图的童敏。

那些身姿挺拔的运动员，各种不同专业特长的健儿，使她醒觉石朴说得对，让童敏辞职绝对是馊主意，专业的事得让专业的人来做。

不能走在老路上，不能！

# 第十二章　最低位入手

知易行难是千古不变的道理。

尽管住院期间林静雯就确定下来，还是得组建专业的团队，来完成手头那些工作：不论是说服商家加盟，还是整合资质提交给厂商，甚至后续开展业务的运营等。但怎么招到合适的人选呢？这是个难题。

其实在入院之前，她也有尝试过招聘的，尽管当时想的只是找几个可以帮助跑腿打下手的员工。

但深知每一分钱都来之不易的林静雯，觉得没有一个应聘者是物有所值的。

而现在，要招聘可以帮她完成管理工作，独当一面的人才，就更难了。因为薪资必定会更高，而她会对应聘者更挑剔——花的可都是自己的钱。

这钱花完了，没盈利，那就是她和童敏、石朴都赔钱了呀！

他们俩赔得少，她可是要赔上十万，对刚走出校门的林静雯来说，这是很重的债务了。

而手头有的这近二十万，除了场地等必要的开支，留给她作为团队运营费用的真的不多了，而其中工资部分就更少了。所以她给的薪水很低，但要求很高。

"我似乎成长为自己讨厌的样子了。"她苦笑着对童敏说道。

童敏叹了口气，抱着一杯超大杯的奶茶，蜷缩在沙发里："老实说，咱这地方看着就不像是正经公司，别说钱还这么少，这咋整？"

这个废弃厂房改装的超廉价办公室，所有的办公用品都是林静雯去买的二手货。

不论是看着像废弃厂房的外观，还是进来看着陈旧的办公桌椅，真的感觉就不是什么前程远大的企业。更重要的是，现在这办公室里，除了这两位，一个员工都没招到。

童敏也不是没有提议过，招个人来扫地收拾桌椅，一个月给个两千之类的，但当时马上就被林静雯否决："两千块不是钱啊？"

要不然，她为什么会累到入院呢？

这个时候，童敏的电话响了起来，她看了一眼来电信息，不耐烦地想挂掉电话。

埋头做着文案，准备向那些加盟的美容院推广光电泳美白仪器的林静雯，笑着问道："是谁呀？"

因为这是电话铃声第三次响起了。

童敏吸着奶茶，没好气地说："是渣渣维呀，说想来这边看看，有啥好看的？"

所谓渣渣维，就是上次跟着童敏去炳胜酒家的赵维。

"他要来，就让他来嘛，他不是名校出身的吗？看看他能不能给咱们介绍什么牛人。"在 Word 打字的林静雯，一边工作，一边这么说道。

童敏耸了耸肩，就这条件，还能来什么牛人？何况林静雯抠门得不行，薪水也开得低。

不过听着她这么说，赵维仍在拨号，童敏就接通了电话："赵哥啥事呀？过来看看，看啥呀？"

但出乎童敏意料，电话那头的赵维，并没有像平时那样顺着她的话抖什么梗，或是变着法儿夸她之类的。

"嗯，你把那光电泳仪器的海报和广告页带到公司做了，对吧？"

童敏就愣住了，她明明删除了的呀！

赵维在电话那头笑了笑："你没有抹除访问痕迹，而且，你没有清空服务器上自动备份的文档。"

设计海报和广告页对于美术人员来说，需要性能比较好的专业图形工作站。

要用林静雯这台不接电源就没法用的笔记本，一张图读八小时都不一定能读得出来，更不要提渲染了。

所以童敏就把这些活偷偷带回广告公司，利用工余的时间完成。

想不到，倒是被赵维捉到了把柄。

"一顿麦当劳，最多就这样，不然随你咋整都得。"童敏也很干脆。

哪怕赵维跟老板说，她老实道歉认栽就是了。

近来客户对她的设计稿反应都极好，加上之前她还拿下了客户经理放弃的单子，老板也不至于因此就对她怎么样。

"你误会了。"赵维打断了她的话。

他并不打算威胁童敏，或是敲诈一两顿饭。而是他看了海报和推广文案之后，对这个项目有兴趣。所以才会提出来，想过来她们的公司看看。

童敏开了免提，然后拍了拍林静雯的肩膀，问她怎么办。

"让他过来呀，反正他看过海报，也知道我们地址。"林静雯这么说道。

赵维过来得很快，他进来之后，看着这办公室里的布置，倒没有什么失望的表情。

"我想我来得正是时候。"他这么对林静雯说道。

这时的他，跟那天在炳胜酒家见到的他相比，给人感觉完全不一样。

也许是少了几分猥琐，也许是谈论起专业领域多了自信。

"广告公司，只是我来广州的一个落脚点，它不会是我的归宿。"

他不但是这么想的，连在招聘时面对老板，他也是这么说的。

而赵维敢这么说，当然是少不了他在"圣·马家沟男子技工学校"① 的出身了。

他对林静雯这个项目感兴趣的原因，就是光电泳技术。

赵维进来之后，几乎完全无视童敏，直接向林静雯问道："为啥不招人？"

林静雯叹了口气，抬起头，也很诚恳地说道："都年底了，俗话说，元宵过，找工作呀。"

但这个很真诚也很客观的结论，赵维不认同，他有自己的看法："这不对。"

童敏当场就火了："赵哥，咱能不装吗？"

赵维没有跟平时一样顺着她，而是很认真地分析：一份好的工作，它本

---

① 哈尔滨工业大学在网民口中的昵称。

身就应当能吸引人放弃一些东西，来投入这事业中来。

林静雯听着，眼睛渐渐亮了起来，她按住了童敏，示意赵维有话就说。

于是他接着就向林静雯问道："你怎么向应聘者介绍这个项目？"

这个问题她做过许多次，当然胸有成竹，从德国厂商 HFB 开始，到光电泳技术等。

她聊了十来分钟，看着还能接着介绍下去。

但赵维打断了她："冲着你给的薪水来的应聘者，大部分听不懂。"

他靠在二手办公桌上，用食指敲着自己脑门："女人的钱是最好赚的，而利用高科技赚女人的钱，这项目一定有前途！咱们招聘执行岗位的员工，就得把这个理论灌输给他们。"

林静雯想了想，站了起来："你要多少薪水？我很可能请不起你。"

蜘蛛通过网的震动来感知是否收获了猎物，孔雀依靠开屏来吸引异性的注意力。而赵维通过展示他的才学来达到一个自荐的效果，这是标准的商业行为，不寒碜。

所以林静雯拦下要嘲讽他的童敏，至少林静雯能看得明白，这人是有能力的。

能力有多高不好说，但人家进来这么一了解情况，随口输出这么几句文案，先不提人家名校的出身，单这水平，怎么也不是她那五六千块薪水能说得过去的。所以她也很坦诚，直接点出问题的根本：可能请不起赵维。

而赵维笑着说道："钱少没关系，分红或者股权，你敢给，我就敢要。"

林静雯望着他，好半晌没有说话。

"我们需要商量一下。"她对赵维这么说道，然后就拖着童敏到了里面的小办公室。

废弃厂房就这好，地方大，管够。

林静雯拨通了石朴的电话，开了免提，把大致的情况说了一下，然后问道："情况是这样，你的意见如何？"

不论如何，这项目他们三人都掏了钱，如果要给股权，总得商量。

童敏很无所谓："你们决定就好了呀。"

"不能超过百分之五。"石朴想了一下，给出了自己的意见。

并非小气,而是赵维水平如何,也不能凭三言两语这么定下来。

林静雯对此也没有异议,其实考虑愿意给股权,更多的还是因为他名校出身的光环。

而在林静雯跟赵维交涉合作细则时,发生了一个小插曲。

童敏一路追着赵维问,到底发生了什么事,甚至她把林静雯跟赵维在商讨的合作细则草稿都抢了过来:"赵哥,你别搁这跟我装!"

被童敏逼到这份上,赵维叹了一口气:"她要逼我见家长。"

所谓的她,就是广告公司里的同事。

童敏背后管他叫"渣渣维",不是没有道理的。

一个已经结了婚的男人,然后现在有女同事要逼着他去见自己家长。这是正常人会有的剧情?

林静雯听着就被吓到:"要加一条,如果你在合作期间发生这种婚外恋的关系的话,公司的损失你要赔偿。"

赵维对此没有什么意见,他只希望快点离开广告公司,以逃脱那位要他去见家长的女同事。

而且看起来,他真的很认同光电泳美白技术,感觉是大有前途的。

当一切条件谈好之后,赵维开始接手团队的组建。

林静雯和童敏真的就感觉,每一分钱都物有所值。

赵维利用自己在广告行业的人脉,用很低廉的价格打印了一些海报在公司内部张贴。而且找了几位涂鸦高手,把废弃厂房的外墙也画上了光电泳美白仪器的主题画。

这么布置了之后,感觉这公司就渐渐有了生气。

面对来应聘的人员,执行岗位的,赵维就用最简单的语言,让他们感觉到希望;至于管理岗位的,他提出了除了工薪和奖金之外,每股五分钱期权的概念。

期权,也就是这公司如果上市的话能套现的价值。例如配给二十万股,也就是员工交一万块,就能拿到二十万股的期权;公司上市后股价达到一百,那这二十万股就能套现二千万元了。

"这世上当然不会有人白给我们钱。"赵维对着应聘者这么说道。

这话从他嘴里说出来,就特别有煽动性:"如果我们不相信能把公司做好做大、做上市，那怪谁！凭什么做不起来，然后还能得到许多钱？难道说，从进公司第一天，我们就打算混日子？"

赵维成为童敏口中的"渣渣维"，不是没有原因的。

"渣男也得有天赋。"童敏是这么评价的。

有了赵维的加入，林静雯得以解脱，专心去说服美容院的加盟，以及整合它们的渠道。

事情似乎开始往好的方面走。

快一个月过去，林静雯说服了数十家美容机构支付了仪器的预付款。

直到这一天，公司的传真机接收到一份从厂商 HFB 那边发来的文件。

因为是德文，所以办公室其他人拿去给赵维看，赵维看完就让大家提前下班，然后打电话给林静雯："你是不是让德国那边发了一份文件过来？我们需要谈谈。"

她不知道发生了什么事，但赵维少有的严肃。

而且过了一会儿，石朴和童敏也联系了林静雯，因为赵维也要求他们到公司开会。

"出什么事了？"电话那头的童敏感觉无比茫然。

林静雯也不知道出了什么事，因为赵维接手之后，她感觉很满意。不论是团队组建，还是文案，或是对仪器说明书的翻译，操作的培训等等。

怎么突然来这么一出？

"我现在过不去，希腊那边的石材出了点问题，我甲李讲，如果是项目的事，以你意见为准吼。"石朴在电话里这么对林静雯说道，"不要太担心，我忙完了再给你电话。"

当童敏和林静雯赶到办公室，空荡荡的办公室只有赵维一个人。

他双眼通红地望着她们，看起来似乎喝了酒。

"啪！"他没有等她们说话，把那份传真拍在桌面。

这是一份厂商发给代理商的传真，关于 HFB 要推出的新仪器之类的通知。

本来是没有问题的。问题是，这是一份从汉堡总部发到柏林代理商的传真。

为什么会发到这里来呢？因为是柏林的代理商收到传真之后发送过来的。

"我们为什么没收到总部的传真呢？"赵维红着眼睛，敲着桌子，向林静雯逼问道。

答案很简单，就是林静雯的公司并不是德国厂商 HFB 的代理商！

童敏抱着她的特大杯奶茶："我们不是代理商啊，你不知道啊？"

赵维是真的不知道，要是他知道的话，他怎么可能加入这公司！

会收到这传真，是调到柏林任职的米歇尔·巴拉克女士收到传真之后，出于好意，给林静雯发了一份。

"当时你们明明给我展示全套的德文资料！总部的简介！"赵维咆哮起来，他指着童敏，"你拿到广告公司去做的私活，海报上就写着这公司是德国 HFB 大中国的独家代理！可现在搞半天，这公司就是三无！三无！"

"我们将会是。"林静雯把比她高了一头的童敏拉到了自己身后，挺直了腰，对赵维这么说，"请你来，就是为了准备好资质，去申请代理商的资格。"

有一些事，早一步和迟一步有着天壤之别。也就是所谓的"名不正，言不顺"。

因为聘请了财务人员，尽管赵维没去查账，但财务这些天都喜气洋洋的，闲来老是说公司是有前途的，而林总林静雯也真是商业奇才。

财务为什么会这么拍老板马屁呢？

作为专业人员，有相应职称和资格证，年纪也不大，又无行业劣迹。说实话就是被赵维忽悠进来的。

要真被林静雯炒了，这财务人员立马找份工作，比这里薪水高是没意外的。所以她不需要去拍林静雯马屁啊，之所以财务会这么说，只有一个原因。她真的这么认为，因为公司有进账了，连续的进账。

公司哪来的进账？就是收钱了呀，用代理商的名义，去收了美容机构的钱啊。

所以对赵维来讲，他真的感觉出离愤怒，他拍着桌子对着林静雯吼叫："我们不是代理商，可我们收钱了！收钱了呀！到底我们收了多少钱？你有必要给我说个大概的数目，这样我们是会坐牢的！"

童敏在边上听着，吓得呛了一口，拼命咳了起来，好半天才消停。

"没那么严重，你冷静一点。"林静雯一边照顾着童敏，一边对赵维这么说道。

可是赵维这时候已经完全听不进去了。他在办公室里踱来踱去，压根就没法坐下，嘴里面不停地念叨着："这下全毁了，全毁了！"

按赵维想来，一台仪器预订的款子怎么也得十万吧？十万都没有，对得起从德国不远万里漂洋过海进口过来？

恐怕还不止呢，就按十万算，这半个月，怎么也得上百万，数额这么大，要被列为诈骗，那就真的全毁了！

童敏被吓得脸色苍白，她扯着林静雯的袖子，低声问道："会坐牢？"

"不会的，放心吧。"林静雯安慰着童敏，她并没有提出什么严密的逻辑，但她的语气，却能让童敏冷静下来。

赵维听着，气得一拍桌子："她说不会你就信！一会儿法官判你跟她一起坐牢，你就知道死了！"

不料童敏听着，很生气地回怼："我他妈愿意，我高兴，咋了？"

她冲着目瞪口呆的赵维吼道："要我姐们真得进去，我也跑不了！跟你一样彪子似的，有啥用？反正跑不了，该咋整咋整！"

然后她想起刚才楼下那奶茶似乎有特价买一送一，她连忙去翻找外卖单子，又叫了一单外卖。

"要是有个软件，可以在线叫奶茶就好了。"童敏一边看外卖单子，这么感慨。

这样的话，她大约就能把全广州有优惠的奶茶店都喝上一遍？

赵维感觉要疯了，搞不好要坐牢，这女人还有心情喝奶茶。

而这时候外面响起了脚步声，还有带着口音的普通话："你要喝什么奶茶吼？"却是忙完了自己手头生意的石朴匆匆赶了过来。

"你管她喝啥奶茶！你知道啥情况不？"赵维是真的急了，这些股东在他看来，一个比一个不靠谱。

他跑过去拉着石朴，把事情这么一说，然后对着林静雯长叹了一声："退钱吧。"

退钱给美容机构，把合同作废，是赵维目前能想到的自救手段了。

但林静雯摇了摇头，她是真的退不了钱。

因为有比较大的数量，加上米歇尔·巴拉克女士从中周旋，还是能拿到一个比从公司网站页面订购略便宜些的价格。所以这边每收到若干笔预订的款项，就把钱打到德国厂商那边去了。

不然到时间了，怎么交付仪器？德国人又不是傻子，账上没看见钱，怎么可能往中国发货？

所以退钱是真退不了。

石朴点了根烟，他似乎连抬眼皮的动作都有点艰难："我出了批货吼，赚了一点。我能拿十万出来。"

赵维都坐地板上了，听着石朴的话，不住地苦笑，十万？济得了什么事！

石朴咬了咬牙："那就没办法，我只能拿自己的钱。"

三叔和乡亲们那边的钱，杜长卿和刘书萱的钱，是石朴最后的底线，那钱他肯定不能动的。

"其实这个问题，阿萱那时和我在QQ上聊过的。"

林静雯坐在沙发上，用开水暖了茶壶，开始装茶叶，准备泡茶。

她并不喜欢喝茶，只是从小到大喝习惯了。到了喝茶的时候，便有一种放松和安详恬静。

没有代理商资质怎么收预订？而没有预订，如何批量订货？

林静雯可以自己出钱，倒贴来"保修"一台仪器，但她不可能自己贴钱去订仪器呀！

而不能批量订货，又如何在厂商那边体现自己的实力和资质呢？

这就成了一个循环的怪圈。除非她突破其中一步，要不永远都不可能有所推进。

而当时，刘书萱就给她出了一个主意。

于是林静雯就在跟美容机构聊的时候，给出了这样的选择："您想快点拿到仪器，还是不介意迟一些？"

这都给了预订款项的，谁还能不介意迟一些？

"我的代理商资质总部还没批下来，折扣是给我打了的，证书还没发。"

林静雯这么说也没有骗人，的确是有折扣，的确还没给她发证书。

所以，她跟美容机构签的都是代购的合同，而不是代理商卖货的合同。

三杯茶已泡好，林静雯并没有请大家喝茶，而是从包里抽了一份合同出来。在合同的后面还有一份谅解书，她把它翻开，递到赵维面前："所有交了钱的商家，都签署过这样的谅解书。"

谅解书，就是声明自己知道林静雯还没拿到代理资格。而且还提到，自己加盟林静雯的公司，把自己的渠道共享给林静雯，就是为了帮她去争取这代理商的资格。

赵维一下子愣住了，事实跟他想的完全是两回事。

林静雯不但没有去欺骗美容机构，而且甚至把所有的事都想到了前头。

"这一次，我理解你是为了公司好，但不允许有下次。"林静雯端起茶杯，在这废弃厂房改造的办公室里说道。

但不知道为什么，赵维突然觉得，她在为自己加冕，她必定会实现自己的梦想。

但林静雯压根没有注意到赵维崇拜的目光，她只是想起刘书萱。

所谓朋友，就是她为林静雯所想的，比林静雯为自己想得更远。

壮心剖出酬知己，不过如此。

林静雯举起杯，遥敬此时应该身在横琴，二三百里之外的知己。

# 第十三章　突然失控的局面

时光荏苒，亚运会中国健儿取得了 199 枚金牌的佳绩，长留在羊城的记忆里；而南方的冬天却总不耐春天的催促，匆匆地消失殆尽，似乎寒冬刚来，便是春节和元宵，转眼又是春天。过年前后冷了几天，过完了年，马上又听见惊蛰匆匆而来的雷声。

每到惊蛰，回南天几乎折磨着整个大湾区的人们。

哪怕是在二十层以上的高楼，只要没有开冷气，平整洁白的墙壁上也仍然可能会渗出密密麻麻的水珠。然后那种发霉的气息就会慢慢地弥漫，直至占领它能占领的全部空间。

连绵的阴雨天，几乎没有一件衣服能晒出阳光的味道。

但这并没有让林静雯的心情变得阴霾。

电台里在播放着访谈节目，对于预计在今年发射的神舟九号，无论是主持人或嘉宾都充满期待。这是中国第四次载人航天飞行任务，也是中国首次载人交会对接任务，确实足够让人期待。

林静雯对电台里那些七〇后嘉宾的担忧难以共情，她并不太担心，尽管她不太懂卫星和火箭这些东西。

可是从她上大学之后，已经开始习惯了各种研发成功、发射成功的喜讯。

也许会有挫折，但总会被克服。就像回南天，它终将要过去。

她坐在车里，看着雨刮器缓慢而坚定地划动，慢慢地就停了下来。

林静雯笑了起来，不论如何，雨停了总是让人开怀的一件事，尽管红灯还没读完秒。

几个穿着雨衣的人，在车流中穿梭，敲着车辆的窗。等有人来敲林静雯的车窗时，她发现，是在兜售各种接口的充电线。

尽管并不需要，但林静雯还是按下车窗，买下了一根 iPhone 4 手机的充电线。因为车窗外，雨衣下那沧桑的脸孔，努力的笑容，让她想起了大半年前的自己。

红灯读完秒了，她轻踩下了这辆二手奥迪 A4 的油门。在驶出路口之后，林静雯麻利地打转向灯、切线，绝不拖泥带水。

她可是在考取驾驶证时，所有科目一次过关的完美考生。

但当她到达下一个红灯路口，雨又开始绵绵下了起来。

于是林静雯启动了 CD 播放器，她嚼着口香糖，一点也不生气。

毕竟这座城市的梅雨天，就是一个如此烦人的小妖精。

近两年以来，林静雯取得代理商资格，又把美容机构的加盟业务，从广州扩展到大湾区，下一步马上就延伸到广西和福建、湖南，她有足够的好心情来抵御所有的不快。

当她娴熟地把车停在废弃厂房改造的办公室外面，又偷跑下来的童敏撑着雨伞跑过来。

这个时候，恨不得一年四季都穿人字拖的童敏，倒是对雨水毫无畏惧了。

"前天洗的衣服还是干不了啊。"童敏撑着雨伞，护着她走进一楼，这么抱怨着。

"用烘干衣架吧。"林静雯脸上洋溢的笑容，是这雨季里的明媚阳光。

当她问起童敏为什么会在楼下等她时，童敏犹豫了一下道："我不喜欢这里。"

林静雯按下了那宽阔货运电梯的按钮，对童敏说："我们应该很快就能换办公室了。"

没有哪一家公司愿意在这废弃厂房改造的办公室里营业，除非是为了省钱。而林静雯看过近期公司的账目，按这趋势，很快她就不必省这笔场地租赁费用了。

童敏摇了摇头，没有说什么，她不喜欢的当然不只是办公室。

毕竟这里只有五层，货运电梯很快就到了，林静雯笑着走了进去："你又被赵维怼了？"

她觉得，这才是童敏会跑到楼下来的原因。

赵维总是喜欢拿出许多逻辑，只要说起公事，就跟建立数学模型一样。

而且他在哄女孩子时不愧"渣渣维"的名头,但一说工作,每次直接把人气得不行。

林静雯看着童敏跑到楼下来等自己,估计就是跟赵维发生了争吵,并且落败。

果然,不出所料,童敏用力点了点头。

她噼里啪啦数落了一堆赵维的不是,最后总结成一句话:"我要还在上面待着,我就得给他脑袋开瓢了!"

事情的根源,大约就是赵维一定要开除HR和财务总监。

林静雯笑着对她说道:"别怕,我们一起怼死他!"

"嗯嗯!"童敏用力地点头,连人字拖都跩出节奏感来了。

货梯在三楼停了下来,当她们走进公司里,所有的员工都在埋头忙着自己手头的工作。尽管没有一个人抬头跟林静雯打招呼,但有一种属于上升期企业所特有的强盛的生命力,在这简陋的办公室里充盈。

每个人都带着朝气,每个人都在努力。

"我们开个会吧。"还没等林静雯和童敏去找他理论,赵维就一脸焦虑地迎了上来。

童敏望向林静雯,很直接地问道:"要不炒了他吧?没了这丫,咱就整不动了?"

没有张屠户,难不成就得吃带毛猪?童敏是真的肺都气得要炸了。

"进我办公室说吧。"林静雯扯了扯童敏。不论如何,在大办公室越来越多的员工面前,不适合聊这话题。

赵维对于童敏的威胁并没有太在意。其实威胁要炒掉他,甚至拍桌子的事情,这几个月来童敏干过很多次了。

但事实上,她是炒不了赵维的,在对方没有职业过失的情况下,如果坚持要炒他,按合同得赔他五年的薪水。

并且赵维也拥有5%的股权,在股东会议上,除非林静雯也站在她这边,否则也同样炒不了他。

"为啥要炒财务总监呢?"林静雯坐下之后,也很有点头痛。

财务总监是她远房表姐,潮汕人。对于管钱的财务总监,总是信任自家的亲人。

可是不知道为什么，这是赵维第二次提出要把财务总监辞退了。

林静雯开始烧水："她有财会人员需要的证书和资格呀，对不对？"

没有等赵维开口，童敏就拍案而起："因为没有给他报销那笔招待费用！"

暖了壶，正在开普洱茶的林静雯，手微微抖了一下。

"不给我报销并没有问题。"赵维叹了一口气，他扶了一下眼镜。

他一定要辞掉这个财务总监的关键点是什么呢？是林静雯的签名缺一笔，所以财务不给他报销。

"她应该去帮助你制订一个财务制度，把规则定出来。"

这个制度，应该直接把什么消费可以报销，什么不行定出来；赵维可以报多少钱，童敏又能报多少钱之类的，也应该有个规定。而不是现在这样：赵维找林静雯签字，她签完缺一笔，财务总监看见缺一笔就不给报。

"你愿意这么干，可以说是你主观喜好，但配合你这么干的财务总监，她就不合格呀！她本就很滑稽，也很不专业！"赵维说到后面，真的感觉啼笑皆非了。

林静雯听着就有些脸红了，甚至连耳朵都有些发烫。

"以前听说刚改革开放时，你们潮汕的企业家，盖一个章能报账，盖两个章就报不了账，我还以为是个笑话，或是时代产物；没想到，三十年后的今天，你和财务总监玩这种缺一笔就报不了账的把戏，这样的财务总监，她就没资格留在我们的公司！"

这一瞬间，林静雯听着只觉得血往头上涌。

近两年来自己从无到有，把公司做到可以搬出废弃厂房，凭什么受这样的羞辱？就算她人生最无助、最落魄，迷茫到被骗去龙华电子厂应聘时，她也不曾屈服！

她正拿着茶刀在开普洱茶饼，猛地一下站起来。

怼得正起劲的赵维，看着倒持着茶刀、抬眼望向自己的林静雯，那眼神吓得他一下子倒退了两步，直接撞翻了身后的转椅。

童敏连忙冲了过去，一把将林静雯抱住："姐们，不至于！不至于！冷静！渣渣维你这张破嘴！道歉啊！"

她要比林静雯高一个头，这么一抱住，林静雯就被她搂住动不了了。

赵维结结巴巴地说道:"我……我,我不该地图炮,我道歉,不好……不好意思。"

"没事,你们演哪出呢?"林静雯轻轻拍了拍童敏的背,示意她自己没事。

童敏还是过了两三秒,感觉她放松下来,才敢放开她。

她坐下,用茶刀戳着普洱茶饼,没有抬头:"我只是想问你们,喝生普还是喝熟普。"

尽管她这么说,但赵维还是停了下来,反正不想再开口了。

童敏不停地对赵维使眼色,让他快点出去。

但赵维还没反应过来,林静雯就开口了:"赵总,你接着说。"

其实,听着她的声音,赵维依然有些后怕。毕竟他不是潮汕人,不论生普或熟普,还是单丛白叶,这工夫茶他真有点吃不消。

但赵维想了想,又望了童敏一眼:"在同样薪资下,为什么我们不去选择更优秀的员工,而要选择现在这位仅仅在乡镇企业工作过,非常不专业的财务?"

他所提到更优秀的职员,是指面试过的一位应聘者。那是在上市公司工作过,有良好记录,前雇主在离职证明上也给了美誉的财会人员。只是因为生育而辞职,现在小孩满周岁,重新出来求职。

毫无疑问,不论从简历上,还是面试的表现上,她都要全面碾压林静雯的远房表姐。

林静雯开好了茶,仔细装了一些到茶壶里,水开了,她开始刮沫冲盖。

她一边泡茶,一边说道:"那么HR呢?仅仅因为他是童敏的表哥?并不见得每个人都得名校出身,而且公司的员工都很听他的话。"

赵维冷笑起来,他想了想,决定也不再忍了。

主要是刚才林静雯那个眼神,让他感觉有必要把话说开:"我现在也很听你的话。"

赵维边说边往门口走:"你去看看,广州市哪个HR兜里揣着刀,上班一身酒气的!"

童敏听了就马上分辩起来:"他那个是篆刻刀!他就好刻个印章!"

赵维打开了办公室的门,他没有搭腔,也不想再浪费口舌。

反正大家看见的 HR 是一个半醉的汉子，揣着能捅得死人的刀子。这也不仅仅只有一个人跟他投诉过的事了。

"我在外边等着，你们实在不行就炒了我吧，我不要赔偿。"

林静雯抬起头来，叫住了他："这很重要吗？"

赵维长叹了一声，扶了扶眼镜："你那位朋友，刘书萱，她是你很好的朋友吧？"

这是一个不需要回答的问题，如果不是刘书萱帮林静雯事先计划好，让加盟者签了谅解书，也许真的就出事了。能比林静雯对她的生意想得更长远的，这绝对是真朋友。

"那你有没有想过，为什么她愿意投资给石先生，却从来没考虑过投给你呢？"

刘书萱当时不知道林静雯需要钱吗？不，她当然知道。

林静雯没考虑周全的事，她都谋划到了，怎么可能会想不到这一点？

赵维说完就走了出去，轻轻把门带上。

但林静雯一下子就愣住了，因为从来没有人去跟她提过这个问题。或者说，她自己也下意识地回避这件事。

毕竟，她从一开始就很介意占刘书萱的便宜嘛，那么刘书萱不投钱进来，林静雯觉得这很好，这让大家的友谊更纯粹。

可是被赵维这么一说，那味道就不同了。

林静雯完全听得出来赵维的话外之意。那就是刘书萱看好石朴，所以她愿意投钱给他；而她不看好林静雯，所以压根没有动过投资的念头。

为什么呢？

赵维的答案，其实不言而喻。

那就是石朴尽管之前没读过什么书，但他的经营和管理理念要比林静雯更合乎商业逻辑！而林静雯的习惯，更类似于正被时代抛弃的作坊式经营、家族式经营。

"元芳，此事你怎么看？"林静雯笑得有些牵强，童敏玩的这个梗，也有些过时了。

童敏摇了摇头："亲戚关照不了，就算了嘛，该咋整就咋整好了。"

但对林静雯而言，她很难做到童敏这么洒脱。特别是潮汕人的习惯，要辞退那位远房表姐的话，她会背负很大的压力。更重要的是，她从心里就觉得，自己的亲人更可信些。

这种根深蒂固的潮汕习惯，在她心里其实早就生根发芽。

何况，为了这位远房表姐，她母亲已经打过七八次电话了。如果辞退了表姐，早就在亲友圈子里炫耀个遍的母亲，不知道会怎么样暴怒。

她不想面对，是的，她真的不想面对。

"要不，咱们和石朴商量一下？"她向童敏这么问道。

其实只是有两周没聚，但她想听听石朴的声音。或者是她下意识觉得，自己总能在石朴那里得到更多的支持，以促使自己去下决心？

看着点头的童敏，林静雯就拨通了石朴的手机。

电话刚拨出，马上就被接听，石朴的语调里有说不出的倦意："我等下打给你吼。"然后就把电话挂断了。

林静雯想了许久，久到童敏跑下楼去拿了奶茶店员送来的外卖，她仍坐在那里一动不动。

"快喝，要不珍珠软了就不好吃了！"童敏把一大杯奶茶推到她面前。

林静雯有些手足无措，然后发现自己冲了水之后，并没有把茶沏出来。

于是她拿起茶碗，沏出了三杯茶。

童敏抱着她的奶茶："我是'不喝奶茶会死星人'！等我喝完再说！"

林静雯笑了笑，自己拿起一杯茶喝了一口，苦得让她一下子就皱起眉头。

并不是每一杯工夫茶，都能让人想起：月是故乡明。

她无端地就有这样的感悟，于是她对童敏说道："阿敏你喊赵总进来，态度好些。"

当赵维重新进来之后，林静雯伸手一让："喝茶。"

连潮汕人都觉得苦到发涩的茶，那根本就无法入口。但赵维喝了一口，并没有吐出来。

没有人知道赵维为什么把那口茶水咽了下去，或者是他觉得该有个了断。

到底是让他把这公司的工作流程正规化、系统化，还是他到了该离开这企业的时候？

也许仅仅是因为赵维觉得需要一个仪式。

他不太敢直视她。

她的眼里，有压抑着的锋芒。这是支撑着她走到如今的根本。

赵维下意识抬手扶了扶眼镜，以躲避她的目光。

刚才林静雯反握茶刀，勃然而起的那一刻，让他到现在仍有些恐慌。

他停了一下，连同杯中残茶也一饮而尽。

"财务总监和HR，就按你的意见来办吧。但是赵总，我会盯着你。"林静雯对他说道。

他点了点头："没问题。"

赵维并不介意这样，不论说与不说，企业的股东和老板怎么可能不盯着CEO呢？所以在这点上面，赵维回应得极洒脱。

这时林静雯的电话响了起来，是石朴打来的："我出事了。"

出事其实并不是一件突发的情况。

甚至对于问题的根源，石朴都早就有所提防了。否则的话，一年多之前，在起步时，他就应该签下那份杜长卿给他的协议。

他并没有签下那份协议，但也不觉得这么做的杜长卿就是如何十恶不赦。

那件事过后，李建南在跟石朴小聚时，听后者无意间说起，那玩意要是不小心签了，搞不好得替杜总去坐几年牢，李建南气得肺都要炸了。当时石朴就想得很明白，他劝李建南："南哥，镇里电影院门口卖水果的二傻，你记得不？"

二傻从小智力就有些问题，是跟他们一起长大的小孩。听说前两年在台风天跑出来，去加固果园篱笆时，失足落水淹死了。

"记得，小时候，大家都冲他吐口水，还有人捉弄他。"李建南说着，便苦笑了起来，沉溺在回忆中。

石朴当时喝了口茶："我们在杜总的眼里，就是二傻吼。"

但没人愿意当"二傻"，就算是二傻自己，也不愿意当二傻。所以，石朴在努力地学东西。

他知道，自己不能给人第一印象就是看上去不太聪明的样子。

至于杜长卿，并不是说他想摆脱就能摆脱的。

他一个小镇出来的青年，自己新手上路，怎么去做国际贸易？

家乡的能人三叔都没办法的事，说明这绝对不是靠勤劳和努力就能破局。

他只能学习，在提防中学习，小心翼翼地生存，建立自己的生意。

其实这一年多来，杜长卿还有几次试探的。以杜长卿的地位看起来，那些动作就像是小孩向二傻吐口水的行为。

但这一次不一样。

"我甚至不能说，杜总对我有任何的恶意。"

电话开着免提，面前的烟灰缸都是烟头，带着浓重黑眼圈的石朴，无力地这么说道："杜总要求退股。"

当然，杜长卿退出跟石朴的生意，世贸大厦这边的写字楼，就不可能再以几乎白送的租价续约。包括督导三人组，如果石朴仍然需要他们，那么每人至少年薪百万起步的报酬是绝对少不了的，这笔钱，本来就是跟写字楼一样，都是杜长卿那边在支付。

免提的电话机里传来林静雯担忧的声音："找刘书萱吃个饭？"

"不，你知道，这不合适。"石朴苦笑了起来，他当然知道，如果找刘书萱出面，有极大的概率能让杜长卿不退股，一切就算不能回到几天前欣欣向荣的状态，至少不至于伤筋动骨。

但他不想这么做。

并非他好强、爱面子之类的原因。因为恰好有一单生意出了问题：国外的企业，订了一批石材。

一位八十多岁的外国企业家，到石朴家乡考察了几次之后下了订单。

第一批两百万美元的石材发过去，对方也痛快付款。按照洽谈的意向，对方还有一千万美元左右的货物需求，于是这边开始续约、备货。

然后似乎生意进入一个良好的轨道，完成了第二批两百万的货，再次发货。而后面的八百万货物，也开始采购原材料、备货裁剪等，要不然赶不上交货时间。

谁也无法预知的问题就来了，那位八十多岁的老企业家过世了。

而更让石朴无语的是，这位老企业家的继承人比较着迷公链币之类的投资，不准备继续这家族生意。对方按照合同全额支付了第二批两百万的货款，然后连企业都变卖了，后续那八百万的货压根就不可能有人去接手。石材市场有它的特殊性，就是货物大多是定制的，不像瓷砖，基本不可能把原来给东家准备的货卖到西家去。

但能怪甲方吗？明显也是不可能的。

至于说为什么不等合同签了，订金给了再备份？那是外行人说的话，哪有绝对对等的合约？生意场上肯定需要预判。

预判成功了，那位跟石朴彼此欣赏的老企业家没去世的话，交货时间和交货速度上面，那石朴就能完成别人不可能完成的任务；而预判失败，就得面临现在的困局。

简单地说，就是八百万美元的货，因为原材料开始裁剪，所以基本就是砸在手里。

就算刨去利润，单是成本，也足够把石朴逼到绝境了。

"杜总就是在这个当口要撤资的。"石朴又点着了一根烟，其实他这么频繁地吸烟，已经根本分辨不出烟草的味道了，只是吸烟的习惯让他觉得能撑久一些。

那八百万的货，因为甲方没有合同，只是签了一个意向书，杜长卿这边肯定是不会承认这笔损失的。那么，要应付他的撤资，就得把所有的流动资金都抽出来。

"杜总有权利撤资，当时我手写的合约上，就列明这一点的。"石朴叼着烟苦笑着。

甚至都无法去指责杜长卿不讲道义。人家只是按照合约办事，并且还按合约上的约定，提前二十天通知石朴。

"撑住，等我电话。"林静雯对他这么说道，然后就挂了电话。

她抬头望着还没离开的赵维："我们能抽一笔钱出来应付石朴的退股撤资吗？"

这可不是一笔小钱。

## 第十四章　崩塌

正如杜长卿要从石朴那里拿走的，绝对不是两年前的五十万人民币，甚至不止五十万美金。所以林静雯如果要抽一笔钱来偿还石朴的股份，那也不是当初的六万块。

赵维当然也无法马上给她答复："我得去跟财务核对一下。"

林静雯示意赵维赶紧去办，然后她想了想，在QQ上给刘书萱发了条信息："在广州吗？"

几乎马上就得到了回复："是啊，你有空吗？现在都不敢撩你呀！看你QQ空间，看着你忙到脚不沾地呀。"

"出来吃饭！"

"吃饭、SPA、看电影、唱K、酒吧、宵夜！哈哈哈哈，你请客！"

林静雯无声地笑了起来，刘书萱仍然是不变的"触手怪"，一发信息就一大通。

她想了想，回了一条："好，我请客，反正到了结账时，我就把你押在店里。"

同样是熟悉的即时回复："你学坏了！你订位子还是我订？几点啊潮汕妹？"

刘书萱又连续发了十几条信息过来，把林静雯笑得都直不起腰。但她却暗暗地感觉到了羞愧。因为她约刘书萱，并不是一如往常的纯粹和单纯。

这些日子以来，石朴经历了许多，林静雯也经历了许多。

人就是在不断的经历里，慢慢成熟起来的。

所以不论是林静雯还是石朴，都很清楚一个问题，就是如果刘书萱出面，是有很大概率可以改变杜长卿的决定的。

但石朴觉得不合适,是因为公司出了问题,杜长卿要撤资,是一个很正当的商业行为。没有理由这生意看着做不下去,股东还不能按合同约定退出吧?

那让刘书萱出面,就是等于让杜长卿看着自己的钱在亏损,然后还不去止损啊!这得多大的人情?刘书萱凭什么去要这么大一个人情?

像赵维分析的,人家刘书萱投资给石朴,重要的还是觉得石朴能赚钱。而并不是因为朋友她就投钱。

于是就产生了另一个可能,本来刘书萱不知道这事的,现在她知道了,看着不对,也想撤资呢?

刘书萱的钱也不是白来的呀,正如她所说的,她又不是散财童子。

但林静雯还是约了她出来,是因为始终觉得,也许知道了石朴的困局,刘书萱会因为朋友之义伸出援手。

在广东省博物馆对面的炳胜公馆停好了车,林静雯走进了跟她印象中完全不同的炳胜。

所谓与时俱进,当年的大排档,真的今非昔比了。

穿过西关气息的过道,推开订好的包间大门,刘书萱看到她进来,一下子就跳起来。

林静雯十分娴熟地捏住她脸,然后挤压起来:"怎么感觉没有以前萌了?"

"死开啦,潮汕妹!咸猪手!"刘书萱挣脱开了,冲她扮了个鬼脸。

她比以前黑了不少,而且的确瘦了,不再有先前那种婴儿肥的感觉。

"除了变黑,似乎变漂亮了?下巴也尖了?去了韩国吗?"林静雯坐下翻开考究的菜牌,一边打趣着刘书萱。

"本来就靓好不好?死潮汕妹,你就是嫉妒!哼哼!"刘书萱笑了起来。

在工地跟了两年的项目,她似乎比以前有了许多的不同,有种返璞归真的雅致。

点好了菜,还没有等林静雯说话,刘书萱就拿过她的手机:"你装微信了吗?"

微信,过年刚刚流行起来的一个软件。

林静雯不知道QQ用得好好的,为什么要再安一个这玩意。但面对好友的推荐，她还是去下载了一个。

"加我，加我，嗯，现在都用这个聊天了。"刘书萱这么说道。

她说着，就在微信上给林静雯发了七八个文档。有 word，有 excel，大多是德文。

林静雯打开之后，发现是 HFB 给其他代理商的仪器价格、耗材价格，以及服务中心的返利等数据。而这里面的让利，要远比林静雯现在所能拿到的代理价位低上不少。

这就让林静雯的心一下子就沉了下去。

不单是发现自己拿到的代理价位，要比德国本地城市的代理商高那么多，更重要的是刘书萱对朋友的态度——连没有投过钱的林静雯，她都尽可能地帮忙搜集资料了，何况石朴那边是她投了钱的外贸公司？

也就是说，其实很大概率上，刘书萱对石朴的情况，该知道的她应该都知道了。

"衰仔这个人，真的乞人憎！"还没等林静雯开口，刘书萱就主动聊起石朴。

不但叫起当年她给他起的绰号，而且是一脸的嫌弃。

所谓"乞人憎"，就是让人讨厌、恶心的意思。

原因是："他连续给我打了三个电话，有病啊！"刘书萱的愤慨，哪怕现在重提此事，仍然十分强烈。

因为当时她在横琴工地，而她所在的项目出了点问题。

"当时整个项目组都在找数据对比，找漏洞，跟他说我忙完再打给他的！"刘书萱一边吃着装在冰桶里的青瓜，一边十分生气地说起这件事，"我投钱给他，不是给我添堵啊！打了三次电话，真的是疯了！"

幸好她喜欢的客家酿豆腐上菜了，招呼着林静雯起筷的刘书萱终于没有再抱怨下去。

林静雯强笑着夹了菜，低头翻看着手机里那些代理商的资料。

原来有这么一出，所以她向石朴提出找刘书萱时，石朴马上就说不合适。

并且看起来，刘书萱这态度根本就没法子劝。

就是因为施工过程出现了问题，工程师、质安人员、设计院在研究对策，新方案没下来，施工队这边的刘书萱才会有时间回广州休假。

林静雯张了张嘴，有许多的话想说，但张开嘴话却成了："这清远走地鸡真不错，快试试！"

有一些东西在崩塌，林静雯很明显地感觉到。但她想尽量地弥补。毕竟是来之不易的友谊，是相识于彼此事业微末之时的知己。

一直到吃完宵夜，互相道别回家，林静雯也没有跟刘书萱提起石朴的事。

如果刘书萱愿意提，她自己就会提起。

现在算是略宽裕了一些，林静雯和童敏在天河区这边租了一套两室一厅的房子，有电梯有小区，每月要五千多块。

但不得不说，当林静雯停好车走进小区里，就感觉跟她们之前租的地方真的有极大不同。

其实从车库可以直接坐电梯上楼的，但她想在小区里走一走。

因为有点头痛。

坐在小区里的石椅上，林静雯看着也许下一刻就会下雨的天空，不测的也许不止天气，还有人与人之间的交情。

她长叹了一口气，望着远处挂着华彩的大厦轮廓。

突然之间，有一个不可抑制的想法从她心头跳出来：或者说，其实从一开始，刘书萱就并没有把石朴当成朋友，只是一个可以投资的目标？担心石朴签下杜长卿的转让协议，也许仅仅是刘书萱在保护自己的投资？

林静雯摇了摇头，她不知道是不是这样，她希望不是这样。

她手上一凉，却是不知不觉又下起了雨。

林静雯上了楼以后，发现童敏抱着奶茶在客厅里刷着美剧。

后者看见她进屋，头也没抬："公司那李祥霖又来找你了，我让他打你电话，他又说不用，坐到十点多才走的。"

这就让林静雯笑了起来："他就是找个借口过来约你呀。"

所以他当然不会打她电话了。对林静雯来讲，她不觉得有什么问题，但她感觉童敏这么吊着人家李祥霖不太厚道，去洗澡之前还劝了童敏一句："你要真不喜欢人家，就跟人家说明白。"

童敏呵呵笑了一声："可拉倒吧！"

可是这种事，关系再铁也没法多劝，林静雯自己本来也很烦，就没再就这事聊下去了。

回南天仍在继续，但几乎公司每天都有新增业绩，所以对林静雯来讲，一切都还好。

赵维并没有真的把远房表姐炒掉，但财务总监聘任了专业的人才来担任。远房表姐仍然做她的会计，这是她能胜任的工作。

至于HR，没有等赵维去辞他，童敏就让她表哥主动辞职了。

一切开始步入正轨，赵维告诉林静雯："五月份返雇结算之前，我们应该可以抽出资金。"

那也就是最晚一周以后的事。

能抽钱出来补偿石朴30%的股份，林静雯的公司运作良好，没有负债，而且现金流方面很充足。

而那位借口去找林静雯汇报工作，然后跟童敏坐到十点多才走的李祥霖，就是公司的营销总监。他不但有能力，而且十分勤奋。

李祥霖带着团队几乎马不停蹄地出差，开招商会、跑美甲店等，不是在见客户，就是在见客户的路上。

公司的团队通过这两年创业完成了磨合，而且各个部门的主管都冲劲十足。这让林静雯就算在回南天里，也一样从容。

当电视里在直播俄罗斯声势浩大的红场阅兵时，赵维和财务总监带着报表来到林静雯的办公室。

因为今天就是返雇结算日，而如果要抽出资金去偿还石朴的股份，现在就应该开始着手去做。

赵维脸色颇为凝重，因为他看到了林静雯转发给他的数据，也就是刘书萱搜集到德国本土其他代理商的价格。所以他觉得有必要跟林静雯聊一聊这个问题："铺货，我们应该不惜成本地铺货。"

甚至他提出，允许客户在半个月的犹豫期里无条件退货！

"证明我们对市场的占有率，来向厂商展示实力。"赵维这么跟林静雯说。

林静雯在泡茶，她陷入了沉思。

事情不到自己头上，劝别人总是简单的。但事情真真切切到自己身上了，这就不同了。

其实她很清楚，赵维说的是对的，也是公司发展首选的方向。

争取到较好代理等级，努力铺开国内市场，向国外厂商展示实力，是首要的事情。

但在这一周多的时间里,她和石朴通过几次电话。她能感受到石朴不甘放弃的决心,也能感觉他的焦虑和无助。

甚至她认为,退股所得到的资金,应该就是石朴现在仍在坚持的信念。

这个时候,财务总监对林静雯说道:"如果咱们按赵总的策略去走,财务上……"

财务总监没有说下去,因为林静雯摇了摇头,示意她不要说了。

林静雯知道她要说什么,当有股东要退股时,怎么样通过合法的操作让公司利益最大化,这对专业人士来说,肯定有一套行之有效的办法。

"我打个电话。"她示意赵维和财务总监不用离开。

她拨通了石朴的电话,并没有说起她自己的难处,只是问石朴:"有去定期体检吗?"

石朴尽管憔悴,但还能笑得出来,聊了几句之后,他突然提起一件事:"你那天说要不要约刘书萱吃饭,我说不合适。其实我约过她,她拒绝了。我后面再打她电话,两次都被挂断了。"

不知道为什么,他就是觉得应该把这事告诉她。

其实林静雯早就知道这件事,但她没有提起,只是静静地听他诉说。

挂了电话之后,林静雯叹了口气,对赵维和财务总监说道:"联系律师,着手石朴退股的事宜吧。"

厂商那边也好,写字楼的搬迁也好,包括换车等计划,都得往后推延了。

赵维和财务总监脸上都有不甘心的神色,但林静雯举起茶杯,好像是在敬往昔的友谊:"就这么决定吧。"

她望向窗外,回南天总会过去的。一定会离开这片废弃厂房,她相信。

正如林静雯已习惯听到的喜讯:六月中旬的时候,神舟九号不但发射,而且与天宫一号首次交会对接成功,航天员们顺利进入天宫一号。

有些东西一旦习惯,也许就有了惯性,林静雯在事业上不断向前的脚步也一样如此。

这一年的春末夏初,几乎抽出七成的流动资金,作为石朴股份的偿还,公司的很多发展计划都搁置。但在春节之后,林静雯还是带着她的团队离开了这片废弃厂房。

尽管新的办公地点在城中村的华信商务大厦，比不上城建大厦，更不是中信大厦之类高档写字楼，但至少是正经的办公场地。而她的仪器开始在两广、湖南和福建扎下根来。

这一切，除了她和赵维制定的策略，公司的营销总监李祥霖绝对是功不可没的。

所以，当李祥霖带着团队回到公司，马上受到公司团队的热烈欢迎。

而林静雯带着李祥霖，来到为他留下的营销总监办公室："装修咱们走极简风，等再搬家，到时候走奢华风！"

尽管是极简风，但营销总监的办公室足够大，而且还放了一张9球的台球桌。

因为李祥霖很喜欢打台球，而且打得也很不错。

"林总，有件事，我想跟您沟通一下。"在客户面前伶牙俐齿的李祥霖，有点不敢直视林静雯，但良好的心理素质，还是让他有足够勇气向林静雯开口。

空气里有些异样的感觉。

本来，营销总监要跟老板沟通，是一件很正常的事。但女人总是敏感的，特别是在某些事情上。

所以尽管措手不及，但林静雯仍然笑着说道："好，一会儿我叫上赵总，咱们一起开个小会，不论销售团队这边需要什么支持，公司一定全力配合！"

当李祥霖看着林静雯离去，并随手帮他关上房间门时，他苦笑了起来。

其实他之前去林静雯家里，等到十点，真的不是去找童敏。

是的，他想表白，从第一眼看见林静雯开始，他就不可救药地迷恋她。

对李祥霖来讲，林静雯着实有着太多值得迷恋的地方，无论是从外貌事业上，还是为人处世上——特别她抽出资金偿还石朴股份的事，等闲变却故人心啊！有几个人能如林静雯这样？这更是让李祥霖认定了，这就是他的梦中女神。

他不能再等下去，所以，挟着签下数十台仪器的业绩，他想给自己一个表白的机会。

正如销售中的逻辑：不和客户谈，就是零概率成交；和客户谈，至少有

第十四章 崩塌

50%的概率往成交方向走下去。

李祥霖知道，得表白。但林静雯没有给他这机会，她直接拒绝了。

夭折的表白。李祥霖长叹了一声，打开手提电脑，开始回复邮箱里的一封邮件。那是一家香港公司发来的offer。

回复了这封邮件之后，李祥霖站了起来，深吸了一口气，他要出走，从他刚刚得到的办公室出走。

"董事长，赵总，这是我的辞职信。"李祥霖对着林静雯和赵维，呈上了自己的辞职报告。

赵维和林静雯面面相觑，完全没有想到，挟大胜而归的营销总监，为什么会在回到公司的第一天选择辞职。赵维连番追问，都没有找到他想要找到的答案，最后李祥霖给了赵维一个无解而又合乎商业逻辑或者说惯例的答案："一家香港的公司给了我offer，他们承诺，如果必要会为我支付竞业限制违约金。"

接着他说出一个国际知名品牌，无论是洗发水还是护肤产品，都可以说是深入人心。

赵维一下子就失语。因为现在，香港对于高端人才意味着更大的发展空间，有着巨大的吸引力。

"公司可以给你更高的年薪和提成。"林静雯望着李祥霖，很诚恳地说道。

李祥霖没有说话，只是静静地望着她。

这让她有些不愿去面对他的目光，异样的暧昧，她知道自己并没有误解。

她低头沏茶，办公室里一下子沉默下来。

茶沏好了，林静雯抬起头，这次她没有再回避："10%的股份。"

李祥霖拿起一杯茶喝了，摇了摇头："董事长，我要的不是这个。"

他站了起来，拉了拉自己的西服："让他们赔竞业限制违约金吧，这是我最后能为公司做的。"

赵维苦笑起来，他真的不知道说什么才好。

"不，不需要，他们是日化企业，我们是高科技公司，不存在竞业限制。"林静雯站了起来，对李祥霖这么说道，"公司感谢你这么久以来的努力和付出，祝你鹏程万里。"

李祥霖几乎克制不住，想要改口留下来了。

正是她这种决断，让他迷恋。

但他没有。他知道如果连表白机会都不存在，那再美的月光也不会照在他的窗前。

目送李祥霖离去，赵维有点苦涩地摇头："香港公司跟咱们抢人，咱们真的抢不过呀！"

"总有一天，内地才是商机所在。"林静雯淡淡地说道。

赵维点了点头："但愿吧。这太突然了，我先接手团队吧，得赶紧找人。"

对于刚起步的公司，这么大的变动，当然是很麻烦的事。

赵维匆匆而去，办公室里只有林静雯一个人独处时，她的电话响了起来，是母亲打来的："我和你爸，还有三姑丈和五姨，要去广州看你呀，听说你搬公司了？搬到写字楼了呀？"

母亲尖锐的声音里，有一种因为炫耀而引起的亢奋，她的身边应该有着其他的亲友。

而这种亢奋，大抵因为打电话时边上亲友羡慕的语气或眼神，不断地攀升："不是说上次给了福建仔一大笔钱吗？几百万啦，不然早搬了对不对？"

林静雯的脸色变得有些不太好看。

这时电话彼端就传来议论的声音："阿雯退掉福建仔的股份，这样才是对的呀！"

"阿雯哪，那不能嫁外省仔呀！"又有人在电话那头这么高声说道。

林静雯感觉自己的情绪达到某种阈值："妈，我明天要飞柏林，你下次再来广州吧。嗯，就先这样吧，你和爸注意身体，我还有会要开，先挂了啊。"

她母亲从何处知道公司的运营情况，包括股东退股的细节的？

答案只有一个。

挂了电话之后，林静雯把赵维喊了进来："让我表姐马上离职，不论支付多少赔偿金，我不想在下班时还看到她在公司。"

第十四章 崩塌

# 第十五章　潮汕人喝茶从早到晚

很多东西并不以人的意志为转移，不论是生老病死，或是友情的崩塌。

正如四季的转换，一年一年，总是不改的沧桑。

不知不觉，又是几个春节过去了。但是对不甘平庸的人来说，每一天都是激情燃烧的岁月，何况是盛世。

横琴工地上，张工肾结石发作入院，休了八天的病假。

到了第七天他就郁闷了，因为居然七天了，一个找他的电话也没有！

本来医生劝他再住几天的，但张工那是多精明的人，他感觉自己还能撑得住，无论如何也要回工地！

为什么呢？当一位中层管理者，七天里面，上级不找他，下级也不找他，说明啥？

说明一件事，他在这个项目里，毫无存在感啊！就算缺了他这个零件，所属项目依然在正常地运转。

如果可以七天不需要他，那应该说，这个项目就可以完全不需要他了。

张工正是认识到这一点之后，才一定要回工地去的。

而当他回到工地，真的发现，一切都井井有条地运转着。

因为，施工队里有刘书萱。

她用一年时间评了助理工程师，张工觉得，今年没有什么能阻挡她评上中级工程师了。

"张工，好利索了没有？这么快就跑回来？"戴着安全帽的刘书萱笑着跟他打招呼。

她看上去，完全没有开始两年那么黑了。因为已经不需要事必躬亲，下到工地里去跟每一个细节了。

这么四五年下来，她清楚了解施工队里每一人的家庭状况；工地里不论哪一个环节的细节，她都可以信手拈来，如数家珍；而且她有钱，当不用每天泡在工地里时，她很容易白回去。

张工挤出笑脸迎上去："那必须得没事的！你辛苦了，我没事，没事。"

看着寒暄了一番，去忙其他事务的刘书萱，张工吐了口唾液："他妈的！"他甚至不知道，过上几个月，当刘书萱评上中级工程师之后，自己该怎么办。

而对于张工的苦恼，刘书萱并不太想去理会。

"你看看这报道。"林总把她喊来，摊在桌面上的是几份港台地区的报纸。

报道写着：原定于2016年底建成通车的港珠澳大桥，也许将面临难产！还有一份标题更夸张些：比飞船对接还难！

"设计院那边会派人下来，现场商量对策，你准备一下，跟我一起过去。要把我们这边的数据和方案做细，港珠澳大桥的总指挥也许也会列席会议。"

林总说的总指挥，是港珠澳大桥的总指挥林鸣。那位如果问到某处的数据和情况，那可能就会很细很具体。

刘书萱用力地点头，这就是她要的人生，这就是她追寻的阳光。

能够列席这样的会议，对得起她这五年的光阴。

但不是所有人都像刘书萱这么快乐，至少林静雯就感觉到很头痛，头痛到不愿去公司面对各种事情。

她拖着童敏，约了石朴出来喝茶。

"你怎么会有空出来喝茶？"童敏打了个哈欠，在她的印象里，她起床时林静雯早就出门了，"我先请个假，嘿嘿！"

对于享受着林静雯这边分红的童敏来说，广告公司的薪水对她来讲，已经不太重要了，她现在经常找借口翘班。但她总能拿出让甲方欣赏的作品，这是广告公司老板一直忍受她行为的根本原因。

"对了，对了，我们今年一起去看阅兵好不好？"童敏不知道在手机上刷到哪一条微博，便憧憬起去天安门了，今年是中国人民抗日战争暨世界反法西斯战争胜利70周年，又是逢五，国庆的阅兵的确是可以期待的。

她望着林静雯，一副随时就要哭起来的模样。

林静雯白了她一眼："你要能找到人陪你去，我赞助机票酒店，可以吗？收了神通吧！"

听着这话，童敏马上做了个"OK"的手势，开始拿起茶楼的铅笔研究菜单。

石朴看起来要比前两年健康多了，至少没有再顶着两个黑眼圈。而且他的普通话如果不仔细听，已经不太听得出乡音："近来生意还好吗？"

林静雯夹了个虾饺，点头道："还行吧。再努力一下，应该能过江。"

她这几年一直在发力，所谓过江，是现在长江以南的省份基本都有她的客户网络。

林静雯的战略很清晰，她想依靠销售额来跟厂商谈代理等级。

"这不是很好吗？"石朴喝了一口茶，不解地问道。

她摇了摇头，明显并不想聊这话题。就是为了逃避这话题，她才不去上班的。

石朴之前得到林静雯给的退股资金，总算支撑了过来，不过没有了杜长卿的督导团队，没有几乎不要钱的写字楼，没有那些人脉网络支持，他这几年走得很艰难。

可是他看见了林静雯眉间的愁云，没有犹豫就开口问道："需要多少？"

她再次摇了摇头："不是钱的问题，我现金流很健康。"

童敏不太喜欢喝工夫茶，也不太喜欢喝大壶茶，她喜欢喝奶茶。没有奶茶的广式早餐幸好有双皮奶，所以她点了三份，一个人吃，一边吃一边对林静雯说道："不是钱的问题，是男人的问题喽？"

林静雯白了她一眼，夹了一筷子烧卖，直接塞到她嘴里："闭嘴吧你。"

她对于情感向来干脆，不论是毕业季无疾而终的爱情，还是李祥霖的表白。

困扰着她的，当然不是感情。

林静雯吃完那个虾饺，看着一直盯着她的石朴，长叹了一声，拿起手机，在微信上把一份文件发给了石朴。

这是一份厂商的中止协议，代理权的中止。

石朴看着都呆了。

理由是，大陆有许多类似的光电泳类美白仪器，在专利技术上存在侵权行为。而厂商 HFB 认为，这是中国区代理商，也就是林静雯的公司导致的。

不管是她主导的仿制侵权，或是她没有去打假维权，总之 HFB 认为，这是她的失职。所以，无限期地中止她的代理资格。

这不论是在法律层面，还是在商业惯例层面，都说不通。

维权肯定是品牌方的责任，代理商必然只能是协助配合的角色。

如果说雪崩到来时，没有一片雪花是无辜的，那么林静雯真的觉得，自己这片雪花是无辜的。

"别瞎想了，不行咱们就自主研发，或是找同类的厂商谈！"石朴深吸了一口气，给了她一个阳光的笑脸。

他还讲了很多，比如有着自己的销售和客户网络，就有了立足之本等。

但不重要，看着他的笑脸，林静雯感觉，也许事情没那么糟。

也许，这就是她想要的阳光。


有一些人总是不知道什么时候该退让或妥协，他们会拼尽全力向前。

就像这广州街头绽开的木棉花，从不曾想过，它不能看见盛夏的阳光。它从春季便这么绽放，在回南天里，在梅雨天里，像一簇簇的火，教人温暖，教人在这阴霾晦涩里心怀希望。

林静雯便是不会退却的人，甚至不论有没有石朴的笑容，或是有没有盛开的木棉。

尽管厂商近乎蛮横地停止了她的代理权，但招聘仍在继续。

不论命运怎么把她摁进泥泞之中，她总是要挣扎起来的。

可是这么三五天下来，赵维就感觉有点慌张，连前台妹子新文的眉也没有心思去品味，他匆匆地敲响了林静雯办公室的门，尽管他现在有点怕她，但这个时候，他觉得还是得仔细地跟她来探讨，接下来公司发展的方向。

"不能再招品牌推广部门的人了。"赵维扶着金丝眼镜，有些苦涩地对林静雯说道。

要推什么品牌？都被中止代理权了呀。

赵维抽了张纸巾，拭抹着眼镜："要不，我们去洽谈，换个品牌来代理？"

正常来讲,东家不打,打西家嘛。在这个信息爆炸的年代,就算是芯片,也有英特尔和 AMD 可以选择呢。

Windows 再怎么市场占有率高,真不行,用 LINUX 的图形桌面,也一样可以完成大部分日常办公工作啊。所以被中止代理权并不见得就是绝望。

有渠道,有客户网络,有团队,换个品牌,一样可以做啊。

而且赵维提出另一个概念:"以我们的客户网络和市场占有率,找一个知名度低些的品牌,绝对可以拿到意想不到的代理价格!"

林静雯在沏茶,她没有用公道杯之类流行的茶具,而是用潮汕传统的盖碗。讲究关公巡城、韩信点兵的沏茶手法。

"喝茶。"她对赵维这么说道。

看着赵维端起茶杯,林静雯缓缓地说道:"不但可以换个品牌代理,而且,我们还可以自主研发。"

代理了这么久,市场铺开了,也不是当时整个广州只有几台仪器的时候。

这么大的市场占有率,要做维护,要做售后,当然得有自己的技术团队。而品牌方也得把技术细节共享,不然的话,这么大量的售后都运回德国去做,这生意是不可能继续的。

除了专利之外,仪器本身的原理,对于林静雯这边而言,其实早就不是秘密。甚至那些有心人,通过多台仪器的拆解和对比,都能山寨出产品了,要不然,那许多的山寨产品怎么出现的?

"技术团队可以裁员吧,包括售后团队,保留目前人员的四分之一甚至更少。"

林静雯没有用那种竹夹子去洗茶杯。

赵维看着,她雪白纤细的手指拈红泥的杯子,在另一个杯子里那热气腾腾的开水中旋转翻滚,仿佛有一种禅味。

"我们要做自主研发,我们也要跟别的品牌谈。"林静雯洗完了杯子,重新沏了三杯茶。

她把一杯拿到自己跟前:"裁下来的人员,重心放在自主研发上。"

接着她又端起一杯茶放在赵维跟前:"其他品牌该怎么谈,你是总经理,你拿主意。"

然后她笑了起来,指着红泥茶船里那杯茶:"忠臣不事二主,我们代理了

HFB，就永远不离不弃，品牌推广部门的人接着招。厂商认为是我们没有协助好，那我们就去协助配合维权嘛！"

赵维当然能听得懂，他苦笑道："何必呢？生意为赚钱，又不是为斗气啊。"

她指了指茶船里那杯茶："因为这个杯子里有茶。"

HFB因为研发起步早，相对于其他品牌，有太多的专利，如果要绕过这些专利，会导致成本无形的增加。如果不绕过这些专利，就得给它交专利费用。不然的话，在效果上很难达到实际意义上的匹配，这就是先发优势。

"潮汕人，起床就要喝茶啊。"林静雯慢慢地喝着杯中的茶，笑看着那茶船里升腾着热气的另一杯茶。

赵维摇了摇头："但你要考虑，这么搞，整个工作重点就要调整，谁管品牌推广？"

而对林静雯来讲，这不是问题，她早就有了人选。

到了下午，抱着奶茶翘班跑过来公司的童敏，打了个哈欠，撞开林静雯办公室的门，然后把自己扔进真皮沙发里："爽！比我们公司那边的皮艺沙发舒服多了！"

"你就不能好好去上班吗？"林静雯揉着太阳穴，苦笑着对她说道。

童敏把脚提了起来，那大长腿不但穿着黑色丝袜，难得配了一对高跟鞋："看，今天没有穿人字拖，我精心打扮，专门过来看望你的，你就这态度？"

林静雯没好气地骂道："滚！少跟我来这套。"

两人都住一起两年多了，而且经历了这么多事，林静雯还能不知道童敏的套路？

肯定约了广告公司哪个小鲜肉，一起走怕引人注目，所以她就先跑出来的。反正因为客户的认可，老板暂时对她是容忍度颇高的。

"姐们，我对你是真心的，看着我的眼睛。"童敏捏着嗓子在那里开始自己加戏。

林静雯摇了摇头："公司经营有些变动，咱们聊一下吧。"

"聊啥聊，不聊！我睡会，晚上还有节目呢。"童敏说着，把高跟鞋一踢掉，就蜷在沙发上准备睡觉了。

林静雯有点拿她没办法，走过去推了她一把："现在我们代理权被中止……"

"要签什么你拿给我签,你说怎么办就怎么办!我不要听。"童敏用抱枕把脑袋蒙住,任由林静雯往她臀上拍了好几下,都不起来。

她现在的世界很简单,也很轻松,足够的奶茶,不间断的热恋。

每个人都有自己的生活方式,林静雯长叹了一声,便没有再劝说了。

时间一天天地过去,连向来对公司如何运作毫不关心的童敏,终于在秋风里感觉到了焦虑,她抱着林静雯送的新款LV包,有点犹豫地问道:"咱们公司状态是不是不太好?要不,别乱花钱了。"

公司里每个人都忧心忡忡,就像秋风里的叶子,哪怕在南方,也看得出来日渐枯萎。

当童敏开始担忧时,也就是这个公司已经慢慢枯萎到一定的程度了。

因为很久没有听到营销团队签单的欢呼了;也很久没有听到督导组帮助分销商签下客户的喜讯;甚至这几个月,也见不到公司为员工庆生的场面;而刚才童敏去洗手间,还听到有两个女孩子在说,今年可能连年终奖也没有。

"不要担心,没事的。"林静雯这么对她说道。

而童敏却觉得,她在掩饰着自己的虚弱。

"我记得,你说我们代理权被中止了,厂商说我们没有配合维权?"童敏开始努力回忆那些细节。

林静雯点了点头,对她说道:"品牌推广部门一直在做,但是效果不怎么样。"

品牌推广部的人员陆续到岗之后,他们奔走在各地的美容机构,去搜集山寨仪器的数据,以及它们的运作方式。但出差就有差旅费用,他们搜证的过程很艰难。所谓的山寨,就是没有一个合法的主体,生产那种侵权仪器的厂家,它本身就不是一个合法经营的企业。而品牌推广部本身也不是执法机构,不可能去逼问美容门店是谁供货。甚至连要起诉这些门店,也得由品牌方来做。

"那肯定是证据搜集整得不够详细呀!"童敏咬着唇,这么说道。

然后她做了一个决定:"这样,我过来带品牌推广部门!我带人去搜证!"

林静雯听着都傻眼了,好半天才缓过来:"要不,给你再买个爱马仕的包?"

但童敏这一次是认真的,真的不是为了让林静雯给她买包包。

她第二天就从广告公司辞职了。

尽管林静雯很快就知道,童敏在广告公司的恋情被曝光,按照广告公司的入职约定,她和充任客户经理的对象得有一个人离职,而童敏选择了自己离职。但对她在这个时候来公司带品牌推广部,林静雯还是很感动的。

"你可以什么也不做,你来了就是给我支持。"林静雯对她说道。

但童敏明显不接受这样的安排。

于是林静雯就把品牌推广部门交给了她。

童敏少见的认真,她告别了人字拖、短裤,换上了牛仔裤和户外鞋,带着团队四处奔走。

不但去各个发现山寨仪器的店面收集信息,也同时注重线上的宣传。

百度上关于仪器的各种不实信息,不论正面还是负面,童敏都组织人员去举报、澄清。

她甚至还在为仪器设计新的造型和配色。

"厂商有回复了吗?"一脸憔悴的童敏在回到公司之后,躺在沙发里,乏力地冲着林静雯问道,看着后者摇了摇头,童敏禁不住又问,"那位对我们很不错的米歇尔·巴拉克女士呢?"

米歇尔·巴拉克女士并不是一个专门发放任务的角色,她有自己的人生、家庭和事业。

所以当有其他公司用高薪挖她时,她当然选择了跳槽。

如果她仍在HFB,也许厂商不会如此不讲情面。

"你不要老是泡茶啊!"童敏连那头乌黑的秀发都有些枯黄了。

童敏少见的激动,因为这一个多月来,她在上海、南京、武汉、重庆多个城市辗转去搜寻侵权的证据,但凡有可疑的,她都一一拍照、记录、标附地点,然后发给德国厂商了。但毫无回音,除了自动回复之外,似乎厂商已经完全放弃了中国市场,压根就不想跟这边联系了。

不知道要怎么样才能拯救自己的朋友,她已经尽力了,可是事情并没有变好。

"你醒醒啊!你看看外面!那时候跟着你创业的老员工,还有几个?"

她看着在那里沏茶的林静雯,感觉到深深的无力。

林静雯抬起头,向她问道:"那你觉得应该怎么办?如果你愿意,你接手赵维的位子,或者我的位子。"

她之前曾两次想把分几步走的战略跟童敏聊聊,但童敏拒绝了。那林静雯觉得,就尊重她的意见。

而如果童敏不打算接手赵维或林静雯的位子,她的确也没有必要去了解整体的规划。

童敏作为股东拒绝听取和商议战略布局,那她作为品牌推广部门的负责人,就没必要去了解整体的布局。因为商业上总归是有秘密、有竞争的,公司并没有必要,也不应该把每一个布局都同步到每一个人。

听着林静雯的话,童敏冷笑了起来:"醒醒吧!还有什么位子?"

她看着员工一个个地辞职,连品牌推广部的员工,这个月都有四人自己离职了。

童敏感觉,这是正在死亡的公司。

"走日化线吧,李祥霖,之前那个老要跑家里给你汇报工作的,他应该有资源。"

通过李祥霖拿到比较好的代理商格位,然后利用现在的客户网络,从护肤品、洗发水之类的日化品去发力,童敏觉得,这是一个自我救赎的途径:"咱们完全不必要一条道走到黑呀。"

"我们在谈其他品牌。"林静雯想了想,觉得不论对方愿不愿意听,她都要说。

她沏好了三杯茶,抬起头对童敏说:"也有在做自主研发。"

可是童敏完全听不进去。哪怕林静雯告诉她,裁员是做筛选。有能力的员工,表面辞职和裁减之后,其实都安置在另外两个新注册的公司。

"为什么一定要做光电泳美白?"童敏很激动,失去光泽的头发,憔悴的面容,让她看上去没有昔日的亮丽,"我们不用吊死在一棵树上!"

她在办公室里有些狂噪地来回走动。这一个多月跑下来,她很清楚地知道,只要做这一行,绕不过HFB!

因为做维权,所以她必须了解各项专利。

了解得越深入,童敏就感觉越绝望。

## 第十六章　春来发几枝

童敏不知道怎么办，她也愿意尽自己所能去帮林静雯，可是，她发现，自己无能为力。

在这二十几年的人生里，她从没试过这么尽力地去做一件事。

可是，根本就没有起色。

"代理别的品牌，那效果是有差别的，收益会低一大块；就算我们自己做研发，也绕不过它啊！咱们难道也去做山寨吗？不能啊！"童敏一把抱住林静雯，尽管知道劝不动，但她仍然觉得应该再尽力，"姐姐，醒醒好不好？咱们有资源，有客户，咱们可以改做日化，一样可以活的啊！"

林静雯摇了摇头，轻轻把童敏推开："日化行业很难实现病毒式裂变的，除非你做管道利润，那样的话，又会踩到直销之类的红线。"

童敏一下子蹲在地上，抱住了脑袋，她感觉真的没有办法了。

过了不知道多久，林静雯把她扶了起来。

"你别跟我扯什么分三块了，其实，账上没什么钱了，对吧？"童敏望着她问道。

拆成三块在运作，代理其他品牌的疗效不佳，利润率虽高，可是用户市场认同度低，回款、耗材等都不理想，实际收益并不高；研发暂时还没出效果，完全是纯支出；品牌推广这块也同样是纯支出，账上的确是已经没有什么钱了。

"我一个多月能弄明白的，你亲力亲为两年多，不可能不明白。"童敏抬手拭了拭眼角，望着林静雯说，"只是你不愿明白。"

她用力地抱了抱林静雯："你要好好的，你一定要好好的。"然后她转身向门外走去。

林静雯叫住了她:"如果你真的觉得我的决策不对,朋友归朋友,股份还是得结算一下的。"

童敏红着眼望着她,随手扯了一张A4纸,拿笔写下字据,内容就是把自己所有股份无偿赠予林静雯。

接着她拔下耳环,扎破了手指,在自己的签名上印了一个血指纹。

林静雯就站在那里,静静地看着她做这一切,静静地看着她离去。

秋风寒,人心更冷。但有些人,不论多冷,总要走下去,撞得头破血流,也不肯从自己认定的道路上离开。

哪怕到了赵维都开始怀疑是否应该坚持下去时,林静雯从来就没有动摇过。

童敏在深圳的公寓,看着电视上屠呦呦接受诺贝尔生理学或医学奖的新闻。不知道为什么,她看着屠呦呦先生,就想起绝不放弃自己计划的林静雯,尽管这两者差得非常远。

她咬着自己的嘴唇,终于鼓起了勇气,给林静雯发了一个语音通信,但没有接通。

于是她在微信上发了好几条信息。大意就是深圳有一家规模很大的广告公司把她找了过去,不但给她很高的薪水,还给予了公司股权,而且单是签约,公司就直接给了她税后二十万的签字费。

童敏在发完信息以后,从头看了一次信息,突然掩面痛哭起来。

她恨自己的无能为力,但这一番信息看上去,像在跟身处逆境的林静雯炫耀自己当初抉择是如何的明智。她并不是为了炫耀,发这些信息,仅仅只是想让林静雯放心,想让她知道,自己一切都还好。

但童敏知道,自己是不会得到回复的了,甚至,可能很快她会连林静雯的朋友圈也看不到,因为被拉黑的人是看不到朋友圈的。

可是出乎她意料的是,大约过了十几分钟,林静雯回复了她一条信息:"我在开车,你可上点心,别再穿人字拖了,加油!"

童敏又发了很多信息,但这次等了几个小时,都没有得到任何回复。

她想了想,在微信上给林静雯转了十万元,附言是:我也要给你买包包!

这次得到回复:"好啊,谢谢。"

童敏吐出一口气,张开双手,把自己向后砸到大床上。

她有一点点高兴，比拿到二十万签字费时更开心，是人生路上的感悟。

但过了二十四小时之后，她却发现，因为对方没有收款，转账被退回。

临近春节，对于广州这座城市来讲，就是许多游子归心似箭的时候。

但是当林静雯接到石朴的电话，问她什么时候回家时，她想了想："我可能会去汉堡吧。嗯，你知道，生意上的一些问题要处理的。"

早些天，母亲也问过这个问题，她也是这么回答。

她的计划里压根就没有打算去汉堡，如果去汉堡有用，之前她早去了。

其实她也的确去了好几次，但厂商压根就不打算跟她沟通。

她说去汉堡，只是不愿说谎。

如果归乡的话，母亲肯定会把她当成炫耀的本钱，她就是母亲冠冕上唯一的明珠。

她知道母亲想要什么。所有的荣光和脸面，远比她的归家更让母亲期盼。

她真的不愿这么想，故此，她总是努力以最善意去揣摩母亲的心思。

但今年她真的太累了，累到很难去扮演那个母亲所希冀的角色。

她哪里也不想去，只想在这个城市的出租公寓里，静静地度过这个春节假期每一天。

这么说，只是因为不想回乡说谎。

她没有忘记，那天在电话里，母亲一边说着家乡某处有电梯的新楼房如何便宜，哪位亲友的儿子给父母购置有电梯的新居；一边抱怨着她整天忙着赚钱不回家，钱有什么用？

她当时完全不知道如何回答。

以父母的积蓄和薪水，他们根本不可能买得起现在居住着的有电梯的小区。

而母亲的意思，是让她再买一套房子，以便日后结婚时用。

但如果还没结婚？大抵是没有关系的，因为只要买了，便是母亲在亲友面前夸耀的资本。

她没有再说什么，因为她很累，只是石朴打来的电话，她出于礼貌，想等他先挂断。

电话那头的石朴沉默了好一阵，然后对她说道："出来吃饭。"

"不了。"林静雯犹豫了一下,选择了拒绝,她觉得,有些时刻,总是要自己去面对的。

但是石朴没有退让:"我请你吃饭,或是你请我吃饭,你总得选一个吼!"

其实,他现在的普通话基本已听不出口音,但她听得出来,他是在故意逗她开心。

"那好吧。"她笑着答道,尽管有些牵强,但她努力笑着,有些心思总是不容辜负。

石朴约她在白云山下见面。

周日,登山的人不少,以至于让广东难得的几分寒意,似乎也若有若无了。

见面时,他的第一句话就是这么对她说的:"别太担心,会好起来的。"

她点了点头,不知道为什么,有想哭的感觉。

"我们走上去?"他征求着她的意见。

其实,也可以坐电瓶车上去的。

"走吧。"她向前而行。

他在路上告诉她,他联系了海外的福建老乡,也许很快就能帮她联系上厂商,建立沟通的渠道,她点了点头,不但因为这个好消息,更因为他没有劝她放弃。

"下雪了!下雪了!"突然间传来欢呼声。

她一脸的愕然,至少,从共和国成立以来,广州主城区就从来没有下过雪。但在这个周日,2016年的1月24日,这座都市真的有雪花纷纷飘扬。

当他们走到山顶,很多人围着一个拳头大的雪人,欣喜若狂地拍照。

看着那小小的雪人,她突然就觉得,这世上也许就没有什么不可能。

袖珍的雪人,晶莹剔透,蠢萌蠢萌。

一碗豆腐花,在街边小店品尝,它也许并不能带来太多的感动。但当从白云山下攀登到山顶,才能品尝得到的豆腐花,它便别有一番滋味了。

也许真的是因为水质的不同而特别,也许是登山路上的风景给予的点缀,今天在这雪花飞舞之中吃的这一碗豆腐花,林静雯感觉真的很不同,特别嫩滑,特别教人开心。

跟她一起坐在石椅上的石朴,一边吃着豆腐花,一边对她说道:"你有被家里催婚吗？"

"有啊，但特别提示，不要嫁外省仔，哈哈哈！"说到这茬，林静雯禁不住大笑起来。

石朴脸上泛起会心的微笑："你们潮汕人真排外！"

"老一辈嘛，哈哈，去，你们福建人好到哪里去？"林静雯抬肘挤了他一下。

石朴把她吃完了豆腐花的塑料碗拿过来，起身去垃圾箱扔了，回来对她说："福建人当然不会排外啦，为什么呢？都让你们广东人吃光了！"

其实前几年，因为林静雯给的那笔退股资金而得以缓过一口气的石朴，在回去跟乡镇企业的长辈开会时，不止一次提到了帮助他的林静雯。结果不但石朴的父母瞬间就黑了脸，在一个祠堂拜祖的长辈，包括三叔在内，都是异口同声提醒他："人家帮我们的恩义要记住，但是不要娶外省女人啊！"

当时石朴哭笑不得，只能安慰家里，两人的关系并没有往那个方向发展。

"前两年你退股时，我妈不知道多开心，哼哼！"林静雯笑着打趣。

石朴笑得有些牵强："是啊，咱们……咱们是好兄弟啊！他们想到哪里去了吼！"

这时有一片雪花飘了下来，就在他们中间，两人不由自主地跟着那片小小的雪花转过头来，四目相对的那一瞬间，突然两人都红了脸，下意识地避开对方的目光。

如果彼此内心没有那么一丝期许，也许，本来就不会聊起这样的话题。

在此之后，他们都会记起这场雪，总会不经意地提起，在雪中吃的豆腐花特别香滑，袖珍玲珑的雪人，还有大呼小叫拍照的人们。只是没有提起那片让彼此脸红的雪花，更没有提起彼此的心意。

大概那片雪花早已消融，而彼此尽在眼里、心中。

为了避免春运堵车，早早就踏上归乡旅程的李建南，在服务区收到石朴发来的视频对话，看见彼端的雪景，便也觉得有点惋惜，也许迟一天起程更好一些。不过他在视频通话里，却不是这么说："我们福建，下雪有的是吼，我甲李讲，阿朴仔啊，你带潮汕妹去武夷山，那下雪，超赞的吼！"

武夷山本身就是5A级的景区，冬天下雪，那自然是极漂亮的。就连微信彼端的林静雯，听着也觉得很值得期待，连连感谢李建南的介绍。在挂断了视频通话之后，坐进那辆五菱荣光里，李建南的妻子就在边上问他："南哥，武夷山下雪很漂亮吗？"

"好像是吼，我听人都这么讲的吼。"他就笑了起来，对妻子说道。

看着妻子略有点失落的表情，他想了想开口道："今年我们买了车，明年我们去，好不好？"

"算了吧。"妻子知道，李建南一直在凑首付，去武夷山旅行，又是一笔额外的开支。

但李建南发动了车子，笑着对她说道："勿着怕吼，车都买了，还差趟旅行？明年，明年咱俩去一趟！"

其实李建南买车更多是为了送货，可以赚多点钱。

他不再去值夜班和早餐店帮忙了，从广州十三行贩货，再做淘宝童装直播，生意不太忙时，甚至兼职送快递。

这样下来，买车这大半年，他赚的钱早就回本了。

但他想带妻子去玩一趟，主要是他已经隐约感觉到，无论他打几份工，无论他的收入怎么涨，怎么省吃俭用地凑用，似乎短期之内，永远都凑不够广州房子的首付。

可是，这有什么关系呢？他会接着凑下去。

他相信，自己总有一天能在广州买上房子。

房价的上涨，真的并不足以让李建南绝望，否则，他为什么会继续留在这个城市呢？那就是因为，他能看见希望的光，能找到各式的机遇，也许利润并不太高，都是辛苦钱，但只要去拼搏，李建南相信，自己总能走到彼岸。

华夏的春节有一种魔力，或者说凝聚力，让数以亿计的人去进行一场声势浩大的迁徙。

它不但影响到林静雯、石朴和李建南，连在海外的华人往往也不能避免。

许多海外的华人都会在春节时回归故里，而石朴在元宵之后带着林静雯过来厦门拜访的这位老先生，便是其中一员。

"HFB？我是跟他们董事会有些交情。"老先生其实是在海外出生长大的，从祖辈就去了印尼，而且到父辈那一代，又去了德国。他在德国长大，继承父辈的生意。他的福建话带着很重的外国口音，连石朴听着都有点吃力，普通话就更差了，往往不时得用英语来做沟通。

但对自己华人身份的认同，老先生是完全没有问题的，而对大陆的同胞，力所能及的情况下，还是很愿意给些方便的，但他很谨慎，对林静雯说："我可以要求HFB的董事会派人跟你面谈接洽一次，但谈成什么样，是你们自己的事，而且，不论谈得如何，仅此一次。"

他说完这段话之后，又用英文复述了一次，以免产生歧义。

林静雯对此已经很满意，她用中文和德语都说了一次："我明白，仅此一次，我非常感激！"

她其实可以抛开厂商的，代理其他品牌的利润虽少，但勉强也能做。

之所以坚持要跟厂商联系，是因为，她从来没有放弃过要喝掉那一杯茶。

石朴也很清楚这一点，所以他从不劝她放弃。

出乎意料的是，德国厂商并没有要求在厂商总部召开这次洽谈会议。

也许是老先生的人缘实在很好，或者是厂商的董事会也想实地考察一番。所以双方会晤的地方，选择在了广州。

而更出乎林静雯意料的是，代表厂商董事会来广州的，是她的熟人——米歇尔·巴拉克女士。

"林，这改变不了什么。"米歇尔·巴拉克女士端着咖啡杯，对林静雯这么说道。

她齐耳的金色短发，映着腮骨外张的方形脸颊，让她的每一句话都显得特别刚硬。

所谓的改变不了什么，她指的是自己从HFB跳槽，然后又被重新挖回HFB，并得到比之前级别更高的职位和薪金，但一切，并不能使她可以帮林静雯，去改变董事会对中国市场的看法。并没有人会刻意拒绝利润，只不过林静雯现在能带给厂商的收益和利润不足以打动对方。

米歇尔·巴拉克女士拿出一包大卫杜夫香烟，然后向林静雯示意了一下。

看着对方已经掏出打火机，林静雯笑了笑，表示自己不抽烟，让她随意，然后起身让外面的员工找了个烟灰缸进来。

米歇尔·巴拉克女士用手指的最后一个指节夹着烟，在烟雾和咖啡的热

第十六章　春来发几枝

气里，她的轮廓似乎变得有些柔和了。她重新回到HFB后，变成对董事会负责，不再隶属于市场部了。她吸了一口烟："我来之前查阅了市场部的记录，你这边不停地发送报告，其实并没有什么用。"

发送报告，就是哪里存在可能侵权的产品；哪种山寨机器，在某个专利上，有侵权的可能等事宜。林静雯的品牌推广部门一直在做这样的工作，包括之前童敏也是为此而努力奔波。

"你知道为什么没用吗？"米歇尔抿了一口咖啡，在烟雾里望着林静雯。

林静雯慢慢地沏茶，沏好三杯茶，对米歇尔说道："你愿意尝试一下吗？可能对你来说会有些苦涩。"

米歇尔看了一眼之后，犹豫了一下，下意识地绷了一下跷起的脚，因为她穿着高跟鞋的脚，脚背的青筋拉伸了一下，哪怕隔着丝袜，林静雯也能看出来，但米歇尔马上自我解嘲地笑了起来："不，我要保持清醒。"

她其实并不如表面那样放松，这是林静雯对她的评价。

林静雯自己端起一杯茶喝了之后，这么说道："我知道为什么没用。"

她没有回避米歇尔的目光。

林静雯当然知道为什么没用，如果她连这都不知道，然后还一直在坚持，那就不是坚持，只是倔强。

现在的她，已远远不只是倔强。

更多的报告会让厂商觉得，产品投放到中国市场，被山寨的不可控性。

不但是现在的产品，包括后续的新产品，只要有了开始，后面的产品也一样逃脱不了这样的命运。

看起来，这才是为什么厂商压根不愿再跟林静雯这边联系的真正原因？

就像很多游戏厂商，在开发时根本就不考虑中文的语言项一样。

米歇尔深吸了一口烟，把还有大半支的大卫杜夫揉熄在烟灰缸里："我们作为品牌方，其实并没有那么多时间用在中国区域维权，你明白这道理吗？"

林静雯拿起第二杯茶，一饮而尽，然后笑了起来，对她说道："我懂。"

"那你为什么在做无用功？"米歇尔很疑惑，她把架起的腿放下，身体前压，肘部撑在桌面，重新抽出一根烟，望着林静雯这么问道。

林静雯就笑了起来，她当然不会去做无用功。

"如果成为山寨仪器的一员，我有信心成为他们之中最好的——最好，没有之一。"林静雯一字一句地向米歇尔说道。

在研发上的投入是很可怕的。

针对光电泳这种美容方面的新技术，其他山寨厂商只能通过对比去仿制。而对林静雯来讲，她的团队做了大量售后工作，得到厂商的技术支持，她对研发的投入是有的放矢的，一旦她带着团队加入山寨仪器当中去，她这句话，真的一点问题也没有。

林静雯盯着米歇尔，缓缓地说道："我不但做维权，还做研发。"

她说着，把电脑屏幕旋转过去，推到米歇尔的面前。

很多米歇尔熟悉的光电泳技术的数据在屏幕上完美地呈现，就算没有细看，米歇尔也很清楚，其中的技术难点已被攻破，核心专利事实上已被破解，否则不可能把这些核心的东西展示出来，这绝对不是虚张声势。

林静雯站了起来，拿起咖啡壶，一边帮米歇尔加咖啡，一边轻声说道："如果 HFB 觉得维权成本太大，而想放弃这边的市场，那么，我该怎么办呢？我会成为最强的山寨厂商，然后用技术优势、价格优势，把其他山寨厂商都干掉！"

米歇尔愣住了，然后过了两秒，她提高了音量："浑蛋！你别忘记！当时是我帮你……"

她是真的出离愤怒了，如果不是她出于同情的帮助，林静雯当时是不可能拿到代理资格的。甚至第一台仪器的"保修"，还是米歇尔用自己的员工内部优惠，帮林静雯省下了一千欧元，这对当时的林静雯来讲，是很大的一笔钱。

"所以，我没有这么干。"林静雯截住了她的话头。

这就是她为什么要做研发的目的。

谈判，必须有实力。

"HFB 想要什么？"林静雯放下咖啡壶，向她问道。

资本的本质就是逐利，生长在这个国家的人们，普遍比绝大多数其他国家的人更熟悉这么一句话："资本家……有了 300% 的利润，就敢冒上绞刑架的危险！"

所以，说到底，就是钱的问题。

米歇尔狠狠吸了一口烟，厂商当然不是真的要放弃这边的市场。怎么可能？哪个 CEO 敢这么做，董事会必定会让他下台！

而如果真的要放弃这一块的市场，就算冲着那老先生的面子，也会用"召见"的方式，在德国总部随便跟林静雯这边见个面，开个会应付一下就算了，不可能派米歇尔作为董事会代表，来到广州实地考察并进行会晤的。

# 第十七章　刻舟求剑

厂商的底线已被林静雯压榨式地试探到这个地步，也由不得米歇尔再藏着捂着了。

她放下手中的香烟，对林静雯说道："你得负责解决所有侵权问题，董事会将直接考核你，如果再出现侵权的问题，会对你进行处罚。如果你接受的话……"

"我不接受。"林静雯微笑着回答，夹起一块方糖放进米歇尔的咖啡杯里。

维护品牌，打击盗版，本来就是品牌方的问题。怎么可能她去负责解决，并且还要接受考核？

米歇尔长叹了一声，伸手揉了揉太阳穴，对林静雯说道："一颗糖就够了。"

"那么，你要承诺尽力解决中国地区的侵权问题，然后我们可以继续之前的代理协议。"

林静雯夹起一块方糖，再次放进咖啡杯："不，我不接受。"

米歇尔感觉无比头痛，因为她受董事会指派来办这件事，是有既定目标需要完成的。

她得把这件事办好，但又得守住董事会给她的底线。

"够了，别再加糖了。"米歇尔苦笑着说道，"你到底想怎么样？"

林静雯夹起第三块方糖："厂商有义务维护品牌，每年应该有针对中国区的维权费用预算，去委托专业的公司或律师事务所做这样的事情。"

她说着，把那颗方糖放进米歇尔的咖啡杯："我对代理的等级不满意。"

然后林静雯报了一个百分比的数字出来，让米歇尔一下子就拍桌站了起来:"你怎么敢!"

这个百分比,就算是德国本土公司最高级别的代理商,也不可能拿到这样的价格。

"我知道成本,每一颗螺丝钉的成本。"林静雯伸手敲了敲那显示数据的屏幕,维权费用、专利费用、代理费用以及股东利润,按这个百分比,该留的都给你们留了。"

米歇尔气得发抖:"这是不可能的!"

她抓起咖啡杯,但林静雯按住她的手:"我记得你血糖不好,不应该喝含糖的咖啡。"

米歇尔感觉要疯了:"那你还给我加糖!还加了三颗!"

林静雯认真地对她说:"不论加多少颗糖,只要不喝,就没伤害。"

这当然是不欢而散的谈判。如果不是赵维听着不对过来打圆场的话,米歇尔和林静雯两人都不知道怎么收场。

"何必搞成这样呢?"赵维在派车送米歇尔去酒店之后,回来苦着脸劝林静雯。

这也是花了很大人情托了关系,才跟厂商总部联系上的,也就这么一次机会,赵维真的害怕把这事搞砸了:"该给数据,咱们就列数据;该让步,就让一下步嘛。"

"先看她走不走。"

如果米歇尔要去机场,那林静雯觉得,到时再商量要不要让步,以及让步到什么程度的问题;而如果米歇尔并没有提出要走,那证明这种状态仍在厂商董事会的接受范围之内。

赵维觉得弄险了。可林静雯这么安排,的确也是一种策略。

但是林静雯没有想到的是,米歇尔没有提出要走,但也没有按照行程安排那样第二天到公司,跟林静雯这边进行正式的商业会晤和磋商。

"林,董事会将派遣五人的团队过来,和我一起跟你这边来谈。"

米歇尔坐在酒店套房里的小客厅,穿着浴袍的她大约刚洗过头发,或者因为泡过浴,鼻头有些发红,没有化妆,裸露出脸上相比亚洲人粗大的毛孔。这大约是光电泳美白仪器也无法改变的问题。

她没有穿拖鞋,就这么包裹着浴袍,坐在小客厅的沙发上,指尖夹着一根细长的香烟，交叉着的双腿架在脚凳上，看上去很有一些复古的风范——坐在便盆上接见臣下的路易十四。

林静雯说服自己，时代不同，也许这仅仅是对方表示友善，或是亲密无间的做法。毕竟她记得，最开始时，米歇尔利用自己员工内部优惠帮忙的事。不能说那个时候米歇尔就图谋啥。

林静雯觉得，那就是人性的善，她始终没有忘记当时对方的援手。

所以她就向米歇尔提议："也许我这边安排人手，带你去我们研发中心转转？或者品牌推广部的总监带你去看看那些侵权仪器的现场，以及我们在律师帮助下做的几种维权方案。"

"又开始炫耀你的长剑、你的盔甲、你的骏马和旗帜？上帝！林，请收起它们吧。"米歇尔吐了个烟圈，笑着对林静雯说道，"等董事会派出的五人团队到达了，你再去对他们展示这一切，好吗？"

这让林静雯也笑了起来，于是气氛就变得融洽起来。

接下来的几天，林静雯带着米歇尔去了省博物馆、南越王墓博物馆，又转了诸如清晖园、余荫山房等景点；大排档从顺德的拆鱼羹吃到潮汕牛肉火锅，餐厅从空中花园吃到林记燕翅鲍，最后在太古汇，林静雯把米歇尔看中的三个LV皮包全买下来送给她，终于让米歇尔感觉到不安："不，不，我在欧洲买要便宜得多！好吧，我只要那一个，而且，请让我自己来付账。"

"你用员工优惠帮我时，我并没有拒绝。嗨，我们是朋友。"林静雯让店员把三个包都装起来，直接用支付宝埋了单，轻轻握了握米歇尔的手。

董事会指派的五人团队在三天后抵达了广州，一到酒店安顿下来，就要求马上展开商业会晤。

公司的营销总监唐翔在谈判中间的休息间隙，跑过来林静雯的办公室喝杯茶，摸着自己锃亮的光头，低声咒骂道："董事长，您这些天光带她吃喝就花了十来万吧？这都喂狗了呀！鬼婆真的不是人！"

"别这么说，她以前帮过我，我接待她，只是朋友间的来往，并不指望在商业谈判上她能帮我们什么。"林静雯笑了起来，沏好茶，把一杯端到唐翔的面前，"唐总，冷静，没事的，咱们能走过这道坎。"

唐翔有些胖，西装背心都被绷得紧紧的，他撸着手里的羊脂玉手串，恨恨地道："那至少也不是一再地在谈判里挑事呀！这鬼婆真的是，前天丫没烟还找我要，早知道，我扔垃圾箱都不给她！"

安抚了唐翔，让他重新回到谈判桌上去，林静雯在办公室的门关上之后，眉间挤出了一个"川"字。她没有去参与谈判，因为她并不擅长这种专业的商业谈判，而且她的德语听说都很弱，肯定没有达到唐翔那样，可以用德语跟米歇尔他们吵架，再用法语咒骂他们的水平。

而且她不到场，还有一个缓冲的作用，最后谈崩了，她还能做最后的拯救。

可是她心情很不好，她并没有要求米歇尔去为自己争取额外的东西。她只要一个公平的代理权，这很难吗？

一个平等的契约，仅仅如此。

表面看上去，她似乎很冷静，很镇定，连唐翔听了她三言两语，离去时也感觉到很有底气，其实，她心慌得不行。

为什么？因为厂商没有什么太高的负债。

这一点，林静雯专门雇用专业的调查机构去调查过。

对方的现金流良好，也没有负债的情况下，如果他们的董事会任性，就会干出违背商业定律的事，怎么办？尽管这种概率很小，但不是没有可能。

而且，在中国区域，林静雯也不是没有对手。当这么多山寨仪器出现，可见这个行业已经不复当年的冷门。

如果董事会选择她的竞争对手呢？林静雯是真的如她所说，去成为山寨仪器的王者吗？这可不是她憧憬的归宿啊。

所以她很发愁，而且为了给团队信心，她甚至还不能流露出半点忧虑，无论在自己的团队面前，还是在米歇尔的面前。

林静雯很苦恼，让步是肯定不可能让步的了，因为这不合理，也不公平，也许能妥协的就是代理价格了，可是如果不能把代理底价打下去，之前投入的研究成本就无法回本！

而其实她要求的，还不仅仅是代理价格，最终的目的是仪器必须实现国产化，可以贴HFB的牌子，但必须在中国生产，不然的话，无论品控还是售后的成本，根本无法压到她满意的地步。

但代理都谈不下来，后续的方案根本就无法推动。

她觉得陷入困局无法解脱。

这时她的微信响了起来，却是刘书萱发来的信息："做咩啊姣婆？又喺度扮医生，同人照肺？"

很明显她用的是现在逐渐流行起来的语音输入法，就算是粤语也能很好识别。

照肺，是很老式的广东俚语，就是被上司骂，照肺的本意是指X光透视。但在粤语里，是指被上司查问某一件事，查得跟拍X光一样，每根骨头都清清楚楚。

那骂人的上司就是给人照X光的，所以就是"扮医生"了。

本来心情很恶劣的林静雯被她逗得笑了起来："麦兜，你没去春田花花幼儿园上课吗？"

因为刘书萱几年前有点婴儿肥，林静雯最喜欢挤她的脸玩，所以就给她起了个绰号叫"麦兜"。这个外号被刘母听到之后，就发扬光大了，直接说刘书萱去横琴工地，就像动画片里的麦兜去春田花花幼儿园上学一样。

刘书萱开始是很生气的，但被大家逗久了，也慢慢不反抗了。

"潮汕妹，你这个死姣婆！本麦兜春田花花毕业了！哈哈哈哈哈哈！"刘书萱似乎嫌语音比她手速慢太多，很快就明显改成了手动输入，"沉管贯通了，知道吗？港珠澳大桥沉管贯通，这是我刘书萱参与的工程！出来陪我！我在休息区，还有三十公里就到广州，快点出来。"

本来林静雯整个人都在抑郁之中，但不知道为什么，被刘书萱这么一闹，她便笑了起来："德国的谈判团队在公司，我安排人招呼他们，然后就去跟你会合。"

刘书萱又发了一堆信息来："你别开车了，叫个车过来太古汇，要不咱们得找两个代驾。你不用带酒了，我车里有酒。快去占位子，我要吃避风塘炒蟹！"

林静雯笑了起来，回复了她一个"OK"的表情。

叫车，现在已经变得很简单，有许多APP可以选择，林静雯选择了一款商务型的网约车，然后把助理叫过来，交代好后续的事务，电话就响起来，是她叫的网约车已经到了大厦停车场。

时间，在慢慢地改变着这座城市。科技也在改变。

林静雯出门前想了想，还是从办公桌里取了些现金塞进钱包，毕竟还是带些现金在身上更有安全感。

她笑着走向电梯,其实现金在大部分时间里,已经成了一种仪式感或心理安慰,也许再过几年,真的只带个手机出门就行了。

如果当年跟现在生活一样方便,也许,她不见得就能结识刘书萱这么一位志趣相投的知己。

坐上网约车,林静雯看着窗外的城市,似乎渐渐地已经看不到乞丐了。

是的,那些装成残疾人的、抱着小孩讨钱讨饭的、摆地摊写粉笔字要钱的、装成自行车爱好者骑行到此生活无着向人求助的,各式各样的真假乞丐,在这座城市里,不知不觉已经消失了。

是因为社会提供了更多的就业机会,还是政府出台了更完善的收容救助制度?

林静雯想到这里,突然无声地笑了起来,工作上的郁结似乎一下子就这么冲破了。

就算厂商的谈判团队真的拒绝了合作,也并不见得就是绝路。

一座可以没有乞丐的城市,它本身就是能够孕育奇迹的城市。

刘书萱见到林静雯的第一件事,就是扔给她一台没有开封的华为 P10 Plus。

"不是 3 月底才新出的吗?才个把月,你咋整来的?"林静雯拿在手上都有些错愕了。

刘书萱大笑了起来:"还咋整?你都让之前那长腿小姐姐,叫啥?我想起来了,童敏!她把你给带成东北人了!"

2017 年 3 月 24 日,华为 P10 Plus 上市销售。

2017 年 5 月 4 日 19 时 50 分,港珠澳大桥最后一节沉管,重新对接,贯通。

"我可以安心去当包租婆了!哈哈哈!"喝到性起的刘书萱,拍着林静雯的肩膀说。

她真的觉得自己可以死而无憾了。

酒逢知己千杯少并不是男性的专利,快吃完饭的时候,林静雯就很明智地给自己的助理发了微信消息,让她开车过来。然后去酒窖喝第二场时,刘书萱喝着喝着突然抱着林静雯哭了起来。

她痛哭是觉得自己没有朋友，所有接近她的人都是因为想占她便宜；而且认为她没有勇气跟家里割裂，远走他乡，因为她没有其他兄弟姐妹，甚至叔伯姑姑等人都还指望着她养老；又觉得自己从小拿了不少奥数奖项，但都不是顶级的，也没能在物理界走下去，是个失败者；等等。

林静雯听着她的诉说，耐心地安慰她，但这并没有缓解刘书萱的悲痛，她哭得伤心，酒一杯接一杯地喝。林静雯放下杯子，一把按住她要举杯的手："喂，喂，你听我说，我有一句肺腑之言，大家老友，你一定要听。"

听着她这么郑重其事，刘书萱点了点头，坐直起来："好，你讲。"

林静雯放下杯子，双手捏住她脸："别装腔啊！你就欠打！伯母从小到大没打过你吧？喝酒就喝酒，你简直就是在无病呻吟！你这么搞，我就打你了，信不信？"

一物降一物，刘书萱立马举手投降。

看着放开手的林静雯，刘书萱使劲地搓着脸："死人潮汕妹，变态，好痛，肯定红了！"

嘴上骂着，但她的心里却是温暖的，暖人心腑的不是酒水，是友谊。

这就是朋友，可以听她诉说，可以为她解忧，可以一起痛饮，但也不会过分迁就她，更不会说一些场面话来奉迎她。

干净、纯粹的朋友。

"那个长腿小姐姐呢？怎么现在不见她跟你出来了？"刘书萱醉眼惺忪，这么问起。

其实这个时候，林静雯也喝得差不多了。本来就投缘的朋友，喝起来全无顾忌。何况还有全程滴酒不沾，领着加班工资，在边上看着她们的助理。

所以听着刘书萱这么问，林静雯打了个酒嗝："散伙了，去了深圳做广告。"

"钱银方面有没不清楚啊？"刘书萱抬起头，这么向林静雯问道，在这一瞬间，在边上林静雯的助理看来，刘书萱似乎清醒得压根没喝过酒一样。

林静雯笑了起来："那不至于！"

一下子又放松下去的刘书萱，憨笑着打了几个酒嗝："还有这么多酒，不如叫上她一起出来喝吧？"

看着很清醒的林静雯摇了摇头，但她的手机一下被刘书萱抽走，事实上，她并不见得如表面清醒。

她们都知道彼此的解锁密码，所以手机一落入刘书萱手里，后者很快就找到童敏的微信，然后发了一条视频通讯，几乎是瞬间就接通了，童敏看着刘书萱，很担心地问道："大雯雯出什么事了？"

林静雯拼命地摇头，示意刘书萱不要再折腾，并皱着眉在镜头之外说道："童敏你别管她，她喝多了。"但林静雯起身去抢手机，跟跄了几步，不但没抢回手机，还差点摔倒，还好助理眼疾手快扶住了她。

刘书萱又打了个酒嗝，把手机切换了一下摄影头，让林静雯出现在镜头中，接着又切换了一下，对童敏问道："喝酒，你来不？好多酒。噢，你身边是谁？跟男朋友烛光晚餐啊？不好意思，那算了啊，bye！"

"算啥算？姐们快给我发地址！"童敏在视频那头着急地说道。

刘书萱笑着点了点头："好的！男朋友很帅呀，要我是你，就不来了，哈哈哈！"

童敏也笑了起来："姐们你这话说的，那我肯定不能带他过去了，防火防盗防闺蜜，对吧？一会儿见！"

挂断了通话，林静雯就埋怨刘书萱喝多了："你折腾人干啥？人在深圳啊！"

她想发信息给童敏，让后者不用过来，但刘书萱笑嘻嘻地按着她的手："你总喜欢帮朋友安排方案，这次你听我的，行不行？你听我一次。"

从深圳到广州，童敏用了不到两个小时就赶到了。

她走进酒窖的包厢里时，林静雯在沙发上已经睡着了。而刘书萱醉眼惺忪的，慢慢地独饮着，看见童敏进来，做了个噤声的手势："别吵她，让她眯一会儿，眯上半小时，她又有战斗力了。"

服务员进来，在童敏面前摆了一个威士忌的杯子，并放了一块硕大的冰，然后再把装好了威士忌的分酒器放置在杯子旁边。

但童敏看见桌面上的四杯没有开封的奶茶，一下子就说不出话来了。

因为林静雯从大学时就很在意身材管理，生活无比自律，除了黑咖啡，基本不喝任何带糖的东西，更别说奶茶了。

这是为她准备的奶茶。因为林静雯仍记得，童敏是一个"不喝奶茶会死星人"。

刘书萱嬉笑着问道:"男朋友呢?"

童敏没有回应,酒杯边上的分酒器里面至少有一百毫升威士忌,她拿起来,跟刘书萱的酒杯一碰,仰头一饮而尽。

刘书萱喝得很开心,大呼小叫,放浪形骸,直到最后,她看着助理把林静雯和童敏安顿在酒店的套房里,然后向她告辞离去时,刘书萱叫住了助理,然后她从战术短裤的兜里掏出一把港币,有五百面值,也有一千面值的,她把那十来张随手卷成一卷,塞在助理手里:"这一晚上就看着我们玩,你自己又不能喝,还忙到现在,辛苦了。好了,就这样,你也早点回去休息。"

坐在套间的客厅,仍然醉眼惺忪的刘书萱点着了一根烟,就这么看着窗外的霓虹。

漆黑的夜,变幻的霓虹,还有嘴角淡蓝的烟雾,明灭不定的烟头。

抽到第三根烟,她拿起电话拨了出去,不出意料,一接通就听到麻将搓动的声音。

"阿娘,咁夜,仲打牌?"

电话那头刘母精神十足:"唔打牌,点样过日辰啊?三万,碰,你生个BB俾我凑啊?"

"好啊。"她平静地说道。

"等下!"然后刘母那边一下子就静下来,"你系边啊?发生咗咩事?你唔好吓阿妈啊!"

## 第十八章　碗仔翅

刘书萱笑了起来："冇事，饮大咗啫，係酒店开咗个房，瞓觉嘞！"

"开房？同边个啊！喂，唔好蚀底俾人啊！"刘母当场就急了。

刘书萱直接挂了电话，发了个视频通讯，接通之后，她把摄像头在房间转了一圈，让林静雯的脸出现在镜头里："跟这个家伙开房啊。"

"啾，又系潮汕妹！"刘母一脸嫌弃，看着就想挂掉电话。

"喂，娘，你之前讲的那个哈根达斯毕业的。"

刘母一听就火："哈姆斯塔德大学，被你笑过一次，我就记住了！"

"你要看着顺眼，我明天有空，就见见吧。"刘书萱笑着这么说道。

挂了视频通话，她笑了起来。

天总是会亮起来的。而在天亮之后，当童敏睁开眼的时候，刘书萱和林静雯都已离开。

她发了定位给男友，然后禁不住呻吟了一声，揉了揉太阳穴，感觉头痛裂欲。

昨天晚上喝了威士忌，又喝了红酒，童敏想了想，似乎后面还有白酒？

男友赶过来，看着她宿醉的样子，很是心痛："怎么喝那么多？这屋的酒气啊！"

"你帮我叫杯奶茶的外卖好吗？"童敏一边在洗手间里刷牙，一边对男友说道。

这就让男友很惊讶了。因为自从认识她以来，她是拒绝喝奶茶的，除了黑咖啡和矿泉水，基本不喝其他饮品。

"怎么突然想喝奶茶？"他一边叫着外卖，一边不解地问道。

她刷着牙，没有回应他的问题。

其实，童敏不知道林静雯是不是还在坚持她的路，也不知道林静雯近来怎么样。

也许，她的近况是不太好的。否则的话，就不会喝成这样了。

但如果林静雯已经到了要借酒消愁的地步，童敏觉得，自己应该站在她身边。

"我可能会离开深圳一阵子，嗯，有个姐妹的公司，可能需要我帮忙，也许需要。"她跟男友这么说道，很有些不好意思，因为男友的广告公司其实非常需要她，但她在昨天晚上喝下第一口酒时，就做了选择。

或者说，在端起酒杯之前，其实她就已经选择了。

重新回到公司的林静雯，却跟昨日有着截然不同的自信和从容。

她第一次进入了谈判的会议室。

唐翔和赵维仍在努力地跟德国厂商的代表团争吵。随着她的进入，争吵的双方都停了下来。

因为不管怎么看，林静雯现在走进来，肯定是有一些新的，能让双方重新审视局势的东西。

"你们的顾虑是什么？"林静雯向米歇尔这么问道。

"对中国市场上山寨和侵权问题的不可控，以及维权的麻烦，你们是这个意思吗？"

米歇尔和她的五位同事下意识地点头，这本来就是利益的根本。

他们更担心的是，因为无法监控，自己一边花了钱找团队来做维权，一边林静雯的公司会生产山寨机器并投放到市场，所以希望把维权的事套在林静雯的身上，这样就不必去管谁生产山寨机器。

"到时只要市面上有山寨机器，向我问责就是了，你们的思路不外如是。"林静雯笑着说道，"其实你们也许应该考虑一下中国人的专业精神。"

说着林静雯把一份报纸摆在米歇尔的面前。

那是关于港珠澳大桥沉管贯通的报道。

其中最重要的是，港珠澳大桥沉管贯通，最后一节沉管偏差十七厘米，尽管结构正常滴水不漏，但总指挥林鸣仍不惜冒着牺牲自己职业生涯的风险，迎着西方媒体的嘲讽，选择了重新对接！最后成功达到了两点五毫米的水平，是最终接头偏差验收标准（七厘米）的二十八分之一。

专业，就是超越自我，就是完成不可能完成的任务。

所以参与其中的刘书萱在这一瞬间觉得此生无憾，绝对是有感而发的。

林静雯笑着对米歇尔说："你们团队有专业的翻译，应该让他给你们读读这报道。我想，你会对我们的合作更有信心。"接着她低声在米歇尔的耳边说了几句话，直起腰后对在座的参会者微微致意："大家继续。"

然后她蹬着白色板鞋，从容迈步，离开了会场。

林静雯已经不再需要去穿马丁靴来给自己自信了，也不必为了取悦他人去穿高跟鞋。白色板鞋，其实是她一直喜欢的。

当德国团队看了这个震撼的报道之后，他们沉默了。

最后是米歇尔做了一个总结式的发言："如果这报道是真的，也许我们应该尊重中国人的专业精神。那就这样吧，我们把谈判结果发给董事会，如果董事会同意，我们就签约吧。"代表团的其他人感觉到非常愕然，但米歇尔对他们说，"就这么决定，我会向董事会汇报。"

赵维和唐翔感觉到震惊，因为刚才还在相持不下，怎么突然之间对方就主动让步了？

如果说米歇尔要关照林静雯，那完全不必等到五人团过来才来演这一出啊。

所以这中间发生了什么事？没有人知道。

也许，其实米歇尔通过这些天的谈判，很清楚这就是底线，但她缺一个道义上的承诺。

林静雯给她的报道，不但是一个台阶，更是一个她需要的建立信心的承诺。

而董事会在接到报告之后，很快就同意了林静雯提出的方案，包括在中国建厂。

因为，这样对于厂商来说，成本更低，利润更大。

唐翔按捺不住自己的好奇心，自掏腰包，请厂商的两位男士出去喝酒，在酒席上，有传闻说醉得差不多的厂商代表漏了几句话，说是林静雯对米歇尔耳语的话："请记住，巴黎也有假的LV。"

那为什么汉堡不能有假的HFB？完全可以呀。

如果压迫到一定程度,也许林静雯就会这么干!

"如果我做了这么久,都觉得按你们开出的条件利润不行;你们找别人合作,他怎么盈利?"

林静雯有成熟的渠道,在她手上,这个品牌也做了好几年的形象塑造,该投入的她都提前投入了,也就是说,她的利润要比新入行来做这个品牌的公司更高。她都做不下去,别的公司怎么做?

答案就很明显了:"为了钱,甚至可以搭一个假的巴黎春天、巴黎老佛爷,直接雇用法国人当销售,你听说过吗?"

但对这些传言,林静雯没有承认,米歇尔也没有承认。

当然,她们也都没有否认。

周四过来广州的童敏,选择高铁出行而拒绝开车。因为实在太方便了,坐到广州东站之后,直接转地铁,就可以到林静雯的公司楼下了。不必去为停车发愁,也不必去考虑路上是否因违章被拍照。

"我要是从深圳过来,肯定开车。"听她这么说的林静雯笑了起来。

不同于抱着奶茶窝在沙发里的童敏,林静雯甚至去广西或湖南也更愿意自己开车。

因为自由,可以不受列车时刻表的束缚,这就是性格上的差异了。

"我能帮上什么忙吗?"童敏犹豫了一下,还是开口向林静雯问道。

林静雯望着窝在沙发里的童敏,想起当年,她说去借三万块跟自己一起推这个项目,实在亏了,就打一两年工还债;想起她拿了广告公司的薪水,分一半给自己的时刻;想起从学校后门把"保修"的仪器搬上三轮车,她的大长腿蹬着三轮车,以及,在阳光下她们的笑脸。

于是她沏好了茶,自己端起一杯,望着童敏:"能。"

童敏放下奶茶,望向林静雯:"能不能别太累?"

"不能。"林静雯笑了起来。

童敏扁了扁嘴:"好吧,那你安排吧,我认栽就是了。"

而接下来,童敏的工作是艰巨而沉重的——瘫在林静雯办公室的沙发上,好好喝奶茶玩手机看小说,或是在手提电脑上完成她的设计稿。

并不是每个蜷在沙发里喝奶茶的人,都能让林静雯感觉到安宁与恬静,而童敏能。

至于当吉祥物的工作是否重要，童敏并不太在意，她在意的是能不能帮助到自己的朋友。每周她都会抽一天时间，吃完早餐之后坐高铁或动车过来广州，就在办公室陪着林静雯，一起在办公室吃外卖，晚上一起吃晚饭，然后坐高铁回深圳。

有时自己过来，有时男友陪她一起过来。

她的男友陪着来过一次之后，很有点不解："你们也不怎么聊天啊？是不是我在的场合导致你们不方便聊？"

毕竟女性之间是会有一些话题，不太愿意在男性面前沟通的。

"不！"林静雯用iPad看着销售数据，一边在PC端审批着行政递交上来的报告，低头对着童敏的男友说道，"这是我们的相处方式。"

并不见得就得滔滔不绝，或是尽量地去寻找话题。静静地相处，各自做自己的事，间隙问一句"这部剧我刷完了，安利给你"或是"我叫这家外卖鱿鱼圈，你要吗？"就已经足够了。

童敏也很认同这种相处方式。当她回到深圳，男友质疑她这样能帮到林静雯什么。

"那必须有帮到大雯雯的啊！"童敏这么对他说道。

而过了两个月之后，有一次男友对童敏说道："上个月要付电梯、高铁灯箱等广告费的分成，我用了你账上八十万，这个月客户回款了，我上午让财务打过去给你。"

"你怎么了？"他说不下去了，停了下来看着童敏问道。

因为童敏一脸的呆滞，如同被时间定格了一样。

她不是一个能存钱的人。每个月拿到钱，寄点回家给父母，接下来就是还上个月的信用卡账单，这两年开始，不但还信用卡，还要还花呗了。所以她一直没什么钱，不论是当年发薪水，给一半钱给林静雯，还是后面有广告公司挖她，签字费都有二十万了，童敏还是到了每月下旬就要刷信用卡和花呗的人。

因为她看见什么喜欢的就想买，从游戏皮肤到谷歌眼镜或是新款的手机，更别提高跟鞋和包包，以及在广东一年穿不上三天的皮草大衣。她的账上因为设置了自动还款，所以就算发薪水的当天都不可能有八万，更不要说八十万了。

"你不是用了别人账户上的钱吧？你姐的账户？"她喃喃地向男友问道。

男友耸了耸肩："你长点心吧！"

他那天担心童敏又把卡刷爆，上她账户看了一眼，有三百多万。刚好那边要用钱，就先从童敏那么走账，因为不知道什么事打岔，当时忘记跟她说。

"不许翻脸哦！"他向童敏这么说道。

这就是情侣之间的玩笑，单是他把深圳上步中路的房子房产证添上了童敏的名字，那就远远不止八十万了。何况平时童敏把信用卡刷爆了，也常常是他去及时还款的。

"我有三百万？你疯了？你看看我，我像是有三百万的人吗？"童敏指着自己，这么向男友问道。

但打开银行账户，上面的的确确就趴着三百多万。

男友点开转账记录，指给她看："你看，这里写着的，退股的赔偿金连同利息。"

利息，从她在林静雯办公室写下那份将股份赠予林静雯的字据那一天算起。

清清楚楚。

钱是刘书萱喊她去广州喝酒的五天之后转的，因为德国厂商在第二天就跟林静雯签下了合作协议，去除了后顾之忧的林静雯重新启动生意。

正如林静雯对米歇尔说的，如果她都觉得利润太薄，其他人如何合法地把这盘生意做下去？她已经有了庞大的客户群体，已经有了自己稳定的私域流量，所以一启动，三天就回款一千多万。

她马上就把童敏的这部分钱结了。

"我得把钱还给她！"童敏马上就着急了。

男友哭笑不得，指着APP里信用卡部分："你这里还刷了六万多没还呢！"

一个自己负资产的人，到底是什么底气，让她想把三百多万退给别人呢？

"啊，那我把这六万多还了，再退给她！"但她说完之后，就觉得男友的表情有些异样，"咋了？"

"上次咱们商量去海南买房子的事，你记得不？"男友这么对她问道。

似乎手头宽裕后在海南置业,是大多数东北朋友近年来的选择。所以童敏也不例外,而本身是海南人的男友也是支持的。

"三百万?"她望向他。

男友点了点头,童敏想了想,再次侧着脑袋望向他:"要不,整?"

正如林静雯几年前评价的一样:剁手党如果要选魁首,估计童敏不一定能当选。但如果剁手党里有中执委,那童敏绝对够资格入选大名单!

"什么整?你不是说要退给人家吗?你能不能别一会儿一个主意?"男友摊开手。

童敏看着那账上的数字,想了想,对他说:"整!"

当限制着林静雯发展的那些关于专利、代理权、山寨侵权等枷锁被去除后,她公司的发展马上就出现一个令人恐怖的速度。当合作协议签下来之后,还没到国庆,短短的几个月里,客户网络就开始蔓延过长江了。

而作为吉祥物的童敏,今天刚到林静雯的办公室,就收到了给她的生日礼物。

"你怎么知道我看中了它!啊!"她欢呼起来,在拆开包装之后。

那是一个 Dior 的皮包,她看了几次,又在网上浏览和搜索了好一阵子。

林静雯没好气地白了她一眼:"大数据不停地给我推啊,我又没这兴致,肯定你用 Wi-Fi 时搜了它嘛。你居然退出剁手党了?"

事实上童敏是想弄个二手或高仿来"解毒"的,但不是因为她退出剁手党,而是因为在三亚买了房子,还差一部分钱,现在每个月得交房贷。

"房产证只有我的名字,他说婚前财产,所以要我交房贷。"她这么对林静雯说道。

林静雯听了,倒是放心一些,至少她这男友是正经人:"差多少?我先拿给你?就你这剁手党还交房贷?"

童敏抱着她心爱的包包,拼命摇头:"不,不,我自己来吧。"

林静雯耸了耸肩,低头接着看电脑上的文件。

而童敏背着新到手的包,在边上照镜子,走猫步,发朋友圈,玩到中午都忘记叫外卖了。

"一日剁手党，终生没有手啊！"林静雯忙完一堆文件，又看了研发进程和回款情况，看着她，苦笑着打趣。

童敏却高兴起来："中午我请客！我知道有家新疆餐厅很不错！"

外卖现在越来越便捷了，几年前只能依靠门店自己外送的情况已成为历史。

基本上四五公里内的店，在APP上都能叫得到。如果像童敏现在这样要叫到五公里外的商家，也可以叫跑腿去取货。

"晚饭吃什么？"林静雯下午两三点时就向童敏问道。

正在手提电脑上制作一幅广告海报的童敏笑了起来："这不是刚吃完吗？"

但因为中午的新疆餐厅确实不错，所以她想把"吃什么"这个任务交给童敏。

林静雯在电脑上批准了营销总监唐翔的报销申请，对着童敏说道："快点，给我点期待。"

于是童敏就真的给了她期待。

她们在天河南的小区里找到一家私房菜馆，老板是香港人，餐馆很小，但布置得用心，进去很有些香港黄金年代的港式氛围。

童敏和林静雯到的时候，刚好有人来检查。

"我咩证都齐㗎！"阿强指着墙上的各种许可证和消防证，对着过来检查的工作人员这么说道。

阿强就是老板，但看起来他一点也不担心，而检查人员很仔细地查看了一通，并对存在安全隐患的几个死角提出了整改意见，谢绝了阿强递的烟："你们香港立法不是比内地还要早，规定有屋顶的地方不让抽烟吗？"

然后又对阿强提醒说刚才提出的那几个地方要马上改，他们等一会儿就过来看。

送走了检查人员，阿强有些抱歉："不好意思，要等一下。"

各种制度越来越正规，如果面对整改要求不积极回应，那很可能就开不下去了。

"小区的居民会投诉㗎！被投诉就收皮啦！"阿强有点无奈地苦笑。

"收皮"是粤语里关门大吉的意思。

第十八章 碗仔翅 173

阿强很敏锐地发现童敏的手机电量变红了，笑着说："我同你扯个尿袋！即刻来。"

尿袋，就是充电宝。

林静雯笑了起来，她听出来了，阿强应该是香港人。

不知道为什么，在林静雯刚来广州上大学时，香港似乎感觉上就是要比北上广深更发达。哪怕在前几年，她公司的营销总监李祥霖跳槽，也直言说就算薪水略低，香港也代表着更多的机遇和吸引力，似乎在当时是个大家都默认，没人觉得有问题的逻辑。

但现在听着阿强的港式粤语，林静雯却感觉，和当时听着石朴的闽南音差别不大，只是代表着刚来到这座城市的外地人，还没有完全融入这座城市。

没有融入这座城市的阿强，保留着这座城市大多数人已经淘汰的习惯——看报纸。所以手机没电的童敏，顺手拿起边上一份报纸，胡乱看了起来。那是两三个月前的报纸，说的是 2017 年 5 月 5 日 14 时，我国具有完全自主知识产权的新一代大型喷气式客机 C919，在浦东国际机场 4 号跑道成功起飞。

童敏看着，不知道怎么就来了兴致，对林静雯说道："你看大飞机都整出来了，咱们搞个中国的光电泳美白仪器啊！"

她手头有个设计单子做完了，要是顺利回了款，能赚不少钱，她想着自己反正手上留不下钱的，不如投到林静雯的公司里，然后做研发。

"要突破不了，亏就亏了嘛！"她仍如当年一样，亏了就大家一起背债务。

林静雯笑了起来："吃饭，不聊这个吧？"

她指着菜单上的碗仔翅，疑惑地道："这么贵？"

因为香港街头的碗仔翅，即所谓的仿鱼翅汤羹，就是假鱼翅啊！其材料以粉丝为主，加淀粉将汤煮至浓稠，并加入老抽和生抽弄成棕色，佐以麻油、浙醋、白胡椒粉、辣椒油等，都是不值钱的东西。但阿强这里卖到一百多元一份！

"老板！"林静雯看着就抬手把阿强喊了过来。

阿强的态度很好，一过来开口就是："老细点称呼啊？小弟阿强，唔系做酸菜鱼的阿强，系卖碗仔翅的阿强。"

问起这价格，原因倒是很简单。

"大佬啊，我呢个私窦嚟㗎，总共五张台，当然用好鱼翅啦，点会叫客人食粉丝啊！"

因为这房子他做了改装，把一个房间和原来的厨房连起来，扩修成一个比较大的厨房。然后厅里放三张桌子，两个房间各一张桌子，总共就五张桌子。

阿强说着，就叫厨师把正在泡发的鱼翅端出来，给林静雯看。

按鱼翅的质量看起来，倒也能说得过去。

他这边的私房菜是没有菜可以点的，今天菜单上写着什么，就只能上什么，不够可以加量，如果加到厨房备料用完，那就没有了。

## 第十九章　回不去的从前

豪华碗仔翅、窝烧溏心鲍鱼、东星斑，再加一盘炒空心菜和一碟干炒牛河，对于她们两人来说，倒是已经足够分量了，最后那盘干炒牛河两人都动不了几筷子。

阿强看到她们吃得差不多，就过来问，对这里的菜有没有什么意见。

林静雯是赞不绝口的，本来有点感觉不够重味的童敏，因为饭后的一杯港式丝袜奶茶送上来，喝了一口之后，感到心情愉悦的她，突然就忘记之前想提的意见了，操着她半咸不淡的粤语跟阿强聊了起来："老板是 HongKong 人啊？老板以前在香港做咩嘢的啊？"

"我中国人啊。"阿强非常敏感，笑着纠正，"我之前在油麻地，做果栏的。"

他在香港的果栏不但卖水果，也做搬运，口才不错，会招揽生意，干活也卖力气。但阿强不满足。

"无理由，成世人，就咁啊！"阿强笑着说道。不愿意一辈子就这样的他，就跟香港住公屋、屋村的朋友、邻居，东借西凑了一笔钱，在广州开了这个小小的私房菜馆，就刚开业这几个月，生意看上去是很不错的。

阿强很感慨："来到广州，你会发觉，人生应该是这样的。"

大约是童敏对丝袜奶茶那种发自内心的幸福感让阿强很有成就感，结账时他直接把几十块钱的零头抹掉了。

"姐姐仔，得闲多点过来帮衬啊！"他送到门外，对着童敏这么说道。

而对于林静雯，阿强就没有那么随便，很客气地道："多谢老细关照小弟！多谢老细关照！"

上车之后，童敏系好安全带，对林静雯说道："你送我到地铁站，我去南站坐高铁。"

东站只有动车,而童敏更喜欢高铁,更快一些,更舒适一些。

"给你买的就是高铁票,我像是让你自己去坐地铁的人吗?"林静雯白了她一眼,一踩油门,上了星光快速路,往南站奔驰而去。

童敏便高兴起来,其实如果有人送,她也愿意坐车的。她就是懒。

可是抱着奶茶坐在副驾驶座,她隐约感觉有个什么事不太对,但一时又想不起来。

童敏伸出食指敲了敲自己的脑袋:"我之前想和你说什么来着?是上海的什么事?哎哟!怎么忘记了,人家这小脑袋瓜子到底在干什么嘛!"而且她还鼓起了腮帮子。

林静雯打了个冷战:"我求你了!别装台湾同胞好吗?收了神通吧,我在开车呢!"

两人在车里大笑了起来,以至于林静雯不得不把车靠在应急车道,平息了笑意,才重新起步。

其实林静雯知道童敏想说的是什么事,就是后者想投钱到公司来的事。可她两次把话头岔开,就在暗示童敏,自己并不缺钱。

当林静雯把这事跟过来找她喝茶的石朴说起,后者却不以为然摇了摇头:"她不是刘书萱,也不是你,更不是我。"

童敏不是林静雯第二,林静雯认为给得很明显的暗示,石朴并不认为童敏就一定能察觉到。石朴甚至举了个很直观的例子:"我们能像她一样,每次都快速拿出甲方满意的设计海报吗?不,我们不能。"

就算是刘书萱这样的学霸也不能。

因为甲方并不一定有基本的审美,大多数甲方甚至连冷暖色对冲的概念都没有。

所以就算学霸给出了标准答案,或是建立数学模型之后给出最优值,一样会被甲方拒绝,这没有什么稀奇,对于平面设计人员,对于广告公司,这种事真的太常见了。

所以童敏几乎每次都能极快地拿出让甲方满意的方案,这就是她的天赋。

石朴反问林静雯:"那为什么,她就不能察觉到我们都能感受到的暗示?"

但其实在林静雯把童敏送到广州南站之后，进站独自等候列车的童敏却皱起了眉头。

尽管在去南站的路上，林静雯说起以前的营销总监李祥霖，说起以前的香港和广州的比照，看起来，似乎她真的是对阿强的创业故事感兴趣的。

但看着尽管到了夜晚，仍然人潮汹涌的南站大厅，童敏觉得，每个人都有自己的目的地，不论纸质的车票是否仍存在，人们的心里都有自己的票根。

她隐约觉得，林静雯有意这么做，为什么？她不太明白。

童敏整理不出什么逻辑，她对色彩敏感，对构图着迷；她能在千篇一律的广告海报样式里找到打动甲方的灵感。但要她去找寻逻辑，真的就不是她擅长的事。

可是她就有这样的感觉。

这很不好，她不是很开心。似乎这种不开心，连她背着的 Dior 新款皮包也不能抚慰。

还好列车来了，坐进林静雯帮她买的商务座里，那舒适感，让这一小时左右的旅途变得更轻松，当列车员拿来小零食和饮品之后，童敏就拿起手机给男友发起了信息。

"你看看！"她得意地拍照，向男友炫耀新款的 Dior 皮包。

男友其实在朋友圈早就见到她的炫耀，不过他明显很了解，该如何跟一位剁手党相处："你还要交房贷！天哪，没有钱了怎么办哪！这包好贵的呀，咱们这个月得一直吃泡面，吃到客户回款了！"

童敏便高兴起来得瑟地告诉他："大雯雯送给我的！"

"她换了更新款的吗？"男友故作惊讶，他其实在朋友圈早就看到了崭新完好的吊牌。

童敏便愈加得意："滚！大雯雯能这么对朕吗？必须是全新的！"

"我这算是诋毁陛下的正宫皇后了？会不会被发配去浣衣局？害怕，我要去发个微博求助，十万火急，怎么办？在线等！"男友陪她发了一堆表情，又陪她戏精上身。

于是高铁还没到樟木头，童敏就忘却了之前在候车室里的不开心。

但事实上，一位在业界被肯定的设计师，她的直觉往往是可以被信赖的。

当又一次来到阿强这里吃碗仔翅时，童敏就再次对林静雯提起，她想投些钱到公司来。

而且这一次,她是真的有现钱,因为客户回款了。

林静雯一边摆弄着避风塘炒蟹,一边笑着说道:"有钱买房啊。"

这年头,楼市是一直见涨的。童敏听着,感觉也有道理。

碗仔翅的老板阿强送走了倒数第二台客人,童敏就问他:"老细,你买楼了吗?"

阿强很老实,告诉童敏借了亲友来开私房菜的钱,还没还完。如果还完,他就会考虑买房,在阿强看来,买房子是件稳赚不赔的事。

喝了几杯啤酒的童敏却就泼了他冷水:"连我都知道,香港1997年亚洲金融危机、2008年金融海啸之后,房地产都狂跌了啊!当时好多人破产,哪有什么稳赚不赔?"

林静雯觉得童敏这么说话不太合适,毕竟也不是朋友,何必去跟人家杠?

所以她伸手在桌下扯了扯童敏的衣角,对阿强说道:"不好意思,我朋友喝醉了。"

可能因为她们来得多,阿强也就聊得更放开了:"老细,你太客气了,有咩所谓!"

说起楼房,其实再怎么跌,如果只是住,不炒楼,老老实实还贷,不至于破产的。

所以童敏这话喷得有点牵强了。

林静雯岔开话题:"您在香港也有置业吧?"

阿强笑着说:"边有可能啊?老细,我做果栏㗎。不过,我都申请到公屋啊!"

说着他指了指从厨房出来的厨师:"阿灿就申请唔到,但是他自己买了楼,供了几年啦,成三百尺大屋啊!"

而厨师阿灿是他的朋友,在一间酒楼做了十年厨师,但一直当不上大厨。也是不甘心认命,就被阿强煽动,一起来广州开这小店。

厨师的收入比在果栏卖水果兼搬运要高,所以申请不到公屋。

按阿强说的情况,大约是这意思。

但所谓三百尺大屋,大约是不超过三十平方米的建筑面积。至于千尺,那已是豪宅了。

三百尺，住着阿灿夫妻和小孩，还有两个老人。其实比阿强申请到的公屋，居住环境好不到哪里去，都是蜗居，都是鸽子笼大小。

"啾，广州地价，我哋依喫都买唔交起啦！"厨房备料都做完了，所以厨师阿灿走了出来休息，他笑着这么搭讪。

相比于广州，佛山或者清远对阿灿更有吸引力。

如果生意可以像这几个月一样，希望以后可以去佛山、清远买间大房子。

问了林静雯和童敏不介意抽烟之后，阿灿点了根烟，很感慨地骂了句粗口，然后说："有城轨呀，佛山、清远都好近，啾，肇庆我都唔惊啊。如果可以做落去，肯定不会返香港，困死自己啦！"

阿强笑着附和，因为这几个月下来，借的钱都还得七七八八，他眉宇间是看得出来的轻松："我哋小人物，无非为两餐，返去做咩野？你话宜家，广州网速唔通慢过香港？唔会啊！"

林静雯一直都没有插嘴，但看童敏和他们聊得起劲，她也笑得很开心。

"等下！我去搞啲'鸡蛋仔'你哋试下！"阿灿聊得高兴，就跑去厨房忙活起来，鸡蛋仔也是一种香港街头的小蛋糕，阿灿用铁模子在火炉上烘，烤出一个个金黄色外脆内软的小球形蛋糕，巧克力的味道弥漫开来，还没端出来，童敏就开始欢呼。

在结账告辞时，林静雯把自己的卡片给阿强："如果你要开分店，需要投资，可以找我。当然会有专人去审核你的账目之类的。"

"老细，点解甘俾面细佬？"阿强有点受宠若惊，他做了十几年果栏，卖水果，做搬运，见过的人并不少。阿强有着小市民式的狡黠，从进来他就管林静雯叫老板，而不是像称呼童敏一样叫"靓女""姐姐仔"。阿强很清楚地知道自己就是一个小人物，不是如同刘德华、古天乐那种帅哥，也不觉得自己是什么天命之子，会幸运到天上掉馅饼。

林静雯笑了起来："我喜欢你的创业故事。"

当再一次准备把童敏送去广州南站时，童敏却一路没有开口。

快开到猎德大桥时，童敏突然说："姐姐，我们去喝点，我明儿再回去。"

林静雯笑了起来："行。"

于是林静雯拨通了助理的电话，让她过来花城汇这里的停车场，把车开走。

然后她问童敏:"猎人坊还是芭堤?"

童敏选择了芭堤。

洋溢着东南亚风情的芭堤,在夜幕降临时,无论是各式的彩灯,还是音乐,都让人很放松。而放松的氛围里,就让很多平日里难以启口的话题,变得有勇气讲出来。

跟林静雯两个人把一瓶威士忌喝完的童敏,打了个嗝:"姐姐,我要说件事。"

"不要告诉我,你又想去西藏或丽江哦。东非大峡谷的动物迁徙,或是北极圈,你要想去,我可以赞助你。"林静雯笑了起来。

但童敏要说的并不是找"旅行"的赞助。

"姐姐,我收到回款,我有钱了,虽然……虽然没有你有钱,但我有点钱。我想投点钱到咱们公司,我想投进去,反正,亏了就亏了。咱们也不用什么协议,我直接转过来就是。"

林静雯看着童敏,突然轻笑了一声,指着天边对她说:"看,灰机!"

远远地,真的能看到,夜幕里,有飞机的舷灯在闪烁,不知是从哪里飞来的归途,又或是飞去何处的征程。

但童敏喝醉了,她猛地站了起来:"去他妈的灰机!姐姐,咱们是过命的交情啊!咱们是从传销窝里一起逃出来的义气啊!"

她双手按在林静雯的肩膀上:"给我一个机会。"

林静雯能看见,她发红的眼眶慢慢滑落下来的泪水。

一个机会,回到从前的机会。

林静雯伸开双手,将远比她高大的童敏拥入怀中:"不用什么机会,你就是我的妹妹。"

童敏已经喝醉了,胡乱地说着些什么,然后在林静雯的怀里睡过去了。

她可以一直照顾童敏,但她经受不起童敏再一次离去。

"等上市了,你可以买公司的股票。"林静雯看着酒醉的她,轻轻地拍着她的背,这么说道。

有些事,回不到曾经的从前了。

尽管这一夜喝得特别尽兴,童敏眯了一会儿,醒过来之后大发神威,生生把林静雯灌得瘫倒。但在第二天酒醒之后,大家很有默契地都没有继续这个话题,也没有像往常去谈论昨天酒醉后彼此的憨态。

童敏每周仍会来当吉祥物,而林静雯也一样会拖着她去看电影、吃饭。

有些人,不适合一起做生意,但可以是生死知己。

不过近来林静雯的精神有些不好,以至于这天看完电影,她想送童敏去南站时,后者拒绝并劝她说:"我在东站坐动车就行了,你快回去歇着吧。要不我明儿再走,晚上陪你?"

"我能有啥事?行吧,那你坐动车,我先回去睡一觉。"林静雯倒也没有勉强。

正如童敏所说的,她们之间的交情真的不需要太过客气了。

有一些不愉快的事,她并不想跟童敏诉说,因为她很担心,这样会变成不愉快的二次方。比如说,公司近来营销上的停滞不前。尽管业务还是展开,每天区域总监仍在做招商,督导小组也仍然在努力地工作,各地仍有业绩回报售后那边,也不断有老客户继续来拿耗材等。但林静雯很敏锐地感觉到,整个公司的业绩已经开始在走下坡路。

跟团队开了几次会之后,营销总监唐翔也很重视,开了好几次培训会、内训会。

整个会场看上去,形势不是小好,是一片大好。

但是下午,林静雯之前找刘书萱介绍的软件公司把按她要求做的程式交付过来。

那是一个专门量身定做,进行数据类比的数学模型软件。

直接读入数据后,界面就会列出同期数据类比,非常直观——直观地证实了林静雯的判断是非常准确的。相比之前,整个业绩的增长已经停滞了,无限接近当初被德国厂商停止了代理权之后,转而代理其他同类产品时的业绩。但在证实了自己的预感之后,怎么纠错?这是个问题,这不是童敏能解决的问题,但是她知道后,绝对会因为关心而焦虑。所以就算精神面临崩溃,在童敏面前,林静雯仍努力地维持着自己的平静。

不要让爱自己的人担心,她很在意这一点。

也许因为,在她心里,童敏其实代替了家人的角色。

当她回到家里,扔下手袋瘫在沙发上时,电话响了起来。

她看到是父亲的电话,便接了:"喂,爸,是我。"

如果是母亲打来,她肯定不接。

明明给他们买了房子,结果前些日子实在拗不过母亲,又再买了套新的房子留做所谓婚房空置着;上周又说修祠堂得捐第一名才在乡里有脸面。

来来回回都是这一类的东西,她实在是腻歪得不行了。

父亲虽然没主意,有点琐碎地叮嘱她要注意身体,不要太累之类的,但听着让她感觉温暖。可还没说上两句,母亲就抢了电话过来:"阿雯啊,你记不记得黄阿姨?以前跟妈在工厂上班的啊,她还抱过你呢。她儿子结婚了,过来跟我说,还说要请你也出席她儿子的婚宴,我包了一万八千八给她,说是你给的,妈给你长脸……"

母亲后面说的什么,林静雯已经完全听不进去了,她说了几句信号不好,就匆匆把电话挂了。

在微信上把两万块转账给母亲,林静雯有一种被抢劫的感受。

她一点也不想要这份面子,那位什么黄阿姨,她一点印象也没有,别说记不起对方的容颜,就连名字都毫无印象。如果确实交情有这么深,应该给这么大的礼金,那倒也罢了,她也不是不肯给这笔钱——还没平时买给童敏的包来得贵。但为什么要把这关系往她身上套呢?本质上,母亲无非就是打着给她长面子的旗号,去付这样的一份礼金,以便在朋友之中炫耀罢了。

如果心情好时,她也能开解自己;但身处现在这样的困境中,她感觉到极度恶心、丑陋。

她想了想,在微信上键入了一行字:妈,我跟您讲过好几次,我并不要这种面子,下次如果再有这种情况,我绝对不会因此而给钱或承情了。

打完这行字之后,她在按下发送键之前又把它删掉。

但这让她狂躁。她从沙发上爬了起来,赤脚在客厅里行走,来回地走动。

然后她又重新从桌子上拿起手机,打出了那一行字。但手指悬停在发送那里有四五秒,始终没有按下去。

她再一次删掉了那行字,把手机远远扔了出去。随着手机跌落在房间木地板上的声音,她感觉有根弦崩了,一下子靠着沙发,坐倒在地上,把头埋在膝盖上,用双手死死地勒着小腿,以让自己感觉有所依靠。

其实,这个时候她很想痛哭,但哭不出来,就是悲伤。这种悲伤让她支撑不下去了。

而这个时候,她的手机又响了起来,她气得跳了起来,疯狂地尖叫了好几声。

但手机仍固执地响着。

她去工具箱里拿出了锤子,她要把那该死的手机砸烂!但屏幕裂开的手机,来电显示着的是石朴的笑脸。

她愣了一下,按了一下接通,并按了扬声,还好,还能用:"什么事!我心情很不好!我现在手里拿着锤子,没事就挂了,我要把这破手机砸烂!"

石朴在电话那头被她杀气腾腾的语气吓着了,愣了两秒,开口道:"你等下再砸,你要砸了,那我就完蛋了吼。我被警察捉了,现在就指望你救我。要是你不救我,那我完蛋,公司也就倒闭了。公司倒闭了,三叔和乡里的乡亲那工厂就开不下去了啊!"

他琐琐碎碎地说着说着,把林静雯那一腔怒火不知不觉消弭了大半。

"行了,闭嘴吧,你在哪儿被捉?犯了啥事呢?"林静雯盘腿坐在木地板上,没好气地问道。

石朴在电话那头带着羞涩说道:"我看到有女孩子家境困难,就给了她点钱,并开了个房间跟她畅谈人生理想。但警察叔叔不相信我。唉!"

"你说什么?你嫖娼被捉?"林静雯惊讶得不行,随手就把锤子放下了。

# 第二十章　鲸落

石朴当然不可能干出这种事，只是他听得出林静雯的状态很不对。

她这样的人，在传销窝都能跑出来；连德语也不会，不名一文，硬是去磨到代理权。

多少落魄低谷的时期，也没听说她要砸手机啊。这肯定是摊上事了。

可他在外地出差，一时半会儿也赶不回来。又担心她出事，所以找了这么个借口，分散她的注意力。

只要还当对方是朋友，听到这么个事，当然会先考虑接下来该怎么去帮石朴。

而石朴相信，他和林静雯再什么讲都是极好的朋友，至少他是这么认为的。

"你出什么事了？我听着，你比我还不好。"石朴在吸引了林静雯的注意力之后，向她问道。

在弄明白石朴并不是真的嫖娼被捉，林静雯也笑了起来。

毕竟，有朋友因为担心自己，不惜自污，无论如何，这都是真友情。

所以林静雯叹了一口气，就跟石朴说起自己母亲的事："我要有个兄弟还是姐妹，我真就把她拉黑了！"

因为家里只有她一个小孩，她硬不下心肠来，还是担心着双亲有什么头疼脑热的。

石朴静静听着她诉说，听她聊到一段落，便笑着问道："我多嘴问一句啊，你不要生气。"

林静雯想不通他要问什么会害怕自己生气的？当然叫他只管说就是了。

"我猜一件关于你妈妈的事，要是我猜对了，你下楼去买个新手机好吗？"

林静雯毫不犹豫就答应他了,因为石朴和她妈妈连微信也没加过,面也没见过,她真不信他能猜出什么事来。

"伯母年轻时应该很漂亮。咱们不客气地说,她跟你一样年纪时,不算化妆衣着,就睡衣素颜的话,估计比你漂亮。"石朴笑着这么说道。

林静雯闻言一震:"你怎么知道?"

"我们老家镇里,我该叫四婶的,也差不多是这么个性子,据说年轻时,就是电子厂的厂花。"石朴笑着这么说出原因,但他并没有接着去评论这种性子好不好,而是岔开话题对林静雯说道,"愿赌服输,现在才八点多,你下楼去华为或是苹果的专卖店里买个新的手机吧,把这个拿去修一下。"

接着他又提醒林静雯,做完资料转移,再恢复出厂设置,然后拿去换屏幕。

"修它干什么?"她没好气地呛声道。

石朴在电话那头沉默了两秒,试探地说道:"修好了,弄个新号码,别告诉你妈,只给身边要好的朋友。"

"多新鲜?双卡双待都出来N年了吧?2017年了呀,你是从2007年穿越过来的吗?"林静雯笑了起来,"我知道了,死忠果粉,哈哈哈哈。"

她笑得欢快,连扔在边上的锤子也被她随脚踢到床底下了。

于是她真的下楼去买了新的手机,然后还办了个新的号码。

"以后我就打这个号码,我刚在网上办成集团号了,打电话不要钱。"石朴记下号码之后,过了一会儿就打过来跟她说。其实他很担心林静雯,一个倔强的人崩溃了,往往会比平时就懦弱的人更容易走极端。所以他一直在努力找借口。

"业绩有时候需要一个周期呀,你不要太急。"他安慰着她。

然后跟她讲起一些在外贸生意上遇到的事情,聊着聊着,不知道为什么,聊到了杜长卿。

"杜总这几年似乎不是太好。"石朴想了想,这么说道。

其实他不想提的是,杜长卿去年元宵节时居然找他借了十万块。

能在中信大厦租一整层楼作为办公室的人,要找他借这点钱?

要不是刚好那天在线下开会,两人面对面,石朴绝对认为自己遇到骗子了。

不过他仍不肯说杜长卿的坏话:"希望他能挺过来吧,毕竟他帮过我,带我入行。"

"我听说，姓杜的偷税搞得很过分，麦兜她爹都跟他割席了。你离他远点。"林静雯这么劝说着石朴。她嘴里的"麦兜"当然是指刘书萱。

石朴笑着应下来，但却并不附和，他有自己的原则。

若是杜长卿触犯了法律，那该怎么处罚，自然有法律去办他。

除此之外，杜长卿的风评再差，石朴觉得他帮过自己，那自己最基本的，就别去附和别人说他的坏话。

不过杜长卿那样的人，石朴感觉，百足之虫，死而不僵，也许过阵子就卷土重来了呢。

渐渐地，林静雯放下了公司的烦恼，也抛开了家庭的琐事，心情慢慢地变好起来。

他们不知道聊到什么时候才停下的，因为林静雯是被石朴的呼噜声吵醒的——电话里传来的呼噜声。

他们的通话一直在继续，因为都插着充电器，结果到了第二天早上都没有挂断。

林静雯便无端地有些脸红了。

不过今天起来她感觉到元气满满。

阳光透过落地玻璃染在她身上，让她感觉自己也被太阳加持了力量似的。

她在客厅里走动着，一边刷牙，一边用免提拨通了软件工作室的电话："我有一个项目给你们。我们不是一家日化公司，我们是一家高科技公司。"

她这么对软件公司说道："我要做一个私域的物联网。"

如果她的构思能成立，每一台机器在什么位置，用了多少耗材，用户使用产品之后的效果……所有的东西都能直观地呈现出来。

但这样的项目是需要反复调试的，需要的经费和人手是一个可怕的数字。

"您要知道，这不比 OA 系统。"因为上一单的愉快合作，对方很郑重地应对着林静雯的需求，"不论是时间或是预算，都不是一个等量级的。"

林静雯漱了漱口："如果我收购你们工作室，作为我公司的 IT 部门，多少钱？"

"您……您在开玩笑吗？"对方一下子接受不过来。

这是人工智能 AlphaGo 打败围棋世界排名第一的柯洁的 2017 年。街头卖烤红薯的大爷都会递二维码出来收款的 2017 年。

她很清楚，与时俱进不是一句场面话，是企业在商场上生存下去所必需做的事。

几乎所有线下的拍卖会都不例外，装潢和设计上都在努力地让与会者感觉"高大上"。在金碧辉煌的拍卖会场，一群人在现场不断举牌，场边还有专门接收微信或电话的人员，来替不愿到场的神秘富豪喊价，而灯光下的拍卖师更是槌起槌落之间风光无限。

所有的一切都会让人莫名其妙地紧张，此起彼落的举牌更让很多人失去理智。

但对于穿着战术大裤衩、人字拖鞋的刘书萱来说，她很平淡地看着这一切。

因为这种场合，她来得实在太多了，来得多，自然就明白，这一切都不过为了一件事。

她旁若无人地点着了一根烟，人字拖趿着脚上，一抖一抖的，像是看着马戏表演的看客。

但她模样可爱，又白净，看着倒不显得邋遢，反而有种很强烈的反差萌。

"小萱，好久不见。"走过来跟她打招呼的是有一段时间没去她家里的杜长卿。

看上去杜长卿光彩依旧，定制的意大利西装，修剪得体的须发，以及那恰到好处的笑容，成功人士和资本大佬这样的标签几乎已经写在额头上。

刘书萱起身，笑着跟他握了手："卿叔。"

其实她一点也不意外会在这里遇上杜长卿。

这个拍卖会的组织者跟刘父有不浅的交情，杜长卿当然也知道这一点。而刘父又想避开杜长卿，所以才让她替代自己来出席这个拍卖会。

"小萱看中什么了？"杜长卿坐在刘书萱旁边的椅子上，笑着向她问道。

刘书萱摇了摇头，吸了一口烟："这种地方，本质就是让人不把钱当成钱。"

所以她就算看中什么，也不愿在这里出手，然后她向杜长卿身边的助理说道："你出门右转一直走，第二间连锁便利店，'全家'还是'番茄'来着，帮我买碗鱼蛋。"

不用杜长卿开口，这位也跟着去过几趟刘家的助理，马上就踩着高跟鞋匆匆而去。

"卿叔，有事啊？"她拿出烟，递了一根给杜长卿，很直接地向他问道。

她让他的助理去买鱼蛋，就是为了直接说话。

台上不知道在拍卖什么，身边有人不停兴奋地站起来举牌子。

杜长卿接过她递来的香烟，点着之后吸了一口，似乎有点难以开口。

她从大裤衩那许多口袋里，掏出一个空的口香糖铁盒，在烟头按熄之后，扔进盒子里，扣上盖子，重新揣进裤兜："冇事？咁我走先啦。"

"等一下。"杜长卿叫住了她，犹豫了几秒，终于开口，"卿叔手头有点不方便。"

刘书萱就笑了起来，重新坐下，掏出手机，快速地发起一笔转账。

"孝敬你的，不用还。"她按下确认键，这么对他说道。

杜长卿的手机响起提示音，他一看，脸色就有点难看了。

八千块，刘书萱给他转了八千块，还有留言：给卿叔的酒钱。

但他开口是为了这点钱？

"小萱，不要玩了，这样，卿叔手头紧，能不能借一百个给我？两个月就够了。"杜长卿有点无奈地开口，他望着刘书萱，满带期待。

刘书萱没有说话，打开手机，把屏幕移到杜长卿面前，屏幕上是她的工资单。

拍卖会的人潮一下子静了下来，有一件拍卖品确定了归属，而现在，拍卖师在介绍下一件拍卖品。她抖出一根烟叼上，这一次，她没有递给杜长卿了："卿叔，我在横琴工地风吹雨打，拼死拼活，一个月奖金什么的加一起，都是这一万六啊。你开口，我转八千，讲得过去吧？你不要就别收啊，24小时后会自动退还的。"

"石朴一个刚进城的乡下仔，你都肯投五十万。"杜长卿脸上恢复了笑容，历经商场风浪的他能经受得起打击，甚至是羞辱，他一点也不介意把自己放得很低，低到去跟石朴做比较。

但刘书萱并没有被他打动："卿叔，那么我投那五十万，到现在赚了没有？"

尽管杜长卿当时很快就抽走资金,但石朴的经营情况杜长卿还是大致有数的。

刘书萱那五十万不是赚了没有,是这几年下来,保守估计翻了至少二十倍以上。

她是石朴的大股东,石朴自己分到的钱要远比刘书萱少得多。

所以这话问出去,杜长卿还真的被呛得没话说。

而她的言下之意很清楚,杜长卿不值得她投资,她在用自己投资的眼光来背书这态度。

杜长卿苦笑着摇了摇头:"那个潮汕妹不是投资吧?你当年帮她做几次商业调查,也花了几万欧元吧?"

刘书萱吐出一股烟雾,点头道:"她是我朋友,不一样的。"

"她永远不会开口向我借钱,卿叔,你信不信?卿叔,光是嘴上说没用的。"

杜长卿皱起眉头,他知道刘书萱说的是什么,这也是刘父回避见他的根本原因。

那就是前两年刘父主动去补了几个亿的税,而向来嘴上很佩服刘父眼光的杜长卿,在刘父提醒他若干次之后,仍然没有跟着去补税。自此之后,刘父就有意识地远离他了。而这几年下来,证明杜长卿至少有一件事是说对的,就是刘父的眼光确实可以——如果当时他听从刘父劝告去补税,就不至于今时今日这个地步。

这时刘书萱再次掏出那个口香糖的盒子,把还有半截的烟熄了扔进去,她明显准备走了,不想再跟杜长卿聊下去了,但杜长卿望着她,眼里有着无法开口的期盼。这时高跟鞋的声音响起,他的助理匆匆跑了进来,拿着一碗热气腾腾的鱼蛋,脸上的妆都花了。

又有一轮拍卖的高潮哄然而起。

刘书萱接过那碗鱼蛋,吃了两粒,叹了口气。

她指了指杜长卿手上的手表:"卿叔,鹦鹉螺呀,借我看一下?"

拿过杜长卿递来的百达翡丽手表,她端详起来。

过了十分钟,她抬起头用粤语说:"坚嘢。"

也就是,这手表是真的。

"卿叔，让给我玩玩吧？"她这么问道。

杜长卿微笑着点了点头："你喜欢就让给你嘛。"

刘书萱重新拿起手机，分几次给杜长卿转了五十万，全都备注了：购买手表款项，甚至连手表的编号都在转账附言里写得明明白白。

拍卖场里人声鼎沸，大约是因为某幅画的出场，看起来，真的是让人不把钱当成钱了。

刘书萱在肾上腺素飙升的拍卖场里淡然起身，对杜长卿说了一句："先走了哦。"

然后她随手就把手表揣进大裤衩的某个兜里，就这么甩着马尾辫走了。

女助理用手机上网查了一下，发现这款手表公价二十几万，她笑着对杜长卿说："刘家还是有人情的。"

她原来只是杜长卿公司人事部的文员，在杜长卿的大厦将倾之际，身边的助理、高管纷纷离散。最后硕大的集团行政部门里，只有她还留下来，尽力地帮忙处理一些事务，裱糊着公司的体面。

当初杜长卿鲜花着锦、烈火烹油的时候，她并没有跟着见识过，所以她这话说出来就露怯了。

其实百达翡丽采取会员制，新用户只能购买入门级款式，即便后面有权限了也不一定能买到，因为专柜普遍缺货，购买还要预约，周期长，可能要等到三到五年才能买到，购买难度大，二手比新表贵是正常现象。

刘书萱给的只是一个公道的二手价格。

杜长卿望着助理，想说什么，但终于没有说，只是长叹了一声，给她转了十万块："换个手机号，自谋生路吧。"

然后他起身离开，摆手示意助理不用再跟着他了。

在酒店门口，杜长卿打开车门坐进宾利慕尚里，示意司机开车，然后打了个电话出去："石总吗？我是杜长卿，有没有空出来喝茶呢？好，那一会儿见，我把定位发给你。"

杜长卿闭上了眼睛，长叹了一声，从来没有想过，自己会艰难到这样的地步。

其实如果不是银行担心他败落得太快，然后完全无力还贷，那些巨额贷款成为死账，那银行现在就可以收走他的房子和汽车，事实上这些都属于银行的抵押物。但即时到了这种地步，杜长卿也没有失去自信。

他是从泥泞里起来的人物，不是那种所谓出生就含着金锁匙的世家子弟。

从一个下岗工人，南下闯荡，在陌生的城市里建立人脉，一步步建立自己的商业帝国，哪有什么侥幸？这里面多少次失意落魄他都经历过，所以，杜长卿觉得，没有什么能击垮他。

当杜长卿走进白天鹅的玉堂春暖餐厅，石朴已经坐在那里等候他了。

如果在广州喝早茶，要找一家可以闭着眼睛随便点单，而每份点心上桌之后都一定有及格线以上水平的餐厅，大约玉堂春暖就是为数不多的一家了。但石朴和杜长卿这一桌，如果让外面等位的食客看见，脾气不好的恐怕要骂人。

因为他们坐了二十分钟，点了一桌的点心，可就是没有人动筷子。

杜长卿在寻找合适的机会切入正题，而石朴在等着杜长卿进入正题。

在来之前，石朴就接到刘书萱的电话了，告诉他杜长卿可能会找他借钱，而且明确告诉他，作为大股东，她不允许石朴调用公司的资金借给杜长卿："时代变了，卿叔那一套行不通了，借给他一块钱都是亏定的。"

又聊了五分钟之后，杜长卿决定还是直接入正题："石总，我近来手头不太方便。"

石朴松了一口气，终于到这茬了。

他一直认为杜长卿是对他有恩的，就算当年给过他所谓的"小考验"，但毕竟他没签，杜长卿也没逼他非签不可嘛，所以石朴总还是感激杜长卿带他入行，教会他如何做外贸生意，给他介绍人脉，当时还给他投了一笔钱，等等。

所以他没有让杜长卿难堪，更没有提之前杜长卿借了那十万块，到现在没还的事。

"您叫我名字就行了，杜总，我能拿出来的只有五十万。"石朴很诚恳地对他说道。

他手上的现金真的就只有五十万出头。

其实这边情况杜长卿也知道，大部分的股权并不在石朴手上。

听着石朴的话，杜长卿点了点头："感激。"

看着石朴拿起手机开始转账，杜长卿就拨了司机的电话，让他上来一趟。

杜长卿公司还有一辆车，奔驰的S500，2012款的，只开了不到五千公里。

毕竟在他当年风光时，在车库吃尘的车那真不是一辆两辆。

"这辆车的手续跟公司没瓜葛，没事故，也没有任何抵押，各种证件都在手上。"杜长卿对石朴这么说道。

然后他跟司机吩咐，让他陪着石朴，现在就去车管所把车过户了。

虽说车管所也要排号，但一定要办，总能找到空闲的车管所，或是找到插队的办法。

石朴听着连忙拒绝，因为这个车放二手市场上，怎么也不止五十万啊！

不但公里数少，也没重大事故，而且这种放车库吃灰的车，基本就是准新车了，八十万恐怕都下不来。

杜长卿起身，伸手拍了拍石朴的肩膀："为啥要让最后还愿意帮我的人吃亏？你说别喊你石总，那成，兄弟，你最后让大哥在你面前告别得体面些。"

话到这里，石朴也不知道再怎么说，想来那车有什么毛病，可能是杜长卿处理不掉吧，也就没有再推辞了。

杜长卿跟司机拿了车钥匙，就独自离去了，真的走得极为体面。

出乎石朴意料的是，这车真的一点毛病也没有，当天就过了户。

陪他去办手续的司机表示，如果石朴不喜欢这车，他愿意出一百万接手，这样他再卖给二手车行，还能赚个十来万。

石朴真的觉得心里很不安，因为他知道杜长卿的情况不好，所以咬牙又把基金全卖了，又凑了三十万给杜长卿转过去。

杜长卿直到第二天中午才收了钱，然后发了个信息给石朴："你听说过'鲸落'吗？"

鲸落，是指鲸鱼死去沉入海底的过程，而一头鲸的尸体可以供养一套以分解者为主的循环系统长达百年。杜长卿是喻指自己的没落就如鲸鱼在大海里的死去，就算死去，尸体也足够让那些微小企业啃上很久了。例如石朴这样的小公司。

"过来吧，我给你介绍个朋友。"杜长卿发了一段语音，有着无尽的落寂。

石朴应邀而去。但出门时，阳光照在身上，却让他眼眶莫名有些发红。

他想起那天自己穿着保安服，走进杜长卿的办公室，离地面四百米的阳光，透过玻璃幕墙，照在地毯上，那么温暖，那么充满希望。

第二十章 鲸落

## 第二十一章　剧本杀

　　生意场上总是有起起落落，不论是曾经叱咤风云的杜长卿，还是街角的五金店或是烟酒铺子。在林静雯开始给童敏送爱马仕包的时候，在石朴的生意越做越大时，不但杜长卿过得不好，李建南也同样经历了挫败。

　　"那年带我老婆去武夷山看雪，不对吼！"李建南坐在路边，从那包中南海里抖出一根递给刘书萱，但她摇了摇头，表示自己戒了。

　　不过她对于为什么李建南带媳妇去看雪会不对，倒是很好奇。

　　李建南点上烟，比画着："吼，我没讲什么书吼，听人讲啊，雪就是屎呀！无彩头！"

　　他连续说了几次，刘书萱一拍大腿："你是说 shit？"

　　看着他点起头来，刘书萱感觉这联想水平真的太强大了。

　　她这几天请假回来帮家里处理一些事，例如前些天替她父亲去拍卖会一样。

　　刚才她去公证处办完事，出来想打车，结果遇到了送快递的李建南，于是就聊了起来。

　　李建南在淘宝的童装生意被恶意差评，又被同行故意退货，亏得厉害，从前年底开始渐渐地做不下去了。他说着笑了起来："阿朴仔说，潮汕妹总是坚持吼，大家都不看好她，她还是坚持。我也坚持吼。"

　　但并不是所有的坚持都有好的结果。

　　"你要继续坚持抽烟，肺活量就会越来越差。"刘书萱耸起肩膀摊开手，似乎刚才在酒店里抽烟、现在兜里的口香糖铁盒还装着烟头的人跟她毫不相干。

　　不过这道理倒是没毛病的。

因为李建南一直仍在坚持，结果坚持到去年底，把前几年赚的都亏得差不多了。

"不回去，广州机会多啊！"说着李建南又笑了起来。

李建南努力地求生存，把房子租到火炉山附近，跟别人合租两屋一厅，省钱。

他媳妇中专是读卫校的，当时毕业后就考了护士资格证书。先前一直帮他做淘宝生意，这下童装做不下去，就去医院里应聘护士，因为基本功扎实，人也吃苦耐劳，倒是很快就找到工作——毕竟仅是广州就有几万的护士缺口，整个广东据说有十几万护理人员缺口。

而李建南自己，就找了一份送快递的工作。他对快递不陌生，以前做淘宝不忙时，他也试过兼职快递，现在是全职。

"我不怕跑，我送三家快递！一个月能赚一万块！"李建南提出，中午他请刘书萱去吃真功夫。

刘书萱很开心："耶！好啊，认识好几万年，终于蹭到一顿饭了！"

但过了一会儿，她的电话响了起来，家里有事在催她过去，她就很无奈跟李建南告别。

因为中午她是真的有事，她要去相亲。

当刘书萱走进文华东方酒店的西餐厅，就看到那一身西装的相亲对象坐在那里。

他并不难看，至少眉清目秀，除了发际线略高一些，其实也在刘书萱可以接受的范围。可是不知道为什么，刘书萱就觉得很滑稽，就如同一场闹剧里的角色。

不过她还是坐下了，准备欣赏对方的演出。

这就是她对于相亲的看法，欣赏每一位相亲者的表演。

她看了许多场，几乎每一场都能找到让她欢乐的点。从以前的"哈根达斯"，到现在刘母从"珍爱网"上找来的这些对象。

刘书萱把烟掏出来扔在桌上，尽管这里不允许抽烟，她也不打算在这里抽。

"你看《明星大侦探》吗？"他突然笑着这么说道。

他指的是去年芒果台开始播放的综艺节目，自那开始，剧本杀开始逐渐取代线下聚会里狼人杀的地位。她点了点头，这是一个她没有听过的开场白。

"你玩过剧本杀吗？"他这么问道。

相亲对象的意思是，他们坐在这里，似乎在玩剧本杀的博弈。

他指了指她扔在桌上的那包烟："这是你的角色身份设定吗？"

她笑了起来："对，我还喝酒，练搏击，不做家务，但我是个好女孩。"

这让他也笑了起来，不过刘书萱看得出来，他笑得很小心，并且还有点附和的意思。

"我家里的环境不是太好。"男人说着，有些气馁地扶了扶眼镜。

刘书萱感觉，自己似乎在经历一场面试，而她就是面试官。

这让她感觉很差，她不喜欢这样的角色。

招手让服务员过来点了餐，然后她抬起头，望向他："王者荣耀有星耀吗？"

"啊？"男人本来在考虑，怎么把自己的情况真实而又婉转地表达出来，没有料到，她突然抛出这样的问题。

他再次扶了扶眼镜："上个赛季，上个赛季还星耀的，这个赛季没打就降级了。"

"平时玩什么？拳击？巴柔？泰拳？还是跆拳道？反曲弓还是兵击？"她又这么问道。

但事实上，每种爱好都需要时间，更需要花钱去请教练和买装备，正常上班族，除非本身很有天赋又自律，不然很难有时间去应付这一切。

所以男人的脸上就有种窘迫的神色："这……这个以前上学玩过，现在太忙，就顾不上了。"

"那 MMA 规则吧，吃完我们找个拳馆切磋一下，我四十八公斤，你应该七十五公斤左右吧？要一回合没法 KO 我，那你水平也太次了。"她突然快乐了起来。

尽管没有练习过她说的项目，但都是名校出来的，理解能力肯定没问题，男人能听得懂她的意思，男性对女性本身在搏击上就有天生优势，何况这重量还差这么多，她说的逻辑上一点毛病也没有。

除了一点，他其实根本没练习过任何一种搏击项目。

他的话便少了，不知道为什么，他之前想好的话术就一下子施展不出来了。

一年有四十来万的收入，在广州交了首付之类的，但因为自己的实际情况，每个月得有一万多的固定支出，希望要是两人看对眼了，能在房本上添上她名字，然后大家一起交房贷等，感觉全部都没法提了。

刘书萱却很快乐，这顿饭她一直很快乐。以至于林静雯给她发语音时，都禁不住问她："你怎么了？啥事这么开心？"

她没回答，但挂断之后，她给林静雯发了一条文字信息：等会儿虐菜。

虐菜，当然快乐。

她不想因此跟母亲产生不必要的对抗，那么戏耍相亲对象，让他们知难而退，就是她的唯一选项了。

更何况，可以虐菜。

这世上一般意义上的爱好和兴趣，如果每周都保证能约到全国锦标赛前三名的选手当私教，给自己上三四节专业课，然后打两次实战切磋，坚持两年下来，再没有运动天赋、再笨拙，在"票友"里面，怎么也能是个中上水平。

何况刘书萱这种学霸，跟笨拙向来没有什么关系，大学时短跑还拿过校运会女子第一名，所以有钱、聪明、有天赋又自律的她，在搏击业余爱好者里，按她的重量级，水平基本算是顶流了。

七十五公斤的相亲男，尽管戴着护具，上台没有三五秒就被击倒了。

刘书萱没有打对方的头部，戏耍菜鸟可以，总不能让人鼻青脸肿，这不是道理。

所以她出拳都是击打胃部和两肋，可是不到两分钟，男人倒下七八次。

但他一次又一次艰难地爬起来，尽管刘书萱看出他并没有什么基础，但他就像打不死的小强，中间有一次都吐了，还是示意继续。

刘书萱不忍他再坚持下去了，用了一个裸绞降伏了对方。

"她要用你戴的10OZ拳套，第一次击倒，你就爬不起来了。"被拉过来当裁判的女教练笑着对相亲男说道，她拍了拍相亲男的肩膀，"不过哥们你敢上台，是条汉子，有空过来办张年卡，一起练啊，我给你打八折！"

刘书萱把护齿吐出来，驱赶着教练："不要每时每刻都在卖卡和卖课行不行？"

坐在拳台边上，她递了瓶水给相亲男。

她一下感觉不知道怎么开口了，他真敢跟她来拳馆，还真敢上台，这是以前从没发生过的事，一般换好衣服上台，相亲对象看着她跟拳馆教练之熟稔，就都借故逃离了。哪想到今天这位这么倔强，不但没跑，还真上台了。

结果现在，刘书萱就有点不好意思。

而男人接过水，也沉默着，其实他也想过找借口逃离的，但想想自己有这么大体重优势，又在吃饭时百度了MMA规则，发现不限摔跤的，想着拼着挨她两拳，不到百斤的软妹子，有什么力气？挨两拳直接冲过去把她按倒在地还不成吗？

没想到，就真不成，都扑不着人。

而且软妹子就算戴了16OZ的大拳套，打在身上依然很痛。

他也有点不知道怎么开口。但看着刘书萱坐在擂台边晃着腿，他犹豫了一下："你经常练拳啊？"

她点了点头："这几年工作忙，周六日来转转吧。"

"你怎么会喜欢这运动呢？是不是生活中有什么东西，驱使你去做这样的选择？"男人大学毕业后曾在报社工作过一阵子，不知道是被她那几拳打蒙了，还是裸绞导致的缺氧没缓过来，不知不觉就带入了采访的氛围。

但坐在拳台上的刘书萱听着就觉得好玩了，那眼睛都亮了起来，马上自己加戏，长叹了一声，望了他一眼，又低头盯着脚上的人字拖："唉，压力很大。我没有兄弟姐妹，而且我几位叔伯姑母，因为自己的问题，都选择丁克，到时我得给他们养老呢。我就没把自己当成女孩，不允许啊。"

她说到这里，转头又瞄了他一眼："我上班，就在横琴的工地，建筑工地。"

聊成这样，她觉得，男人该找个借口走了吧？

但男人听着，一脸的愕然，感觉她竟然艰难到这种程度，他已经脑补出来，她的叔伯姑母大约是残疾吧？但他却又佩服她的坚强："社区没有补助吗？应该可以申请一些困难补助的，如果你有这个需要，我可以跟你一起去问，应该有的。"

在报社工作过，一些基层的东西，男人是真的知道。

但她怎么可能让他去帮忙申请困难补助？于是就连忙岔开话题："不困

难！我家不困难！谁说我家困难呢？我们还算宽松的。"

他看在眼里，觉得那是在生活里艰难挣扎的人最后的尊严。所以便没有再劝，喝了一口水，转过头望着她："我家环境也不好，黄泛区你知道吗？"

黄泛区，就是黄河泛滥的地区，在某些年代，往往会有歧视的眼光。

他说着自己的家乡，说着自己的童年。

在镇里的中学读完初中，然后凭着全县第一的成绩，上了县里的高中。

"但我家里连让我去大学报到的路费都凑不出。"他苦笑着，毫不回避自己的窘迫。

这种坦诚便让她听得出真诚来，还有敢于直面自我的勇气。

男人又说道，他是依靠助学贷款和好心人资助才上完大学，于是他现在工作有钱了："资助我的好心人是真不图回报的，从我大学毕业前夕就跟我断了联系。我想，我报答不了他，总得回报社会吧？所以，我得帮那几个我资助的孩子上完大学。"

他每个月得有一万多块支出，这就是原因。

她感觉这人至少人品还行。

"不过，我不是凤凰男啊，我怎么对我父母，就怎么对你父母。"他很诚恳地说道。

刘书萱一下子就从拳台边缘跳下来了，仰头望着男人："哥们，你是不是连小孩名字都想好了？咱第一次见面好吗？"

男人听着，一下清醒过来，揉着鼻子，尴尬地说道："不好意思，我不是那意思。"

因为成长的过程里，他遭受过太多歧视的目光了，所以他很在意别人以为他想占便宜，所以他很急于把自己并不想占便宜的心理表达清楚。但明显，这话绝对不应现在来提起，这看着八九成还是让刘书萱打蒙了。

一起在拳馆楼下等车，男人鼓起勇气，这么向刘书萱问道："下周我想去看《变形金刚：最后的骑士》，买多了一张票，你有空一起吗？"

刘书萱皱起眉头，往后缩了一下，望着他一脸嫌弃："你要是《猩球崛起3》买多一张票，我还能考虑一下。"

男人一脸的惊喜："是的，是的！《猩球崛起3》也买多了一张票！咱们、咱们负担都重，就不要浪费呀！"

刘书萱望着他，摇了摇头："负担重？那怎么老是多买票？不靠谱。"

说罢她挥了挥手，快步跑上了旁边到站停靠的公交车。

男人望着远去的公交车，马上掏出手机在网上订票，然后把订票的信息发给了刘书萱。

过了一会儿，微信响了起来，是刘书萱的回复："再说吧。"

"耶！"他握着拳在街边欢呼，快乐得像个孩子。

坐在茶馆里的杜长卿看着石朴进来，起身向他介绍着边上的女士："这位是张总。"

竹制的窗格，紫砂的茶具，映衬着一身旗袍的张总愈加靓丽。

这就是他要介绍给石朴的朋友了。

杜长卿又跟张总介绍了石朴，后者当然就很客气地跟张总互相添加了微信。

按着杜长卿的介绍，张总在法国开了一个装修公司，现在拿下了一个剧院的项目。

"反正总得要石板，找谁拿不是拿呢？"杜长卿伸手这么说道。

接下去的事情就很顺利了，张总跟石朴开始聊项目上所需要的石材需求和规模大小。说到后面，各自都打电话回公司，让助理打印了合同过来接着聊。

"你们自己谈，我只是介绍你们认识，现在，我也没能力给大家背书了。"杜长卿很光棍地这么说道，然后在双方的助理带着合同过来之前，他就自行离开了，很有种英雄落寞的感觉。

这不由得让石朴更为感动。

当天的下午，合同就愉快地达成了，并且完成了签订。

而且张总对石朴说道："杜先生这么推崇您，我现在就把定金付了吧。"

正常来说，这应该有一番流程要走的，要去看看样品，要去看看工厂等。

她马上就按这笔四十万欧元的合约，给付了百分之二十的定金。

没有什么比定金到账的提示音更让人放心的。

"杜先生哪怕退出商界了，他也仍是我的恩师。"张总这么对石朴说道。

所谓天有不测风云，人有三衰六旺，但杜长卿在如此低潮落魄之中，还能做到这一步，不由得石朴不动容。

他在跟张总约定了时间去看工厂和样品之后，离开茶馆就给杜长卿发了微信，表示感谢，并把张总给的定金发了一半过去。杜长卿现在手头紧，就正常情况下，人家有本事给介绍成这样，不用看工厂和样品就能付定金，那这百分之十的钱也是人家应该拿的。

但杜长卿很生气，不但没有收钱，而且第二天直接就把石朴拉黑了。

虎死不落架，这四万欧元，大约是让杜长卿感觉受了侮辱。

石朴后面打了好几个电话道歉之后，杜长卿才把他加回来。

其实如果刘书萱也跟着石朴一起去见杜长卿的话，那就会发现，张总就是那天给她跑去买鱼蛋的女助理。

可是就算认出张总就是女助理，又如何呢？石朴可以从一个保安出来创业，林静雯可以大学没毕业就计划将来，为什么杜长卿的助理还不能去做点外贸生意呢？

"好好看样品，好好看工厂。"杜长卿把他们拉在一个微信群里，郑重其事地对张总说道。

同样地，他也对石朴叮嘱："好好核实相关的资质。如果是以前，这事真的不值得我再三跟你们讲，但现在不是以前，我重复一次，我没能力给你们背书了，所以，你们得按正式的流程去做！"

于是在杜长卿的催促下，石朴很快就带着张总，去广州钟村那边的仓库看样品和厂房。

张总也提出了详细的需求，她甚至拿出跟国外剧院的合同，按上面甲方对她的要求来对照石朴这边的样品，得知这种品质的石材可能会从石朴家乡的工厂发货，又提出要去那边工厂考察。

如果一个什么也不懂的人很好说话，那只能说他性格好。但这么一位严谨、专业的人士，却因为杜长卿的关系，什么也没见到就先付定金，这么一对照，就更显得杜长卿在商界的地位，以及他准备把自己的资源用来扶持石朴，是真实且感人的。

接下来，样品确定之后，就是加急生产板材了。

本来加急是要额外付费的，但冲着人家连样品也没有就敢付定金，石朴也不计较这些了。他直接就让工厂把其他的货期往后推，先做这批石材。

"其实如果我是你的话，五十万买了他这辆车，我就转手卖给车行，白赚几十万。"跟他出来喝咖啡的林静雯笑着这么说道，"我总感觉咱们在杜总面前就是小白兔。"

石朴一边在 iPad 上改着他的硕士论文，一边头也不抬地说道："至于吗？"

"你跟麦兜说起这事了吗？"林静雯向他问道。

但石朴感觉刘书萱对杜长卿是有偏见的，他觉得刘书萱有自己的理由，但他也有自己的理由去尊敬杜长卿，这位曾经在他什么也不懂时带他入行的大哥。

"站在中立的角度，你觉得这事有什么毛病吗？"他向林静雯这么问。

而林静雯咬着嘴唇想了半天，摇了摇头："这种外贸我不懂啊，就算有猫腻，也不是我这外行人能明白的。"

石朴笑了起来，保存了 iPad 上的论文，并把它发给自己的导师，也借此岔开话题："当年怎么也没想到，我还有读研究生的一天。"

的确，回头七年以前，高中知识都是空白，来了广州只能去面馆当学徒的石朴，他当时希望的，也不过是学会做竹升面、炒牛河和虾饺，然后回家乡小镇开一家正宗的粤式餐馆罢了——不，粤式大排档。

那时这就是他的终极梦想，没有人能想到，他能走到今天这一步。

"要不，咱们一起去看阅兵吧？"他向林静雯提议起国庆的行程。

其实小长假，林静雯是不愿回家面对母亲的，所以她眼看就要答应了。

但这个时候石朴的手机响了起来："石总，法国那个单子出问题了。"

法国的单子目前正在进行的，就是张总那个单子。

石朴愣了一下，向电话那头问道："哪个环节？"

"货都到了一个多月，甲方不提货啊！"负责这个单子的项目负责人无奈地这么说道。

而让他打电话给石朴的原因，是他联系不上张总了。

货到了不提，就会产生堆栈费用，而这对于石板材来讲，不是一笔小钱。

"别慌，你有去张总公司联系对接的人员吗？"石朴沉声问道。

# 第二十二章 毫无破绽的逻辑

项目负责人当然有去联系过，但是得到的答复却是："张总的公司破产了。"

在石朴这批货还在海上，大约快到法国时，就已完成破产结算。

现在理论上按合同来讲，她付的定金就是违约赔偿金。她承兑的汇票当然就没办法兑现了。

这批货，现在所有权是石朴的。

"要不，咱们运回去？"项目负责人苦恼地问道。

石朴听着脑袋都要炸了！

远洋运费和转栈费用，绝对不是一笔小钱。而且这是严格按张总那边要求生产切割的石板材，运回来卖给谁啊！谁要啊？

石朴让身在法国的项目负责人先等等，他挂了电话，马上就拨给张总，但始终没有人接听。

林静雯在边上按住他的手："别慌，冷静下来，没事的，冷静。"

石朴深吸了一口气，对着林静雯点了点头，然后给杜长卿发了一个视频通话，隔了三四秒杜长卿就接通了电话，看视频里的背景，他似乎在参加某个讲座之类的活动。

"杜总，您能联系上张总吗？"他把情况简要跟杜长卿讲了一下。

四十万欧元，就是三百多万元人民币啊，这对石朴来说，是很大一笔钱了。

视频里的杜长卿点头道："我应该能联系得上，前几天，她还给我寄了些红酒过来。"

"你们没走信用证流程吗？当时我派督导组带你，应该有给你讲过案例吧？"杜长卿长叹了一声，拍了拍自己的额头，"这是很典型的案例，你怎么能犯这样的疏忽？"

一时之间，石朴不知道怎么回答他的问题。直到杜长卿挂断了视频通话，石朴都愣在那里，他不知道如何反应才是。

很快，刚才石朴打过去无人接通的电话就回拨了过来，张总的声音仍如以往一般轻柔："石总，杜先生这样的人物都有衰败的一天啊，我公司这是实在经营不下去了，该支付的赔偿我也支付了，我也不想的啊。"

不知道是她的普通话夹着一点苏州口音，还是她说话的习惯，总之听上去很平和，没有什么棱角的一席话。

但石朴却说不出来一句反驳的话，因为人家在理呀。

石朴最后只能苦笑着说道："张总，那剧院的项目肯定转包给其他人了，您能不能帮我联系一下，看看他能不能把这批石材吃下？咱们割肉让利也行啊！"

出乎意料，张总并没拒绝，很爽快给了他一个电话号码和邮箱。

当石朴想联系对方时，林静雯喊住了他："我查一查。"

结果林静雯上网查了一下，发现这电话和邮箱的确就是法国当地城市的装修公司。

但石朴跟对方联系之后，对方表示他们已经有供货商了："如果你愿意一分钱不要白送给我，那我不介意去码头把石材拉回来。"

石朴当然不可能白送给他啊。

挂了电话，石朴气得吼了起来："我操！"一下子就把手边的咖啡杯直接扔在地上砸了个粉碎。

结果店员还没过来，马上就有人拍照："渣男！要打女人是吧！给他传上网！"

如果不是林静雯站起来努力给他澄清，真传到公共平台上去，那所谓三人成虎、众口铄金，恐怕石朴当天就社会性死亡了。

石朴的情绪真的很不大对劲。

林静雯拖他进电梯，走进地下停车场的时候，根本就不放心他开车："别跟我说什么没事，你上我的车！"

要不看他这模样，真的会随时因为路上一点什么事就路怒。

车子平缓地驶出地下车库，坐在副驾驶座的石朴看着窗外，一句话也没有说。

林静雯开车从黄埔大道下了内环。大约是受台风的影响，莫名地就下起雨来了。

雨刷器左右地摆动着，石朴看着那雨刷器，感觉如同是扭动屁股在嘲笑自己的小丑，如果是他自己的车，他真的会一拳砸在玻璃上，所以他转过头望着林静雯："谢谢。"

她没有跟他搭腔，车子慢慢地在车流里排着队蠕动向前。

黄埔大道在花城汇这块向来都拥堵，有一辆法拉利 812 在边上的车道，可怜那 V 型 12 缸发动机，零到百公里只要三秒的加速时间，一切全都无从施展，只能跟着它前方的五菱面包车，在雨里慢慢地挪动着。

她仍然没有望向他，只是轻轻说道："三百万，成本总不到三百万吧？亏了这单，你也不会比刚到广州时更难。"

这是大实话，虽说会很痛，但毕竟石朴的公司做起来了，不论是家乡三叔那些乡亲，还是刘书萱，这些股东都还是很信任他的，钱再赚总会有的。

石朴摇了摇头："不是钱的问题，唉！"

他绝大部分的痛苦和愤怒都不是因为这单生意的亏损。

在这六七年里，一路跌跌撞撞，从林静雯那边退股抽钱的那一次，比这笔损失可大多了，而且当时他还是新手，但也没有失控到这地步。

但他想了想，又苦笑道："好吧，是钱的问题。"

林静雯犹豫了一下，伸出自己纤细的右手，按在石朴宽厚的手上，轻轻拍了拍，然后稳稳地挂上了 D 挡，拥挤的车流动起来了，当越过了十字路口，再往右上了猎德大桥，便畅通了许多。

在车窗外飞逝向后的景物里，石朴似乎看见过往的时光在流淌，又过了三个红绿灯之后，他才缓过劲来："前些日子，我妹很喜欢的一位演员，说自己为了看懂医学书籍，去看了诺贝尔数学奖获得者的小文章，然后我们都知道，诺贝尔并没有数学奖，结果我妹气得哭了一晚上。当时我觉得她好幼稚，现在发现，其实是可以共情的。"

他拍了拍自己的脸颊，笑了起来，摇了摇头。

马上就到他办公室所在的大厦了，石朴对林静雯说道："在路边放下我就可以了。"

道别之后，他就快步走进了办公室所在的大厦，不可避免地淋了一些雨。但石朴觉得，这对自己来说不算是太坏的事。

曾经他觉得，离地四百米的阳光，会更加难得，更加灿烂。而今天终于发现，这样的太阳雨，地上的每一滴雨珠，都映射着太阳的光芒。这便不枉湿了衣衫。

在罗湖区新老街区交汇处的深圳君悦酒店，所谓"跟深圳这座城市一样摩登动感"是它的宣传理念，时装发布会、新品推介会、产品招商会之类的会务，往往会选择在这里，也在情理之中。

童敏今天过来这里，就是收到艺术圈里客户的邀请，过来欣赏一场时装发布会。毕竟这几年来，她在广告圈里也有不错的评价；加上有着林静雯那边的分红，让她面对客户时，有时忍无可忍，便敢说出一些硬气的话，所以倒是颇有一些知名度。何况，颜值身材确实又好，搞艺术的同行往往愿意跟她来往。

因为她懒得开车，要迁就男友上班的时间，所以便来得有点早。

"不是有点早，是实实在在早了三个小时，你不愿开车，自己叫车不好吗？"男友在快到目的地之前的红灯路口，很无奈地向她问道。

她很无所谓地摊开手："我可以逛逛嘛，也许买杯奶茶。"

男友简直无语了，他感觉童敏很可能就会在附近找个奶茶店，坐上三个小时，然后喝上十来杯奶茶——自从她在他面前喝第一杯奶茶开始，似乎伪装被揭开，原形毕露了，现在那奶茶的摄入量，真达到了让人惊讶的地步。

"我很担心你的血糖，你要真的只是逛逛才行，不然的话，我把会议推一下，陪你一会儿。"

童敏有家族遗传糖尿病史，尽管她现在一点事没有，但家里几位长辈都是糖尿病引起的并发症，有器官衰竭透析度日的，有因为血糖过高导致要截肢的，等等。所以男友很担心她："要不然，我跟你姐投诉了！"

他说的姐，指的不是童敏远在北方的亲人，事实上，她的姐姐也很难规劝童敏什么。能训童敏的人，她男友嘴里的姐，那就是在广州的林静雯了。

说话间，车已到了酒店门口，童敏皱起眉头挥了挥手："行了，别矫情了，跪安吧！"

她进了酒店才发现，真的来得太早了，早到这边时装发布会场的门都没开。

本来她真的想找个奶茶店待着的，但想想一会儿男友回去看她步数不对，就会抢她电话，去跟林静雯投诉，她决定还是走上几步。于是转来转去，就转到边上一个产品发布会的会场。

这是一个做化妆品的厂商新品发布会，看上去很下本钱，不单是接待那边都是很专业的商业范，而且各个展柜的布置，明显也是很用心思的。看见童敏走过来，马上有人上来接洽，问她是之前预约来参加发布会的哪家公司代表。童敏笑着说："不，不，我是那边的会场还没开，看错时间来得太早了。"

看着童敏出示的时装发布会的邀请，化妆品的接待人员敏锐地感觉到，这可能是自己的潜在客户。于是她很努力地邀请童敏，到她们这边的发布会参观一下，并且承诺有礼物，还声称一定会在时装发布会开幕之前结束等。盛情难却，童敏本来就不太愿意走动，于是半推半就，也就登记了公司名称和电话号码，领了一个来宾的胸卡，进入了这个化妆品的发布会。

展厅里的客户经理穿花蝴蝶一样，周旋在来参加发布会的客户身边，介绍着将在这次发布会推出的产品。听着他们的推介和话术，童敏隐约有种似曾相识的感觉，想来可能是在林静雯公司听那些销售培训时，有类似的东西？

但当童敏穿过展厅，却就发现，这展厅并不是这家化妆品公司发布会的全部，或者说，这并不是发布会。

因为有两排模特，一排男模特，一排女模特，而且还全是白色人种，就在紧闭的门口等着进场，应该那紧闭的门里面，才是这个化妆品厂商的发布会。

"马上就开始了。"煽动童敏进来的客户经理，热情地对着她这么说道。

的确很快就开始了，灯光在门口闪烁，模特开始列队，紧闭的门被打开，司仪开始在里面唱名，当念到参会公司的名字，两排模特就躬身行礼。

童敏觉得很好玩，有点俗，但看得出人家是下了本钱用了心的，并且弄得很有氛围，的确就是好玩。但进去之后，她坐下拿起一杯饮品，看着司仪请厂商的负责人上台，童敏就觉得不对劲了。

她掏出了自己包里的眼镜盒。

台上的厂商负责人，慷慨激昂地介绍着新产品，展示这产品拥有"药"字号批文、《药品生产许可证》之类的东西，但是童敏戴上眼镜之后却发现，不出她所料，台上那位激情四射的厂商负责人，正是她认识的熟人——唐翔！

她正是因为看见唐翔那识别度非常高的锃亮大光头，才会去找眼镜的。

唐翔为什么会在这里开发布会？他是林静雯公司的营销总监啊！

不过，林静雯已经好几次拒绝了童敏重新回到公司。要不要管这事？

童敏用手机拍下了台上唐翔的身影。但在准备发给林静雯时，在这一瞬间，她迟疑了。

这不是她想管就好管的，这问题，她和男友也讨论过。

很明显，林静雯真的把她当妹妹，但并不愿意她再涉足公司的经营之中去。

她不介意给童敏礼物或是钱，只要林静雯拥有的。她真的把童敏当妹妹，用童敏男友的话说："人家亲姐妹都没这样。"

可是，多次拒绝童敏回公司的林静雯，是明显不欢迎她参与公司的事务呀。

这是成年人的世界，有一些底线是不容触及的，她不想失去林静雯这个姐姐。

不是因为林静雯给她钱或者不断地送她礼物，而是因为她们从传销窝里一起逃生的交情啊！

在都市的时间越来越久，她就会发现，这样的经历带给她们的交情，是无比珍贵的。这也是她男友平时跟她讨论过很多次的结果：尽量尊重林静雯的底线。

但想到这里，她按下了发送键。

她不去推敲那些逻辑。正如当时，她跟着林静雯逃出那传销窝点，也压根没有去想过什么逻辑一样。

她觉得该这么整，她就这么整了。

正在公司跟财务总监核对这季度营业额的林静雯，面对着开始停滞不前，甚至一些省份的区域里出现断崖式回落的业绩，很有些头痛。这也是她为什么会去选择，突然跨行业买下那个程序团队的根本原因，她需要数据建立模型，不是为了物联网而物联网，那样才能更直观地找出问题症结。

该给营销团队的激励，该给门店的政策，她一项项推敲过去，都找不出导致这种断崖式回落的根本原因。但事实上，就算出现这种情况了，也并不足以让林静雯觉得恐惧。如果知道诱发这种现象的根源，比如国内外大环境，那也罢了，可是世界格局并没有大的动荡，国内经济也是一片大好，公司营销团队，在营销总监唐翔的带领之下，兢兢业业，不断地出差见客户，就没有一个人是闲着的。无论外部、内部都找不到业绩下跌的根源，这就很可怕了。

总经理赵维在边上看着报表，皱着眉头欲言又止。

倒是财务总监苦笑着说道："林总，也许这就是行业里正常的周期吧。"

因为这种断崖式下跌不是第一次出现，在今年就出现了两次，莫名其妙地出现，然后又莫名其妙地消失。

"如果物联网建立起来，数据分析能告诉我们更多的真相，可惜还得再等三个月。"林静雯揉着太阳穴，把报表随手扔在桌上，对财务总监这么说道。因为单纯从这些数字里是很难看出问题症结的，或者说，林静雯的水平不足以看出问题的关键。

但如果物联网的构想实现了，每台机器的定位每台机器的耗材都能体现出来，那对林静雯而言，就简单得多了。而收购过来的程序部门，至少还得要三个月的时间，才能实现物联网的雏形。

这时她的手机响了起来，是童敏给她发来的微信消息。

当打开那段视频，听着唐翔熟悉的、充满激情的演讲，突然之间，刚才报表上所有的困惑一下子就得到了解答。林静雯把视频转发给赵维。她笑了起来："原来，我们唐总是这样的勤奋。"

然后林静雯给童敏发了一条信息："尽可能多地去拍工作人员的脸。"

显然她的回复对童敏是一种鼓励。

照片和短视频不断地被发送过来，而且童敏开始发信息给林静雯："他一会儿下来敬酒，我泼丫一脸！"

但林静雯马上给她发了一条信息："离开，别让他发现你。"

第二十二章　毫无破绽的逻辑

而在发布会的现场，在舞台的灯光下，在震耳欲聋的音乐声里，唐翔并没有注意到离席而去的童敏。不论她颜值多高，身材多好，她若刻意回避出现在灯光下，当唐翔陶醉在聚光灯下自己的表演里时，他真的不可能去发现童敏的存在。

所以，他继续自己激情四射的讲演，而且的确没有人比他更适合站在这样的舞台上。

几乎绝大多数的来宾都被他煽动。与其说是对产品感兴趣，不如说是被唐翔的演讲所吸引、所诱惑。

当唐翔走下来开始逐桌敬酒的时候，已经有客户下订单了，几十万的合同看着不太起眼，可当几十份合同签下来，就是上千万的单子了，对于IT行业来讲，也许一个爆款手游月流水就过五千万，但对美容行业而言，一个招商会，一个发布会这么开下来，能这样实际回款上千万，那真的是非常强大了。

所以当发布会结束之后，作为化妆品厂商的甲方非常满意，当场就按之前承诺的提成比例兑现给了唐翔。毕竟上千万的回款，如果不是唐翔帮他开这个发布会，那是可能得做上半年才有的效果呀。

而唐翔豪情万丈："我唐某人就是仗义！别人卖不动的货，我就卖得动！"

厂商笑得都看不见眼睛了，不断地点头，更是一个劲地恭维着唐维。

但是当唐翔召集了自己的团队，奔赴早就订好的庆功宴时，一名刚在包厢落座的团队里的成员低声对唐翔说道："唐总，我似乎看到了公司总部的股东。那位常去林总办公室，很漂亮的女孩，每次去都要喝奶茶的那位。"

"她早不是股东了！"唐翔不以为意地挥了挥手。

他真的不在意，伸手拍了拍手下的肩膀："跟着我，不用这么小心翼翼的。就算林总过来又怎么样？不用怕啊！"

唐翔摊开双手："林总懂得怎么做销售吗？谁创造出来的业绩？对不对？"

所以，这就是他敢于将林静雯公司里整支销售团队拉出来，卖别人家的货的根本原因。现在光电泳仪器所有的单子都是唐翔做出来的。

"林总要是知道了，那不太好吧？"有手下这么问道。

唐翔爽朗地大笑了起来，不可否认，他的确有着极强的个人魅力："那咱们就把老板踢掉！"

这句话，几乎在一瞬间引爆了整个团队的情绪。

所谓打工皇帝，追求的不就是这样的境界吗？

老板不高兴？那把老板踢出去！

特别是唐翔在手机上面把他们团队里每个人的分成，都一一发放给他们之后，整个包厢都陷入了狂欢之中。

不过那个之前接待童敏的业务经理低声向唐翔问道："唐总，其实，咱们做回公司主业光电泳仪器也是能赚钱的，为什么……"

"朋友开口了，咱们不能不撑啊！回头再冲公司的业绩就是了，怕冲不起来啊？"他摸着自己锃亮的光头，笑着说道，"有我唐翔卖不动的货？你告诉我！有我唐翔卖不动的货吗？"

整个团队异口同声："没有唐总卖不动的货！"

这让唐翔得意地大笑起来，因为这还真不是吹嘘，在美容行业，他的确有资格说出这样的话。

"跟着我唐翔，就是能赚更多的钱！"唐翔举杯，墙上都市的油画倒映在杯里。

他一口就把杯中的"都市"全都喝尽了。

# 第二十三章　不是当初的自己

但唐翔真的是因为朋友义气，才把自己的团队拉过去帮别人开发布会吗？

酒足饭饱之后，团队成员陆续地离开，只有三两心腹在身边，唐翔点着了一根烟，笑了起来："不让业绩跌一跌，林总怎么能明白，给我们的提成和薪水没有白花？哈哈哈哈！"

他的几个团队成员附和着哄笑起来。

墙上挂着的都市风景油画中，人物在灯光下似乎也微微地笑了起来。

"刚才那孩子问，做光电泳也能赚钱，对不对？对！其实是对的。"唐翔指点着他的这几位团队核心成员，"但你们要记住，我们得让业内人士知道，光电泳的产品根本不能让我们的团队业务饱和！"

这才是他这么做的根本，这是他为自己，以及自己团队精心打造的人设。所以，他会努力去维持这样的人设。

唐翔也不觉得林静雯就算发现了这一切，又能对他怎么样。

他觉得，超过九成的订单都是靠他拿回来的，林静雯要是真的敢跟他翻脸，那唐翔说的把老板踢走，还真不是开玩笑的。

因为公司做大了，林静雯这边始终会有资金进入，所以就算石朴和童敏离开，也会有其他的股东加入。而唐翔有绝对的信心，说服其他的股东来支持自己——业绩，就是最有说服力的东西。

并不是只有童敏才知悉唐翔的行径，一场又一场招商会的成功，让唐翔不断膨胀，而公司的股东也开始在跟林静雯反映这个问题。

有人担心唐翔出走会导致公司业绩崩溃，有人提议是不是应该给予唐翔更优厚的条件，以让他对公司有归属感。林静雯这两三天里，一直在接着各个股东的电话或是微信语音，她静静地听着对方说，然后说："好的，我这边拿出了成熟的处理方案，咱们开个股东大会，一起讨论。"

放下手上的电话，她望着坐在沙发上的赵维，开始沏茶。

赵维拿下眼镜，慢慢地擦拭着，水还没开，他便打破了沉默："其实这事我知道。"

对于他的话，林静雯没有接腔，似乎那壶将要开的水，就是天地间的全部。

"我们没有更好选择，而且，唐翔真的能冲业绩啊！"赵维把擦拭好的眼镜重新戴上，这么对林静雯说道。

水开了，林静雯沏了三杯茶，但并没有让赵维喝，自己也没有喝。

她就这么盯着那三杯茶，似乎期待着下一秒会从里面长出一棵茶树似的。

直到那三杯茶失去了蒸腾的热气，她才抬起眼皮，望向赵维："这件事不能上股东大会讨论。"尽管她告诉股东们，如果这边有成熟的方案，就会开股东大会来讨论应对。

一旦这件事上了股东大会，那就说明一个问题：她对公司的掌控力，已经被弱化到了一个可怕的程度。

资本是逐利的，当发现了这一点的股东，会毫不迟疑地压榨她的股份。

赵维点了点头，没有开口。

"我怀念一定要把童敏表哥和我表姐炒掉的你。"林静雯望着赵维，轻声说道。

那时林静雯的表姐在公司当财务总监，而童敏的表哥在当 HR。可是赵维因为他们两人的不专业，坚持要炒掉他们，最后说服了林静雯和童敏。

"你还是当初的自己吗？"她这么向他问道。

这个问题，让赵维一时间说不出话了。

本来，他有许多话想说，但林静雯这带着文艺腔的一句话，却让他满腔的说辞都卡在胸口，说不出来了。并不是他被这种文艺腔感动，而醒觉了良知，从而找回了自己的初心。

职场上，成熟的高管，很少存在这么文艺的表达方式。

赵维一时愕然，是因为当林静雯问出这句话时，他有一种感觉——被看透的感觉。

所有的台底交易，一切魑魅魍魉，好像一下子全都暴露到了阳光下。

他当然早就知道唐翔的操作，但他认为自己能驾驭得了唐翔。

因为每次出差回来，唐翔赠予他的手表、手机甚至现金，包括请他唱歌、喝酒等的消费，在赵维看起来，就是唐翔一种驯服的表现。

公司业绩说得过去，而又对自己表现出驯服，赵维也不是圣人，职场不是象牙塔。

所以，他对唐翔睁一只眼闭一只眼，是再正常不过的事了。

直到林静雯望着他，如同望着那三杯没有了热气的茶一样，问了他那一句文艺腔的话。

赵维紧张起来了。不是因为初心的丢失，而是因为，如果林静雯看透一切，那她可以搞死他啊！

无论是起诉他商业犯罪，还是在行业里公开他收受唐翔钱物，都足够让赵维身败名裂。

赵维很清楚，他可以赌，赌林静雯在诈他。但他不敢赌，因为跟随林静雯这么多年，她如果开口，肯定有所凭仗。

"我跟他谈一下，我还是希望大家能一起往前走。"赵维推了推自己的眼镜，这么对林静雯说道，"太大的变动对公司也不好。人才嘛，他有缺陷很正常，很正常的，我们不能期待团队里每个人都是完美的。我也不完美，有许多毛病，这些年，您也包容我。"

说到后面，其实已经明显带着乞求的味道，他希望林静雯不要揭开这件事。赵维希望这一切可以在台底下和解，不必搞到尽人皆知。

硕大的办公室里，静得一根针掉在地上都能听得见，林静雯拿起茶杯，把那三杯茶一一倒掉，然后重新烧水，沏茶。

她仍然没有示意赵维喝茶，自己也没有喝茶，似乎沏茶就是为了沏茶。

"就这一次。"林静雯抬起头望着赵维，平静地说道。

赵维连忙点头。

但在走出办公室之前，林静雯叫住了他："你将跟谁一起往前走？"

赵维无端颤抖了一下，他点了点头，回过身来望向林静雯："老板，从炒掉你表姐那天开始，我就肯定跟您一起走。"

林静雯点了点头，没有再说什么，但赵维很清楚她的话外之意：唐翔必须离开，没有任何缓和的余地。

在天河东路的太古汇边上，有一家新开的越南菜，童敏在大众点评、小红书等再三挑选过后，才带着林静雯过来光顾的，但事实上当第一道越式酸辣汤端上来，童敏喝了第一口，就苦着脸道："我搞砸了。"

来广东这六七年，她很喜欢相对清淡的广东菜，所以越来越对食材敏感，一口汤喝下去，就知道不是活鱼炖出来的汤底，再勾兑虾膏和蟹膏，那口感对她来说太明显了，就是用调料兑出来的汤。

"别这样，环境还是蛮不错的，咱们坐会儿，挺好的。"林静雯笑着安慰着她。

事实上接着上来的越式蔗虾和春卷，都还是及格线以上的，于是童敏就又开心起来了。

林静雯吃得很少，甚至连鱼露都不碰，她基本上完全戒了糖，而且饮食都是尽可能少盐无油，保持健身，跟童敏出来，大约就算是她的"放纵日"了，但她仍然吃得不多。

她很喜欢看童敏吃饭，那是一件让人快乐的事。因为童敏吃到可口的食物时，那种发自内心、纯粹的高兴，真的很有感染力。

就算在公司里，因为唐翔的事不太开心的林静雯，看着她吃饭，也禁不住笑了起来。

"我吃完了跟你回公司，我喷死丫！姐姐你别担心，我妈我姨跟人吵架，喷人半小时不带重样，那算是基本技能！我这么遗传下来，能差得了吗？他要敢动手打我，你拍视频，传网上……"她边吃边说着，不太合乎用餐的礼仪，但有种肆意的真诚，听着仿佛有种感觉，哪怕天下皆敌，她也一定会站在林静雯的身边。

林静雯一下子眼角湿了，她抽了抽鼻子，拿纸巾拭了一下眼角。

欢快吃饭中的童敏并没有发现，她仍在愤愤不平地数说，要怎么去喷唐翔。

"好好吃饭，别呛着了，我要解决不了，你再帮我喷他。"林静雯笑着对她说道。

童敏用力地点头，挟起最后一块越式蛋饼："好！"

这时就听见有声音突兀传来:"童敏不是设计师吗?怎么这么好玩?哈哈,笑死我了!"

于是童敏真的呛到了。

因为这家越南菜餐厅现在就只有她们这一桌客人,突然听到这样的声音,真的太吓人了。

林静雯连忙过去帮她拍背,可是童敏似乎被卡住,脸色都不太对了,林静雯赶紧从背后抱住她的腹部,准备用海姆立克急救法了,这时童敏终于将半块蛋饼咳了出来:"快憋死我了!谁在吓人?能干点人事吗?"

其实并没有第三个人在现场,刚才的声音,是远在千里之外出差的石朴。

因为他现在习惯跟林静雯连线,两人的第二台手机只要有电,往往就会这么开着,让彼此能听到自己所经历的一切,只不过刚才林静雯的蓝牙耳机没电了,失去连接之后,声音从电话的听筒播放出来,就把童敏吓了一跳。

"石朴?你等着,下次见面我会报仇的,哼!"童敏这么说道,然后重新叫了一份越式蛋饼。

林静雯看着手机快没电了,就跟石朴说了一声,挂断了电话。

然后她望着童敏:"要不你投点钱进公司来吧?"

童敏停下了筷子,望向林静雯,少有的凝重。

但过了几秒钟,蛋饼上来了,童敏欢呼了一声,拿起筷子继续她的战斗:"好啊,姐姐,咱们公司啥时上市,记得让我买点原始股!"

她看不懂唐翔为什么要这么做,也不懂林静雯为什么不直接解雇唐翔,其实她更不懂,她之前退出时,林静雯怎么把一盘死棋拉扯到现在这样风生水起。

不懂,那她就不碰,因为后者对她是没话说,真的亲姐姐也不过如此。所以她不想和上次一样,惹林静雯生气。

当童敏想投钱进来二次合作时,林静雯拒绝了;而当林静雯想让童敏再次进入公司时,童敏却又不愿意。

世间的事,便有许多这样或那样的不如意。

诸如明明越式蛋饼和蔗虾都做得不错的这家餐厅,为什么要用调味去勾兑汤底?

当把童敏送到广州南站,看着她走进高铁站,林静雯的电话响了起来,不出意外就是石朴的来电，她看着来电，脸上就有了笑意，她已习惯了这种陪伴，就算两人各忙各的，一句话也不用说。

而当童敏回到深圳，跟男友说起这件事时，男友的反应出乎她的意料："唐翔必须走。"

于是她就更加不懂了。

一切，不是因为唐翔拉着营销团队去帮其他厂商卖货吗？

"他本来审时度势，应该夹着尾巴做人才对。"男友一边麻利地切着牛肉，一边笑着说道，"可他不知收敛，不把他干掉，留着他过年？"

男友的意思是，唐翔拿下林静雯公司九成的单子，本来就功高震主了。

童敏开始听不懂，但男友很耐心，一边炒牛河一边跟她分析，一碟干炒牛河炒完，童敏大抵也就听明白了："就是唐翔不能留在公司，不是因为他帮别人卖货，而是他做了九成的单子？"

男友颠了颠锅，然后起锅，把那碟干炒牛河递给童敏："对，帮别人卖货，只是一个合情合理合法踢走他的借口。"

童敏不相信，她觉得男友就是不惮以最恶意去揣摩林静雯的心理。

"那是我姐，不许你这样！"为了表示自己的愤怒，她连一口干炒牛河也没给他留。而且做第二盘时，她表示为了惩罚他，又吃掉了一小半。

男友终于意识到自己的错误。

当男友去收拾厨房时，童敏在微信上向刘书萱发起了通话请求。

很快就接通了，刘书萱听上去很开心："长脚妹，什么事啊？"

童敏就把唐翔的事情一五一十跟刘书萱说了，然后又说了男友的分析："你说，不会真是这样吧？"

似乎微信的那一头，刘书萱是处在电影散场之类的时刻，不过她笑着跟童敏说道："真的这样或不是真的这样，影响到世界和平？没有！那你管它干啥？"

在天河客运站旁边的攀岩场馆里，再一次攀爬到最高点，然后又一步步爬下来的刘书萱，饶有兴趣地望着挂在离地不到两米岩壁上的男人。这位相亲结识的男人，近来把绝大多数的休闲时间都用来陪伴刘书萱，尽管每一次

第二十三章　不是当初的自己

出来他看上去都很痛苦，无论是搏击场馆的鼻青脸肿，还是射箭馆里被弓弦弹得深紫色淤青的左手小臂，更不要提野外徒步在道路边的力竭瘫倒，以及今天在岩壁上的艰难。

脱下手套的刘书萱走到边上洗了手，然后掏出一根烟，到门外抽了起来。

"嗨，你又抽烟啊，抽烟影响肺活量。"男人不知道什么时候察觉刘书萱离开，他也跟了出来。他一脸疲惫地劝说着刘书萱，看起来他的记忆力很不错，几乎把抽烟的每一种危害都一一罗列。

刘书萱看着他，呵呵笑了这么一声，掉过头来，叼着烟，望着马路上的车水马龙："你不抽烟，你的肺活量很好吗？"

"这，不能这么比嘛！"男人看起来是这些天被打击习惯了，并没有太介意。

他笑起来很温和："你小时候是不是在乡下过得很艰难？"

可能要翻山涉水放羊，所以才会对攀岩有着这么好的适应能力；搏击大概是小时候被乡下小孩欺负，被打得多所以练出来的能力；甚至男人还觉得，刘书萱大约用弹弓打鸟会很厉害，可能那就是她童年为数不多的肉食？这应该就是她弓箭射得那么准的根源吧。

他这么望着她，对她说道："你出色得让人心痛。"

刘书萱拍开他的手，她知道他想帮自己撩起耳边的发丝，但她自己伸手就完成了："我小时候，嗯，也许还好的，没有你想的那么艰难。"

男人点了点头，他觉得，抽烟应该也是基于刘书萱悲惨的成长环境，不可否认，在他们的父辈里，体力劳动者嗜烟者会更多一些。

他觉得，自己可以再劝劝她："你很坚强，不论过去如何，我们走出来了。那么，我们是不是没有太过必要被过去左右？比如抽烟，当然，我只是出于朋友的建议，并不是要干涉你的习惯。"

刘书萱望着他，突然笑了起来，她不算特别漂亮，但笑起来很有感染力，特别是她的酒窝，让她的笑容看起来很甜："想我戒烟对吗？绕这么大一圈，你不累吗？"

然后刘书萱把手上那根烟扔了，用鞋尖把它揉熄，再捡起来，放进裤兜里那个口香糖铁盒子，接着把那个铁盒子、香烟、打火机塞给了男人："那就戒了吧。"

她转身进场馆去换衣服，留下男人望着手上的香烟和打火机，一脸的愕然。

他没有想到，刘书萱真的会听他的。因为这些天的相处之中，他能感受到女孩内里的刚强，他很担心会触怒她，可是没有想到，没有想到，她居然真的听了！

于是男人匆匆把香烟扔进了门外的垃圾箱，然后在微信上几个死党组成的小群，他发了信息："你们教我去帮她撩起头发，被拒绝了；但我劝她戒烟，她竟然答应了！烟都给我了！跟我们想的不一样啊！"

微信那端的好友，一个个发出欣喜若狂的表情，明显很为自己的朋友开心："加油，你要撒狗粮了对吧！记得请客！""说明人还是不错的！能听得进去劝！""但你们家里都不宽裕，这女孩听你说的，比你更艰难，你要有心理准备。""撒狗粮，不发个红包，你就不怕天打雷劈！"

男人绽开笑容的脸上尽是喜悦和期待，在去换衣服的路上，真的在群里发了一个十八块八毛八的拼手气红包，引来了死党们的祝福和欢呼。换好了衣服之后的刘书萱，看着同样换好了衣服、一脸憨厚笑容的男人："我请你吃饭还是你请我？不，不 AA。"

男人提出 AA 制的建议被否决，他并没有太在意，可能劝说刘书萱戒烟成功给了他勇气，所以他又再尝试了一次，劝说 AA 制，并旁征博引来证明 AA 制是如何先进和合乎时宜的。

刘书萱耐心听他说完了之后，点了点头道："你说得也许很对，但不是我喜欢的。"

自己喜欢的，与正确的逻辑，本来就不一定重合。

但男人没有想到，她的反击如此直接犀利。"AA，我就不跟你坐一桌吃饭了。"她望着他，重新抛出了选项，"你请我，或我请你？"

男人扶了扶眼镜，毕竟也是商业精英，他的反应很快，马上就跳出桎梏："有什么区别呢？"

"谁请谁挑地方嘛。"刘书萱说着习惯性地摸大裤兜，找烟。

摸索了两三秒才醒觉，烟跟那个装烟头的铁盒，都给了相亲男了。

"我请！我请！"男人笑着说道。

男人找的地方是沙太路那边的一家土菜馆，便宜实惠，分量足。

刘书萱倒没有什么意见，也吃得很开心，甚至还要了两瓶啤酒。

就算是啤酒，几杯喝下去，聊天的氛围往往也会变得融洽。当第六次让服务员拿两瓶啤酒上来时，男人的话题已经从他的工作、他的家乡、他的未来、他的朋友、他的喜好，到了他童年时，记忆里因为贫穷而受到邻里给予的，到现在为止最深刻的羞辱和伤害。

刘书萱静静地听他诉说，静静地喝酒。

直到他有些哽咽停了下来，她才开口："其实，你可以不用在意那几句话的。"

她又在摸裤兜，但没找到烟，于是就再喝了一口酒："你毕业之后就没有再回到那种状态吧？"

男人点了点头，他从名校毕业，刻意回避着与过往接触，那是他不愿勾起的记忆和伤口，他甚至都不愿看见，当年羞辱他的人站在他面前道歉。

他拒绝在现实中触碰回忆里的那一切。

"我在工地学了句东北话：'你得支棱起来！'哈哈，我也不知道算不算东北话！"

其实这不是她的本意，话到嘴边，本来她是想劝他没事多去工地转转，多去和以前穷困的朋友聊聊，就会发现，那些语言上的羞辱和伤害的记忆，其实是在脑海里被自己一次又一次地放大了。

可她没有说。

# 第二十四章　何方

但她担心着,那种痛苦,记忆中的愤怒,就是他一切努力的根源和火种。

有时候,一旦跟自己和解了,会远离抑郁,但也许人生就失去了奋勇向前的动力。

至少,不是由她来毁灭他的动力。她是这么想的,所以,话到嘴边却又没有说出来。

于是她又静静地喝着酒,又叫了服务员过来,加了一份老醋花生和一份客家酿豆腐。

他开始说起在镇里的中学读书,村里的嫂子打工回来,给了他一百五十块钱,是他某个学期,几个月的伙食费;某个老师给他带饭,让他度了两个月的幸福日子——有中午饭可吃之类的,极琐碎,但让他说起来仍激动得颤抖的事。

她静静地听着,空调的冷气很足,所以男人过了一会儿,大约因为没有接着喝酒,所以倒也就清醒过来,抹去了眼角的湿润,向她问道:"你说评上了中级工程师,那接着想要怎么发展?你想进大型的房产企业吗?我有几位师兄在里面。"

他提了一个企业的名字,在各个大小城市不断建商品房小区,很有名的房企。

刘书萱摇了摇头,没有接话茬。

"是工程没有做完,等着完工的项目奖金吗?"他这么问道。

刘书萱摇了摇头,上个月就完成主体工程验收了,这也是她近来有空的原因。

如果不出意外,后天,大桥应该就宣布实现全面贯通了。

"做完了。"她喝完了杯中的酒,这么向他说道。

于是男人就热情起来,打开微信,开始向他的师兄询问,能不能帮忙运作刘书萱去哪个著名的房企,或者是设计院之类的单位。

"你自己有什么打算?"在等待回复的时候,他这么向她问道。

她仍是静静地喝酒,直到他重复了第三次,她放下已经喝空的杯子,喊了服务员过来:"再拿两瓶啤酒。"

然后她望着他,想了想,对他说道:"也许,科伦坡港?谁知道呢。"

他愣了一下,然后很快就组织语言,逻辑清晰而且有理有据,总体上意思就是海外码头的工程,其实工薪和奖金并不高,相比离乡背井等不利因素,还有当地医疗条件落后等。

他最后用了这样的话作为结语:"如果被指派过去,那跟支援边疆类似,也许是为自己的资历添上一笔,值得去冒险;如果自己选择的话,那就实在是,实在是……"

大概是因为,他在斟酌着用什么样的言语,才不会伤害到她的情感。

服务员把老醋花生和酿豆腐端了上来,还有她再叫的那两瓶啤酒。

她给自己倒了一杯,然后笑了起来:"愚蠢吗?没事,我并不太介意。你可以直接说。"

"不,不!我只是觉得,你可以有更好的选择,你值得更好的选择,而且我们可以。"他尽量保持着礼貌的笑容,一边对她这么说道,一边在看着微信里的回复信息,他的师兄们看上去还是很愿意帮他的忙,回复的几条信息里,至少有三个人提出可以把刘书萱的简历发送给他们看看。

刘书萱笑了笑,没有说什么,只是喝完了杯里的酒,然后走向洗手间,路过前台时,她把今天在这里所有的消费,都埋了单,无论是谁叫的菜,或是谁喝的酒,毕竟,她没有AA的习惯,尽管她也承认,这也许不是一个好的习惯,也许跟抽烟一样坏。

她走回他们那一桌,坐下之后给自己倒了一杯酒。

男人很兴奋,因为师兄们给他的回复,让他感觉到自己的人脉、自己在职场里的力量感,他开始向她述说自己的关系网,自己的师兄已经是某个级别的公务员之类的事。

"那位嫂子呢?"她有点突兀地这么问道。

跟他正滔滔不绝的话题毫不相干。

他是个敏锐的人，很快就捕捉到她话里的所指，那位给了他一百五十块钱，让他那个学期有饭吃的嫂子，他揉了揉太阳穴："很久没联系了，听说，她女儿嫁到了银川，她跟着女儿去了银川……她有两个儿子的，但对她不好，似乎是这样……"

他努力回忆着，从家乡人们那里听过的只言片语，幸亏他的记忆力真的很不错。

但刘书萱再一次打断了他："那位老师，为什么只给你带了两个月的饭呢？"

"他的媳妇当时是位军人，在我家乡附近的驻地服役吧。两个月后，他媳妇不知道是调防还是退役或是转业之类的，我的老师就也回湖北去了。嗯，对了，我想起来他姓陈，陈老师年轻时很帅的。"他沉溺在回忆里，笑得很开怀。

她仰头喝光了杯中的啤酒，然后站了起来："我有事，先走了，嗯，埋过单的了。"

刘书萱快步离去，走出了土菜馆，在马路边上的连锁便利店里买了包烟和打火机。

她穿着很多个兜的大裤衩，宽大的短袖，趿着人字拖，叼着烟，蹲在马路牙子上，看着川流不息的车流带起的虹彩。

手机里的微信响着对方发起的通话请求，一直在响，她没有理会，只是默默地抽着烟，看着一辆辆飞驰而过的汽车。

一根烟抽完，她掏出手机，拒绝了通话请求。接着，她把一直向她发送通话请求的男人拉黑。

她并不太在意他是否有钱，也并不在意他对她有什么要求，也不觉得他说错了什么话。

相反，她感觉，男人已经有着不俗的智商和情商，很会说话了。

而且从一开始，就能感觉到他在迁就她的。

他会资助陌生人上大学，就像当初他被资助，所以他也不算是个自私的人。

但是她还是把他拉黑了。

那些曾在他成长里带给他感动的人，他在有能力之后，甚至没有去访问过他们。

他在努力逃避着自己的过往，他缺乏去直面自我的勇气，或者说，他很在意自己曾经的落魄。

也许并没有什么问题，毕竟他也没伤害谁。但她不喜欢这样，就是不喜欢。

她实在想不出，能够怎样对他更好，才能让他在若干年后想起自己姓刘？如同那曾经给予过他感动的老师或嫂子。

从白云机场下了飞机的石朴，听着同机的老太太抱怨，尽管一脸的倦意，但他仍表现出足够的耐心。老太太显然很少遇到这样愿意听她诉说的年轻人，无论是她抱怨自己的孙子不会说粤语，还是说新的白云机场太远了，不如机场路的老白云机场，下了飞机走两步就到市区之类的话题，石朴都很热心跟她讨论。

"说吧，靓仔，你是卖养老院床位，还是卖什么保健品的？"老太太在走出到达大厅，准备去坐出租车时，这么向石朴问道，"我才六十九，还没有老到懵懂！你从埃及一路陪我聊回广州，你就说你卖啥吧，只要不太离谱，我就帮你一把。"

石朴愣了一下，笑了起来："阿姨，我做石材的，可能您用不上。"

哪怕最后上了出租车，老太太仍不太相信，石朴不是为了向她卖保健品。

过来接石朴的林静雯听到他说起这件事，笑到直不起腰："要不，你改行卖保健品试试？"

汽车平稳地行驶在高速上，坐在副驾驶座的石朴，很快就睡着并打起了呼噜。

因为与她的相处，他可以卸下全部的盔甲和防备。

林静雯尽量地让车子行驶得平缓，她面上有着淡淡的笑意，低声哼着某段熟悉的旋律，过来接他当然不是真的如她所说的顺路，甚至也并不是单纯出于担心，也许仅仅就是想看见他，哪怕他在她身边睡着，并没有花言巧语讨她欢心。

但电话响了起来，接通了车载蓝牙的电话——是她母亲打来的。

母亲仍旧不变地责怪她，认为她不懂人情世故和做人的道理，某个远房的舅父女儿结婚，应该怎么样去给予贺礼；而某一位小时候抱过她的工友阿姨的丈夫生病需要长期透析，应该包多少钱慰问才有排面；接着又说起，邻居在惠州某个度假区买了间房子，由度假村放租，每年自己可以住一个月，是如何的不错，家里也计划要买一间，当然，大部分或者全部的钱要林静雯来出。

最后母亲做了一个完美无瑕的总结："反正我们就你一个女儿，到时死了，全是你的！"

"妈，别说这样的话。我一会儿停车了就给你转账。"林静雯所有的好心情都在一瞬间破碎了。

兴许是因为她答应了转账，或是出于家人的关心，母亲马上就说道："好的好的，开车不要讲电话了呀，听说会罚款的。"

在车载蓝牙上挂断了电话，林静雯无声地苦笑起来。罚款？把驾照都扣没了，还离那房子的钱差得远吧？而且开车讲电话不对，难道首先不是因为不安全吗？

"别太在意吧。"石朴不知道什么时候醒了过来，应该是母亲那高亢的嗓门打破了他的沉睡。

尽管他们之间无话不谈，但被他听到自己跟母亲之间的对话，她仍觉得有些尴尬。

幸好，石朴并没有去评价她和她母亲之间的言语或对错。

他开了瓶水，喝了一口之后，笑了起来："我没有跟你说过我妈吗？"

其实石朴也很害怕他妈妈。因为他妈妈总是有办法，让家里的亲戚朋友感觉石朴在广州，明天就得去睡桥洞。

石妈妈喜欢跟她身边的人诉苦。

她总是向别人抱怨世道如何艰难，而自己的儿子没有文化，家里也没有背景。退休金仅应付着日常的开支，连想去广州看一趟儿子，都担心着机票的花费。

石朴说着苦笑起来："尽管我算不上有钱，但比起南哥，我怎么也算还不错吧？"

比起做童装失败，现在去送快递的李建南，他石某何止是不错？要是用李建南作为参照的标杆，那他石朴得说暴富才对吧。

可是李建南的母亲上个月还给石朴寄了两双莆田的鞋子过来！为啥呢？听石妈妈天天那么说，担心石朴买不起鞋子呀。

林静雯笑得不行，把车停在应急车道上，因为石朴说起来真的太欢乐了。

"更夸张的是去年年底，她跟闺蜜不是来广州玩了七八天吗？"石朴又喝了口水，然后苦笑了起来。

这个事林静雯倒是知道，她笑着说道："你给她们订了酒店，住了四天，她不住了，说太贵！然后硬要和她闺蜜去睡你客厅嘛！并且她说又不碍你什么事。记得当时你快疯了！"

石朴伸手制住林静雯："请等等！我妈的大招并不如我们以为的到此为止。更夸张的是，我妈回去之后，把在广州吃的每顿饭，住的每晚酒店，包括我给她们买的每一件东西的全部费用跟她闺蜜AA！嗯，包括送她俩的羽绒服和护手霜！"

林静雯笑得都快要疯掉了，真的是笑到停不下来，足足有七八分钟，才平息下笑意。

她望着石朴，问他道："尽管有点夸张，但你不觉得这样很好吗？"

"好什么？咱们差那点钱吗？"石朴不满地撇了撇嘴，"为什么要搞到我让人看不起呢？"

林静雯摇了摇头："你妈跟我妈，要是综合一下就好了。"

石朴听着，很以为然，觉得要不找机会让她俩一起去坐坐游轮啥的吧。

不过石朴喝了口水，马上又推翻了念头："还是别了吧，游轮七天下来，我妈会一个劲卖惨，你娘又好面子，唉！我看你娘的私房钱都让我妈掏光了。"

林静雯打了左转向灯，然后加油，从应急车道驶入主车道。她对石朴说道："谢谢。"

商海沉浮这几年下来，要真没那份心计和头脑，怎么可能出得了头？

她笑完一冷静，就品出味道了。

石朴在很委婉地劝她，别跟自己家人闹生分了。

"你相信吗？如果我以后结婚生孩子了，尽管我会努力做个好父亲，但在我孩子的面前，我想，应该我也有许多让他难以忍受的东西，不是我不想努力让自己在他眼里完美，而是，我是他的父亲。"石朴说着，把自己的手覆在林静雯纤细的手上。

她的手颤抖了一下，但终于没有马上挣脱，过了两三秒才抽出来扶在挡位。

"是的，我对她所有的不满，或者仅仅因为她是我的母亲。"她低声地这么说道。

几乎每一个孩子的心底都希望，父亲应是他永远可依靠的后盾；几乎每一个孩子的心底都希望，母亲应是世上对他最为不求回报、关怀备至的港湾。但人在尘世之间，他或她，并不仅仅是父母这个身份。

所以，往往许多的不满便因此而生。

如果不是自己的父母，很可能对方会是一位可以相处得不错的老人。

林静雯当然明白这点，只是她不愿去面对和承认。

直到他今天握着她的手，给了她勇气和力量，可以去面对。

她并不需要依靠，所以她把石朴送到他所在的小区门口，就直接让他下车滚蛋。

但没有人会拒绝知己，林静雯是这么觉得的。

所以，她把车子停到公司写字楼所在车库之后，等电梯的时候，她就拨通了母亲的电话："妈，今年你生日，咱们操办一下吧，就摆个十桌吧，亲戚你喊一下，来不来都行，主要是平时跟你一起玩的那些闺蜜、朋友和老同事都请一下。"

母亲在电话那头突然就有些扭捏了，她似乎从来没有想过这样的事，所以慌乱地拒绝："不要了，不要了，等你爸六十了，咱们再摆嘛……妈今年又不是五十或六十这样的整数，不要了，不要了！好了、好了，你别浪费钱了，赚点钱不容易，你得存点钱，结婚养孩子可花钱了！"

然后母亲匆匆地就把电话挂断了。

"叮！"电梯到了B2，林静雯看着电梯里的广告上那老母亲脸上慈祥的笑意，她的脸上无声地泛起了笑容。如果能跳出自己的身份去看自己的家庭，其实很多时候，也许并没有那么坏。

当林静雯走进公司，她的助理早就在前台等着，连忙迎过来："林总，您的几位同学已经到了。"

第二十四章 何方

助理说的同学,并不是林静雯的大学同学,而是她在公司上轨道以后读MBA班的同学。

他们都是受到林静雯邀请过来的,只是没有想到他们来得那么快。

不过都是同学,所以林静雯也并不紧张,跟着助理走进办公室,和远道而来的同学一一握手。

能进那个MBA班的,都至少是小有一番成就的企业家了,而其中这几位跟林静雯走得近的,基本都是从事美容仪器、化妆品、保健品之类的行业翘楚。他们来广州,是因为广州这个季节频繁的博览会和外贸会议的商机。而他们受到林静雯邀请后,愿意提前这么多天就相约一起到访,则是基于她对于行业前景的判断很有独到之处,大家很乐意在参加各种展销会前听听她的意见。

"唐翔,唐翔你们知道吗?对,锃亮光头,能说八国语言的那位,蛮不错的!"茶过三巡,有一位江浙地区的同学放下茶杯,这么说了起来,她旗下的品牌在国内也算得上一线了,能得到这样的人赞誉,唐翔是的确有他的独到之处的。

有位山西的同学笑了起来:"唐翔当然知道,帮我开过招商会,效果很不错。"

而河北的同学更直接:"老唐是真有能力的,他也帮我开了一场,直接回款六百多万,那是真的有水平。我不比你们几位,要知道我进吉之岛,一年下来回款也就千万出头。"

那位江浙地区的同学听着就笑了起来:"那要这么说,我那边还要多一些。"

其他人就笑了起来,大家的脾性彼此都有所了解,所谓多一些,那至少就是两倍了。于是纷纷说啥时候去江浙,让这位同学请客之类的玩笑话。

"唐翔?我知道的。"林静雯也加入同学们的话题里。

她沏好了一轮茶,抬起头来,对大家说道:"唐总的社保,我这边每个月都准时帮他交的,嗯,还有公积金。"

一时间,大家都冷了下来,特别刚才那两三位,难免一下子就尴尬了。

尽管林静雯没挑明,但这也足够明白了,唐翔要不是在这里上班,这边可能给他交社保甚至公积金吗?那必定不可能啊!也就是说,唐翔是领着林静雯这边的薪水，然后去帮他们卖货！

林静雯也不生气，把茶一杯杯放到同学的跟前，笑着说道："唐总老是告诉我很忙，没空回公司开会啊，现在看起来，他是真的很忙。这样，我就有点为难了。"

别看林静雯年纪不大，身材也不高，但她向来不说场面话，只要开口说要办的事，无论出钱出力，一定做到底。生意场上，有太多说场面话的人了，有时在那氛围，不说几句就感觉特别败兴一样，说完过后，就没人当一回事的，不论是说的人，还是听的人。

但林静雯不一样，她向来只要说了，就一定会做！

无论是无偿的捐赠，还是办会，或是订货订仪器、分红、入股等。

她从来不说场面话，所以她在这些同学之中，真的很有些威望。

在座这些人里，比她年长的，都管她喊"姐"。

这时听她这么说，大家真的面子上都下不来了。

江浙那位同学苦笑道："姐，我……我是真不知道这情况啊！这样，当我向您借人也好，当我向您赔罪也行，我现在就给您转那招商会的两成利润——三百万过来。姐，您一定要原谅我！"

其他两位同学也纷纷表态，愿意掏钱出来赔罪。

倒也不是说他们就多怕林静雯——不是这么回事——其中不止一个人，生意比林静雯要大。

关键是，唐翔是林静雯这边的在职员工，这事说出来，首先行业里肯定他们几个就谁见谁跑啊，谁不怕他们来拖自己营销总监去卖货？那必然怕啊！

更深一层，就是法律层面上，他们几个也不占理。

林静雯完全可以从商业犯罪之类入手去搞唐翔，附带搞他们几个。

要是别人就算了，林静雯这么倔强的人，他们几个真心感觉不值得了。

林静雯笑着谢绝了他们几个的提议："唐总有空帮帮大家的忙，也是好事，咱们之间，没有必要说很重的话。哪有什么原谅不原谅的？喝茶，喝茶，这是我家乡正宗的鸭屎香茶，很不错的。"

## 第二十五章 过山车

这一轮茶喝完，林静雯放下茶杯，没再沏茶。

"唐总这么尽心尽力，连我同学的忙都帮上了，我就有点头疼了。"她笑着说道，"这可怎么办？"

大家的反应都很一致，那就是：让唐总好好休息，至少在美容行业这一领域。

并不止于在座的人等共识。一条条微信不断被发送出去，作为行业内翘楚的企业主背书，很容易得到同行的认可。

何况唐翔的行为，本来就是违法也违背公序良俗的。

但凡一线的美容业品牌，基本上以后就不会再有唐翔的机会了。

在这个4G时代，一切都发生得很快。

大约十八小时之后，唐翔在第二天的中午就发现他几乎被整个行业拒绝了。

原来定下的招商会，不断遇到甲方毁约。

因为对自己的销售能力自信，唐翔之前从不认为任何一个甲方会拒绝自己。哪个厂商会拒绝自己的货物被大量销售？所以唐翔并没有对甲方毁约去定什么限制条款。

于是在十八小时之内，有十一个不同的甲方，告诉他之前约定的二十次招商会全部作废；另有七个甲方，通知他之前定下的有二十四次招商会、产品发布会无限期后延，其实也就是毁约的婉转说辞罢了。

唐翔绝对是很聪明的人，在接到第一个电话他就知道不对了，因为这有违常理。不过他还是嘲讽那厂商："那行，您另请高手吧，到时麻烦给我一个回款数据，也让我的团队好好学习一下。"

他就不信，在这一行里谁能比他更强！

但接到第三个电话时，他就很平静了，平静到谦卑。

从来没有谁，包括林静雯在内，会否定唐翔的天赋。

他在接到第三个电话时，就意识到自己开始陷入困境了，而且在十八小时里，接到了十八次甲方带给他的噩耗，他仍保持了冷静。

"回广州吧。"他在上海的西餐厅切下一块牛排，平静地对自己的心腹说。

他拒绝了心腹提出的把团队留在外面，自己回去跟林静雯谈条件之类的建议。

"全部回去。我是营销总监，我告诉你们，咱们所做的一切都是公司的营销策略。"

直到下午，他站在林静雯面前，也仍坚持这样的说辞，而且他保持了自己的骄傲："老板，你不懂销售。——我们可以同时开两个招商会，看看谁的回款更多一些，如果我没有比你多两倍以上，我愿意马上跳楼自杀！"

但林静雯没有反驳他，饶有兴趣地听他说完，然后问他："你是不是犯法了？"

唐翔愣了一下，但他马上就狂放地笑了起来："Auch wenn niemand zurückgehen kann, um einen neuen Anfang zu machen, so kann doch jeder jetzt damit anfangen, ein neues Ende zu machen!"

这是德语里的谚语，大意就是：没人能让时光倒流，然后重新再出发，但所有人都可以从现在开始，去创造一个全新的结局！

"从现在开始，老板，从现在开始，今年，我全身心扑在公司，在原定的目标上，我再为你创造两个亿的业绩！回款的业绩！你不会拒绝我，没有人能拒绝我！"唐翔抚摸着他锃亮的光头，张开双臂，对林静雯这么说道，他的腔调极有煽动力，任谁都不会质疑他话里的自信，甚至可以说，在这一刻，谁也不会去质疑他真的能做到。

但林静雯轻轻敲了敲桌子："你的行为是不是违法了？"

唐翔并没有回避这个问题："我虽然是违法了，但老板你不懂销售，你不懂！听我的，是谁帮你把这个公司的业绩打造起来的？"

唐翔当然知道他这样的行为犯法了。林静雯不但给他发工资、奖金，交社保、公积金，还每月给他保密费，给他竞业条款的费用。

但他有恃无恐，甚至从来没有考虑，林静雯会从商业犯罪的角度去起诉他。

没有人跟钱过不去，没有人。

唐翔笑着对她说道："老板，生意就是利益，没有仇恨啊！"

但话音到这里，突兀地停了下来，因为林静雯把一封律师信递给了他。

"你如果觉得自己没错，那我现在就递上去，让法院来跟你讲道理。"

她压根就不打算跟他聊什么天赋或营销目标。

唐翔拿着那律师信，摸了摸自己锃亮的光头，不敢置信地从头到尾看了三次。

然后他才确信，林静雯真的想起诉他，哪怕公司一些商业黑幕因此被曝光，也在所不惜，单纯这封律师信里提到的他参与经营的过程，其中有两处操作属于违规边缘，林静雯就补交了两千万的税款，完税的复印件也附在信里。

也就是说，为了把他搞进去，她先花了两千多万了。

无论是谁也不敢质疑她的决心。

唐翔丧气地拉松了领带，解开了一颗衬衣的扣子。

他真的没想到，她为了自己的底线如此决绝。

之前听那些年纪远比她大的厂商说起"雯姐"，唐翔一直以为，大家只是玩笑的口吻。

到了这一刻，面临着锒铛入狱，他才发现，厂商们那一声"雯姐"一点也不是开玩笑。

她真的就有这么疯狂，只要触碰到她的底线，不只是两千万，她还冒着整个营销体系重构的风险——为了把他弄去监狱，哪怕让整个营销体系跟他同归于尽！

唐翔不得不认栽，他落寞地苦笑道："是，老板，我错了。"

"服气吗？"林静雯接着问道。

唐翔点了点头："这是我平生第一次被弄到无言以对。"

他不是吹嘘，他的口才真是绝佳的，否则他在这一行不可能有这样的成就。

谁的钱不是血汗钱？如果不是唐翔真能把人折服，真能让人信服，谁会让那些人当场掏钱？

但林静雯真的把他整到无言以对。

她给CEO赵维发了个微信："通知一下，晚上我请后勤人员和营销团队一起吃个饭。"然后放下电话对唐翔说道："你去人事部把离职办了，这件事就到此为止吧。"

唐翔望着林静雯，他完全没有想到，她就这样放过自己，竟是这样的收场？

她可是已经花了两千多万啊！可连他在外面开招商会谋取到的利益，她压根连问一句也没有，就这么放过自己？

唐翔真的蒙了。

在他快要走出办公室门口时，林静雯在身后叫住了他："晚上吃饭，一起来吧。"

"我……我还能去吗？"唐翔惊讶地回过头。

林静雯笑了起来："为什么不能？你为公司立下的汗马功劳不应该被抹杀，我也不曾忘记。"她看着眼眶发红的唐翔，温声说道，"而且不能共事，但以后我们还是可以合作的，比如说，你入股到公司。或者你成为区域代理商，对不对？做生意，只有利益，没有仇恨的嘛！"

唐翔抽了抽鼻子，想说什么，却有些哽咽，点了点头，往人事部匆匆而去。

拿着文件走过来的CEO赵维，看着唐翔的背影，摇了摇头。

也许，唐翔会走到今天并不是偶然。

在这一点上，赵维和童敏的男友有着一致的观点：或者这就是林静雯早就给唐翔安排好的结局之一。

"代价是不是有点大？"赵维走进办公室，低声这么问道。

毕竟，她是真的补了两千多万的税，俗一点讲，可真的是白生生的银子啊！

"挺好的。"林静雯笑着这么说道。

唐翔走了，但他这些年为公司开拓的客户、培训的团队、落地的门店、区域代理商、建立的区域运营中心等都在呀。而担心林静雯会把他送进监狱的唐翔，绝对不敢把营销团队带走。

第二十五章 过山车

至于那两千万的税，林静雯也不后悔。

她是跟刘书萱商量过这件事的，当时刘书萱只用了一句话说服她："别侥幸，杜长卿看见了吗？生意，当然是越做越正规才是道理啊。"

她一下子就豁达了，这本就是该补的钱，所以，并不能算在唐翔的成本上。

至于刘书萱，当媒体上开始报道港珠澳大桥的全面贯通，她就觉得自己已经完成了人生的目标，她沉迷于享受生活，以至于刘母嘲讽她："退休人士啊！"

她每天早上起来跑步，弹钢琴，然后去健身房撸铁；从健身房回来就开始阅读直到中午，中午去射箭馆吃午饭并练习两小时的射箭，下午去上搏击课或攀岩，晚上如果没有朋友找她的话，她会去加入那些兵击爱好者，玩全甲武器格斗。

林静雯周末陪了她一天，感觉要疯了：体能，近身搏击、射术甚至骑射模拟、全甲格斗；阅读中外历史、诗词；学习各种野外求生技能等。

林静雯随口问了她一下："火药的配比搞不好你记得？"

刘书萱下意识地问："你指黑火药还是黄火药？"然后她接着把两者的配方和加工工艺都说了出来。

把林静雯吓得不行了："你在为穿越回古代精心准备吗？"

"没事。"刘书萱摇了摇头，岔开了话题。

如果在别人面前，她也许可以岔开话题，但在林静雯面前不行，她一把就捏住刘书萱的脸："麦兜！你老实交代！你肯定有事！"

"我失恋了。"刘书萱在林静雯的压迫下，无奈地说出了心里的郁结。

尽管是她把他甩了，但她仍然觉得不快。

所以她把自己的每一天都安排得很满，用高强度的运动来让自己不去想那个男人——那个劝自己戒烟的男人。

"慢慢就会好的。"林静雯抱了抱她，想起自己大四时无疾而终的爱情。

她不是太会安慰人，幸好，她喝酒从来不含糊。所以对刘书萱来说，这是一个轻松的夜：无话不说的知己，好酒，港珠澳大桥全面贯通的报道，还有一轮明月。

每个习惯坚持上三五天，往往就很难更改了，所以就算第二天起来仍有宿醉的感觉，可是在家里吃过了中午饭，刘书萱还是收拾了背包，然后去了拳馆，尽管本来宿醉的情况下不应该做拳击之类的剧烈运动，可是在家里坐着，总是让她感觉在虚度光阴。

"嗨。"刚出电梯，她就在拳馆的门口看见了那个被她拉黑抛弃了的相亲男。

他看上去有些憔悴，应该有几天没刮胡子了。但这并不能让她心痛，她不但智商高，情商也一样很高，所以她不会那么容易心软。

他凑了过来，双手插在裤兜里："我就说几句话，就说几句话。"

因为她的战斗力他是知道的，他可不想被打昏在地。

而他所说的是这几天他去了银川，看了当年的嫂子；又去了湖北，找到了他的老师。说着男人掏出自己的手机来，那里面有几节视频，陈老师的确很帅，他没有记错，在视频里，看着很有点明星范儿。

嫂子看起来很显老，而且有些木讷，视频里也不太说话，只是不断重复，说相亲男从小就出息，就懂事；陈老师倒是很健谈，在视频里一再地感谢她，说是她给了相亲男勇气，让相亲男敢于面对自己的过往。很明显，男人把自己的情况跟陈老师讲了，而陈老师很努力地想帮自己的学生一把，就算学生只是为了挽回自己的恋情才跑过来看他。

"关我什么事？别往我身上扯。"她故意凶巴巴地这么对他说道。

但他是多么敏锐的人儿啊，早已从她的眼里看到了笑意。

所以他跟在她的身后，哪怕她威胁要给他一拳也没退缩。

"我就是想感谢你一下，然后那天说好了我请吃饭，你把单埋了，总得让我请上一次啊！"男人死缠烂打，跟了上去。

但她并没有真的给他一拳。

正因为理性，刘书萱很清楚，相亲男对她来说已是一位完美情人。

是的，他符合她所有对男朋友的期待。

他从低处依靠自己爬出来，事业有成之后没有忘本，也回馈社会，资助别的学生上学。

没有什么不良的习惯和嗜好，主动提出要把自己加入房产证。

在被批评后，马上就意识到自己的问题并加以弥补。

并且在被拉黑之后，他通过自己的努力重新找到了她。

何况也算相貌端正，没有大肚腩。

这真的就是完美的情人。

所以她当然不会真的把他打上一顿。

"去哪儿吃饭得我选，你埋单。"她故意气鼓鼓地吓唬他。

于是相亲男装成被吓到的模样，咬着牙点头："好！我豁出去了！"

把她逗得笑了起来。

女孩会被逗笑，其实也不过是她原本就愿意笑。

随着唐翔的离开，林静雯公司的营销网络开始了全面的升级，而且物联网在林静雯不计成本的投入下，提前两个月就拿出了测试版本。所有装上了物联网模块的光电仪器，它们的数据都可以在后台得到呈现。

林静雯在广州的公司总部办公室，通过远程视频会议，对作为 HFB 董事会代表的米歇尔说道："数据，这就是数据，虽然现在只有上百台仪器加入物联网模，但以后会更多。"

因为在仪器上加装物联网模块是一个颠覆性的革新，意味着所有的仪器都要返回总部，而市以下的县城以及更加基层的乡、镇，它们需要一个反应速度，不太可能跟地级市里的店家一样，马上就响应这种更新。

不过，这对米歇尔来讲，已经是一个全新的概念。

而对林静雯提出入股 HFB，把原来 HFB 的产品也加入物联网的模块，她动心了。

但是，谁也不是大善人。林静雯当然是有代价的，包括收购厂商的股份，和用物联网方面的相关专利技术，来换取 HFB 在光电仪器方面的技术专利，以及包括且不限于某些仿生物微电流发生器之类的发明专利等。

不是每项专利都能被绕过的，就算能绕过，可能产生的效果会差许多，生产成本会高无数倍，这就是技术堡垒。而林静雯就是想用这七八年来自己手上拥有的专利来博弈，来让自己进入这个堡垒中去。

她从来不曾满足永远充当一个代理商的角色。

但对此感兴趣的米歇尔仅仅是董事会的代表，并不能替他们做出决定。

有着硬朗的脸部轮廓的米歇尔，少有地退让了："你得给我一点反应的时间。"

她停顿了一下，在视频的彼端，她点了一根细长的香烟，烟雾里看起来让她的面容柔和了许多："嗨，回首当年，没有人想过你能走到这一步。"

米歇尔指的是，林静雯大学还没毕业，一无所有，从传销窝里跑出来的时候。

那时候林静雯联系上HFB，毫无资质和行业经验，谁能相信她走到今天这一步呢？

"不要那么急，给自己放一天假，你已经很棒了。"米歇尔在屏幕彼端这么劝说道。

在结束视频通话前，她叼着烟："作为朋友，你知道我看到物联网的第一反应吗？"

也许在林静雯之前，业界或者也有这样的构思，但谁让它实现了？只有东方土地上的她。

所以，米歇尔用的不是gewaltig，也不是göttlich。

"Krass！"她用了这么一个德语词汇，作为这次视频通话的结束。

但挂掉了视频电话的林静雯，却并没有因为得到米歇尔的认同而高兴起来。她沏了一轮茶，然后抬头对赵维说："她左右不了董事会，找其他的关系。"

在边上跟林静雯一起开会的CEO赵维，惊讶地说道："可是刚才……"

"这里是广州，中国的广州，我们没有那么悠闲。"林静雯端起一杯茶，缓缓地喝起来。

如果按着欧洲人的生活节奏，那么大约，她现在应该是某个企业将要被清退的前台文员？或是转到人事部门？她不知道，但总之那不是她的习惯。

可以说，那也不是中国人的习惯。

"好的，老板，我看看这两天飞一趟汉堡。"赵维连忙站了起来，这么说道。

在不知不觉之中，他在林静雯跟前的应对默然地改变了，再也回不到当年那种他拥有专业优势的俯视，因为这些年来，她一次又一次正确的决策，足够让赵维摆正自己的姿态。

身边所有的人，没有谁还能用七八年前的态度来面对林静雯，因为她已不再是当年的她了。

第二十五章　过山车

而林静雯自己也习惯了这般转变。

但这时她的电话响了起来，是李建南打来的电话，林静雯有点奇怪，因为这个电话从记下来的七八年里，基本上就没有通过话，难道是石朴出了什么事情？

她接通了电话，就听到仍旧带着闽南口音的普通话："潮汕妹呀，我是李建南吼！你能帮我个忙吗？"

现在连刘书萱都管她叫"大家姐"了，听到这个久违的称谓，林静雯就有一种莫名的亲切感："南哥，你说。"

她说着，示意赵维喝茶。

而喝完了茶的赵维，很有眼色地离开了她的办公室并带上了门。

林静雯现在已经很习惯做预案了，或者说，以前她也有这习惯，而现在成了自然反应。

只要南哥开口的数目不超过七位数，为了这句久违的"潮汕妹"，她已经决定不拒绝了。

"潮汕妹，你肯定行的吼，你读过大学的吼，正经大学，不是阿朴仔那样的自考，你一定要帮我！"李建南看起来，很是惊慌失措。

这就让林静雯有点愕然了，不是借钱？

她有点无奈了："南哥，你到底出了什么事？你没吸毒吧？没借高利贷吧？没摊上刑事案子吧？要是有，那第一时间还是得报警啊！"

当听到李建南很确定的回答，完全没惹上类似的事，林静雯才松了一口气。

"那好吧，南哥，到底什么事？"她笑了起来，又不是借钱，也不是惹上事，她能帮什么忙？

李建南便有些扭捏，犹豫了几秒钟才开口："我……我跟我媳妇吵架了，你能不能过来帮我劝劝她？"

然后他报了一个地址，倒是离林静雯公司不算太远。

本来水开了，沏了一壶茶的林静雯，听着差点把茶壶都摔了。

夫妻吵架，这种事找她干什么？她又不是居委会大姐！

"潮汕妹，就指望你了，我老婆很生气，寻死觅活的，朴仔在劝她，但看着劝不住吼！"李建南说着，那边就传来砸东西的声音，然后他匆匆挂了电话，又在微信上发了个定位过来。

林静雯看着，感觉要疯掉。但看在这句"潮汕妹"的分上，她决定给自己放半天假，就去看看吧。

石朴也在嘛，也有三四天没见他了。

"老板约了石总啊？"助理看她出门，凑到她耳边低声问道。

因为行程表上，林静雯今天是没有安排的。

她笑着白了助理一眼："乱讲，哪里是！"

"有位老大哥找我帮个忙。"她又多解释了一句。

很有些欲盖弥彰的味道。

## 第二十六章　秋风悲画扇

在她离开公司之后，助理和行政的文员凑一起，几个小姑娘就在偷偷议论："打赌老板是不是约了石总？"

有人斩钉截铁地说："肯定是！"

"要不是的话，老板就不会多解释那一句。"还有福尔摩斯式开始整理逻辑来分析的。

当林静雯在位于黄村的小区找到停车场停好车之后，走到李建南租的五楼，还没进门，就听见了争吵声，而走进去听了不到十秒，她就后悔过来了。

这什么争吵呢？因为李建南要离婚！他媳妇不让。

但她已经进门了，李建南开门如见着救星一样把她迎了进来，坐在沙发上苦笑的石朴，偷偷冲她做了一个撇嘴的表情。李建南的媳妇颇有几分姿色，但此刻哭得极伤心，连林静雯看着，同为女人，心里都不禁生出梨花带雨这个词来。

李建南大约五六岁的孩子，抱着他的玩具，在努力地哄着妈妈。

"你叫谁来也没有用，你说我怎么你了？"他媳妇一边哭泣，一边这么问道。

她数说着自己跟他来广州，离乡背井的决绝；回忆着同甘共苦的日子，淘宝生意好时的快意，去武夷山看雪的欢娱……

"我是偷人还是败家了？还是没给你生男孩了？"他媳妇的质问，大约是一个极传统的女性发自内心的不平。林静雯马上就明白了，石朴为什么坐在沙发上一言不发。

这根本是除了陪李建南的媳妇一起骂李建南是渣男之外，真的没有第二种选择呀！

别说是现代社会，哪怕用最封建的道德观，这婚也不该离啊。

林静雯看着摇了摇头，转身往门外走。

李建南连忙拦住她："潮汕妹！说好你帮我的吼！"

"南哥，就别提广东俚语'宁教人打仔，莫劝人分妻'，你这退一万步讲，我也帮不上你忙。"

她向来就不是什么温柔如水的性子，当初一无所有在龙华，她怕得要死，都敢和"血汗工厂"的人事聊五险一金呢，所以李建南还想说点什么，她就忍不住了："南哥，要不是相识，我能劝嫂子一脚踹了你，我帮她介绍个比你强得多的对象，你信不？"

李建南一听脸就黑了："那可不成！潮汕妹你可别瞎整！"

他这话刚这么说出来，沙发上石朴就跟装了弹簧一样蹦了起来。

李建南他媳妇几乎马上就不哭了。

除了李家那懂事的小孩子还在那里哄妈妈，大家都静了下来。

这不对呀！不是要石朴和林静雯过来帮他吗？帮他干什么？达成他李某人的诉求，离婚啊！

"南哥，你啥意思？"石朴走过来，扳着李建南的肩膀硬把他拉到沙发边上，按坐在沙发上了。在这一瞬间，石朴和林静雯都让他整蒙了，合着这李建南压力过大，精神分裂了？

林静雯那脸瞬间就黑了下来："南哥你别告诉我，你让嫂子离完婚跟你一起过，然后你再找个女人结婚！七八年相识，不好意思，你这事说不明白，我就得报警！"

吓得李家嫂子连忙过来拉住她："别，别！南哥不是这样的人啊！"

林静雯看着李家嫂子，就真的很有些怒其不争的感觉了。

这个女人，她是真的爱着李建南的，可惜，后者多半就是个人渣！

"南哥，你要说不明白，阿雯走出这个门，她是真的会报警的。"石朴在边上苦笑着说道。

李建南叹了口气，终于说出了一番让人目瞪口呆的计划来。

所有的事情，是从他微信上的好友发来一则招聘启事作为起源的。

"在打游戏时认识的啊。"李建南一脸无辜地这么说道。

他打开手机，那是一款中国人做的和风游戏，李建南一进去就抽到了不少稀有的SSR。

而这位好友就是在游戏里的工会认识的。

"那边百废待兴,不但工资高,而且在当地混熟了,是很有发家的机会的。"

李建南把聊天记录展示给大家看,这位好友劝说他去的国外,其实就是在西双版纳与我国接壤的那个国家,对方倒是真真切切帮李建南做了详细的规划。石朴看到都愣住了,而林静雯看到笑了起来:"南哥,你们连这都想得出来?你们真的是天才!"

而在边上李建南的媳妇看着聊天记录,无名火真的三丈高了,操起边上的塑料椅子,劈头盖脸往李建南砸了过去:"你有病啊!我是护士,我给你药吃啊!"

说着她已经追着李建南,在房间砸了好几下,咬牙切齿地说道:"大郎,你来,你来喝药啊!"

跟刚才哭到失声的形象,真的判若两人了。

因为李建南和他游戏里认识的朋友,他们有一个非常"保险"的计划。

这个计划的第一步,是他们去到西双版纳,进入与我国接壤的国度打工,就是微信那位朋友转给李建南的招聘启事,当地的公司要招收拓展经理,需要有三到五年的经验,开了三万人民币月薪。

李建南和这朋友都觉得他们很合适,所以他们决定先去打工,摸清当地的局势,在赚取高薪的前提下,找机会跟政要拉上关系等。

但他们又担心当地太混乱,怀疑会不会是骗局,去了会不会被绑架。

"你们都知道有被绑架的危险,那还去?南哥,这不对吧?"石朴把李建南护下来,自己头上被李家嫂子砸了一塑料椅,痛得直哼嗦,但他仍向李建南问道,"你们还想着跟政要拉上关系,那怎么也得准备活动经费吧?你们凭什么觉得,揣着钱在异国他乡,又那么乱,当地帮派就不会绑架你们?明明你们之前还在顾虑这一点的呀!"

"那他们绑架我们,就亏死喽!"李建南不以为然地笑了起来。

这是他跟那位朋友计划之内的事,也是今天会闹家变的根本原因。

李建南对着石朴和林静雯说道:"我爹妈都送走了,只要我把婚一离,他们找谁勒索去?"

他说着，便高兴了起来，一拍手，甚至还略带着几分得意："打我吗？最多就是我被打几下。他找不到人勒索，总不能供着我们吧？又不是他们的爹，怎么可能白供着我们？那不还是得放了我们？你看，只要把婚离了，让他找不到可以勒索的人，就安全了！"

世上并没有什么事是无缘无故的，正如李建南不会无缘无故地做出这个决定一样。

"我近来运气吼，欧啦！你们懂吗？欧皇啦！"他这么向石朴和林静雯，包括那气得快把一口银牙咬碎的妻子，一本正经地这么说道。

他打开那个国内大厂制作的和风游戏，看到他账号里，从"大天狗"到"阎魔"到需要碎片拼凑的"两面佛"，还有什么"不知火""紧那罗"等SSR，还真不是吹的，李建南接着晒出他的充值记录，前后花了不到三百块钱。

"气运到了，知道吗？"他这么解释自己想去那个动乱国度，应聘那份高薪工作的原因。

被绑架的人，李建南觉得就是运气不好，而他现在运气很好，所以不怕。

并且觉得只要一离婚了，绑匪无人可勒索，只能放了他。

林静雯和石朴对望了一眼，两人真的同时瞠目结舌，完全不知道怎么劝说他。

其实李建南运气这么好，那是因为，他同时玩着好多款的抽卡手游。从战舰娘化的手游，到步枪娘化的手游，几乎是同类型的，就没有他下载不来玩的。而在其他的游戏上面，他的手气并没有这么好。

这是一个概率的问题，只要玩足够多同类型的游戏，总有一款看上去手气好一点。

天天打麻将，打得足够久，总有一盘能糊大牌的。

"南哥，一时的挫折，会过去的。"林静雯低叹了一声，对他这么说道。

石朴递了根烟给他："是啊，南哥，了不起从头再来，现在咱们也不是没有那条件。"

李建南不以为意地笑了起来："什么挫折？哪有的，我甲李讲吼……"

但他没有再说下去，因为边上的李家嫂子突然开口道："我现在就去医院把护士长辞了吧！虽然蠢，但南哥啊，当年我选了你，我们去拜过妈祖，发过誓的啊！"

说着她又禁不住哭了起来，就算李建南骗得过别人，瞒得过自己，还能骗得过她？

自从两个月前升了护士长之后，她就发现李建南不对劲了。

石朴和林静雯在商场里厮混了这么久，他们当然也没有看错。

听到这里，他们都看穿了，李建南在逃避，逃避他无法接受的现实。或者说，李建南需要通过这样骗自己，来逃离现在的生活。

他无法面对，不但同乡的小兄弟石朴不再需要他关照和看顾，连以前跟着他来到这座都市的媳妇也不再需要他保护，不再需要他遮风挡雨，赚得比他多，事业上也有着远比他光明的事实——尽管是小医院，那也是广州市合法的医院，能当上护士长绝对是一种职业生涯上的认可啊！

李建南不是忌妒，而是他感觉不到自己被需要了。

"我很勤劳的吼！阿朴仔，潮州妹？我没偷懒啊！你们怎么会这样看我？我出国就是要找机会，才能出头天吼！"他双眼泛红，激动地吼叫着，他对于大家认知的问题并不认可，到现在为止，他仍不认为自己是因为失落而做出的这一切。

林静雯看着李建南，很有些感叹，是的，他很勤劳。甚至可以这么说，林静雯长这么大，经历了这么多事，几乎没看过有谁比李建南更勤劳的了。从七八年前开始，他就真真实实一个人做三四份工作，他的每一分钱确实就是血汗钱。

"南哥，跟自己和解吧。"她伸手拍了拍李家嫂子的手臂，示意后者跟她出来。

然后走到屋外，她把一个鼓鼓囊囊的红包硬塞到了李家嫂子手里："等南哥消停了，手头宽松了，嫂子你还我，我肯定收。你得拿着，他要想不开做什么傻事，你得有现钱在身上。"

"不要辞职。"林静雯连续叮嘱了她三次，"因为我知道，一个女人，要在这城市得到认同有多难。"

话说到这程度，李家嫂子也是含着热泪点了点头。

然后林静雯就走了，这不是她能管，也不是她想管的事。更重要的是，她突然想打电话给妈妈。

在李建南的身上，林静雯看到了母亲的影子，不肯与自己和解的倔强和偏激。

她突然同情自己的母亲，因为在这一瞬间，她明白了所有。母亲不停地索要，不停地炫耀，是因为她害怕失去，她需要这样不断地给自己信心。

很少关心她，也许并非母亲不爱她，只是因为母亲在长久的生活里，在焦虑之中、不安之中，已经耗尽了所有的气力。

"妈，你近来怎么样？"林静雯在打通了电话之后，千言万语却只变成了这么一句。

母亲并没有产生什么戏剧化的转变，而仍是在电话那头数说着家长里短，攀比炫耀就是她话题里不变的主题和核心，但林静雯第一次没有觉得厌烦，笑着听着母亲说了足足四十分钟。

现在，她能听出电话彼端的女性长久的焦虑。如果再寻找这种焦虑的根源，林静雯是隐约有答案的，也许是从她来到世上的那一刻开始。

因为，当时一孩化是主流，但她是个女孩。而潮汕地区在那个年代，重男轻女习俗是一道绕不过的坎，也许，母亲就是从那时开始，慢慢地积累起来许多的焦虑和不安。

但也许并不是，因为她记得，童年时的父母是开朗而活泼的。

可是她愿意相信，就当它是。

"妈，勿惊，有我呢。"她这么向母亲说道，完全跟之前母亲的话题毫不相干。

母亲愣了一下，倒是有点紧张："惊什么？我跟你说，去俄罗斯我都不惊！"

所谓去俄罗斯，就是她的工友、闺蜜邀她一起去俄罗斯旅行。

"好啊，你和几位阿姨一起去呀，费用我全包了。"林静雯笑着说道。

于是母亲便开心起来了，她的喜悦向来就是如此简单，只要让她感觉有面子，她便高兴了。

母亲的面子，其实只不过是一种安全感。

"可是我仍觉得很烦。"她发了条微信给石朴。

尽管她理解母亲的焦虑，但并不能改变对这种行为的反感。

不过，她紧接着给自己设了备忘录，提醒每周得给母亲打上两次电话。

也许成功从来不是偶然，有些人，就是能强迫自己去做自己不喜欢但却是正确的事。

去一个动乱的国度，赚取那看着高额的薪水，也许在这个年代，仍能带给李建南们许多的遐想，并不是这些人都有好逸恶劳之类的恶习，是因为他们希望复刻改革开放之初那些成功者的身影。

他们也许是因为要创造自己被需要的价值，也许是要证明自己的才能，也许是寻找致富的机会，可以说，初始的驱动都是正面的、向上的。但石朴坐在黄村这边相对来讲朴素而实惠的茶楼，看着李建南和他那位游戏里认识的朋友，苦笑着向他们说道："南哥，你们说的我都明白，但你们有没有想过一个问题，一个很现实的问题？"

他的话，一下子就把李建南和他的朋友吸引住了。

石朴当然知道怎么吸引别人的注意力，否则的话，他的事业也不可能走到今天的规模。他递给李建南他们烟，这个茶楼大约远离市中心，禁烟的规则在这里相对来说，执行得比较宽松。

"南哥，这世界上只有一个中国呀。"石朴无奈地向他们这么说道。李建南和他的朋友一时没明白过来，以为石朴是在说什么冠冕堂皇的话。石朴一眼就看穿他们的心思了。

"晚上十一二点，哪怕半夜三更，单身女孩子走在街上一点事没有，因为是在广州。"石朴不得不更直接一点给他们举例，"如果你常去国外，就会发现，并不是世界上每一个城市都这样，这是我们的特权。"

所以，李建南他们考虑的，什么绑匪如果找不到勒索的对象，又不可能白吃白喝供着他们，只能把他们放了，这本身就是一个悖论。

"南哥，人体器官也很值钱的。"石朴看着李建南和他朋友惊讶得合不上嘴的表情，一时间真的不知道说什么才好。也不知道从何时开始，南哥已经不再是当年在他眼里，见多识广、无所不能的南哥了，尽管南哥仍然勤劳、仍然努力。

李建南的朋友甚至失声道："你是说，他们直接就把我们割肾了？然后跟电影《美丽坏东西》《下一个就是你》里一样，拿去黑市卖？那不能吧？又不是拍电影，那犯法的啊！"

而边上的李建南夹起一个虾蛟，拼命点头："对，不敢的吧？那和绑人不一样吼，那样很大罪的啊！我们研究过的，绑了人，他要打我们，虐待我们的话，一样很大罪的，应该不敢的吼！"

石朴长叹了一声："中国的法律管不到那里去呀，两位老哥哥！那里是外国，外国呀！"

李建南和他的朋友对望了一眼，脸上浮现出来明显的恐惧和后怕。

有一些事，一旦揭破了窗户纸，真的会有如梦方醒的惊愕。

"我……我他妈的，我是得有多蠢？"李建南气得扇了自己一巴掌，直接都把脸抽红了。

而到了这时，他才醒觉过来，自己之前的想法多么可笑和不靠谱。

"咱们之前咋就没想到呢？"李建南的朋友很落寞地起身，连扔在桌上的烟也没拿，失魂落魄地向茶楼外走去，石朴喊他，他摆了摆手，头也不回地说道，"我他妈是个傻×，回家给老婆好好认尿去，该跪搓衣板我也认了。"

这位要回家跟老婆认错的兄弟，石朴不熟，今天第一次见，他是没有责任去管的。但李建南他不可能不管。

他帮李建南点着了烟，发现后者拿着智能手机的手一直在哆嗦。

石朴看了一下李建南的手机屏幕，上面搜索出来的是，在西双版纳与我国接壤那个混乱的国度更多的消息报道，有把人当成血奴养的，有砍手砍脚的，有被骗去赌钱之后弄得家破人亡的，不一而足。

怎么可能不怕？李建南越看越吓到不行。

"嫂子，南哥清醒过来了。"石朴看着给李家嫂子打了个电话。

匆匆赶过来的李家嫂子，看着李建南，其实她并没有石朴或林静雯想象中的愤慨或不平。

她望着李建南的眼神里只有庆幸，看着亲人大病初愈的那种庆幸，看着他在车祸中躲过一劫的庆幸。

"撞了邪呀，还好，有好兄弟们帮你。"她拉着他的手，低声这么诉说着。

本来很尴尬并且很后怕的李建南，被媳妇捏着手，情绪渐渐地平息下来，至少嘴唇不再哆嗦了："老婆……"

"南哥，不要抽这么多烟了。"她轻声这么劝着。

李建南点了点头，平时是怎么劝他也放不下的烟，这回很快就熄掉了。

很平淡，也很平静，并没有突起突落的大悲大喜，也没什么誓言式的话语或是寻死觅活的举动。但石朴看着，却能感觉到，这就是爱情。

连李建南那几岁的孩子都能感觉得到，一下子就抱住了他的爸爸妈妈："爸爸，爸爸，我要吃牛肉肠粉！"

"好，好。"李建南松了一口气地笑了笑，帮儿子叫了一份牛肉肠粉。

事情到了这里，石朴也觉得自己是该告辞了，毕竟事情到这程度已经解决了，而这件事对李建南家庭的影响，也不是石朴一时半会儿能解决的，它造成的伤害，也要留些时间给他们自己去舔舐伤口，去慢慢修复这一切。

但在离开的时候，李家嫂子叫住了石朴，她并没有避开李建南，直接就把那个硕大的红包塞到石朴手里："之前那妹子给我的，你南哥叫她潮汕妹的，她很好心让我留着，以防有什么事，我当时也吓到了，真的好感激，现在南哥醒过来，就用不上这笔钱了，你得帮嫂子还回去！"

"对对！帮我感谢潮汕妹！跟她说，南哥找空请她吃饭！"李建南红着眼眶这么说道。

石朴摇了摇头，拿出手机给李建南看，是林静雯发的信息："请南哥帮咱们个忙吧，不知道他方便不？"

当看到林静雯这条信息，石朴真的能感觉到，李建南的胸膛一下子就挺起来了。

# 第二十七章　癫

每一个人，严格来讲都有他自己的用处，何况是一位勤奋努力而且人品可靠的人。

所以林静雯要找李建南帮忙，并不是开玩笑。

不仅她投了一笔钱，童敏也投了一笔钱，她们想投资那家由香港人阿强过来创办的"碗仔翅"私房菜，多开两家私房菜馆，不求跟"炳胜"一样，从大排档做到如今的地步，至少看着阿强的经营是能赚钱的，并且味道也蛮不错，自己跟朋友聚会也有个落脚点。

"但不论是阿雯还是童敏，都不可能去参与经营啊。"石朴这么对李建南说道。

林静雯不可能放下公司的事务去弄私房菜馆，已经在广告行业打出名声的童敏，也不可能扔下事业不管啊，所以，这是她们一直头痛的问题，但在来过李建南这里之后，林静雯觉得，如果石朴能把李建南劝醒的话，那么她就找到了人选。

石朴笑着对李建南说道："南哥，你就帮她们一下吧。"

李家嫂子保留着很传统的习惯，尽管她在这个都市适应得很不错，但在茶楼，她称呼石朴并不叫他的名字，而是跟着她的儿子叫的："石叔，我和南哥也不是不知道好歹的人，这哪里是……"

在她看来，这完全就是林静雯她们的善意安排。

石朴打断了她的话："嫂子，这是生意。你问南哥就知道，潮汕妹一向生意归生意，从七八年前就这样，她分得很清的。要找一个让她信任的人不容易。"

其实不论是林静雯的表姐，还是童敏的表哥，他们当财务总监或 HR 不能胜任，但作为投资人代表去监督经营情况，那是绝对没问题的。

但石朴不想李建南刚挺起来的腰又弯下去。

李建南用力地点了点头："潮汕妹那是分得很清楚的，不合适的话，连她表姐都被开除了吼！但是，朴仔啊，这钱我也不要拿的，我帮她没问题吼，但无缘无故，还没去上班，怎么就能拿钱？勿吼！"

可是石朴这样的人，铁了心要给钱，他总能给出去的。

不但把林静雯安排的几万块，用服装费、交通费、伙食补助、专业培训费用等名义，给李建南安排得清清楚楚，而且自己又掏了一万两千块出来："这生意我也投了一笔钱，南哥，我也有份的。这是孝亲基金，我公司员工每个人都有的啊，最低职位每个月一百块，给员工的父母的，你代表我们投资人，你职位高，所以这是你的，每个月就一千块。"

听上去很有一番道理，大家都有，每月一千算起来的确也不多。

而且石朴又加了一句："南哥你要一定不拿，我只能回去取消员工的孝亲基金了。"

话说到这地步，李建南两口子不收也得收了。

因为李建南的参与，阿强因开分店从香港请过来的厨师，很快就不干了。

"条仆街癫㗎！食环署都唔够佢变态啊！"那厨师疯狂地咒骂着，他冲着阿强说，"如果系湾仔，我斩佢十八碌！"大意就是李建南是疯的，就算香港的食环署工作人员都没有李建南那么严格。

阿强低声劝着他，赚钱不容易，香港那边压力大，过来内地能赚到钱，大家都是看得见的。那个厨师三十来岁的模样，很有些肌肉，脖子上刺着青龙文身，但此时他非常痛苦地扯着自己的头发，蹲在小区的石凳上："强哥，条友癫㗎，点搞落去啊？厨房的糖和盐，他同你精确到零点几克！攞个仆街智能秤！戴对白手套摸来抹去，啾！点做啊？"

其实最让文身型男厨师抓狂的原因，他并没有跟阿强讲出来，那就是李建南会做菜。

七八年前就一人打几份工的李建南，早餐店揉过面，酒楼后厨杀过鱼，本身又是个好强的性子，看着媳妇有护士资格证，他就偷偷去考过厨师资格，拿到国家职业资格五级的证书。

不高，这个级别总共五级，五级是倒数第一，算是初级厨师。

要做粤菜，李建南是不如这位文身型男厨师的，但毫无疑问，李建南在厨房肯定不能算外行人了。

内行人一旦认真起来，那就是绝对的噩梦了！

"这样，你别激动，我去找林总谈谈，看看能不能换个投资人代表过来，好不好？看在钱的分上，忍一忍吧。"阿强递了根烟给文身型男，然后好说歹说算把人劝回去干活了。

但这厨师一走，阿强给林静雯打了个微信语音通话，却提也没提换人。

相反，阿强主动提出，新店让出百分之一的利润，作为奖励给李建南。

因为阿强觉得，李建南干得太棒了。

文身型男为什么会被阿强说动，北上内地呢？不是他做菜不行，甚至他家里也不是没钱的，但他当厨师，把一家酒楼和一家大排档生生做垮了。

因为他有许多朋友，过去吃完饭就挂单。

这么弄下去能不垮吗？何况那些人身上文龙刺凤的，谁敢强行要他们埋单？

所以，文身型男有一整年找不到活了，谁还给自己找个爹来供着啊？

阿强其实很担心，自己的小小私房菜馆会不会也被吃垮。

要不是这厨师的手艺在果栏很有名气，而且一时找不到更好的人选，阿强真的不会请他来。结果一来，不出所料，这文身型男在广州呼朋唤友，联络了不少从香港过来的朋友，又结识了一些广州当地的人士。

不过面对李建南，这一切完全没有用。

想吃饭不给钱？不要做梦了，李建南马上就报警。

想动武？自从李建南直接冲自己胸膛砍一刀，然后坚持如果吃霸王餐的人不给钱，他就不去医院缝针之后，没有人再起这个念头了。不是因为李建南用刀砍穿自己外套之后，在胸膛留下缝了五针的很浅的伤口，而是他那表情真的把文身型男厨师的朋友吓到了。

就为吃个霸王餐沾上人命案，谁会这么干？

仅仅因为客人不付账就以命相搏，李建南会这么干，也正如这厨师一开始所说的："癫㗎啊！"

他们不知道，李建南为了证明自己的价值，甚至走火入魔地想去混乱、各种势力割据的国外闯荡！

私房菜馆里的风云，于林静雯来讲，并不能让她感动，只是烦躁。因为她一点也不想李建南因为一顿饭钱，发生砍自己一刀这样的事情。

根本就没有必要，或者更坦率地说，她甚至不在意私房菜馆是否能够盈利。

但偏偏李建南这样的行为，她还得领这份情。

这种烦恼很困扰她，以至于她在公司高管的例会上，无意地走了神。直到赵维又再叫了她一次，林静雯才回过神来。

"林总，咱们这广告词，没必要改得这么小心吧？"有区域营销总监这么向林静雯问道。

这位总监指的是总经理赵维提出来的整改方案，要求把公司关于宣传方面有夸大成分的词都替换掉，但对于这一点，公司市场部的高管几乎全都是反对的，不论是哪个区域的营销总监都认为："卖啥还不能让人吆喝两嗓子呢？"

"可是现在就咱们这么搞，同业照样吹，那咱们怎么回款？"

"咱们这样，只会被客户认为底气不足啊！"

他们有许多不平，把目光都聚集在林静雯身上，毕竟如果业绩出现了问题，就是老板亏钱。大家都认为，林静雯肯定会支持他们，让赵维的这个整改方案付诸东流。

但简略听了一下他们的意见之后，林静雯清了清嗓子："这个一定要改，各行各业，国家一直在整治，《广告法》本身就是明文禁止这么搞的，美容行业绝对不会是法外之地，先改，比迟改好。"

与会的高管沉默了一阵，很快他们就涌起许多反对的声音，甚至有人提出，这样的话，下半年的目标根本无法达成！这其实也是一种近乎逼宫的行为。

要不林静雯和赵维代表公司让步，要不就是整个营销体系的让步。

而毫无疑问，到目前为止，双方都认为自己代表着正确的一方。

不是正义，是正确。

对于营销总监来说，尽快完成他的业绩目标就是正确。而公司要倡导的这种修改，无疑就是人为给他们设置障碍！

林静雯听着他们此起彼落的声音，突然感觉到无比厌烦。

她站了起来："就这么办吧，公司承担所有的结果。"

一下子办公室就静了下来，所有人都没有料到林静雯如此强硬。

"医美和生美的区别你们了解吗？国外对两者的定义和国内对两者的定义，其中的区别，有人能站起来说说吗？"林静雯冷冷地看着与会的高管，"想提反对意见，可以，你们下去把这两个事搞明白，三天之内都可以私下来找我聊，就这样，散会。"

医美指的是医学美容，而生美指的是生活美容。许多国家对这两者并没有很严格的区分，但在国内，它们却有着极明显的分界线。

所以赵维提出这个方案，林静雯是很赞同的：但凡有"最""全球第一"之类的都要拿掉，凡是标注"医用"的光电产品，就绝对只能在符合条件的医院使用，不允许卖给美容院；而标注是生活美容使用的，就不允许去提疗效，因为它是生活美容，没这功能！

不是林静雯不喜欢赚钱，而是她有着很敏锐的触觉。

《广告法》对于虚假、夸大宣传的处罚和相关措施，让她有一种必须未雨绸缪的感觉。

所以，就算所有的营销总监都反对，林静雯也决心要这么执行下去。

事实上，哪怕当营销总监搞明白了医美和生美的区别，以及国内的监管力度，并没有谁来找林静雯再聊，销售基本上就是一个完全丛林法则的领域，不是人精绝对出不了头的，何况能做到区域销售总监的人？一旦搞明白，马上就理解，林静雯为什么亏钱也要这么做的原因了。

"老板，其实，我们也许可以不用这么急的。"作为方案起草者之一的财务总监，在散会之后，倒是主动走过来，跟林静雯低声这么说。

不为别的，她单纯就是心疼钱。

这个方案执行下去，库存的宣传资料、外包装，包括招商会、发布会用的横幅、X型展架、包柱、海报等，甚至连随仪器一起的说明书、彩页，全部都要重新设计，重新印制。如果能缓一缓，在全国各大区域招商会做完之后，把耗材、仪器都销售出去，绝对就能省一笔钱。

她是大管家，觉得自己有义务来提醒林静雯。

"就这么执行吧。"林静雯微笑着对她说道。

其实的确除了医美和生美在国内界定很清楚之外，至少目前为止，夸大宣传的问题还没有整顿到美容行业来，但是不要忘记，林静雯正在试图跟HFB董事会进行谈判，她想用自己手上的专利去跟厂商进行专利共享。那么，她就不得不考虑在国外的影响。

如果在国内的宣传资料和口径被拿到厂商董事会，或是被有心人闹大的话，那将对她跟厂商的谈判造成难以估计的打击，这是她不容许出现的事情，并且她总觉得，相关的法律法规不会说说而已，美容业必将也要按着广告法所规定的方式来整改，来让整个行业的风气焕然一新。

不过林静雯并不担心这些，对商业上的谋划，她现在已有足够的信心去应对。

只是想起李建南，她真的感觉发愁。

而这时她的电话响了起来，是童敏打来的。

一接这个语音，林静雯就叹了口气："都是你这馋猫，煽动我去投'碗仔翅'，结果现在南哥搞到缝了五针，唉！"

谁知道童敏听了事情经过，在电话那头真的就是变身迷妹："南哥真爷们！血性！啊啊啊！下周去广州，我们一起去找南哥喝酒！"

"滚，南嫂是护士长，看你这疯样子，一会儿喂你喝药。"林静雯说着，自己都笑了起来。

不知道为什么，不论她多不开心，和童敏聊上，大抵总会有笑容。

"姐姐，你记得李亮吗？"童敏在嬉闹之后，认真地向林静雯问道。

时间已经过去很久了，七八年里，林静雯经过了许多的风与雨，以至于她要回忆一下才能想起来，那位高才生李亮，就算做传销，几天时间也能做到第一名的李亮。

大多数时候，尤其在和平年代，社会没有大的动荡，那么通过一层层筛选的考试体系，不管愿意或不愿意承认，就已经把人的智力做了一次等级划分，所以，能从乡下冲上北京985大学的李亮，他的智力和头脑真的是不容置疑，绝对是同龄人里顶层的，所以就算在传销窝里，他也仍然是最闪亮的"崽"。

至于说林静雯、石朴这样的例子，尽管也拥有自己的事业，但那是依靠着性格中的倔强和自律，家庭的压力、对父辈的承诺等，还有时代的机遇，才能在万千被筛选下来的人里，成为脱颖而出的励志榜样。他们的经历往往存在着不可复制性，但李亮、赵维包括唐翔们，他们的人生之路，真的要比林静雯们轻松许多。

从传销窝出来之后，林静雯和童敏在大学宿舍里，为了生存苦苦挣扎时，李亮第二天就去游戏公司上班了，然后很快被猎头挖走，当上主策，游戏上市不好也不坏，但他还是从容赚到第一个一百万。

然后他判定自己的性格在游戏行业出头的机会很渺茫，拿到分红后就去考公务员。

其实他和刘书萱在这一点很一致，那就是考试对他们来讲从来不是什么为难的事。

于是他就考上公务员，在北京部委上班。

"现在也是个小领导了！他说，有个内幕消息，要拉咱俩一起做！"童敏在电话里都下意识压低了声音，但却压不下那按捺不住的兴奋，"姐姐，你说这事能整吧？这整成了，我是不是就爱马仕自由了？不不，古驰自由我就很满足了！"

她竟然在电话那头偷笑出声了。

林静雯真的被她逗得也笑了起来："你就说看中什么吧。"

但童敏却很认真，否认了自己想买包，而是认为李亮脑子很活的，所以他说现在有个机会，她觉得这内幕消息是难得的好机会："姐姐，他说这个内幕啊，投点钱进去，三个月就能套一大笔钱出来，不劳而获谁不喜欢啊？"

低俗而实际。

当面对亲近的人，往往没有那么多的戒备。

但林静雯却皱起了眉头："这听着就不是正道。而且不劳而获我不喜欢，它说明随时可以被取代。"

童敏明显没有想到这一节，但她仍然很快又开心起来。

她的思维模式跟林静雯是完全不同的。

"取代就取代呗，能捞上一笔钱，只要不犯法，不老高兴吗？"童敏这么说道。

林静雯突然感觉也无从反驳，她笑了起来："好吧，随你吧，反正，你别答应他任何东西，随便先聊聊看嘛。"

不犯法，但根据内幕消息，赚上一笔钱，这套说法本身就是悖论。

因为可以赚钱的内幕消息透露出来，本来就是一个不合法的事。

林静雯很担心童敏因此惹上什么麻烦。

因为这些年里，类似杜长卿那样的人物，最后弄险而"翻车"的，还真不是一桩两桩了。

林静雯要不是看多了之后有了一个清晰的认知，怎么可能会对自己公司的产品率先展开自查自纠？

深圳福田的日式料理店里，白衬衣、素色长裤、黑色皮鞋、黑色夹克的装扮，并没有让李亮显得土气，他身上有那么一股子气质，配上这一身打扮，看着就是国家机关的工作人员，以至于他谢绝喝酒，显得非常顺理成章："中央八项规定，不能喝了呀！抱歉、抱歉！"

毕竟有一起在传销窝里待过的经历，童敏跟李亮聊起来并没有什么隔膜，尽管多年不见。童敏也不是这么多年都是那么天真，单纯凭感觉去对待人和事。她看着林静雯成长，又被自己男友不时提醒，她现在也会去听一些东西了。

而李亮本身就很健谈，他也没有炫耀，但在不经意的言语里，他这几年在北京的人脉、晋升的经历、平时的生活，都能从话语里听出些边角。只要静下心去推敲，基本能还原出他在北京的生活轨迹了，就让人感觉特别可信，真真实实的生活：从他坐的公车，加班从单位打车到家的价位，能推出他大约住哪个小区；从他提到下班在小区对门买水果，而推敲出来他习惯走的是这个小区的南门而不是北门。

所以他接着聊的事就显得特别真诚："不违法，是因为这公司不在国内，我要透露给你国内公司的内幕，那不成的，我本身是公务员，那就犯法了，毒树生毒果，追溯起来，咱俩都会有问题。但国外就不一样了，国外公司的信息，又不在国内上市，对吧？"

李亮笑着夹起一块三文鱼，对童敏这么说道。这话从他嘴里说出来，就是特别能让人信服："这是在东南亚的公司，它将建立一个全球分散的生态系统，你知道，有许多国家都希望跟中国一样发展起来，所以，可以看作是另一次改革开放的机会。"

更准确地说，是靠近广西、跟我国接壤的某个国家，这个公司主要的推广地就在那个国家。

而那个国家，的确在很多方面模仿和仿效中国。

所以李亮提到改革开放，特别贴切，国内很多人就在那个时候先富起来，这对中国人来讲，是不可磨灭的记忆。听着他这么说，童敏下意识地点了点头，停下了筷子。

李亮笑着介绍他所知道的内幕，那就是如果投资到他所提的这家公司，每月能获得百分之四十的投资回报，每次引入新投资者时向引荐者提供百分之八的奖励。

"咱们不介绍新投资者，免得搞成传销，对不对？天知道国外的，国家哪天会查呢？"

李亮这么说，更显得诚意和可信了："但每个月百分之四十的回报，这不三个月就回本吗？后面就都是赚的。"

如果说童敏这时还有什么顾虑，那李亮接下来的话就让她打消了最后的提防："你也别急着决定，回去跟家人商量下，再决定投不投吧。"

## 第二十八章　草蛇灰线

深南大道华联大厦副楼的酒吧，是童敏带着李亮在晚饭之后转场的所在。酒吧里个性张扬的手绘墙壁以及复古精致的配饰，奢华有档次的华丽吊顶，让人一眼就能看出档次。他们来的时候比较巧，酒吧里正在进行某种京剧主题活动，一进来明显就让李亮很有感觉，也许是周围的环境感染，脱下了黑色夹克的李亮没有再拒绝举杯。

也许，是因为童敏递给他酒杯时无意间的一句话，大意就是朋友在一起得喝酒，喝了酒才能看出来，这人到底是怎么样的性情啊。当然，童敏的表达要更通俗一些，她向来不是很有心机的人，也不习惯端着架子装模作样。

总之，李亮接过了那杯威士忌，在周围的音乐声里，在歌手卖力的演唱中，他和童敏碰杯，一饮而尽。看起来，李亮的酒量很不错。坐了一会儿之后，李亮在酒精的作用下，也渐渐有了些醉意，聊起天来更放肆一些："不不，那年逃出来？那时其实我喜欢林静雯！"

"但你知道吗？我有点怕她！"他笑了起来，高举着酒杯，对着童敏这么说道。

童敏是很感性的人，听着便大笑起来，给林静雯发了一个视频通信。

而大约是周围的音乐声太喧嚣了，李亮看上去一点也没察觉，或者是他已经有了醉意。

当视频通信接通之后，李亮仍在傻笑着，喃喃道："哪怕到现在，我仍下意识不太敢见她。"

"我真的喜欢她，但不敢说，不敢说，就让它过去吧！"他说着，再一次喝光了杯里的威士忌，解开了衬衣的一个扣子。

童敏笑着切换着手机镜头，对林静雯说道："你听到没有？听到没有？"

但在彼端的林静雯并没有什么笑意，反而有些严厉地问道："你在哪个酒吧？发定位给我，马上！"

"你能不能别摆出'后妈脸'啊！"童敏嘟着嘴抱怨道，但她还是马上给林静雯发了定位。

过了不到二十分钟，童敏的男友匆匆跑进了酒吧，很快就找到了正在举杯、醉眼惺忪的李亮和童敏，男友甚至额角都渗出汗珠了，看起来很急，寒暄了两句之后，直接就对童敏说："家里出了点事，咱们得赶紧回去！"

然后他又向李亮问道："要不要我顺路也送你一趟？"

李亮连忙站了起来，微笑道："不用，不用。"

他很客气并得体地表示，让童敏他们有事赶紧处理，至于他自己，再小坐片刻，一会儿打个车回酒店就可以了。

直到上了车，童敏才感觉到不对："你怎么知道我在这酒吧的？"

当然是林静雯打电话给他，让他不管在干什么，马上过来接童敏走，所以他刚才健身，深蹲做到第五组，澡都没洗就开车过来。看着副驾驶座上颇有些醉意的童敏，男友终于松了一口气。

大约是因为对林静雯的信任，所以接到那个电话之后，他就精神高度紧张，直到接到她，才放松下来。童敏嘻嘻笑了起来："刚才那家伙叫李亮，他喝醉了，然后说当年其实是喜欢姐姐的，就是大雯雯，但你知道吗？他是个厌货，不敢说！哈哈！所以，酒还是要喝的，这话，他要不喝酒，就说不出来！接着喝！"

"对对，回家陪你喝，好吗？你给姐姐发个信息吧，她蛮担心你的。"男友颇有点无奈，却又一脸的怜爱，一边开车出停车场，一边哄着她。

童敏又再次给林静雯发了个视频通信，一接通就喊："妈！您女婿接上我了，您看！您老人家可放心了？"

然后她就狂笑起来，但是笑了一会儿，她又对着电话红了眼："姐姐，姐姐，我知道，我知道，都在心里！"她有点激动，对着林静雯说道，"不用担心我的，我好好的，好好的！你也要好好的！"

林静雯在视频的彼端有点头痛地揉了揉太阳穴，童敏在她们这一圈朋友里其实酒量不错，毕竟东北人，体格又大，但禁不住她喝得猛啊，而且还不用人劝，自己一杯接一杯的，每一次基本都是童敏先来状态，不过她这状态要说醉也不好讲,因为的确她往往还能再喝不少。

"那人你看到了,醉了?"林静雯这么问道,明显问的是童敏的男友。

男友看红灯转绿,打了转向灯,摇了摇头:"感觉跟完全没喝过酒一样。"

一个喝醉了的人,再怎么控制自己,他总会有一些躯体、语言失控的细节。

但李亮没有,他不但脸不红,而且表现得非常得体,也就是说,至少对于他来讲,还远远没到醉的量。

林静雯点了点头:"把这大可爱弄回家吧。"

童敏在酒吧一开视频,林静雯看着就感觉不太对,在生意场上这些年,什么时候该做出不胜酒力的样子,林静雯太清楚了,装醉该怎么表现?她心里亮堂得很。所以通过镜头一看李亮的样子,还有那"酒话",她下意识就感觉不对劲,才会让童敏的男友赶紧去接她。

在虹口机场等航班的林静雯,挂断了童敏的视频通话,给刘书萱发了个信息:"麦兜,有空?"

因为几乎在不经意的聊天里,刘书萱都随时会透露出爱情的酸臭味道,她知道刘书萱近来在热恋之中,所以会先问问对方是否有时间。

不过看起来,刘书萱哪怕在热恋里,也仍然保持着触手怪的状态:"恋爱和战斗,都要勇往直前!花会枯萎,爱永不凋零!没空!哈哈哈!"

这位看起来似乎还没喝酒就先醉了。

但刘书萱马上又发来两条信息:"你不是孤单一个人。""流星,回应少女的祈愿吧!"

林静雯笑了起来,发了一句话给她:"花些钱,能拿到这个酒吧门口的监控录像吗?"

然后她发了一个定位,就是之前童敏发给她的那个酒吧定位。

她对李亮,就算这么多年过去,仍然有着很强的抵触。

拿到监控视频这样的事,如果是私营门店,只要有合理的理由,通常都不会太难,因为门口人来客往,也不存在什么私隐的问题要避嫌。所以童敏那天喝完了酒不记得有没有拿走手链,看看一起过来酒吧的男士是否有帮她带走,这算不算一个合理的借口?

如果门店觉得合理，那就合理了。

而门店的安保负责人如果说原本还有什么顾虑的话，刘书萱托的人马上就打消了他的疑虑。因为刘书萱托的人，只要求李亮和童敏进店的录像，还有李亮和童敏分别离店时的录像，对方很痛快就把录像给了刘书萱托的人，而且给了一句非常官方的话，以撇清关系："客人之间的钱物纠纷请自行解决。"

拿到录像之后，刘书萱就发给了林静雯，不出后者所料，在童敏被男友接走之后，不到二十分钟，李亮就出来了，而他站在店门口，不一会儿就有车来接他。

林静雯看着那录像，禁不住冷笑起来。

这个时代，去到一个陌生的城市，当然不一定要叫出租车。不仅可以扫码骑单车，更可以叫网约车。但是开奔驰 ML300 来做网约车的毕竟不多，何况门店的摄像头还拍到了车牌。

普通人当然不可能根据车牌去查到车主的信息。

"看看公司是否给这个车牌交过违章、停车费等。"林静雯把这个车牌发给了自己的助理。

于是很快就有了回复："这是唐翔唐总的车。"

助理甚至都没有去查，因为她认得这个车牌。

唐翔无论是他锃亮的光头，还是常年三件套西装，或是八国语言与那诙谐有趣的谈吐，都足够给人留下鲜明的印象，何况他还有业绩，谁也不能抹去的业绩。

所以助理当年也是唐翔的迷妹，一眼就看出这就是唐翔的车牌。

并没有出乎林静雯的意料，她甚至不再需要去考证李亮在煽动童敏的投资计划是不是真的存在，会不会真有问题。

"我现在转给你二十万，你带上你男友，去和李亮再聊一次。"

林静雯的意思是让童敏就拿着这二十万，按李亮的指引去投资。

"让你男友陪你去。"刚刚到了欧洲的林静雯给童敏打了这么一个越洋电话。

童敏是宿醉方醒，一脸的懵懂，但基于对林静雯的信任，她还是应了下来。

而等到挂了电话之后，童敏才发现一个问题，她没有问林静雯到底为什么要这么做！

尽管她能听出来，这是一个局，大约是林静雯识穿了李亮的某些谎言。

"我得问问大雯雯到底怎么回事，李亮怎么说也算是老朋友啊！"童敏对着身边的男友这么说道，后者难得周末，也是睡眼惺忪，但听着这话却就清醒过来。

他觉得完全没有必要。

"她都要我陪你去了，看起来，就是怕你遇到什么危险啊，这要是无凭无据，不至于如此。"相对而言，男友的思维模式要比童敏有逻辑得多了。

而当李亮接到童敏的电话，到约定的福田区的某个咖啡馆，当着童敏和她的男友，又再把自己的"内幕消息"演绎了一番。

不得不说，他的确头脑很厉害，而且演说的水平也很高。

童敏的男友感觉自己如果不是事先有林静雯的提醒，十有八九就这么被他说动心了。白来的钱，谁不喜欢呢？不喜欢的人总是极少的。其实就算是林静雯，如果不是因为助理认得唐翔的车牌号码，那么她也不太敢确定，李亮所谓的内幕是不是真的。

二十万在这个年代，通过网络转账马上就完成了。

李亮并没有太过兴高采烈，他更大的注意力是放在咖啡馆的墙上，正在直播的朱日和阅兵。当童敏和她的男友看着阅兵时，李亮不失时机地暗示，自己的单位也为阅兵的某些环节出过绵薄之力的。

然后他马上脸色一变，向童敏他们说："不不，我刚是在胡说的，这个你们千万不要当真！我也不是什么公务员，不是啊，阅兵更是跟我们部委一点关系也没有。"

但他越是这么说，越是彰显出自己真的跟阅兵有关系。连边上喝着焦糖拿铁咖啡的那一桌都在低声议论："看到没？真是当官的，人家就厌得不行！""对，对，他们公务员，有保密条例嘛。"

他在那里越强调他不是，越强调他胡说，就越是让人相信，他真的是体制内的人，而且还是在要害部门，才会如此小心翼翼。

以至于一起在咖啡馆看完了阅兵之后，又请李亮吃了饭，出来后给林静雯发微信，童敏的男友忍不住说了一句："问一下姐，确不确定？这人看着还真是体制内的呀，说不准真的是什么内幕消息。"

这就是李亮演讲水平和能力的体现，也同样说明为什么明明知道是骗子，但还是有人会上当受骗。

童敏的男友绝对不是一个没文化或是没心机的人，要不然他的广告公司也不可能在深圳生存下来，并逐步发展壮大。而且林静雯明明让他们来投资，就是把李亮当骗子，可是听李亮聊完，童敏的男友仍不免会有这么句"确不确定。"

也就是说，他心里其实不希望李亮真的是骗子。

这个时候只要有那么一丁点理由，他都会下意识去相信，李亮不是个骗子。

人会受骗，往往是因为他愿意被骗。

其实，如果不是认出唐翔的车牌，哪怕林静雯也绝对不敢下结论的。因为李亮的表现，每一个环节都是挑不出毛病的。而且，钱也不是到他的账户，二十万，真的就转成了公链币。

"报警。"林静雯毫不犹豫。

这一刻她没有讲什么逻辑，直觉，女人的直觉。

也许会犯错，但在这一瞬间，她愿意相信自己的直觉："他绝对不是一个公务员，他所说的部委里，绝对没有他的名字！"

但是这一次，林静雯猜错了。李亮从来就不是一个简单角色。

当时林静雯是想直接报警的，但是童敏的男友觉得先问问为好。

因为他的坚持，林静雯觉得问一下也改变不了什么。

谁知道，这么一查，李亮还真的是个公务员。

现在的政府机构都很透明，特别是林静雯这边，提出有经济方面的交往，想证实一下，李亮所提的那个部门里是不是真有他这么一位正处级公务员，部委那边的机构很快就给了肯定回复，而且还给了张生活照片过来，那真的是李亮。

而且如果需要进一步的资料，只要报警立案，或是向相关纪检部门举报违纪情况，就会有专人来接洽。但童敏的男友看着，就劝林静雯，要不就算了吧？毕竟那二十万也还没亏呀，现在还在那公链币的账户上面呢。

不但那些公链币在，还小赚了一点。要举报啥？举报李亮建议童敏投资公链币，导致她赚钱？

先不提法律上或是公务员的操守上，这是否违规的，按最普通的道德观来讲也很怪异啊，李亮没收一分钱手续费，也没逼着童敏去投资，就只是建议一下有这么个路子，然后童敏赚钱，接着把李亮给举报了？

别说童敏，林静雯都过不了自己心理那一关啊。

但林静雯郁闷到不行，不但李亮这事出错了，而且她的欧洲之行也非常不顺利。

厂商突然得到一笔热钱，原先有所松动的意向又荡然无存了，提出的条件完全就是没有一丁点诚意。

所以她飞回来时，接到童敏电话，那种颓丧，真是远隔重洋童敏都能感觉得到。

童敏很不放心她，跑过来接机，再把她拖到体育东路，在东悦酒家给她洗尘。

一路上林静雯都很郁闷，因为不但专利共享的项目并没有顺利开展，而且她关于李亮的判断也失误了。

尽管不是什么无法接受的事，但琐碎的事都凑在一起，很败兴。

"那没事嘛，又还没报警。"童敏一边走一边摇着她的手臂。

林静雯没好气地说："你别拖我行吗？要不你去拿车，我在这里等你。"

这个建议肯定是行不通的，因为之前去东悦吃中午饭时，童敏发现中旅大厦停车场有位子，就强烈要求停在那里，再打车过去体育西路。原因是中旅大厦的一楼，有一家可以称为她心头好的烤肉店"味道门"，不见得特别豪华奢侈，但就是很对童敏的胃口，所以每次过来她都非去不可。

"打车吧。"林静雯有些郁闷地说道。

前后怕得有一公里出头了，她实在没什么心情走。

童敏马上嘲讽她："大雯雯，你还健身撸铁呢！走两步都这么懒？来，跟我念，有氧运动！哈哈哈！"

林静雯感觉哭笑不得——有氧运动配合高热量的奶茶——大约也就童敏想得出来了。

实在拿她没办法的林静雯，只好被她拖着慢慢走过去，但走过远洋大厦，林静雯的脸色便好了一些，因为那里有好大一棵桂花树。七八月的枝头，花还未盛开，但已在枝叶之间隐约能看见花蕾。

也许再过几天，或者再过一个月，桂花香气便会从满树的花朵里弥漫四溢。

但是，童敏在桂花树下停了下来，望着大树，对林静雯说道："大雯雯，并不是每颗花蕾都能绽开。并不是。"

也许一阵雨后，就会有不幸的花蕾凋零。

并不是每件在逻辑上没问题的事都能成功，所以就算是林静雯对唐翔和李亮，自认看透了他们，但她也并不是每次都正确。

就算她感觉厂商已无退路，但突然进入的一笔热钱，却让厂商有了跟她谈判的底气。

"谢谢。"她张开手，抱了抱童敏。

只有真爱她的人，才会看出她的郁结，然后花心思拖着她走过来，在她喜欢的桂花树下，来开解她的不快。

"要不，咱们再去太古汇走走？"童敏看着前面就快到的停车场，这么提议道。

不是因为她看中了什么，而是真的吃得饱。去太古汇再转一圈消食，晚上的烤肉才吃得有滋味嘛。

林静雯叹了口气："你一天到晚奶茶、烤肉、叉烧包，高糖、高脂、胆固醇，偏偏就不胖，体检各项指标也没事。"

"对啊，要是腰粗了，穿衣服不好看，我肯定跟你去撸铁。"童敏抱着奶茶又喝了一口。

林静雯点点头："上天是公平的，所以你看着就不太聪明的样子！"

"但我好看。"这种斗嘴，这么些年下来，套路都已经很熟练了，童敏一点也不慌。

林静雯听着，突然停了下来。突然之间，她发现了一些之前没有察觉的细节。比如说，李亮的模样。

"你跟李亮见过面的，是不是感觉，他似乎比当年好看些？"林静雯拉着童敏，急匆匆地走进了桂花树边上的咖啡馆，坐下之后这么问她。

童敏陷入了回忆之中，她的确并不擅长逻辑，但也绝对不仅仅是长得好看。

第二十八章　草蛇灰线

当童敏从包里掏出速写本和铅笔,她从小在画板前流的每一滴汗水都在闪光,几分钟的时间,她就用铅笔把李亮的样子勾勒出来,尤其那种体制中人的气质,在纸上极为传神。

林静雯一看到这张速写,脸上先前的颓丧一扫而光:"你有没有发觉,他跟咱们当年在传销窝里认识的李亮真的不一样,我说不出来,真的不一样,你好好想想!"

这话其实有点扯的。七八年过去,人总会变的。就算排除衰老和成熟,经历不同、环境不同,人的气质也是会有改变的。

但童敏不会去找林静雯话里的这种逻辑漏洞,她向来信任林静雯。

于是她又用笔在本子上画了起来。

那是一个深夜,围墙、厕所边上灯光下的李亮。

画完之后,她闭上了眼睛。拥有素描基本功的人,他们对于眼、脸、人中之类的比例,要比一般人更加敏感。

"似乎是不太一样,但没变好看。"童敏想了好一会儿,睁开了眼睛。

"他不必变得好看,他是要变成李亮。"林静雯提出了另一个思路。

# 第二十九章　截然不同的如今

生活并不是推理小说，如同认出了唐翔车牌号码，林静雯不可能还去从头盘逻辑来推证李亮是不是骗子，他跟唐翔认识是否只是一种偶然的概率。那没有意义，生活之中正常人都不可能这么干。所以林静雯并不会考虑太复杂的可能。

童敏感觉李亮这行径让人毛骨悚然，所以她提议："报警吧！交给警察叔叔。"

可是林静雯并不打算这么干，因为这样交给警察的话，不一定能钉死李亮和唐翔。甚至警察都不一定会立案，总不能无凭无据，就说李亮长得跟另一位同名同姓的人相似，加上他跟被林静雯开除的员工唐翔认识，又介绍童敏投资，让童敏赚了点钱，然后就要警察立案调查吧？

"他们想通过伤害你开始，来折磨我，那我就得钉死他们。"林静雯冷冷地这么说道，跟当年她在龙华某个电子厂和人事聊五险一金的表情，有着同样的勇敢和倔强。

在咖啡厅里，林静雯直接搜索李亮的简历。

如果用搜索引擎的话，会发现叫李亮的人有许多，有做国际贸易的董事长，有茶业公司的创始人等。但林静雯并不是这么搜索，她通过猎头，去找毕业于北京那个名校的李亮，这样相对搜索结果就少了许多。

这个年代的猎头，只要报酬足够，即便是要找一位精通甲骨文、会电焊技术，或是建筑系硕士毕业的清洁工，他们也绝对能挖出那个人的祖宗三代，对高端猎头来说，那真的是小儿科般的基本技能。

所以当林静雯提出足够丰厚的报酬，要求猎头提供北京那所名校，生于1988年至1992年、名叫李亮的毕业生，不到二十分钟，她跟童敏的咖啡还没喝完，就接到了三份报告文档。她看完了三份基本一致的报告，然后在猎头的群里中止了任务，很痛快地给予了提交者报酬。

因为目标就在她手上的报告里。

这三个李亮里，一个应该就是林静雯她们认识的李亮，而另一个则是真的在部委某机关工作的公务员李亮。因为这两个李亮生于同一个县，而且他们的"社会关系"那一栏有重叠的人——一样的电话，一样的政治面貌，一样的名字，看起来，很大概率就是同一个人，很可能两位李亮存在一定的亲戚关系。

"照片，我要他们的生活照片。有视频更好，注意，从合法途径获得。"这不是她道德底线的问题，而是这些东西如果能证明她的猜想，后续要交给司法机关，非法途径得到的东西，它无法用来作为证据呀。

而林静雯对那三个提交了文档的猎头提出了新的需求，当然，还有不菲的报酬之后，这次她和童敏喝完了咖啡，才陆续接收到文件。

她很快给其中一个猎头发了双倍的酬劳，因为对方不但找到许多生活照片和视频，还考评了两个李亮之间的关系：两个李亮是比较远一点的堂兄弟，大约曾祖父是同一个人。

"这个就是咱们认识的李亮！啊，其实差好多！"童敏在边上指着林静雯的iPad叫了起来，她在这一点上真的是非常敏感的，一下就指了出来，而且从生活照片来看，七八年前，两人有四五分相似，也就是能看出大约有亲戚关系的模样。

她们认识的李亮，要年轻两岁，比真正在部委工作的李亮晚两届毕业。

而到了四年前，她们认识的李亮，生活照片上开始跟部委工作的那位李亮越来越像了，大抵就是某个人长得像某个明星，可以拿模仿秀冠军的那种程度。

而从去年和今年的生活照看上去，他们的脸尽管仍有细微的差别，但已经达到双生子的地步了，尤其是气质和神态上，几乎完全一致。

如果对其他人来讲，大约会感叹人生无奇不有，但对林静雯来讲，那就完全不是这么一个思路："这家伙动刀了，不止一次微创手术，你看，脸部线雕，估计用的是意大利那些线雕仪器，他这个腮部弄完，线条效果就出来了；你看这双眼皮，也是微整容的了……"

按林静雯这么说，还有厚唇改薄术、面部提拉术、自体脂肪填充术、玻尿酸注射等。

"这么说，李亮一脸高科技？图啥，不是，他整成鹿晗或者杨洋不香吗？整成'四字弟弟'也行啊！整成这屌样，这不浪费钱吗！"童敏愤愤不平地这么说道，气得她又跑过去柜台，要了一杯焦糖玛奇朵。

整成明星的样子，那最多就是搞搞模仿秀罢了，可李亮整成在部委工作的堂兄模样，他的目的可不是为了搞模仿秀啊。

"交给律师吧。"林静雯对童敏说道，手上的这些资料足够证明李亮动机不纯。

但如果从司法上来讲，并不足以起诉他。

一个人，单纯整形成另一个人，因为这去报警，也太荒唐了。

而且，按童敏回忆："他并没说自己就是在部委工作，如果有提到，跟着马上就会说他自己在胡说，吹牛，不是真的。"

也就是说，就算有非法录音，都无法证明李亮有计划在假冒国家工作人员身份。

所以，交给律师就是最好的处理方式，专业的人会从他们的专业角度，让李亮和唐翔们无处藏身。在国内，如果律师团水平足够高，而且愿意较真的话，又有林静雯愿意花钱支持，这个年代，这样类型的案例，李亮和唐翔他们是基本不太可能全身而退的。

接下这个案子的律师事务所当然不会去打包票，但他们派出来接洽的律师看过了资料之后，对此表示乐观，因为律师从猎头给的和童敏提供的信息里，找到好几处林静雯她们所不知道的专业性问题，并且认为单就这些问题，就足够向唐翔和李亮发难。

"这律师是天津人，我打赌。"童敏在烤肉店的包厢里坐下，打了个哈欠后这么说道。

她的理由也很简单："那嘴叭叭叭的，跟机枪一样！我就没听懂一句！天津人，得是天津人才这么会说！"

"你看着就不是太聪明的样子。"林静雯笑着这么打趣她。

童敏一点也不在意，疏懒地坐在榻榻米上："可我长得好看啊！"

而且，她真的长得好看，所以，她也真的不在意。

林静雯被她逗得笑了起来，接起电话时都带着笑："赵维，要不要来烤肉？童敏请客啊。"

"我没有，不是我，别乱说！"童敏急促否认三连，好像每次除了跟林静雯出来之外，其他场合都抢埋单的人不是她一样。

林静雯被她逗得狂笑，但电话那头赵维的声音有些不对劲："出事了，老板，你快回来吧，海关派了工作组过来。"

尽管林静雯在刘书萱的建议下，该交的税、该补的税全都补齐，但无论是哪个企业主，听到海关过来公司，肯定是如同晴天霹雳，这不在于自己是否有问题，而在于海关来查了，那肯定至少是海关认为有问题，才会过来查，何况还不是来一个人知会、告诫，而是直接派工作组！

毫不夸张，连眼前烤肉的油脂滴落到炭火上滋滋的声响，都失去了吸引力。

"我得马上赶回去。"林静雯挂了电话之后，匆匆对童敏这么说道。

广州和清远交界的别墅区，这里的房价基本从开盘就一直下跌。

因为周围医院、学校、超市包括公交等的配套，一直都没有完善起来，所以入住率非常低。而这别墅区里一栋三百多平方米的独栋别墅，车库里停着的就是唐翔的奔驰ML300。

坐在装潢豪华的宽敞大厅里的唐翔，光头仍然刮得油光锃亮，三件套一丝不苟地穿在身上，脸上也仍保持着极有亲和力的笑容，似乎和之前并没有太大的分别。

但无论这座房子如何金碧辉煌，它周边无人入住的别墅院子里齐腰高的野草，还是通过玻璃的反复折射映入了唐翔的眼中，于是他的双眼里便弥漫着荒芜的气息。

不过唐翔并不是很在意，因为这个原本在美业里自称第二，无人敢称第一的营销奇才，到了今天，已经没有什么可以失去，林静雯和同学聚会传递出去的信息，让唐翔的路快速变窄。

归根结底，在于唐翔无意的那句话，如果老板不同意我们，怎么办？

"把老板踢掉！"当时这句狂妄而激情，甚至带着几分浪漫气息的宣言，就是唐翔的原罪。

小公司的老板们都对他避之若虎，担心被他连骨头一起吞了；而大公司，则是敬而远之，没错，美业里面营销这一板块，他唐翔是第一，但大公司除了第一的营销高手，他们还有许多选择，第二的，第三的……

"这是我在广州最后的房子。"唐翔微笑着，伸手抚摸着自己锃亮的光头，一边沏茶，一边对坐在身边的几位好友这么说道。其他的房子因为值钱，都变卖了。这栋别墅因为配套实在太差，开个两百万都没人接盘，所以才留到现在。

卖掉那几套房子的钱，让他能把李亮的整个团队请了过来。

不过现在坐在边上，以李亮为首的四五人里，却都没有再接话。

李亮独自拿起一杯茶喝了，笑了起来："那么，好聚好散，我们就走了，机票什么的，唐总就不用操心了。"其他几人也跟着李亮站了起来，他们有的是那天晚上，李亮和童敏吃饭的日式料理店里的店员，有的是他和童敏去的酒吧的服务生，甚至那位憨厚壮实的女性，就是童敏男友停车时停车场的女保安。

没有钱，谁还会给唐翔卖命？

连童敏和林静雯都能毫不犹豫下手去骗的李亮，没有钱，难道跟他谈感情？感情还能比跟他一起从传销窝里逃出来的童敏和林静雯更深？明显，这种可能是不存在的。

"我卖好几套房子，每次都给你一些，前后算下来也得有一千万在你手上，你打算就这么走？"

唐翔笑了起来，仍然很温和："你们总共也就让童敏不痛不痒投了那二十万啊。"

听着他这话，李亮倒是停了下来。

如果唐翔气急败坏，或者威胁他之类的，那李亮会付之一笑，绝对头也不回地离开。

他敢做这一行，自然有保全自己的本事。

但唐翔没有，一个没有气急败坏的人，很大可能还留有后手。

"五千万，当时我跟你谈好的，要让林静雯上钩，让她倾家荡产，我们至少要五千万的饵，你到现在只拿出来一千万，那这个计划就没法推下去。"李亮笑着这么说道。

第二十九章　截然不同的如今

他甚至拿出手机，直接给童敏转了一笔钱，然后附言：那投资不安全，尽快抽回资金，如果无法抽回，算我瞎了眼还连累了你，我赔给你本金；你要抽得回资金，这钱要还我，我也不宽裕。

那笔钱正好二十万，他煽动童敏投进公链币里的钱。

然后李亮把手机移到了唐翔面前："唐总，要是你没钱了，那你其实并没有什么可以威胁我的地方，你能明白吗？"

唐翔笑了起来，从边上的普拉达包里拿出四本房产证和两本车证，扔在桌上。

"这是我在广州最后的房子，但不是我最后的房子。"他笑眯眯地望着李亮这么说道。

那四本房产证是上海的房产，上海的房子要比广州更值钱，而且都位于闹市区，要比广州更抢手，这就是唐翔底气之所在。

他望着李亮："我要看到林静雯上钩，在五天内。"

"你能骗林静雯投进去多少钱，我就再给你十分之一。"说到这里，唐翔指着那手机转账的记录，"可惜，你放弃了。"

"我不这么做，那童敏和林静雯的钱就将是被公链币骗走，跟我没有什么关系了。"李亮狡黠地笑了起来，他指着那条转账信息，"这就是饵。但五天太短了。"

唐翔摇了摇头，他眼里荒芜的长草，似乎下一刻就要被点着："不，她马上就需要钱了。"

一旦被海关查账，有什么猫腻引发封账之类的，林静雯的现金流出了问题，对营销型公司而言是致命的，她的招商会、她的区域服务等都将无法进行。

而唐翔知道，肯定有猫腻。

他是顶尖的营销高手，对借口营销太熟悉了：如果没有，就创造一个。

当看到手机里的转账记录，在等红灯的童敏愣了一下，还是把手机递给了副驾驶座上的林静雯。因为林静雯喝了酒又急着赶回公司，所以童敏很不放心她，就自己帮她开车。林静雯看了一眼，毫不犹豫点了收取转账。

"到你口袋里的钱才是钱。等那边收回来了，再退给他就是。"林静雯有点酒意，从鼻子里呼出一口气之后，这么对童敏说道。

而她戴在耳朵上的蓝牙耳机里，就传来石朴焦急的声音："刚在开会，怎么海关查你？"

他们两人从早开到晚的那个手机，让彼此几乎能随时同步到对方的信息。

"我暂时还不清楚怎么回事。"林静雯打了个哈欠，喝了酒之后的她精神上有点不济。

石朴在电话那头低声对她说道："不要紧张，万事有我。"

"好。"她这么说道。

原本林静雯今天不准备去公司，童敏开车去机场接她，开的就是这辆林静雯喜欢的奥迪A5，双门，手动挡。应该说，它是现在林静雯拥有的车里最便宜的一辆了，但凡有商务活动，为了公司形象，她不会开这辆车出去。

可是如果不去公司，她喜欢开它，因为现在很难找到手动挡的车了。考驾照所有科目一次过的她，觉得手动挡才有驾驶乐趣。但很明显，并不是所有人都这么认为，至少童敏就不是，她开这辆车去机场接林静雯，只是想让后者开心一些。

红灯转绿灯，童敏一急，起步窜了一下，直接就熄火了。

几乎就在这一瞬间，一辆大型货车突然闯红灯呼啸而过！直接就是擦着奥迪A5的车头过去的。

整辆奥迪A5都被这辆大型货柜车蹭得轻微地滞空离地，再落下来。

尽管安全气囊没弹出来，但林静雯吓得一下子就酒醒了，马上抬手扇了还在发愣的童敏一耳光："快下车！看看后面有没有车！别慌，解安全带。"

等童敏下车之后，林静雯才解开安全带，小心地下了车。

那辆货车直接冲上人行道，再撞到了人行天桥的楼梯，发出一声巨响，才停了下来。

隔着十字路口望过去，那楼梯都让它撞歪了。

童敏这时才脸色惨白，失声痛哭起来，就差一点啊！要不是她开不好手动挡，熄火了，这种大型货柜车拦腰碾过来，小小的双门A5里，她和林静雯哪里还有命在？

在马路边上，临街铺子的屋檐下，林静雯抱着远比她高大的童敏，安慰着她："不怕，不怕，我在这呢，你很棒，你救了咱俩的命，不怕，别哭。"一边按着电话报警，跟警察说着整个事故的过程。

警察很快就过来，对她们做了酒精检测，还好车里有摄像头，边上也有群众做证，是童敏在开车；而那辆大型货车，司机据说是劳累过度——本来童敏想要狠狠骂那司机一顿的，但看着司机腿上被他自己用大头钉扎出来的密密麻麻的针眼，她张了张嘴，终于只是说了一句："司机大哥，你不能这么开车呀，出了事，你说怎么办？"

想多赚点钱，不肯休息，依靠扎自己大腿的刺痛来提醒的司机，很老实地告诉交警，自己进了市区松了一口气，然后不知道怎么就睡着了，醒来已撞到人行天桥的楼梯，安全气囊都弹出来了。

笔录，叫保险公司，然后再打车回公司，已经是一个小时后的事了。

"工作组会驻到你们公司，你安排个办公室给我们，目前问题很大。"海关的工作人员和相关政府机构的工作人员出示了相应的证件和文件之后，对林静雯这么说道。财务的账本已经交到海关的手上，其他相应的东西也都封存了。

这个要求是合理合法的，林静雯马上就让助理把自己的办公室清出来，让海关及其他相关政府部门工作人员进驻。

走出边上的小会议室，林静雯皱着眉头问："到底出了什么事？赵总，你简要说一下吧。"

"低值报关。"赵维羞愧地低下了头。

低值报关是一个行业里的术语了，简单说，就是一种给海关作为通关的一种凭证而已，并不代表货物的实际价值，低值报关可以迅速地过关和到目的地后不会产生关税。

海关会来林静雯的公司查账，就是有一批货物报关时，报了比较低的价钱。本来一千欧元价值的货物，报了十欧元左右，随之而来的，就是逃避各种税收。中国政府在多年以前，就已经正式下达文件禁止这种行为，如果被查到，不但会被巨额处罚，取消进出口权，甚至会有牢狱之灾！

望着低垂着脑袋的赵维，林静雯真的一时之间有点无语了。

这样的事要是童敏做出来，倒也不出奇，可怎么能是出身名校，历经多年商场风雨的赵维干出来的事？

"老板，我们其实可把账本……"赵维把林静雯拉到另外的办公室，低声对她这么说道。

林静雯没等他说完:"全部交出去,绝对别去搞对抗,做错就认,挨打站好。"

　　道理赵维当然是懂的,他摘下眼镜,默然地拭了起来,抽了抽鼻子苦着脸道:"可是老板,这罚款到时得以千万计,搞不好要上亿啊!而且……而且,恐怕……恐怕主要负责人,会坐牢!"

　　要比他低一个头的林静雯望着他,压低了声音,对他几乎是一字一句地说道:"临事别怕,该坐牢我就去坐,该罚多少就罚多少,公司支撑不下去就申请破产。只要咱们在,它就必须能再起来。"

　　听着林静雯的话,赵维吃惊地抬起头来,他愣了好久,才点了点头:"好的,老板。"

　　然后他走出了这个小会议室,轻轻地带上了门。

　　林静雯走到门边,把门反锁,然后抄起会议室里的杯子和托盘,疯狂地砸着墙壁上挂着用来展示PPT的平板电视,直到把它砸得支离破碎。

　　她吸了一口气,在门边整了整衣裙,然后打开门走了出去。

　　从头到尾,不曾流一滴泪。

# 第三十章　代价

当林静雯从小会议室走出来,就听见赵维对海关的工作人员说:"这件事跟集团没有关系,我负全责。"

他有点怯懦,按在桌面的手指因为用力,有些发白,似乎依靠着双手的力量,才没让自己瘫倒。但他终于还是把这句话说出来了,还是站出来担负他应该担负的职责,因为刚才林静雯对他说的那句话给了他勇气——站出来的勇气。

这不是逻辑,不是权衡利弊之后的选择。

许多人,哪怕是知道结果,也会选择拖延,如同鸵鸟一样。

站出来面对结果,是需要勇气的。

林静雯对他说:"只要咱们在,它就必须能再起来。"就是这话,给了他勇气。

事实证明了一点,那就是赵维只会犯赵维的错,他不可能去犯童敏的错。

尽管没能抵挡低值报关的诱惑,但赵维要进口这批仪器时,用了一个由集团公司控股的子公司来操办这件事,所有文件的签署都是由他来完成。至少在程序上,林静雯可以置身事外。

因为全部的账本主动上交,案情主动坦白,所以海关工作人员和其他部门的协同人员进度非常快。

石朴赶过来时,赵维已经要被相关机构的人员带走。

当了解到赵维担下责任,石朴舒了一口气:"人要经得起诱惑,没有想到,赵总会栽在这上头,低值报关也敢试?还好,赵总是条汉子。"

他张开双臂,轻轻地拥抱了林静雯。

当把脸埋在他肩膀上时,她的眼神有那么一丝的软弱和无助。

但只是一瞬间，然后她推开他："我要的，不是赵维是条汉子。"

因为被查账而哭丧着脸的财务总监，后腰被林静雯拍了一巴掌，吓得她尖叫着跳了起来。

"打起精神来。"林静雯对她这么说道，然后给了她一项任务，"给我查唐翔名下所有不动产、股票、基金近期来的变动。"

看着匆匆而去的财务总监，林静雯对童敏说道："把你的电话给我。"

并没有问她要干什么，童敏马上就把电话解锁递给了她。

林静雯马上发了一个语音通信，电话很快被接通："我是林静雯。"

"两千万给律师事务所的话，你觉得能不能送你在部委工作的堂兄进入'双规'程序？"

在电话彼端的李亮笑了起来："你觉得我会在意他？或者说你觉得他这个身份就是我生存的本钱？你如果觉得是，就试试嘛。"

林静雯也笑了起来："有一辆大货车的司机疲劳驾驶，差点就把我给碾没了。"

她觉得这不是巧合，肯定跟唐翔和李亮有关。

"这不是我干的。"李亮的话语里有一种不屑。

大约觉得这种粗暴毫无艺术性可言的方式，通过制造交通意外来毁灭对手的办法，是对他的一种侮辱。

而这个时候财务总监拿着iPad匆匆跑了过来，半路上高跟鞋滑了一下，还好边上有人扶住她，要不怕得摔出问题，但她顾不上这么多了，急急把iPad递给林静雯，资料基本都汇总在这里了。

林静雯看了一眼iPad，对着电话彼端的李亮说道："你拿了多少钱？唐翔出手房产、股票等，总共有两千多万的现金流。"

在财务总监汇总的资料里，包括征信调查，除了清远那别墅，还有那辆车，唐翔现在就一无所有了，当然，如果他有囤积实体黄金或是古董字画，那就是另外的事了。

"他还有上海的几套房子。"李亮笑了起来，"你知道，我只认钱，接下来，你要小心每一个电话，还有你和童敏接触到的每一个人。"

林静雯都能用童敏的微信把语音通信发到他这里来，说明她识穿了他嘛。

所以接下来，李亮肯定不会用自己的这个身份来接近林静雯和童敏，他

第三十章 代价

有团队，并不一定要依靠李亮这个身份来行骗，有千日做贼，哪有千日防贼？这就是他对林静雯的威胁，因为以他对林静雯的了解，她绝对不会是个发现有人要骗她，要整她，然后就这么算了的人。

林静雯也笑了起来："我建议你去核实一下，他所谓上海房子的房产信息，这完全可以通过正当途径查证的。我可以给你一千万的调查费，交税的，你考虑一下。"

"你要什么？"李亮犹豫了一下，这么问。

林静雯要的东西很简单，就是唐翔教唆她公司员工，来煽动赵维做低值报关的证据链，还有唐翔雇用货车司机企图谋杀她和童敏的证据。

李亮的回应很有趣："以你的性格，我觉得你不会放弃举报，所以，如果唐翔的房产信息有问题，你得给我两千万，按你说的，可以见光，报税的两千万。"

但他并没有等到林静雯的妥协。

"九百万。"她这么说。

李亮沉默了许久，他没有再还价："你要承诺按法定程序举报我，不要去花钱请律师团队。"

"好，我给你十二小时。"她很爽快地答应。

没有人可以伤害了她，还就这么算了的，唐翔不行，李亮也不行。

挂断了电话之后，她就对财务总监说："报案，他涉嫌教唆我们公司职员进行低值报关。"

童敏想要插嘴说些什么，马上被石朴用眼神制止了。

这个时候，不必去问林静雯，她为什么觉得大货车司机是唐翔雇用的，她为什么觉得赵维会弄低值报关，是唐翔派人教唆煽动之类的问题。

不论世上有没有这么多巧合的事，至少，从李亮的语音通信里，李亮和唐翔合伙来对童敏下手，以图骗童敏和林静雯的事实，跟林静雯之前猜测的并没有太大的偏差。

更为重要的是，林静雯不相信巧合。

她觉得凡事都会有代价，凡事都会有根源。

一个为了多赚钱，不肯休息的货车司机，为什么到了市区会放松警惕，让自己睡着呢？

别忘记大货车都是手动挡，它的离合和挡位，要比轿车手动挡麻烦多了。

而童敏开奥迪 A5 的手动挡起步都能熄火，一辆大货车，如何在司机睡着的情况下挂挡起步，高速闯过红灯呢？

这也是交警队把司机扣留下来协助调查的根本原因。

其实就算是赵维站出来，背负他该承担的责任，林静雯身为集团的董事长，也不可能就这么置身事外，相关的政府机构有正规的流程去分析和判定，出了这样的事，到底是不是真如赵维所说的是他自作主张，如果不是，那牵扯到的还有谁，该负什么样的责任？就算是赵维负主要责任，林静雯和集团是否也要担负监管不力之类连带的责任？

所以，事情并不是到此就告一段落，海关工作组恐怕得长驻下去，直到把所有问题搞清楚为止。而林静雯要安抚整个企业的士气，又要配合调查，还要处理 CEO 赵维离开之后的空档，她比往常要忙上许多，只能让公司的司机送童敏去南站。

石朴独自坐电梯去地下停车场，在把车开出来之后，他在路边找了个地方停下来，降下车窗，点了根烟，然后拨了一个语音通信："我是石朴，有空吗？"

在这个时候，李亮当然清楚，自己尽量少露脸为好，特别是林静雯已经挑明会举报他的情况下。彼端沉默了一会儿，传来了李亮的声音："石总，久违了，我过几天再去拜访您，这两天有点忙。"

但石朴好像失聪了一样，抽了一口烟，笑了起来："你刚好有空啊？那行，上次见都三年前了吧？我发个定位给你，过来喝茶。"

李亮又是沉默了很久，至少有十来秒，然后他才开口说："好，那一会儿见。"

如果不是石朴提到三年之前的最后一次见面，李亮不可能会接这话茬，但石朴提到了，就由得李亮拒绝。

因为他是石朴，被杜长卿坑了之后，从不曾说过杜长卿一句坏话，仍然视其为带自己入行的恩人的石朴。这就是鲸落，不论是杜长卿真心帮石朴联系人脉，还是他坑石朴，他的体量就在那里。石朴的反应，让他在珠三角的外贸行业，连之前杜长卿涉足过、有来往的国外贸易圈子，基本都知道石朴这个人，而只要听说过他的名字和事迹，没有谁不对他有好感的——受人点滴之恩，再三被坑之后，仍没有一句恶语，没有一句埋怨的石朴。

更重要的是，三年前最后一次见面，李亮和石朴是在国外。

在国外，李亮就远没有国内这么小心谨慎，遵纪守法。而且，按着石朴在欧美外贸圈、华人圈里的影响力，李亮并没有把握，石朴手里有没有他在国外的黑料。

所以，李亮比石朴还更快到茶馆。

石朴过了十几分钟才到，坐下来就笑着对李亮说："放心，我不是阿雯，我拿不出两千万来，找律师团告你。"

"您太谦逊了，石总，之前在外面，小李多蒙您关照，才能全须全尾回来的。"李亮面对着石朴，特别客气，尽管他也知道，石朴的公司绝大部分股权不是他的，林静雯拥有的财富要比他多得多。

但李亮在林静雯面前，就是有一种高傲和倔强，在石朴面前，他是真的没有。

石朴看着服务员在泡茶，听着李亮的话，就失笑了："你别害我，我可没关照过你。"

"是，是！"李亮点头附和着。

石朴皱起眉头，李亮越是这样，越是不好往深处聊，因为很明显，李亮就是要看石朴的底牌，拿不出底牌，此时恭敬得不行的李亮会保持着同样的恭敬，然后转身而去，不会为这次会面改变任何事。

"一个人，过了三十岁，如果还期望提别人名字来为自己背书，那这人出息再大，恐怕也是有限。"石朴自嘲地这么说道，然后在手机的 TikTok 上，向他的好友发了一条信息，对方几乎是秒回了一条信息。

他们的对话很简单，石朴发给对方的消息，大意就是李亮三年前出去做了些生意，如果想找到他的一些案例，作为参考的教材或反面教材，可能实现吗，以及得要多少费用。

而对方的回复更简单，那就是他手上有李亮的材料，如果石朴答应下次出国去陪他喝酒的话，他就可以把差不多十个 G 的资料发过来给石朴。

石朴把手机递到了李亮的面前，笑着说道："我突然想起来，我还没到三十岁。"

坐着的李亮只看了一眼手机，连拿都没有拿起来，就抬头道："石总，不用这么麻烦的,您要小李怎么做,小李就怎么做。"

"商业上的事,得按商业上的办法去解决,如果动不动就用大货车出交通意外的话,我觉得不合适。"石朴说着,把烟熄灭,站了起来,拍了拍李亮的肩膀,"你坐,我有事,得先过去了,不用起来,坐,坐。"

然后石朴就离开了,没有回头,更没有留下什么威胁之类的话。甚至比起七八年前在地铁站,他以为林静雯被人抢包时那种流露于外的愤慨都不曾表露出来。

但李亮在石朴走后,抽了几次纸巾,不停地拭擦着自己的额头、鼻翼和三角区。

对于石朴的尊重,从七八年前在传销窝跑出来,去石朴公司时,李亮就是这么个态度了。他当时就觉得,没有学历、没有家世背景的同龄人,能在这座都市成长到自己不可及的位置,必定有他过人之处。

所以在海外遇见过石朴几次,他都以礼相待,保持着这种礼貌和尊敬。

然后至少有两次,在国外他陷入困境时,而石朴似乎在无意中悄悄地帮他解了围。

李亮有一点跟林静雯是一致的,他也不相信巧合。

"夕阳很美。"他轻声地对电话那头说。那边沉默了几秒,挂断了语音通信。

这是一个暗号,李亮的团队会各自离开。

李亮叫来服务员,埋了单,然后拿出手机,打开地图软件,键入"派出所"。

最近的派出所离他只有几百米,所以他出了茶馆,走了不到十分钟,就到了派出所。

"我要自首。"他对接待的民警说道。

他交出来的,不但有唐翔给他的一千万,还有之前的录音,包括唐翔跟那货车司机、林静雯公司负责报关的职员洽谈、给钱的视频等。

其实唐翔的事件,从林静雯的角度来说,她只是跟这位不适合再进行合作的伙伴分道扬镳。

尽管这个事件可以有各式的解读,从资本的无情,到道义上的背叛以及彼此之间的计算。但对林静雯来讲,这就是一项商业上的行为,正如她送唐翔离开时，讲给唐翔的那句话："做生意，只有利益，没有仇恨。"

甚至最后，林静雯还邀请唐翔去参加团队的晚宴，算是给了他一个体面的告别。

对林静雯来讲，这一切就到此画上一个句号了。

不过，这仅仅是林静雯的看法。

唐翔在当时也觉得，此处不留爷，自有留爷处，只要林静雯不翻脸，不起诉他商业犯罪之类的事情，那他这么一位在美容行业绝对巅峰的营销高手，去哪儿不能活得滋润？

可是时过境迁，渐渐地，同行之中，小型的企业不敢招惹他这会噬主的鳄鱼，大型的企业又不齿他的操守，对他嗤之以鼻。不知不觉中，他竟发现，自己在这一行里落得无人问津。

如果他五十岁、六十岁，也许他忍一忍就过去了，毕竟，他赚下的钱，已经是许多人穷其一生都无法企及的财富，就算他活到一百二十岁，也足够平平稳稳过完一生。但对于三十多岁的唐翔来讲，他无法接受这种落差。

他习惯了灯光，习惯了掌声，习惯了被拥戴，习惯说服每一个甚至不需要产品的客户！

但他对这种寂静无能为力，也许，过个三五年，等这个行业里淡忘了他操守上的缺失，或是有走投无路的厂商为了翻盘找到了他，那么，就会有唐翔崛起的契机。可是他等不下去，他在家里待了不到一周，就如同那些无人入住的别墅院子，沉默的唐翔心里也长满了荒芜的野草。

当唐翔无视自己的问题，把所有的错都归结到林静雯身上时，报复，就成了他偏执之下的唯一选项。身为营销高手，唐翔一旦决定报复，就开始布局。

"我的任务是通过童敏，一步步在林静雯心里建立起信任度。"李亮面对着警察，很诚恳地供述着自己的证词。怎么建立信任度？童敏会赚钱，无论那公链币的结果如何，李亮都会保证童敏赚钱。

李亮要了一根烟，然后想了想："那公链币，估计明年一月庄家就会收割了。"

其实开放了那么久的国家，哪有什么类似中国改开初期的机遇？

"为什么推那公链币给童敏？""我推这公链币给她，就是看好它马上会崩盘。"

收割，是指在广西隔壁、跟我国接壤的那个国度里，随着庄家跑路，这款公链币就会有许多投资者被割韭菜一样，投入的钱血本无归。

"童敏也不例外，但我会帮她拿回她的钱。"李亮笑了起来。

当然不是因为李亮跟那公链币的幕后庄家有什么交情，而是到时候，他会自己掏钱出来补这个窟窿，那么在大盘没事时，童敏能赚到钱；在大盘崩溃的情况下，童敏还能拿回钱，而凭什么呢？

因为李亮喜欢童敏？不，他一早就对童敏说了，他其实早年就暗恋林静雯。

"我会再给她推一个马上崩盘的公链币。"李亮和盘托出他的计划，或者说，他和唐翔商量好的计划。

他并不需要林静雯接受他的情义，但如此两次之后，至少他在林静雯的眼里，就是一只可以信任的"舔狗"，这就是李亮的目的，这对他来说就足够了。

"因为我只是唐翔计划中的一环。"李亮如此说道。

不论是哪个行业，只要是能成为巅峰高手的人，他做事就不会只有一套方案。

所以唐翔的报复计划里，李亮只是其中一个模块。

如果"劳累过度"的大货车司机按计划弄出了交通事故，那么李亮这一个模块就可以中止了，完全不需要他了。如果林静雯公司负责报关的相关工作人员被唐翔收买，干出能够让林静雯被海关钉死，直接把她弄破产甚至入狱的事，那么，其他模块也都可以停摆中止。

"我是他报复计划里最后的'毒牙'。"李亮对自己的定位很清楚。

就是林静雯没有死于车祸，低值报关也没有把她弄垮时，那么，不论是精神状态还是现金流，肯定都处于极度颓丧之中。而这个时候，值得依赖的"舔狗"李亮出场，林静雯是否会把自己最后的资产交给李亮去做短期投资，以博取翻身的机会呢？

无论怎么看，答案都极大概率是：会。

"那么，现在不就是你们计划中的情况吗？为什么你会来自首？"帮他做笔录的警察向他问道。

第三十章　代价

李亮熄掉了烟，坐直了身体，他望着警察的眼神如此清晰："因为，我是真的暗恋她。"

　　他的语气坚定得让人产生不了质疑，似乎他跟石朴的见面从来就没有发生过。

　　但是问题在于，正在另一个派出所里自首的唐翔又是另外的一种说法。

　　唐翔的神色有些灰暗，似乎连平时锃亮的光头也变得黯然了："李亮他暗恋老板。"

　　他还是习惯称林静雯为老板，尽管她已不再是他的老板，甚至他正在展开对她的报复。

　　"老板现在这样，年轻，事业在上升期，钱也不少，他肯定高攀不上的。如果想要创造一丝机会，他就得 PUA 老板，但老板那样的人能被 PUA？所以，他主动找到我。"唐翔这么说道。

　　PUA 发展到现在，已经不是它的本义 Pick-up Artist 了，而是概指邪恶的情感操纵。

　　在唐翔的供述里，是李亮为了操纵林静雯的情感，所以找到了他。

　　"整个行业都知道老板和我的过节，他轻易就找到我，我是他天然的盟友和搭档。"唐翔自嘲地笑了起来，"他很聪明，一开始就做好获利分割，我会收获老板在行业里的商业利益，而他会抱得美人归；所以他策划了整个计划，我负责统筹一千万现金给他，再按他的方案，跟老板公司里负责报关工作的相关职员沟通。"

　　至于为什么选择过来自首？唐翔的回答很直接简单有信服力："我发现，他让我联系的货车司机是老板车祸的肇事方！这是要杀人啊，这可是刑事案啊！我不来自首，难道陪他把牢底坐穿吗？"

## 第三十一章 动荡之秋

没有什么犹豫和迟疑,坐在派出所里的唐翔完全就是有问必答,他用极为诚挚的语气去回答每一个问题,而且非常明确表示自己不需要律师:"我是受害者,李亮骗我卖了房子,并从我手上骗走了一千万以上的现款啊!"

反正唐翔就是咬定了,他给一千万,是奔着李亮说的,通过他的运作之后,让唐翔能继承林静雯的专利和行业内的地位,但现在搞到要用大货车,他害怕,他是一个守法遵纪的人,所以他主动来自首。

谁在说谎?到底是唐翔为了报复林静雯,去找的李亮?还是李亮真的就是暗恋林静雯,想联合和她有积怨的唐翔,对她进行PUA?

尽管警方很快就立案,并派人过来找林静雯、童敏等相关的人了解情况,但警方不可能把这种状态下的案子公之于众。

"我不想聊这事。"林静雯揉着太阳穴,没有抬头,对着童敏这么说道。

因为,这不是她现在关心的事。

就算赵维站出来承担下责任,海关和相关机构的联合调查组仍在公司驻着,还是在查账本,还是在找相关人员询问等,公司与此相关的账户,就算没有封冻,林静雯当然也自觉地不去用它。

如果到了非用不可时,也不可能跟平时一样了,只能小心翼翼地去调动资金,以防被认为是要卷款潜逃或是抗拒调查之类的。对于一个营销式的公司来讲,这真的就是噩梦一样的状态。

尽管林静雯让另一位也是从创业跟到现在的管理层暂时署理公司的事务,也就是代理了赵维的职务,但事实上并不是每个人,都能把这几百号人的公司摆弄得井井有条,又让它积极向上洋溢着生机。

正如唐翔在营销区域的不可替代,在公司管理领域,也难以找到合适的人选来替代赵维的职务。童敏正想安慰林静雯两句，这时办公室的门被敲响了，然后还没有等林静雯开口，敲门的人就拧开门把手，匆匆冲了进来。

公司里能这么推门冲进来，并且能把高跟鞋踩得如同铁钎一样响亮的，林静雯不用抬头，也知道必定就是快二百六十斤的财务总监了。所以林静雯呻吟了一声："你先放过我好吗？第七次了，今天你来找我七次了。"

"老板！财务制度就不是这样的啊！"财务总监气得发抖，把一沓表单拍在桌上，然后开始数说新任的CEO这样那样的问题，大抵的焦点在于一场为代理商门店去拓客的推广策划上。

简单地说，就是请网红去体验打卡，然后发文章到社交平台种草。

但财务总监认为，因为要让网红体验，那耗材成本肯定得公司出，这没问题，但应该由门店先自己支付，然后在后续进耗材时，再来跟公司结算。而现在新上任的CEO不是这样，财务总监气得拍桌子："他说让品推部把耗材寄给咱们签约的网红，再让网红带过去！品牌部也是脑残，居然就准备接这方案去走，这样还有什么公司形象？"

林静雯真的连泡茶的兴致都没有，抬起手，不停往下虚压："小点声，小点声，海关工作组就在隔壁好吗？这样的事，按以前的规章办就行了，不值得大动肝火。"

安抚了财务总监，林静雯又拿起手机，把新任的CEO叫了过来，压着自己心头的火气，对彼此之间的矛盾做一个调和。但新任的CEO，不知道是刚到手的权力让他有点陶醉，还是真的认为自己的坚持是对公司有利的，他居然说："老板，并不是所有的制度都应该萧规曹随的。如果什么事都绳其祖武，那社会就不会进步，咱们不是今天也没坚持'井田制'吗？我觉得也许我们要考虑一下，之前的制度是否合理、合法。毕竟，如果赵总没问题，海关工作组也不会到现在还驻在咱们公司。"

这话说到这程度，其实跟当初唐翔说老板不懂市场，让老板走开，是有异曲同工之妙的。

"你说得也不是没有道理啊！"林静雯本来愁云密布的脸，一下子就如同拨开阴云见晴天，她点了点头，对这位CEO说道，"现在品推的事务，就按财务总监的意思来走，财务上的制度要改，也不能说改就改的，对不对？总得有时间适应。但你身为CEO，能聊出这一点，无论如何，至少你这眼光和格局，我觉得我没看错人！"

然后林静雯沏了一轮茶，笑着让财务总监和CEO都举杯，颇有几分以茶代酒的味道。

CEO走出房间时，得意地挺起胸膛，真真恨不得把腰拗断。

"你这能忍？"财务总监一副随时脑出血的模样，气得脸都发紫了。

林静雯笑着安抚了好一阵，才让她回去工作。

"黄凤，你进来一下。"林静雯在财务总监离开之后，在微信用语音留了言。

童敏听着，就下意识跳了起来："这个黄凤，她是唐翔的人！"

黄凤当然是唐翔的人，当时在深圳，童敏去那个艺术展所在酒店遇见了唐翔带着团队去帮别的企业开发布会，而黄凤就是接待童敏进发布会那位产品经理。

不过对于这一点，林静雯明显并不太在意，她伸手示意童敏坐下。

而黄凤进来时是很忐忑的："林总，我……我手上的客户在交接，我知道唐总出了这样的事，负责报关的相关职员也是唐总招进来的，我有心理准备了。我应该后天就能交接好，浙江那边大吴、小吴两位老总，他们几十家连锁店，每家店的负责人都交接到新同事手上，需要的时候……"

唐翔走了，而且他招的人员还鼓动赵维弄出低值报关，祸害了公司，让赵维被有关机构请去调查了。所以黄凤是真的做好离职的心理准备了。

但林静雯一开口，就吓了她一跳："如果你是CEO，明年怎么完成超过今年百分之三十的营业额？"

工夫茶的热气就弥漫在林静雯办公室茶几的上方，她慢条斯理地沏着茶，就如同赵维还在公司管理着行政后勤唐翔带着团队在外面拼搏。看她那眉梢的笑意，黄凤心里隐约猜到，应该是德国那边的谈判有了新的进展！毕竟老板和那位冷冰冰铁一样的米歇尔女士，大家都知道是知心好友。

"超过百分之三十？我想都不敢想。"黄凤犹豫了一下，她有点胖，虽没有到财务总监那程度，但也绝对算不上苗条，所以穿着职业套裙，偏腿坐的姿势让她有点难受。林静雯冲她做了个手势，示意她可以放轻松些，并把一杯刚沏好的茶端到了她面前，然后向她微笑问道："连想都不敢想？我不相信，你在深圳的发布会那里没有认出童敏。所以，我以为你的胆子很大。"

黄凤一下眼眶就红了，她一直以为没有人注意到这个细节。连唐翔也从头到尾没有提起过这个点，后面营销团队里也有人隐约提了一两嘴，但很快就被当时飞扬跋扈的唐翔团队无视了，毕竟，那是可以"老板不同意，就把老板踢了！"的时节。

而回到公司之后，不论是林静雯跟唐翔博弈时期，还是唐翔走了之后，林静雯也从来没提过这件事。那么黄凤就以为，自己只是做了一件顺应良心的事，其实当时她招呼童敏进发布会，就是想让这件事被林静雯知道。因为唐翔分给她的钱，她不敢不拿，毕竟那时的唐翔，在这行业里，真的可以一句话封杀她的，但黄凤从没忘记，是林静雯给她交的社保、发的薪水和奖金、报销的差旅费。

这时突然被提起，黄凤不由得一下子哽咽起来。

黄凤沉默了一会儿，然后端正了坐姿，没有再用那种淑女式的侧腿坐，她在沙发上分开双腿，把手放在膝盖，这让她感觉到从容："在深圳时，我可是有马甲线的，老板，人一胖，这胆子按体重比例来说，肯定就得变小，要不就是胆肥大了。"

边上的童敏听着扑哧当场笑了出来，话，由会说的人说，就会让人感觉到舒服。

黄凤可以说是唐翔的得意弟子，不入唐翔的眼，怎么可能带她出去"飞单"？尽管她没有唐翔的水平，但也绝对是顶尖的营销人才，所以她这么缓缓说来，真的便是诙谐而不失风趣，很好地缓解了场面上的紧张。

"你觉得百分之三十的压力太大，那你告诉我，你来当CEO，能增长几个点？"林静雯这一次很认真地问她，没有任何调侃或者居高临下的态度，她真真切切就想从黄凤嘴里得到答案，一个专业的答案。

"不比去年营业额跌超过10%，尽我所能，我想能保证这个跌幅。"黄凤想了得有三分钟，然后给出这样的答案。

生活不是中二漫画，就算现在要突然开个奖励会，提高每单成交分成之后来刺激营销团队，它可行吗？可行，但不过一时之计。长久来看，公司出了这么多事，客户不是傻子，唐翔的离去闹得行业内尽人皆知；接着又有个别撑唐翔的股东，怕犯众怒不敢站出来，但背后退股；现在又是老板差点被大货车撞死；还有海关工作组长驻集团，CEO被请去协助调查不许归家……

客户又不是NPC，人家看着这样，对林静雯家的光电泳仪器肯定就会有疑虑，天知道明天这边还能不能提供技术服务呢？那客户往往会选择封存仪器，不进耗材，接着情况再恶化，还会退货，出现负业绩！

不跌超百分之十，是黄凤深思熟虑后的答案。

林静雯又沏了一轮茶，给她添上一杯，然后在微信上呼人事总监进来。

当人事总监进来之后，林静雯客气而微笑地这么说道："请茶。"

"集团的CEO也不能长期空缺，我提议由黄凤女士担任此职，如果股东大会没有异议，就这么办吧。"

黄凤踏着轻松的步伐离开办公室后，童敏和人事总监几乎异口同声："你怎么可以用她？她是老章的人啊！"

老章，就是公司里另一位持股超过百分之二十五的股东，也可以视作唐翔的靠山。而黄凤是唐翔培养出来的得意弟子，更是老章五六年前就发掘出来的好苗子。

"看看股东大会谁反对，谁支持嘛。"林静雯笑了起来，示意人事总监不要再纠缠这些细节，不过人事总监很担心，感觉林静雯似乎在连番打击之下大失水准。股东大会怎么可能过不了？林静雯是大股东，她来牵头，老章拿百分之二十五股份，他不反对，这事就过了啊！

看着人事总监有些脾气地关上门，童敏刚要说话，却发现林静雯如同一个泄了气的皮球一样，在一瞬间枯萎下去，整个脸苍白得可怕，就连她化的职业淡妆也不能掩饰她那一身的倦容。

童敏掐着指头算了一下，惊奇地说道："不对呀，你亲戚至少还要一周才来，怎么虚成这样？"

林静雯根本没有力气跟她搭话，在微信上发了个语音通信，通信马上就接通了，彼端是刘书萱欢快的声音："BB啊，我叫了你最喜欢吃的菜呀，快点洗手了来吃饭啊！"

然后背景里有相亲男悦喜的欢呼："攸县香干？耶！我的最爱！不对不对，第二爱，最爱是你！"

童敏和林静雯以为必定会引来翻脸暴怒的生硬土味情话，居然只是让刘书萱佯怒地道："哼，算你乖！"

然后趁着相亲男去洗手，刘书萱才问林静雯："有咩关照啊？"

童敏急急就要开口,但林静雯一把捂住她的嘴,对着电话说道:"问一下,你什么时候摆酒啊!"

似乎热恋让刘书萱变得不再敏锐,寒暄了一阵,就挂了电话。但几乎几秒以后,林静雯就收到信息:"你是不是有事?有事一定要告诉我!"

林静雯发了个磕头的表情,打上一行字:"你不撒狗粮,我就三百六十度凌空翻转感谢你了!"

她不想让朋友担心,她觉得,这种一碗攸县豆干就可以让两人如此幸福的生活,不该被凡尘俗世的琐事打扰。

但世上不尽如人意的事总是很多。

# 第三十二章　不必对赌

对赌，其实已经是 PE、VC，也就是风险投资、私募股权投资领域的潜规则了。

对赌协议的双方中，类似相亲男这样的创业者一方，必然是处于相对弱势的地位，所以只能签订这样的条约。这种对赌，它可能是项目上市之后，如果业绩不能达到预期的补偿承诺，也可能是上市时间约定股份回购等相关的条件。总之，投了这笔钱下去，谁也不是傻子，作为项目的负责人，如果项目无法达到预期，那么就得赔钱的，而不是说把钱花光了，事没办成就算了。

当然在道理上，谁都明白，天使投资应该信任和放权，创业者出点子，而投资方出钱，去陪创业者试错——本身天使轮投入资金的核心目的就是让创业者团队去大胆试错。

可是事实上在职场里，谁都有 KPI 考核，绝大多数的投资人都不愿意去背锅，所以，对赌几乎都是在所难免的。

所以当刘董提出："我给你投两千万，不必对赌。"相亲男一下就愣住了，所有拍案而起、扬长而去的愤慨和不平，都在这一瞬间烟消云散。

这两千万，他可以尽情去花，只要不是中饱私囊，花完之后项目没成，他也不必去负一丁点责任。两千万，就他现在的收入，不计较将会到来的中年危机造成的减薪或被解聘，不吃不喝也得二十年。

事实上，他不可能二十年不吃不喝，他得交税，他得供房，他接着还准备生儿育女，他还要赞助上学的孩童等，也就是说，可能按着这么下去，一辈子他也攒不出两千万。

"不必对赌？"相亲男艰难地抬起头，望向了刘董，他想确认一下，自己是不是听错了。

刘董点了点头："不必对赌。"

之前跟他接洽的那位西装笔挺的男士，把合同放在了桌上。

刘董并不是在开玩笑，合同里明显规定，相亲男必须跟那位妖艳的女士同居，并且未经女方同意，结婚之前，不得有任何违法越线行为，否则的话，不但会起诉他强暴，而且相亲男必须完整退还这两千万，而投资方的利益不因此退款受任何损失，不论项目进行到哪个环节。

"如果你签下合同，那么今天我就要搬去你那里，你得让你女朋友，噢，不，前女友赶紧搬走。"艳丽的女郎浅笑着，这么对相亲男说道。

听着她的话，相亲男有一种虚幻的不真实的感觉。

他不知道自己是怎么把创业团队都叫到这个咖啡馆的包厢里来的，创业团队每一个成员，都感觉这份合同如同天上掉下来的馅饼，没有任何一个人觉得有什么问题。而相亲男对这家风投公司的背景调查早就做过了，人家也是有多个成功项目的投资人，不可能空口白牙来胡扯。

于是，相亲男在第十七次把合同从头到尾看完之后，抬起头，在身边大部分团队成员炽热的目光里，他不由得望向了桌上的签字笔。

"老大，你想清楚了？"团队里唯一的女性成员禁不住开口提醒他。

但很快她的声音被淹没，不是被其他人的声音淹没，而是被相亲男自己胸膛里无法抑制的雄心壮志淹没。

他这样的人，没有人能说服他，除非他自己。

他抬起头望向那支签字笔，签字笔就离他的手不到四十厘米的距离。那不是笔，是他梦想腾飞的开始。

也许，刘书萱只是一个他已经完成的目标。就如同他考上的985大学，就如同他走出来的小镇。

人生总是要向前的。

回到自己家里的刘书萱，一出电梯，进门就听见了家里的麻将声，这让她感觉到极度烦躁，她冲进麻将房，对着刘母和那几个牌友吼了起来："一日到黑打麻将，打麻将！你哋唔可以去跳下广场舞咩？或者打下太极，做番啲有益身心嘅事？阿陈姨，你屋企唔係有三个孙咩？得闲就番屋企帮手凑孙啦！

咩都掉俾保姆，因住保姆教坏你啲孙啊！"

把刘母和那几个牌友吼得面面相觑，刘书萱转身就冲进自己房间，把门用力地关上。

然后她坐在飘窗的边沿，点起一根戒了好几个月的烟。

也许只有这弥漫着的淡蓝烟雾，才是真真切切对她恋恋不舍的牵挂。

她默默地抽着烟，一根接一根，无论母亲怎么敲门，威胁要去叫消防队来撬门，她也毫不理会。

直到林静雯打电话过来："麦兜，怎么了？你妈让我打给你，好吓人的样子噢。"

刘书萱按了免提，重新点着一根烟："失恋。"

"你踢人，还是人踢你？"林静雯这么问道。

刘书萱想了想："他应该会被一个浑蛋唆使，来跟我分手。所以，我自己先收拾东西走了。"

"那就是你把人家踢了喽？那还好嘛。"林静雯角度新奇地开解她。

刘书萱突然号啕大哭起来："可是那个唆使他跟我分手的浑蛋是我老窦！"

老窦，也就是她的父亲，刘董，本来就是她的父亲。

所以当时刘书萱一看见刘董就很愤怒，并且在事后称他为浑蛋，那是因为，她一眼就看穿了父亲的心思。她原本就是很聪明的人，聪明到她一看见父亲出现，就知道父亲要做什么。

没错，就是试验相亲男。

几乎每一位父亲只要他的能力许可，绝对都会在女儿找到归宿之前尽力去证明，对方到底是不是一个值得女儿托付终身的对象。

刘父也不例外。

而刘书萱很清楚，相亲男是不可能在她父亲的手段下挺得过去的。

她看过父亲的许多商业上的操作。

所以，相亲男一出门，她就收拾东西离开了。

"也许这是一件好事，至少你看清了他的本性。"林静雯幽幽地长叹了一声。

但刘书萱抽泣着，她并不这么认为："不必考验，我就知道他本性啊！大家处得好好的，为什么突然就要拷问良知和本性呢？"她说着，又哭了起来。

然后埋怨她父亲，接着咒骂相亲男，甚至开始抱怨她母亲一天到晚打麻将。

这时她的房间门被打开了，或者说被撬开，刘父走了进来，一脸沉重："两个消息，一个坏消息，一个更坏的消息，你想先听边个？"

一个坏消息是指相亲男不但已经签约，并接受了风投方面的条件，他把那个妖娆而艳丽的女郎带了回去，准备跟刘书萱摊牌分手。当然他并没有找到这样的机会，因为刘书萱根本就没留给他这样的机会。

"仲有再坏啲嘅咩？"泪水在她脸颊滑过，她愤怒地拍开父亲想抚摸她头发的手，"行开啦！你唔係成日讲，一个人失败，唔使佢屋企人话佢听，职场同生意场会话佢听？你老母啊，我三岁你就成日咁样讲啦。"

刘父扑哧笑了起来："我老母，咪你阿嫲啰，你揾佢咩，我叫佢嚟同你倾？"

一个能让杜长卿佩服的人，当然有自己的本事，仅仅一句话，他就成功地让刘书萱的哭泣继续不下去。她愕然地望着他，好半晌才开口："喂，我讲粗口啊，你係我老窦，你唔闹我，你点做人老窦㗎。"

刘父耸了耸肩膀："OK，那我开始骂你了？"

但刘书萱不是那么容易被岔开注意力："为什么你要来告诉我他有多渣？他有多渣我自己知道啊！为什么你要这么干！"

刘父笑着点了点头："你说得对，乖女。"

他说着走上前，在飘窗前面蹲了下来，仰望着自己的女儿："但是，我是你老窦啊。"

就算有违他自己的原则，就算是这样，他也想尽自己的努力去保护她。

"对不起。"他很诚挚地向女儿道歉，"但你得知道，再来一次，再来一万次。"

他虚握着拳头，用拳眼轻轻捶了捶自己的胸口，用极庄重的仪式感，说着非常俚俗的话："我是你爸爸，我不可能见你踩到屎，而我一声不吭啊！"

"我愿意踩屎行不行？谁要你多管闲事！"她吼了起来，但已经没有刚才的伤感和愤慨。

"嗨！嗨！"他就这么仰望着她，笑着对她说道，"没那么糟，对吧？没那么糟。"

她坐在飘窗的边沿上，看着微笑的父亲头发已经有了谢顶的迹象，她点了点头："嗯。"

刘父站了起来，伸出手，揉了揉她的头发："要记住，不能讲粗口哦。"

"另外一个更坏的消息是什么？"她抬起头来，望着父亲。

刘父拿起她放在窗台上的烟，抽了一支出来，点着了吸了一口："我女儿又变成烟鬼了。"

然后他就慢慢悠悠走了出去："出来饮汤啦，洗手啊，死女包！"

失恋之后的刘书萱又开始抽烟，对一个父亲来说，这的确是更坏的消息，但他想说的不是这个。只不过看着自己的女儿开始从悲伤里走出来，刘父为什么要去说一些人和事，来让刘书萱再次陷入低落的情绪里呢？

事实上，更坏的消息是：相亲男已经把刘书萱抛诸脑后了。

天黑之前，相亲男已经在和他的团队讨论，如何让刘父追加更多的投资，甚至他们在争论，是否应该在签字之前，就让相亲男去跟那位娇艳的女郎到民政局领证，以规避合同中存在的限制。

他们在争论那位娇艳的女郎对相亲男的诱惑力，这对他们团队来讲是不可控的因素，因为如果相亲男和那位女郎同居一室，并且双方做出超友谊关系的行为，事后只要女方否认，那么不单相亲男要被起诉性侵，一定会被定罪，他们团队还要赔出这两千万。

所以，团队里已经有两位成员去跟那位娇艳女郎谈判，甚至已经谈到分给她一部分原始股权之类的，希望她可以去跟相亲男领证。

也有人提出问题，认为哪怕是对赌协议，也比这限制更为合理，感觉这看上去更像是一个恶作剧。

但是，两千万，真金白银的两千万，谁都不能把它当成一个玩笑。

并且他们整个团队都签约了，如果在结婚之前，相亲男真要发生点什么，对整个团队来讲，就是无妄之灾。

刘书萱？不好意思，所有人都没有再提起过她，就如同她从来没有存在过一样。

这样的情况，算不算是一个更坏的消息？

对相亲男和他的团队并不算，甚至对投资方来说，这或者还可以视为一种积极的、团队协作的体现。相亲男和他的团队理性地抹去了已经存在的损失——刘书萱，然后整装向前。

"对我来说，它肯定是一个更坏的消息。"刘书萱坐在家里的酒窖，把一瓶五粮液递给林静雯。

后者吓了一跳："我只是过来陪你坐坐。"

刘书萱望着她，一脸就要哭出来的表情，林静雯举起双手："啤酒，我们就喝点啤酒，好吗？"

刘书萱摇了摇头，她拿起两个白酒的分酒器。

"红酒，就喝一瓶红酒。"林静雯作了让步。

但刘书萱的泪水马上就淌下来："你要带给我一个更坏的消息？"

林静雯连忙抱住她："麦兜，别这样，别这样，不论如何，我都会陪着你，我会的！"

番禺的这所独栋别墅里，被刘书萱当成酒窖的一百平方米的负一层，有着足够多的酒，对于想喝醉的刘书萱来说，其实她需要的只是可以放开怀抱的、可以信任的朋友。

"也许这是我的宿命。"这是刘书萱喝醉之后，无奈且透着倦意的话。

她诉说着自己的家族，她的叔伯姑姑不愿结婚的原因，诉说着他们在感情路上受到的打击和创伤："没有人喜欢孤独，我们并没有家族遗传的抑郁症，不要惊讶，我们都去看过医生。是的，但最后除了我父亲，他们都不愿成家……"

林静雯不知道怎么安慰她，刘书萱醉了之后，开始念叨着某个中方控股的海外港口名字，她说自己要去弄一个高级工程师的职称，然后去那个海外的港口："'三不朽'啊，我愿意加入这样的项目里！"

但过了一会儿她又哭了起来："也许足够远的距离，我就能忘记那个人渣！"

对于广州来说，一月份的到来，其意义也许就是让绝大多数人的家里，可以把空调的冷气关掉吧。树木哪怕不如春夏翠绿，但也绝对不是光秃秃的枝干，如同褪了毛的孔雀一样滑稽。

仍有树荫，小区的石椅上不乏晒太阳的人群。杜长卿在晒太阳的人里，看起来就特别与众不同。不仅是因为他的衣着，还有他保养得确实不错，五十来岁的人，看上去也就四十出头的模样。更重要的是，他有那么一股气质，看上去就不同于其他来跟儿女住在一起的中老年人。

"我没有钱，我哪有钱？"杜长卿这么向走过来蹲在他跟前，很客气向他索要物业管理费的物业公司经理这么说道，"房子也不是我的，朋友借给我住而已，我要有钱交物业管理费，我还要住这里吗？"

物业经理咬了咬牙，这小区要说别人没钱那他是相信，可要说这位杜先生没钱，当物业经理瞎了吗？每周来看他的人里，开奔驰的算是很一般了；那位自称是他女朋友，看着当他是爹一样的张小姐，开的是玛莎拉蒂总裁，那粪叉子的车标谁还不认得？

想起那位张小姐曼妙的身姿和精致的容颜，物业经理就不禁感叹，自己什么时候才能有这样女神级别的女朋友，而且还有钱！不论哪一点，都足够让物业经理一想起来就愤怒。但问题是，他知道自己不能失礼，不然这样的人一个电话能投诉到自己失业。

"您真爱开玩笑。"物业经理强挤出一个笑脸，他自觉得罪不起杜长卿，所以压着火气，也不敢跟姓杜的理论，只望着那被狗主人牵着，在小区里遛弯的柯基，心里骂着：你遛啥呢？你不来把你哥杜先生领去一起溜？

杜长卿掏了一个石榴木烟斗出来，慢条斯理装满、压实到四分之一斗；再装满，再压一次；直到装第三次，才算装好了一斗烟，然后划着了长长的烟斗专用火柴，点着了，轻轻地抽着，优雅而有格调，因为是调味草，烟草的香气一下子弥漫开，周围的人都纷纷侧目。

"你看我是真没钱，烟都抽不起，只能抽烟丝。"杜长卿笑着对物业经理这么说道。

看着他这么煞有其事的装模作样，物业经理低下头，深呼吸了两次，才抬头重新挤出一个笑脸："杜先生，你这烟斗至少得要我一年薪水吧？这也不是烟丝，这烟草，我干一个月能买几克呢，杜先生？这年头，有网络啊！"

他是真有点压不住火，要不，也不会说后面这半句。

有网络啊，买不起，至少在网上见识过，能查得到啊，杜长卿把人当二傻子哄，谁乐意呢？可是杜长卿笑了笑，就不接话茬，直接说："不至于，这样一盒也就百多块，都是朋友送的。"

但他的解说并没有让物业经理改变态度，百多块，这一盒烟丝也就三五十克吧？那不还是死贵死贵的？杜长卿看着，就笑了起来："我年纪大，跟不上潮流嘛，这也是朋友送的，如果我说得不对，那我道个歉，好不好？经理你青年才俊，别和我这没文化的老头一般见识，啊，对不起，我的错。"

杜长卿一开口就非常温和的声音，还有爽朗的笑声、诚挚的道歉，边上那些晒太阳的老人听着，纷纷回过头来，马上就有老人开始说物业经理了："你们不要太过分，欺负人欺负到这样的地步！我听人家刚才都给你认怂，说自己没钱了，你就不能宽限他几天？人家老杜看着就是斯文人，这样给你道歉，你还要怎么样？"

"就是啊，欺负我们老人！"边上跳着广场舞的老阿姨们，马上就过来主持公道。

不得不说，杜长卿的气度和他保养得很好的颜值，从他一来这小区，加上他那张口就不让人难受的话语，很快就获得老阿姨们的好感。

那物业经理瞬间厌了，这年头，和老人对着来，没有什么好下场的，何况一群老人？要是有老人突然倒下去，或是因为争吵引发心血管或脑血管疾病，那得了，自个家里算是多了个爹！物业经理绝对不想家里多出许多个爹妈来，所以他不敢废话，连忙说："没有，没有，我没逼杜先生，只是闲聊，闲聊嘛。"

看着仓皇而去的物业经理，杜长卿冲着周围的老人抱了抱拳，这让老人们仿佛打了一场胜仗一样，兴高采烈起来，于是操着南腔北调的老人们开始聊起自己年轻时如何威风，庆幸着物业经理是没有遇见当年一腔血气、好打抱不平的自己，要不然的话，这物业经理今天不被打折条腿是别想走之类的一些话。

不过杜长卿很快就脱离了这些老人的讨论，从小区走进大堂，上了电梯，回到18楼的家里，就是他所谓的朋友借给他住，得有两百平方米的房子。其实，这本来就是两套改成一套，才能有这么大的面积。

而物业经理都认识的那位张小姐，今天带着保洁阿姨过来，帮杜长卿打扫着房子。

"打扫完了，把账单寄到刘大哥公司去。"杜长卿笑着在客厅里的意大利真皮沙发上坐了下来，跷起二郎腿，这么对张小姐说道，就如当初开始走下坡路时，吩咐仍在身边给他当助理的张小姐一样。

但这个主张,让张小姐有些迟疑:"不好吧?"

"没有什么不好,就这么办。"杜长卿吐出一口烟雾,笑着说道,"这又不是我的房子。"

这的确不是他的房子,而是他嘴里的刘大哥,也就是刘书萱父亲名下的产业。

看着他落魄,刘父尽管不再跟他有生意合作了,但总归在杜长卿列为失信执行人、公司又被申请破产清算之后,还是找他吃了一顿饭,然后跟杜长卿签了一份协议,这套房子,用每月一元的价格租给了杜长卿,在土地使用权是七十年的情况下,这份租期是一百年。

但张小姐觉得,刘大哥这么做很仗义,杜长卿还要把清洁账单寄到人家公司,太说不过去了呀。杜长卿却不这么认为:"我们这样的人,只要还没到一败涂地,在乎这点钱?我如果就这么不去烦他,那么今后除了这套房子,我就跟他毫无瓜葛了,按我说的去办吧。"

## 第三十三章  补助

每一片树叶的落下，都少不了地心引力的作用，而杜长卿每一个举动，都离不开他性格中的好强。他计算着一切，不论是物业经理，还是小区里那些他看不起的、在家里被斥为"连呼吸空气都是浪费"的老头老太，或是他非常尊敬的刘大哥，其实他都一直在计算。

他就是这么起家，这么发达的，也许很多时候不是他的劣根性使然，而是他的人生必然。他人生里面，从平凡迈向巅峰，他很难去放下这些，或者说，他也并不认为这样有什么错，毕竟他曾经依靠这样东西，走到许多人终其一生也不能到达的境界。

"石先生等一下会过来，他很准时，你下去帮我把钱拿上来。"杜长卿抽着烟斗，对着张小姐这么说道。这年头，在这座城市，其实已经很少有人用现金了，是因为杜长卿提出他需要现金，人家才会拿现金来给他——因为杜长卿是失信被执行人，也就是老赖。如果钱汇进他的账号，根本就无法拿出来。

"石先生？石朴？"张小姐吃惊地问道，她当然吃惊，因为她就是那位在国外的张总。

给了定金之后，让石朴发货，又不去拿，一直拖到转栈费过高，定制的石板材被海关拍卖，这种定制尺寸和样式的石板材，谁要啊？于是她又用捡垃圾般的价钱把石板拍下，生生黑了石朴几百万。没错，她就是那位张总，杜长卿介绍给石朴的张总。

看着她惊慌的表情，杜长卿就弯了弯嘴角："没事，你总要见他的，你就告诉他，你是照顾老杜的社区义工张小姐，不是做石材生意的张总。现在就下去吧。"

因为石朴在微信上已经说自己快到了。

看着张小姐有些慌乱的身影，杜长卿摇了摇头。如果不是手头无人可用，他还真看不上张小姐，只不过所谓板荡识忠臣，在这时候，也只有张小姐这样的人，还紧紧跟随和依赖着他。

别的不多说，就杜长卿指挥她吃石朴的那一笔，加上在国外那个剧院装饰工程赚下的钱，合起来就有七八百万了，张小姐穷其一生也赚不到这笔钱，教她如何不崇拜这个纵然破产，也绝对有着呼风唤雨能力的男人？哪怕是老男人。

杜长卿给自己倒了一点汾酒，然后轻轻一扣，一斗完美燃尽的烟灰就颠了出来，杜长卿把它放在烟斗架上，然后取下一个精美的海泡石烟斗，想了想，拿下来一罐登喜路965烟草，坐在沙发上，把它打开。

于是因禁于其中三四十年的烟草发酵味道，就幽幽地弥漫了出来，杜长卿陶醉地长吸了一口。这是让人难以忘怀的气息，而这种气息只有在开罐半小时左右才能闻得到。在杜长卿事业巅峰的时期，他有时甚至为了闻一闻这让人着迷的酵味，而专门重新打开一盒密封完好的登喜路965烟草。

他装了一斗烟。按照烟草爱好者的讲究，这并不算这盒烟草最美味的一斗，却是所谓"最有酵味，最有密度，最为本色"的一斗。洁白而精美的海泡石烟斗，最有味道的965烟草，还有半杯杜长卿最喜欢的汾酒，在缓缓吐出的烟圈里，在酒入咽喉的一瞬间，杜长卿感觉自己内里，有一些还没有燃尽的东西被点着，他睁大了双眼，平时那种和善的微笑全然消失。他的眼里，在这一刻，甚至可以说有着某种少年人的朝气！

这时电梯声响起，是张小姐匆匆上来了，她拿着一个纸袋，对杜长卿说道："他笑了笑，没说一个字。"

她说的当然就是石朴的反应。

这也是杜长卿要她下去拿钱的根本原因，他要看一看石朴的反应。或者说，这是他对石朴最后的测试。

在杜长卿落魄到这样时，石朴不念旧恶，仍每个月给他支五万顾问费，让他每个月去公司讲两堂课。

被他坑了几百万的石朴，看到张小姐，当然会明白，那几百万就是杜长卿坑他的，而石朴如果能忍下来，那杜长卿觉得，石朴这人真的就是前途不可限量。那当他要启用现在仍隐藏着的底牌,以让自己重回巅峰时,他不介意拉石朴一把,因为石朴值得。

"他没有说任何话?"杜长卿不太相信,也许他看错了石朴?

张小姐努力地回忆:"他……他还是说了一句,说请杜先生不要忘记,后天要来公司做讲座。"

因为石朴并不需要认出张总,才能知道杜长卿就是坑他的人。所以这一切,他能平静从容面对。

"很好,我没有看错他。"杜长卿笑着喝下了半杯汾酒。

两位清洁阿姨忙完了活计,在告辞时,其中一位想了起来:"对了,刚才居委会的人过来,说什么杜先生破产无业,又无儿女在身边,如果生活有困难,可以填一份这样的表,要是能申请通过,每月就会有一笔特困补助,我们都笑死了!"

杜长卿笑着感谢她们,然后在她们离开之后,他开始很认真地去填那份特困补助申请表。

"这才几个钱,咱们不至于吧!"张小姐啼笑皆非地说道。

但杜长卿摇了摇头:"我不特困谁特困?房子是刘大哥租给我的,生活费用也是石朴和你赞助的,我银行还欠一堆债呢,这破产申请还没批下来。"

要照他这么论,那也不是没道理,所以张小姐一时语塞,但又总感觉哪里不对。

他很快就填好了表格,然后递给张小姐:"帮我送过去,不要辜负基层组织一片心意呀。"

哪有他这样住两百平方米市中心房子,还申请特困补助的?别管租的还是借的,居委会真要批这补助,肯定会走访、会调查,不可能就这么闭着眼睛批下来。

所以张小姐苦笑着这么说道:"我估计递上去也批不了。"

但杜长卿坚持,她便拿了包,出门去帮他送表。

抽完了这一斗烟,杜长卿随手拿起桌上物业催缴电费水费管理费的单子看了一眼,上面写着,电费上个月用了近两千块——他的两百平方米里,功率最大的甚至不是双开门冰箱或冰柜,而是那大功率的音响后级功放。

于是他便觉得不平了。

他实在太久没有经历过柴米油盐醋了，就算他申请破产，就算他被列入失信名单，可还有愿意一个月一块钱，把两百平方米房子租他一百年的朋友；还有每个月给他几万块，请他去讲管理课程的企业；还有对物业经理来讲女神级别的张小姐，开着玛莎拉蒂总裁追随着他。

"当我软弱可欺？"他冷哼了一声，许多的不平便在心胸里无端生起。

他觉得就算张小姐不时过来陪着他，人来客往，算是两个人住吧，一个月怎么也用不了两千块电费，特别是他从上个月开始基本不用空调了。

在南下经商之前、1990年左右，杜长卿也是在国企里当过工人的。

他当年甚至还拿过电工资格证，所以当他觉得被坑了，又抽了一斗很醇的烟，喝了一杯让他微醺的汾酒，他就觉得不能这么算了。

于是他便去储物房，把折叠的人字梯搬了出来。


当石朴收到杜长卿的死讯时，他非常惊愕，因为看上去杜长卿真的就是一个能活千年的祸害，至少在石朴的心里，是有这么一种下意识的认知。谁知会这么突然接到他离开人世的消息。

而且石朴得知这个消息，也不是家属来通知他讣告。相关警务人员来找石朴，是要求他协助调查的。

因为张小姐认为，杜长卿的死，石朴脱不了关系。特别是她觉得，石朴见到她下去拿钱，然后紧接着杜长卿就意外死亡了。

"没有人被这么坑了几百万之后无动于衷的！杜先生说要测试他，可这石某人他心胸小，经不起测试，肯定是他恶从胆边生，害死了杜先生！"张小姐报案时，是这么向公安人员诉说的。

尽管石朴有着完美的不在场证据，杜长卿死亡现场也没有任何的物证人证，可以证明跟石朴有关，但张小姐在那个商业圈子里不停地诉说，却让石朴有口难辩。还好公安人员随即找到了关键的证据，让一切水落石出，这就是一起意外触电身亡的案子。

因为杜长卿也担心，从这么多年的生意场走下来，不遭人妒是庸才，现在自己落魄了，会不会有人来向自己报复？所以他在那房子所在的楼层、过道，装了好几个隐藏的摄像头，并且设定了一旦出现断电过载、温控防火喷头启动喷水之类的，就自动发送视频。

从这几个角度来看，最为可能接近事情的结论，就是杜长卿想把他自己家里的用电线路接到公共用电的线路，结果在操作中失误，发生意外。结合杜长卿客厅茶几上那张物业的水电管理费通知单，那么，毫无疑问，偷电不成，触电身亡，大约就是最合理的解释。

按参加丧礼的刘书萱的父亲所说的："阿杜啊，成世唔执输，下下都计到尽，惊死蚀底，卒之，仆街！"大意就是说杜长卿一辈子不肯吃亏，不论啥时候都要计算到对自己有利才肯罢手，担心自己吃亏，这次终于因此仆街了。

但是杜长卿倒是把自己后事安排得清清楚楚，他在律师那里早就留下了很严密的遗嘱，不但把那套两百平方米的房子，用同样一元钱的价格转租给了张小姐，而且他还留给石朴一个国外银行保险箱的锁匙。

石朴开始并没有太在意，律师把这遗嘱跟他说了之后，又交了锁匙给他，石朴也没当回事。倒是一块来参加丧礼的刘书萱，听着陪石朴一起过来的林静雯说起这事，去问了她父亲一下，回来跟石朴说："卿叔这么计较的人，他如果留东西给你，就绝对不会是一张照片或是一本日记。你还是去看看吧。"

于是在丧礼之后，刚好林静雯也要去德国一趟，所以石朴就用这事为借口，陪着她飞了一趟汉堡。当那银行保险箱被开启之后，石朴和林静雯都被惊呆了。因为那些不记名的债券和实物黄金，其实足够杜长卿这个级别的人物，重新在商场里再搏一次的。

"他为什么要去在意那两千块电费呢？"石朴突然感觉，有种莫名的讽刺和心酸涌上心头。

林静雯轻轻摇了摇头："你不如问，他为什么不跟着麦兜她爹老老实实补税？"

这是一个正在发生的事实，杜长卿绝非平庸，只是他停留在他的那个时代。

他坚守着自己那个年代的辉煌，无论是他处处的计算、逃税、企图占社会的便宜，还是对石朴的所谓测试，陈旧而腐朽，他并没有发现，时代的浪潮在奔涌。

这也是刘书萱不愿意投资他的原因。

走在汉堡的街上，号称欧洲最华丽的市政厅——汉堡市市政厅，仍如林静雯第一次看到它时那样壮观。

不曾改变。

"也许十年后，我们再来，这街角仍然是一样的风景。"她向石朴这么说道。

有些冷，就算他们穿得厚实。石朴犹豫了一下，鼓起勇气，握住她的手，然后把手揣进自己的兜里，林静雯愣了一下，但终于没有抽出手来。他们就这么漫步着，也许是天冷，让他们渐渐地越靠越近，互相依偎。

私房菜"碗仔翅"开到第五个分店，老板阿强就接到一个非常让他不解的消息，以至刚刚过了关回到香港的他，第二天就又回到广州来了。并不是什么生意的艰难险阻，或是食品卫生出了什么问题，仅仅是因为李建南要辞职。

"南哥，你要觉得大老板那边给你的不够，我这边也可以出一份粮给你的啊！"阿强很诚挚地用他半咸不淡的普通话，努力地挽留着李建南。

因为自从李建南过来之后，很多因为一起从香港过来，阿强不方便开口的事，都因李建南来管，结果许多不必要的开支，包括厨房材料的浪费，都得到了很好的整治，所以阿强是真的愿意支一份薪水给李建南的。

李建南掏出烟盒，抽了一根给阿强："有什么不够吼？林北同你讲，一个月给我两三万了，还不够吼？还有奖金你知道吗？"

但他不想做了，想要辞职，是因为他觉得这样做下去，很快自己就废了。

李建南仍然淳朴，并没有因为时光荏苒而满嘴大道理，只是他那朴实的话，的确话糙理不糙，有他自己的道理："你天天吃伟哥吼，很爽吼，可是吃多了，你就坏了啊，慢慢地，你吃伟哥都不行了吼，你就废了！懂不懂？不行吃一颗，没关系吼，无人笑你吼，但你天天靠这个，死定了吼！"

他觉得，来这里上班，出任林静雯和石朴的代表，来监管这些分店，领这份他觉得很丰厚的薪水，其实是会产生一种依赖的心理，而这样的心理，会让他越来越离不开发薪日，如果有一天林静雯他们不投资了，不需要他来出任这个监管的角色，他将会失去生存的能力。

解释起来很烦琐，也有点复杂。而且李建南的比方也有很多BUG，一点也不严密。

还好阿强也没读过很多书，李建南用"伟哥"来打比方，阿强一瞬间就懂了。

所谓意会，大约就是这样。

"那南哥你要回去做童装？"阿强点着李建南递给他的烟，一起蹲在小区的花坛边，太阳晒在身上，在这冬季里，暖洋洋的，很是舒适，"童装不太好做呀，南哥，你想清楚一点。"

其实，随着4G时代的到来，以及整个中国的物流系统越来越发达，不但是童装，很多小作坊式的生意，依靠地域差别获取差价之类的小生意，越来越难做，利润越来越薄。阿强抽了一口烟："听讲，接着要搞5G了，南哥，你真的要想清楚。"

李建南低头抽着烟，憨厚地笑了起来："你知道建盏吗？我们胡建的吼，很有文化的，我甲李讲，你百度一下啦，对，我想直播卖这个，我关注那几个直播间，我看吼，每天成交不少的啦！"

打开手机购物的平台，阿强看了一下李建南说的那些直播间，他却觉得不太看好。

因为在福建那边的人，要比李建南有着更好的资源，跟当地的生产商有着更密切的关系，等李建南去学习了这里面专业的知识，再跟当地经营从业者搭上关系，和建盏的名家混熟，这里面难免又是一笔成本。

阿强扔了烟头，自己掏出烟来，分了一根给李建南："并且，跟你做童装一样，你也要在购物平台上砸钱的呀，要不然，各种排位推荐没你的份啊南哥，我不看好。"

这时有拿着本子在手上的工作人员，和保安一起走过来，可能是居委会或是其他相关机构的工作人员，也许就是物业公司的职员。阿强看着，连忙捡起地上自己和李建南刚才扔的烟头，把它们扔进垃圾箱里，于是原本想过来教育他们的保安和工作人员，点了点头，转身走了。

阿强重新在花坛边蹲下，想了想，抬头对李建南说："南哥，我有条'桥'，一齐筑下？"

李建南第一反应就是摇头："搞建筑的吼，我不会啦。"

但事实上，阿强所谓的"桥"，是夹杂方言的普通话，指的是主意或者说构思。筑桥，就是讨论思路。

其实许多时候，每个人都有自己的长处，能从香港来内地做生意的，从香港果栏做到能开五间连锁私房菜的阿强，他想的主意，要比李建南卖建盏的思路靠谱许多，或者说，更有可执行性，风险更小。

"现在不是有送餐吗？我们开个店，不堂食，只做外卖！这样就不用堂食的场地呀！"

这就是阿强的主意，只要证照齐全，哪怕租在一楼的店面，不堂食，那就是只有洗菜间和厨房就可以了，它的成本可以非常小。

甚至阿强还想出另一招："我们可以在店门口搭个凉棚出来。"

反正不要堂食，也不怕取餐的外卖小哥堵了门，反而能让外卖小哥有个遮阳避雨的地方。

"这样外卖小哥在附近也愿意过来，取餐就快！"

李建南听着，觉得这事真的比自己上直播卖建盏靠谱，他顺着这思路，也聊出自己的想法："那要这么说，咱们搞个免费 Wi-Fi，一个月最多百来块的成本，常来取餐的外卖小哥，就给他密码，让他们可以蹭 Wi-Fi！"

其实甚至可以不用花钱，因为某些运营商在手机套餐里是有宽带赠送的。

"南哥，这样，你出五万，其他我出，包括财务、各种证件我去跑，但你要监督好厨房，别让客人吃了出事，然后赚到钱咱们平分，做好了，咱们开下一家！"阿强一拍大腿，站了起来，向李建南伸出手，"南哥，一起玩？"

"那我这边先辞职？"李建南犹豫了一下。

阿强一把握住他的手："那肯定不行，我'筑呢条桥'，就是舍不得你辞工啊！"

看着李建南有点犹豫，阿强笑了起来，拿出手机，直接把这事跟林静雯说了。

"行，南哥忙不过，就让他请人，公司出这钱。不许南哥辞职。"林静雯很快就回了信息。

李建南也并没有什么出类拔萃、惊天动地的过人之处。阿强觉得他很难找到人替代的就是李建南的尽职。

再平凡的事，做到极致，便会闪亮。

第三十三章　补助

## 第三十四章　完美的唐翔

对于和石朴一起在汉堡漫步的林静雯来讲，她不希望自己的投资有什么风险，而李建南就是保证她那笔投资不出问题的保险措施，至少林静雯是这么认为的。她把头靠向石朴，坐在街角的长椅上："唐翔搞的鬼，这次会很麻烦。"

她指的是，本来她想收购 HFB 的股权，入主董事会的计划，会很麻烦。

事实上，飞过来汉堡，也就是为了这次的计划，只是现在看起来，这个计划短期内会存在很大的问题。所以她这一次连团队都没有带，仅仅只是自己过来，其实如果不是因为杜长卿留给石朴的银行保险箱就在汉堡，她原本是想取消这次行程的。

因为唐翔。

海关工作组长期驻留在公司里，让林静雯要去动账户里的钱，每一笔都得非常小心，以免引起不必要的误读。而这种情况引发了两个后遗症，一个是 HFB 会觉得，林静雯公司的生存堪忧；另一个是林静雯能动用的现金流会出现很大的问题。

而更大的问题，是厂商得到了一笔热钱的注入，看起来，他们不会急于出售自己的股权。更进一步地说，就算他们愿意出售股权，也很可能不会选择林静雯。

"这一切，都是唐翔制造出来的问题。"林静雯咬牙切齿地低声这么对石朴说道。

而石朴轻抚着她的头发，低声安慰着她："唐翔现在一定会过得很惨，也许这么想，会让咱们好过一些。"

林静雯点了点头，在这异国的街角。

他们都觉得，唐翔作为犯罪嫌疑人，一定现在过得很惨。但他们忘记了一件事，唐翔投案自首的地点，是在中国。

而在中国，唐翔的情况就并没有太糟。

因为总会保障着基本的人权，而唐翔除了拥有征服客户的口才和魅力，他还有着另一些问题，因为肥胖而引起的"三高"。他的空腹血糖达到十五，餐后达到二十五以上，每天唐翔都得注射好几次胰岛素。

而且因为在求学年代遭遇的车祸，唐翔的头骨存在一定程度的骨折和变形。

甚至他曾经有脑外伤伴发精神障碍等疾病。

且不说他过高的血压，还有精神障碍的病史，单凭他糖尿病严重到这程度的血糖问题，他就算达到拘留的标准，也足够条件保外就医的了。所以面对他这样浑身是病的人，警方出于人道主义，往往会对他采取监视居住的手段，确保他没有在上庭之前潜逃。

"我并不太在乎。"唐翔说着，手里的红酒汁浇在热气腾腾的牛排上面，这些酱汁会带给他更高的血脂和血糖，但他不在乎。唐翔切下一块牛肉，把它放进嘴里，"我只是把我知道的都告诉警察，至于结果，那是公安局和检察院，还有法院的事。"

坐在他面前有着精致妆容的女性，是他的律师，她有着很不错的战绩，这也是唐翔邀请她代理自己案子的原因。看起来，她比唐翔更在乎这一些，比如她的身材，看她面前那无糖的黑咖啡和无酱汁，只加了点玫瑰盐的沙拉、鳕鱼扒，就很能证明这一点。

她看起来没有唐翔那份从容和满不在乎。

"不要在我面前推销自己，唐先生。"她缓缓地这么说道，"把你的产品、你的计划、你的思路，停下来，然后跟我的思路走。"

她指的是唐翔说自己不在乎的态度。

唐翔习惯向别人兜售自己的思路，有时甚至不在于他说不说话，而连他的态度和举止都在暗示着某些意向，或者说，这是他身为一位营销高手的基本素养。

律师吃得很慢，而唐翔很快就吃完了他面前的牛排，他拿起餐巾拭了嘴，对律师说道："好的，我跟你的思路走，现在告诉我，怎么办？"咀嚼得慢一些，可以欺骗自己，已经吃了足够多的食物，以至于那些沙拉还没吃一半，就感觉足够饱了，听到唐翔的问题，她推开了还有大半的沙拉："面对问话，不要总是去做一些假设性的描述。特别是对你不利的假设性描述。"

"警方问什么，你回答什么就可以了，不要去卖弄口才。"

但这话似乎触动了唐翔，让他不快。

"如果我是有罪的，那么您的建议当然非常正确。可是我并没有干过什么不好的事，我是无辜的，您明白吗？无不可对人言之事！"唐翔说着，很自然地张开双臂，习惯性地展示温和而富有感染力的笑容。

律师礼貌地点了点头，然后起身，拿起自己的包："我尊重您的意见，唐先生，律师事务所的其他同事会接手跟进这个案子，谢谢您的午餐。"

唐翔一直送她到门口，然后独自回到这个金碧辉煌的客厅里。看着钟点工收拾着餐桌，他点了一根烟，脸上的笑容从始至终都在，似乎极为轻松惬意。他是不是如自己所说的，并没有干过什么不好的事呢？没有人知道。

但至少刚才那位律师，明显不打算接手这件案子了。

唐翔的电话响了起来，是他的一位朋友打来的："很多东西，它是专业性的，我想相信和尊重专业，这一点咱俩都有共识……也许你该按律师的劝说去注意一下。"朋友很婉转地责怪他面对律师时的态度，而唐翔在挂了电话之后，一个人坐在客厅里，足足思考了有二十分钟，到钟点工走了跟他打招呼，他才如梦方醒般站了起来，付钱给钟点工。

当整座别墅空无一人时，唐翔走到落地玻璃的面前，看着玻璃里自己的倒影，喃喃道："我没有做过什么不好的事，我并不需要隐藏什么。"

他一次又一次地重复，一次又一次，就像每个推销员刚入行时，对着镜子重复"我一定会成功"一样。

渐渐地，唐翔的声音越来越坚定，越来越真诚，越来越有力。

看了一眼墙上的钟，警方的下次讯问马上就会到来。

唐翔满意地笑了，紧了紧领带，如同将要登上招商会的舞台。

每座城市都有它不同的韵味，重庆和成都不会因着浓重的麻辣味道而错认，广州和深圳也不会因为海风的气息而相同。乃至于城市里的每一个人，他们的悲喜，总有自己的不同。李建南也许永远都不会迈出如唐翔那样自信到狂妄的步伐。他似乎就没有太多的慷慨激昂壮怀激烈之类的情绪。

阿强拉他合伙做生意,并且铺面已经租下,厨房师傅也在招聘,各种卫生证明手续也在办理之中,看起来一切都在向好的方面推进,林静雯也让他请人来临管私房菜馆的卫生之类的,但他还是直至私房菜馆打烊,才开着自己的破五菱,用了近一个小时回到家。

其实现在宽裕了一点,是可以不用租得那么远的。但问题是妻子工作的医院在城市的另一端,而广州实在太大了。

今天轮休的李家嫂子,看着他进门都快十点了,很心痛:"南哥,我就说不租这么远嘛,你不听。"

"没事,这里蛮好,你下班回来休息,走两步就到了吼,方便。"李建南接过妻子递过来的拖鞋,憨厚地笑着说道,"再说,我有车吼,有车它就不远啦!勿着惊啦。"

这里的确离她工作的医院近,走路不用五分钟就到了。

换了衣服,在客厅沏了茶,李建南看着在客厅做作业的儿子,有点心痛:"都几点了还不去睡,赶紧做完功课睡觉啊,爸给你写个请假条,就跟老师说你生病了。"

但儿子叫了声爸,然后没有听他的。

倒也不见得他儿子就特别好学懂事,而有人在的地方,便难免有比较,当学校里的同学开始攀比成绩时,没有哪个少年甘心认输。恰好这段时间里,李建南儿子学校有人拿到某个奥数竞赛的奖项,于是攀比成绩就成了一时的风气。

妻子悄悄走过来,拉了拉李建南,冲他使了个眼色,难得小孩自己上心,哪有劝他去睡的?看着李建南还想再给儿子出糗主意,她连忙就找了句话问他:"南哥,那细妹还要不要辞职?"

"看起来不太是针对她,唉,要是她实在不开心,就算了嘛,我们出来打拼,不就为了让弟弟妹妹吼,可以任性点吗?"李建南说着点了根烟。于是马上就被媳妇臭骂了一顿,不但把他的烟给熄了,还赶着让他去洗澡,好把家里衣服一块洗,免得再开一次洗衣机浪费电。

细妹,是李建南的妹妹,比李建南小了快十岁。

洗好澡之后的李建南,敲了敲细妹的房门:"你再考虑下,要是真的不开心，就辞了吧。"

毕竟妹妹也大了，这么晚，李建南就没让她开门了。

但门很快就打开了。细妹长得高挑，比李建南还高，就是瘦得跟竹竿一样，所谓前面和背影没区别，大抵说的就是这样的身材。她出来叫了声"哥"，然后在客厅坐了下来，脸上密密麻麻的青春痘，每一颗都在诉说着她的不开心。

"我之前以为，潮汕妹知道你是我妹，然后觉得对我不满意，故意为难你，结果不是吼！"所以李建南跟阿强说他要辞职，其实并不是心血来潮，也不是真的想去卖建盏，他只是不想妹妹因为他的原因而受委屈。

但结果他发现不是自己想的那样。

"噢，可能你是我妹，公司里都没有人知道吼，你再想想看啦。"李建南看着媳妇在阳台洗衣服，偷偷摸摸又点了根烟，对着他细妹这么说道。

细妹不是很擅长言辞的人，从房间出来到客厅坐到现在，她托着腮，一句话也没有说。

她是被林静雯公司校招进去做平面设计工作的。而在转正之后，突然想辞职，是因为上个月开始，公司要求设计部的员工，也要跟市场部一样，穿公司发的工作套装，于是细妹只好把公司发的工作套装放在公司，每天上班再到公司"变身"。

如果仅仅是这样，她也还能忍受。但在上周开始，行政部门突然要求设计部的员工要化淡妆、涂口红、穿高跟鞋。

这对细妹和她的同事来讲，都感觉实在荒谬到无法忍受了，明明自己找的是内勤工作，为什么非要受这种无谓的束缚呢？

所以她才会回家跟李建南商量，说不如辞职算了。

李建南在社会上闯荡了十来年，也真的第一次听说，负责外包装、海报设计的内勤人员，需要化妆、涂口红和穿高跟鞋！所以他下意识就觉得，是不是林静雯在暗示，他领了这么多个月的薪水，也是时候可以走了？

他不知道是或者不是，但李建南有着自己的操守，他第二天就去跟阿强说，准备辞职。

但根据林静雯的态度来看，完全不是李建南所想的那样。所以他才让细妹再考虑一下。

"如果说要拍工作照化妆,那没问题,天天要化妆涂口红穿高跟鞋上班,我不想干了。"细妹叹了口气,这么说道,"不过这边公司离咱们家近一点,工资高一丢丢。"

李建南听着媳妇洗完衣服开始晒衣服的声音,连忙把烟熄了,然后替细妹做了决定:"咱们明天就去辞了吼。勿着惊,哥去送快递,也能分你一口饭吃,不开心就辞!"

细妹一下如同放下千斤重担,笑了起来,尽管一脸的青春痘,但年少真诚的笑容,在明亮的灯光下,是那样美好。

李建南一下子有些恍惚了,似乎那个每年盼着他回家,给她带礼物的小屁孩,就这么一下子长成这么大的姑娘了。

但不论她有多高,在李建南的眼里,她总是那个小小的细妹。

他站了起来,伸手拍了拍她的脑袋:"好啦,快去睡啦,不要老是通宵玩狼人杀吼,我都听见你在叫什么'上警'的啦!你嫂子打王者,你玩狼人杀,你们两个……"

但李建南没说完,细妹就跑进房间,把门关上了。

"爸爸,我就争气了,我不跟姑姑和妈妈一样。"做完了作业的儿子,骄傲地对李建南说道,"我玩'QQ飞车',我已经是闪电车神了!"

李建南还没开口,晒好衣服进来的李家嫂子听着,一把将儿子揪过来,横在膝盖上,扬手就打:"闪电车神!闪电车神!老师这学期叫了三次家长!闪电车神!"

李建南看着,在儿子的哭喊声中,他不知不觉脸上便有了笑容。

也许,这就是幸福。

当林静雯和石朴结束了汉堡之行,回到广州时,她一进公司就感觉不对劲。

其实平心而论,还有什么比海关及其他相关机构驻了一个工作组在公司更不对劲的呢?

可就是真的有,因为一进公司,林静雯发现,员工岗位上有好些崭新的面孔。广州的总部尽管也有四五百员工,但人员的流动性不大,林静雯很在意员工对公司的归属感,这一下子十个员工之中就有两三个她见都没见过,让林静雯感觉很不舒服。

"这是怎么一回事？"她刚在办公室坐下来，就马上把人事总监喊了过来。

事实上管理层并没有什么变动，被辞退的，或是自己辞职的，基本都是基层的员工。

"辞职报告都发给我。"林静雯没好气地对人事总监这么说道。

但她马上发现，不用人事总监去发文件，留在公司的助理早就把文件归纳好了。

助理有点委屈："其实我们都劝过黄总，但是她并没有越权。"

林静雯没有发表意见，她接过iPad，开始翻看那些被辞退的、自己辞职的员工提交的辞职报告。她的感觉并没有错，足足有几十份辞职报告，而当她翻看了前面的十多份报告之后，也就明白了助理所说的"她并没有越权"是什么样的概念。

身为CEO的黄凤，要求公司所有同事上班都穿职业套装而且职业套装都是由公司发放，并不向员工收取一分钱，这越权了吗？没有。甚至黄凤要求的男性正装皮鞋和女性高跟鞋也同样是公司出钱买的，洗手间还提供了洗面奶、粉底、口红、卸妆液等。

当然不越权。

但是仓库的同事，因为接受不了穿着西装去卸货装车，而要求辞职的，不是一个两个；而且一周都穿那一套公司发的套装，那味道也让人非常接受不了；更有员工感觉自己像是进了电子厂打工之类的。

除了市场部和营销部、公司行政的同事，其他部门的人员都在沉默地反抗。

于是衣着不达标的同事就会被扣款，乃至被开除。

至于设计部如李细妹那样辞职的，感觉无端被束缚而辞职的，就更多了。

"为什么要定这么一个让大家都不开心的制度出来？"林静雯皱着眉头，向人事总监这么问道。

黄凤的出发点很简单，就是觉得着装是公司形象，统一的着装能让大家更好地融入到这个集体，也便于建立公司文化，而如果有客户过来公司，也会在感官上更好一些。

"其实不止着装……"助理在边上低声地说道。

除了着装之外，新任 CEO 黄凤还推出了另外的措施，就是加班文化。

"公司不要求加班，但自己的活干不完，就得干完才走。"人事总监也很无奈。

因为 CEO 这要求，身为管理层，的确也不能说她这么主张不对。

总不能说不论活儿有没有干完，到点了大伙就回家吧？

但问题是，所谓的"活没干完"，只要把两周的活排在一周里，那天天都可以活干不完。

于是现在基本上，没到九点不会有人敢走。只要敢先走的，就会被认为工作量不饱和，明天一定会压更多的活上去。

"不是，这事违法吧？"林静雯听着，头皮都发麻了。

倒也不是不想别人免费加班，而是还有个工作组驻在公司呢！这是要没事搞出事吗？

"我们有给留在公司的员工叫工作餐的。"人事总监无奈地苦笑，她也不知道说什么才好。

因为有些问题，她不是没有提过，但她并不是做决定的那个人。

黄凤很快就被找过来，面对林静雯的诘问，她并没有慌张。

"超过十点的，公司都会给他们报销计程车费用。超过十一点的，第二天上午可以不来上班。"黄凤侃侃而谈，看起来，她自己一点也不认为有问题。

林静雯一时也不知道该怎样劝说她了。

因为黄凤身为 CEO，她是背负着业绩压力的，林静雯如果去左右她的经营，那就等于林静雯要为年度业绩背书了——到时业绩做不到目标，那就不可能说是黄凤的错了。黄凤刚被委以重任，她三把火一烧，力图求变，也是可以理解的。

"都先停下，工作组走了，你再折腾。"林静雯有气无力地用这么一个借口，打发了黄凤。这是能让所有人都认同的借口，黄凤就是有什么意见，也只能咽回肚子里去，毕竟，谁都知道，让海关工作组再驻下去，或是产生什么误会，那损失是谁也不愿看到的。

挥了挥手，林静雯让所有人都离开了办公室，然后自己沏了一轮茶，慢慢地喝了起来。

喝掉了第三杯茶之后，她在微信上叫财务总监："你过来一下。"

很快就传来了如同铁钎一般的高跟鞋声音。

"有什么效率我不知道，开支无端多了许多出来倒是真的！"财务总监一开口，就是质疑黄凤的那些措施，"炒人要不要赔偿？这年头咱们敢不赔吗？一个人离职，就怎么也得赔两到三个月工资吧，然后还有什么晚饭钱、计程车钱！"

林静雯点了点头，她又看了一下财务报表，黄凤搞了这一系列的政策之后，业绩并没有随着增长，反而比之前还略有下降。

当财务总监离开之后，林静雯没有再犹豫，马上就在之前那些猎头的群里发了信息："帮我招个人，CEO的储备吧，市场总监。"

因为她向来豪爽的出手，这个要求很快就被响应，而之前找出李亮问题的猎头，给出的那份简历，这个人，要比其他猎头推荐的人更合乎林静雯的口味。

黄思怡，二十九岁，普林斯顿大学毕业，在国际知名日化大品牌的市场部工作，尽管只是企划经理，但就她策划的几次活动和招商会来看，她有着不俗的潜力和提升的空间。

也许让林静雯唯一有点拿不太准的，就是她的出身：她是香港人。

尽管她会拿些闲钱去投资阿强的"碗仔翅"，但闲钱投资和请一个香港人来公司出任CEO，是两个不同的概念。

"她为什么没有留在香港，而选择了北上？"这是林静雯在见这个候选人之前提出的一个问题，唯一的问题。

# 第三十五章　我不能

在世界知名日化品牌工作的黄思怡，面对着猎头的招揽，并没有过多的犹豫或者迟疑，不单单是因为林静雯这边开出的待遇远比她现在拿到的薪水多，更为重要的是，大陆才是未来。

这是多数港人不愿意提及但又不得不面对的实质性问题。

"我并不能马上带给公司很大的改变，无论是业绩还是其他的。"黄思怡在面对林静雯的面试时，表现得很沉着稳健，并没有过分的大包大揽，"我需要时间去熟悉公司的业务，了解公司的运作，以及和同事互相磨合。"

林静雯在面试完了黄思怡之后有点失望，因为后者并没有给她很强的震撼感。

正如她给石朴的电话里所说的："没有当年被童敏骂渣渣维的赵维，给我那种胸有成竹的感觉。也没有唐翔第一次见面那种光彩夺目——尽管他只是个绝对谈不上好看的光头胖子。"

而黄思怡的要价，比起当年的赵维和唐翔要高出好多。

石朴那边在开着某个会议，所以他没有马上回应林静雯的话，反正他们两个人的秘密手机，只要还有电，就是在通话状态，直到会议小憩，石朴才轻轻敲了敲耳机："我现在也可以分得清'胡建'和'福建'了呀。"

"嗯。"她回了一声，并非她不懂，就是想听听他的声音。

是的，石朴不再是那个带着浓重闽南口音的少年，她也不再是那个马上就要毕业却不知道怎么才能让自己留在广州的女大学生。

这么多年走过来，风风雨雨，跌跌撞撞，有过传销窝里的惊心动魄，也有过来自厂商的压迫、同行的欺凌，收获过忠诚和友谊，也经历过了唐翔这样的背叛，她看过了许多人穷其一生也看不到的风景。所以，黄思怡当然也很难再带给她如当年一样的震撼了。

虽然她仍期望着可以找到能带给她震撼的人，但林静雯毕竟是理性的，她很快就做出了抉择："黄思怡，我这边过了，你接手后续的事宜吧。"林静雯对人事总监这么说道，后续的到岗时间等，当然不可能由她去跟进完成。

而这时候，手机上突兀地传来了语音通信的请求。

"大雯雯，大雯雯，我还好跑得快啊！"突然给她发语音的，是身在深圳的童敏。

所谓跑得快，就是李亮介绍她去做的投资。

因为那种公链币崩盘在两个月前就发生了，无数被收割的韭菜，靠近广西、与我国接壤的那个国度里哀鸿遍野，而得到之前李亮示警的童敏，倒是早早就抽回了资金，也因为抽回了资金，所以她到现在才知道崩盘的事。

不过她在电话那头接着说下去的话，就让林静雯啼笑皆非了："你看，李亮对咱们还真没干啥坏事对不对？我跑得快，多少还赚了点；然后他自己垫的那几十万，也还在我这里呢。然后他还去咬唐翔，我感觉，唐翔说的也并非不可能，说不准，李亮真的就是对你单相思。"

林静雯听着就笑了起来："我开车过去也就个把小时，你接着疯，我一会儿忙完有你好看。"

"那你说，李亮他骗了咱们啥？似乎真没有啊！"童敏这么说道。

其实，也不是没有道理。

"可我讨厌这家伙呀。"林静雯叹了口气。

童敏想了想，觉得很有道理："对噢，那行，我就挂了。"

唐翔和李亮的案子判决还没下来，所以相关的机构当然不可能把案件侦讯过程公之于众，所以狂妄自信到企图用测谎仪来证明清白的唐翔，又再次被李亮列出来的物证人证钉得死死的等等起伏跌宕的事情，暂时尚未被他们知晓。但世上的事，其实很多时候就是这么简单，并没有太大的必要去罗列出对方的行为，然后去揣摩他的意图，特别是在情感上的问题。正如林静雯所说的"可我讨厌这家伙"，就已是终结。

感情的事，本来就是非理性的，并不是付出就一定会有回报。又或者，像是刘书萱对相亲男的付出。

林静雯想了想，给刘书萱发了个视频通信，几乎瞬间就接通了。

看上去她似乎并没有太过沮丧，但就是懒洋洋地提不起劲："咩料？"

"你收拾一下，过来找我蹭个饭啊。"林静雯笑着这么说道。

刘书萱夹着抽了半截的烟，想了想："也行，要不过几天就不好蹭你饭了。"

因为她已经买好了出国的机票。

很多时候，对别人来讲是酒话，但对刘书萱而言并不是这样，如果她说了，那就是她决定要去做的事。比如说她当时跟林静雯提过，要去评个高级工程师，结果她就真的去评了，而且也顺利地通过了评审。

于是她的下一步目标，去参加某个海外港口的建设，也真的就被列入了行事日程。

当林静雯和刘书萱在东晓南路的这家海南羊庄坐下来，刘书萱就心不在焉地说道："下周二的飞机，嗯，我早过了面试啊。"

林静雯叫老板过来点了菜，便对刘书萱问道："你不是说，港珠澳大桥之后，你就可以安心当包租婆了吗？"

刘书萱没有说话，只是默默地抽着烟，看着这间小店。

这是一间开在城中村的店，店不大，边上有制衣厂的厂房，还有一些已经建成的高楼，它在这深巷里突兀而顺性地存在着，从边上这些高层楼房还没建起来之前，它就这么存在着。

老板一年只做半年的生意，到了夏天就不开了，往往都是到了深秋才开门做生意。

"我以为，我也能开一间这样的店，反正亏上五十年我也亏得起。"刘书萱笑了起来，有些落寞的味道，她抬起头，望着店外无垠的蓝天，长长叹了一口气，"我不能，我终究不能。"

也许爱情就是一个黑洞，所有的理性和智慧都会被它捕捉，否则的话，很难解释为什么向来冷静理性的刘书萱，有着这样从内至外的颓废与沮丧，哪怕是海南羊庄里大好的羊肉和冰镇的啤酒，都无法让她振作起来。

林静雯本来想问她，童敏的婚礼时能不能一起去当伴娘的，但看着她的模样，着实不忍心开口。这时刘书萱举筷夹起一块马蹄，却不料那其实是一块蒜头，咬将下去，眼泪都辣出来了。

喝了好几口啤酒才压住辣意的刘书萱，抬起头对林静雯说："霍金走了。"

林静雯当然知道霍金是谁,但她一时没有反应过来刘书萱说这话的意思。

"但酒还是一样地喝。"刘书萱举了举杯子。

就算是霍金这样世界知名的科学家离世了,地球也一样照常运转。

她伸手拍了拍林静雯的肩膀:"不用安慰我。真不用,而且,我粉杨振宁啊!"

林静雯无奈地笑了起来,刘书萱说的是霍金,其实悼念的还是那段逝去的恋情,还是那不能让她忘怀的相亲男。

"长腿妹的婚礼,伴娘肯定有我啊!"刘书萱就算是很沮丧,她也仍是刘书萱,她能明白林静雯的欲言又止,原本是想跟她说什么,大约所谓的聪明到让人心痛,说的就是刘书萱这样的女人。

然后刘书萱开始念叨着,到了海外那个港口,估计吃不到正宗的中国菜,她恐怕得多带几箱方便面和矿泉水之类的,很明显,她不愿自己的朋友为她担忧,而在努力岔开话题。

林静雯抬手拭去眼角为她垂下的泪,对她说道:"开一间'碗仔翅'的分店,确保正宗。"

"蚀傻你!"刘书萱听着笑到直不起腰,因为如果真的要这么干,真的会"蚀到傻"——亏本亏到傻眼。

请厨师到国外的薪酬也好,保证食材正宗的运费也好,都是一笔不菲的花费。而当地人的口味肯定跟国内大不相同,确保正宗的话,也就是不迎合当地人,那客源可想而知,就不会太多了,这么算下来,必然是亏本的。

林静雯夹起一块羊肉,笑着说道:"我还亏得起吧?做个尝试嘛,搞不好,能弄成当地高端品牌,那也不见得没得做。"

她不仅仅说说而已,当场就打了电话给阿强,让他去筹备到那个港口开分店的事,而且转了五十万,作为前期的开办经费给阿强,当场就说了,一年亏个百来万没有关系。

但是刘书萱觉得这是在开玩笑:"一个港口,前前后后搞完,至少得五六年吧?"

"你心疼我亏钱,就早点回来。"林静雯伸手捏了捏她的脸。

刘书萱皱起鼻子,把红色塑料凳子往后挪了挪:"再捏我翻脸的啦!人家现在又没婴儿肥了!"

可是林静雯马上凑过去,这次是双手齐上,把她的脸蛋往中间使劲一挤:"麦兜出现!"

然后她笑得不可开交,刘书萱没好气地推开她:"癫婆!一手油弄我脸上!"

但现在看起来,刘书萱少了许多先前的郁积之气。

一个愿意为了自己能吃上家乡饭菜,准备一年亏个一百万的朋友,很难不让人心生暖意的。

"喂,喂,我会在那里开个分公司,推广光电泳美容仪器!"林静雯喝着也有些酒意。

刘书萱就大笑了起来,因为林静雯这些年做的,如果概括来说,就是为美容院、美容机构、医美机构提供定制化、嵌入式服务和技术支持,简单地讲,她的产品并不面对终端客户啊。

而刘书萱要去的那港口,又不是什么欧美发达国家,哪里有众多的美容院或是医美机构?没有这些用户,林静雯的光电仪器卖给谁呢?所以她说要去那里开个"碗仔翅"的分店,那只要亏得起,还可以试试,正如她所说的,也许能走高端路线呢?但在没有美容机构的地方开个分公司?

"你养一班人,闲着去打蚊?嗯,我听说那边蚊子蛮大只。"刘书萱笑着这么说道。

但林静雯却不以为意:"两个推销员去了一个岛屿,岛上的人们没穿鞋的习惯,听过这故事吗?"这是很简单的寓言故事,无非就是推销员甲觉得这些人连鞋是什么都不知道,这岛屿毫无商机;推销员乙觉得这是一片未开发的市场,大有可为。

"那是寓言。"刘书萱摇了摇头。

林静雯还想说什么,但刘书萱放下了手里的啤酒,很认真地问她:"要是你还跟当年咱们认识时一样的处境呢?"

刘父去见相亲男时,刘书萱抱怨,为什么无端地就要来拷问人性和良知了呢?

但酒入愁肠,她不自觉地问出了这么一句话,何尝不是在拷问朋友的良知和人性?

如果和当年一样，吃百来块烧烤就是很大一笔开支，那么林静雯不可能一年准备亏个百来万去开"碗仔翅"分店，更不可能说什么开分公司去开发可能存在的市场等，不能否认，资本会让人多了许多的凭仗和试错的空间。

其实，也许刘书萱想拷问的，并不是林静雯的人性和良知，而是在她内心深处，仍在替相亲男辩护着，他只是穷，而不是无情。

林静雯想了一下，拿起啤酒杯，轻轻碰了一下刘书萱放在桌上的杯子，然后一口就饮尽了："我是潮汕人啊，我们潮汕，逢年过节会做各式的糕粿，如果还和当年一样，那我会不时给你寄一些真空包装的糕粿给你，以安慰你的乡愁；我会凑钱啊，凑两年，找个机票便宜的日子去找你玩两天。"

还是和当年一样，她总是详细地规划着每一件她能想到的事，然后努力地去推进。

但这不是刘书萱要的答案，她一下子就抱住林静雯，号啕大哭起来。

因为她相信，就算如当年一样的处境，林静雯真的会按她刚说的去做。

如果真的爱一个人，无论是爱人或朋友，并不因贫富而改变。

她的泪水，洗不去心里的他可耻的罪。

身为香港人的黄思怡，一点也不符合林静雯公司里大家对香港人的印象。或者是说，完全不符合TVB在大部分内地民众心目中建立的香港人商业精英的人设。

例如她的普通话字正腔圆，而且也绝对不会中英文夹杂，更不会把充电宝称作"尿袋"等。也不会给同事起英文名字，甚至她进了市场部，身为领导，管比她先入职的员工叫张哥、赵姐的，哪怕年纪比她小。

就连清洁工大姐，黄思怡也每天上班就跟大姐热情打招呼。

何况在专业方面无可挑剔，进公司一个月下来，就没有人说她不好的。

中间有一次市场出了点状况，是下面督导出了问题，黄思怡马上站出来，自己把责任担了下来。

自此之后，尽管她职位上只是市场部的经理，但整个市场部都愿意管她喊黄总。

而最为引起林静雯侧目的事，是在童敏正在筹备的婚礼上，无论是童敏从东北过来的亲友、同学，还是童敏男友海南老家来的长辈，或是林静雯母亲率领的潮汕观光团，这些让林静雯和刘书萱或者婚礼主角的童敏都觉得头大如斗的应酬，对黄思怡来讲，她真的就是游刃有余。

当然如果林静雯压着自己的性子，她也能做得到，但要如黄思怡一样，就不容易了。她和东北人用东北方言聊出大碴子味儿；和林静雯老娘用潮汕话聊潮汕卤鹅和广州烧鹅的区别；再与男方的亲友憧憬设了保税区的海南，将会有怎么样的发展……而且不论和谁举杯，她都能应付自如。每一个人，她都能照顾到。

在试伴娘装的童敏发小，笑着说："优秀得不像香港人。"

然后大家就都静了下来。

"别地图炮。"童敏低声地对自己一起长大的姐妹这么说道，于是她的姐妹吐了吐舌头，很麻利地道了歉，尽管在场试妆的伴娘团里并没有香港人，所谓不要地图炮，到了现在，已经跟不要随地吐痰一样了，如果真的这么做了，也不见得就是很大的问题，但往往就会显露出自己修养上的缺失来。

但对于刘书萱和林静雯，她们对望了一眼，却无声地笑了起来。

曾几何时，林静雯用股份和远超香港同业公司的薪水，都留不住她的营销总监李祥霖。

时间不知不觉这么过去，尽管这种地图炮是不对的，尽管香港也仍不乏黄思怡这样优秀的人才，但不经意之间，内地的民众至少已有了平视的底气和勇气。

刘书萱现在要比前些年漂亮很多，因为没有了婴儿肥，她本来又白，加上有空闲，健身撸铁，有着很明显的腹肌和翘臀，穿上伴娘的衣裙，很有些艳压众人的味道。童敏看着她，有些后怕："还好我脑子笨，但还算长得好看。"

童敏不但长得好看，而且还有大长腿，所以才算压得住阵脚，要不然，刘书萱这伴娘很有点喧宾夺主的味道了。

边上林静雯和其他几个相熟的女孩，都笑着说："等我们结婚，肯定不要请麦兜来当伴娘！"

"你们不要做梦，婚宴啊，我一定要蹭遍你们所有人的酒席。"刘书萱笑着这么打趣，然后换回她的大裤衩和短袖，跑到边上抽烟去了。

林静雯也换回了牛仔裤，走过来搂着刘书萱的肩膀："高兴了吧？大家都夸你好看噢。"

"抵不过两千万。"她叼着嘴角的烟，幽幽地这么说道。

在别人面前，她似乎已经走出来了，因为刘书萱很清楚，没有人喜欢一个祥林嫂式的朋友，整天在身边抱怨；但在林静雯身边，她可以不去控制自己心底那不能痊愈的忧伤。

"要不这样，咱俩去弄点王水，然后去泼丫一头脸？"林静雯低声地这么说。

刘书萱点了点头："真好，接着咱俩可以把牢底坐穿，也不用担心失业和房租的问题。"

"但是你家那么多房子要收租，你要坐牢了，租户马桶坏了，你就没法过去修，这很不负责。"林静雯秀认真地给她分析着，"所以还是算了吧。"

刘书萱认真地想了想，喷出一口烟雾："有道理，租户的马桶畅通更重要。"

两人说罢大笑起来，刘书萱扔掉了烟头，抖了抖头发，就像抖落那过往的负累。

其实，她家的房子是论幢的，一幢二三十层楼，怎么可能靠她去收房租或是给租客修马桶？这当然是在胡扯了，只不过是林静雯在劝她放下过往罢了。

不过林静雯没有想到，婚礼之中，不但黄思怡的长袖善舞很出乎她的意料，更让她没有想到的是，她的母亲跟石朴居然相谈甚欢！

石朴很会哄林母开心，特别他不时劝自己的母亲："妈，您没事要多跟阿姨去玩啊！您看阿姨就会玩手机，您就别再用老人机了。"

这样的话，让林母感觉特别有面子，尤其是在她带来的小姐妹面前。显得她特别跟得上潮流，而且年轻人都很尊重她。

但最后让石朴啼笑皆非的是，婚礼结束之后，林母给石朴的母亲塞了一个巨大的红包，里面有二十张一千块的港币，还有一对玻璃种的翡翠耳环！临别还教了石母怎么用智能机，加了微信，还在微信上跟石母说："有难处找老姐姐！"

"我说吧？你娘和我娘要在一起，不用三个月，我看你娘那点私房钱，都得让我娘整出来。"石朴系好安全带，把那对耳环和红包递给林静雯，笑着这么说道。

林静雯也笑了起来,她真的不知道该怎么劝说母亲,不要到处显摆了。

不过她并没有接过石朴递给她的钱物:"她给阿姨,就让阿姨收着嘛,阿姨不收,你以为她不会给别人吗?"

"那成。"石朴也笑了起来,反正现在这时节,他们俩谁也不缺这钱。

"我娘很喜欢你,说你不张扬。"石朴随手把耳环和红包塞到扶手箱里,启动了汽车,这么对林静雯说道。

林静雯听着也笑了起来:"我娘也很喜欢你,她上高铁时,不还叫你去潮汕玩吗?"

突然两人脸都红了起来,一下子都不说话了,有些暧昧的气氛在车厢里涌动。

# 第三十六章　假道于虞

对黄思怡来讲，她并不太清楚在童敏婚礼上林静雯对她的评价。而且她也并不认为这是一件多么艰难的事，所谓会者不难，难者不会，大抵不过如此。在参加完童敏的婚礼之后，第二天林静雯和石朴把自己的家人送上高铁，然后匆匆赶回广州。婚礼后续的事宜，基本就是黄思怡在前后忙活。

因为不论是男方从海南来的亲友，还是女方从东北来的娘家人，都不可能跟林静雯她们一样，第二天就这么登上回程的列车或飞机。不说童敏的爱人在深圳有着自己的事业，单说童敏自己，也绝对有能力把双方的亲友招待好。

可有钱是一回事，谁来安排接送、住宿、饮食、旅游路线等，又是另外一回事。

把这事包给旅游公司当然也是一个办法，可是正如童敏从东北来的大姨说的："这么折腾，不行啊！"

所以童敏就提出，跟林静雯借了黄思怡过来。

这是一个非常明智的决定。

这七天里，男女双方的亲友团得有三十多人，在黄思怡的安排下，直到走的那天，几乎就没有人不满意的。更重要的是，跟着黄思怡一起过来帮忙的几个人，包括两个林静雯公司的文员，还有童敏她先生公司的助理、三个司机，都累得不行，有一个司机甚至累病了，可是黄思怡一点事也没有，送走了最后一批亲友，她当天就回广州上班了。

"话说起来，就一句。但事做起来，千头万绪。"刘书萱在听说了黄思怡安排童敏男女双方亲友团之后，是这么评价的，"这人很不错。"

她对黄思怡的印象极好，所以来找林静雯的目的也很简单："你要不把她给我?"

有的人,总是找不到工作,但有的人,总有许多合适她的工作,黄思怡无疑就是这样的人。

刘书萱觉得,黄思怡很适合出任她家族企业的基金负责人。

林静雯沏好了茶,端了一杯放在她面前:"喝茶啦,麦兜!你衰不衰?千年不见你来公司看我,来了就拎盒什么章鱼小丸子?坐下来就跟我要人?"

听着她的质问,刘书萱笑着把章鱼小丸子的纸盒打开,香味就弥漫开来:"那你吃不吃?"

林静雯接过她递来的竹签:"当然吃。"

"再叽歪,下次提盒老婆饼来看你啦!"刘书萱打趣笑骂着。

但对于黄思怡的事,并没有因为茶和章鱼小丸子而转移话题。

因为刘书萱是真的看好这个人:"市场部经理你再招一个,到处都有!"

"我稍微调查了一下,她是普林斯顿大学统计学硕士,毕业后在摩根士丹利实习的成绩也很不错,所以我想让她去负责基金,至少有几十亿要她去管理呀。"

她的意思很简单,就是不要埋没人才。

"再等等吧,这人如果确实有才华,我是要大用的。"林静雯也很认真地拒绝了刘书萱的要求,"三个月,三个月如果我还不能确定,就把人给你。"

刘书萱点了点头:"那行,三个月差不多我也要出国了,我得在出去之前把家里这事办妥。"她说着抖出一根烟点着,"走了,下次我拎个煲仔饭来看你。"

她说完这话,就笑着跑了,因为若是跑慢一些,林静雯肯定不会放过她的脸蛋。

看着她落荒而逃,林静雯笑了起来,拿起竹签,就着工夫茶,吃起那盒章鱼小丸子。

"叫黄思怡过来我办公室。"她对助理这么说道。

有一种人,三天没睡,明明有黑眼圈了,但站了出来,仍能让人感觉,他浑身有着用不完的力气和能量,而黄思怡就是这样的人。她的妆容总是精致的,她脸上似乎永远也不会出现倦意,而且她似乎有着某种天赋,高高的高跟鞋似乎并不能成为她的负累——林静雯当然知道,这不可能,所有一切不过是旺盛的事业欲和严谨的自律罢了。

但看着站在自己面前的黄思怡，林静雯就是觉得特别顺眼。

"坐。"她向黄思怡这么说道。

然后没有任何客套，也没有先去询问对方近来的工作，或是聊聊童敏婚礼上的趣事。

这不是林静雯的风格。

她很直接："我要拿下 HFB 的股份，我要让她们开放专利给我们共享，但是进展很不顺利。"

毫无疑问，黄思怡必须在毫无准备、毫无前兆的情况下，拿出一个至少得说得过去的方案。当然，她也可以拿不出来，那么也许她会在市场部企划经理的位置上再多待一些时间，或是林静雯会把她介绍到刘书萱那边去。

"假道于虞。"黄思怡并没有让林静雯失望，她只是略一思索，就说出了这么四个字。

在林静雯鼓励的眼光下，黄思怡开始很有条理地聊出了她的方案："意大利的那个品牌，一直是我们这个品牌的老对手，我们可以从那个方向来突围。"

每个有生机的行业，都不可能没有竞争者，光电泳美容仪器行业当然也不例外。

意大利从医美行业转型的厂商 IWA，就是德国 HFB 的老对手。

他们相关的光电泳技术，也同样有着自己的专利，不过在国内市场，因为林静雯这边的强势，所以发展得并不是太理想。

"IWA 不会拒绝跟咱们合作一个研究机构，从生活美容的专利来入手。"黄思怡的条理很清晰，因为意大利 IWA 的基本盘是在医疗美容领域，于国内而言，也就是必须在正规医院才能使用的仪器。生活美容对他们来说，在国内本来就打不开市场。

而对于不论专业线还是日化线都有着庞大代理商、客户门店的林静雯，如果主动提出跟他们合作来成立一个研发机构，IWA 真的没有什么理由去拒绝。

林静雯之前也不是没有考虑过这样的问题，商业社会，她也不觉得自己就要对 HFB 保持绝对的忠诚度，那并没有任何意义，所有的东西，无非就是利益的权衡——跟 IWA 合作可能会让 HFB 不快，从而降低合作的等级，提高合作的成本。

"IWA 的基本盘在医美，而我们主要的营收点不在医美。"林静雯对黄思怡提出这个很现实的问题，这才是关键。

没有可执行性的创意，它毫无意义。

在进入林静雯这间宽大的办公室之前，黄思怡完全不知道她要面临这些问题的应对，也不可能有人去通知她。因为林静雯就是随机兴起，连她自己在前一秒也没有想过，要在这个时间来跟黄思怡讨论这样的问题。

或者更客观、更公平地讲，这本不是属于黄思怡的问题。

HFB 的产品是整个集团的支柱产品，而林静雯的战略目标可以分为三个阶段：说服 HFB 专利分享，拿下 HFB 的股份，入主 HFB 的董事会。

而这其实更应该是 CEO 的问题，而不是黄思怡一个市场部经理考虑的事。

她甚至都不是市场部的总监，只是分管企划的经理罢了。

但林静雯就是突然这么向她提出了问题，一点点时间和准备都没有给她。

而且在她提出了应对的手段之后，更是将她逼迫到无路可退的地步。

IWA 的基本盘是在医美，那么跟它搞一个联合研究机构，分享生活美容的市场，对林静雯有好处吗？也许是有的，通过这样的合作，林静雯这边也可以尝试向医美领域进军，也不失为一个发展的方向，但很明显，这不是林静雯所要的答案。

"如果你想建议，公司应该开源，尝试医美的方向，那么你应该给我一份更详细的报告，更有执行性的方案。"林静雯向来就是这么要求自己的，无论做什么事，她都会尽自己的所能，把方案做细，做得更有可执行性，所以她对黄思怡也提出了同样的要求。

她摇了摇头，连工夫茶都没心思沏了。

实际上，当赵维不在时，林静雯才发现，赵维在公司的不可或缺。

类似这样的问题，赵维肯定能提出一套方案，至少能跟林静雯头脑风暴碰撞之后，往往就能找到新的突破点。这完全不是现在的 CEO 黄凤能做得到的事，至于黄思怡？林静雯也醒觉过来，自己对她的要求太过超乎她的职位了。

所以林静雯揉了揉眉心,准备宽慰黄思怡几句,甚至自己认个错,以免打击员工的积极性。

但就在这时,黄思怡开口说道:"林总,我不是那个意思,并不是建议公司从医美的领域去进军或尝试,我们对那个领域完全没有市场占有率,如果要进入的话,不但得有准备,而且明显也不是近期可以奏效的事。"

她这话一说,林静雯的眼睛就亮了起来,这就让她有了期待。

而黄思怡并没有让她失望,就在林静雯办公室墙上的白板,黄思怡边说边画,一幅完整、周详的思维导图,就慢慢地呈现出来。

她的思路并不是简单地去入手医美市场,而是始终扣着她一开始提的假道!

假道,跟虞国借路,目的是什么?伐虢,打虢国才是根本的目的。

所以在那墙上怕得有三十个平板的巨大白板上,黄思怡一簇簇的数据标注出来,真实可信,有说服力地一步步往前推,当她把思维导图做到最后,整个计划让林静雯不由得也下意识给了她掌声,哪怕这办公室里就只有她一个听众。

简单地说,林静雯先是利用自己拥有的庞大市场占有率,来跟医美行业的 IWA 合作,达成生活美容仪器的专利共享,然后再通过前期市场开拓,展现自己对市场的统治力,以说服 IWA 在这个研究机构里出让更多的利益。

然后再通过这个研究机构的产品所取得的成效,去影响 IWA,让 IWA 按照林静雯这边的提议,哪怕以本伤人,也要不惜低价蚕食 HFB 的医美领域客户。

最后让民用——特别是内地的生活美容仪器市场,成为 HFB 最后的救命稻草。

如果仅仅归纳成这样的结构,那也不过是非常普通的事。

但每一个环,如何必然性地指向下一个环呢?

不论是体现林静雯对内地生活美容仪器这个市场的统治力也好,或是说服 IWA 在合作机构里出让更多利益,抑或是要求 IWA 按林静雯的提议,哪怕以本伤人,去蚕食 HFB 的医美领域市场……

这些事,说起来容易,但怎么做呢?从哪入手呢?

数据,非常多的数据,以及数据的出处;公式,各种严密的公式推演,其实有三分之二的公式，林静雯压根听都没听过，完全就是金融行业里才会使用的工具。

"林总，我暂时就只有这么多了。"她讲完之后，放下手上的油笔，接过林静雯递给她的纸巾，微笑着这么说道。

"辛苦了。"林静雯微笑着向她点头致意。

然后让黄思怡先去休息，并告知她："我再考虑一下，如果有进展，我会要求你马上参与进来。"

当黄思怡自信地离开之后，林静雯难得脸上有了笑意。

再怎么天才的人，再怎么名校出身，如果她平时对这些东西压根就没注意，只想着混一份薪水，那她就绝对不可能在林静雯突然兴起之时，能这么赤手画出思维导图，而且还标注了密密麻麻的数据，以及数据的出处，比如说是来自某篇论文、某期的金融期刊。

通过这一点，林静雯就可以非常清晰地看到问题：黄思怡一定把自己定位成总经理！

她在公司，是站在CEO的高度去发现问题，思考解决问题。

而且她不单想想而已。就这些数据，她肯定事先做了多次的方案推演，那些数据才能熟练到这程度。

不论林静雯会不会升她做CEO，反正黄思怡就是这样要求自己的。

这不由得林静雯不动容。

而这时候，她办公室的房门被敲响，当她让来者进入时，黄凤就兴冲冲地小跑了起来，高跟鞋差点让她在地毯上绊一跤。

"我们做了一个方案，林总，我有绝对的信心，让公司走出现在的困境！"黄凤充满自信地这么向林静雯说道。

也许是因为黄思怡让林静雯产生了期待感，所以林静雯望着黄凤，饶有兴趣地对她说："开始你的表演。"

每一个人，从本心来说，大多数都不愿意坐以待毙。黄凤当然也不例外，所以目睹了公司现在的情况，她拿出方案来，就是在这逆境里的振作，也算是林静雯把她放到这个位置的知恩图报。

黄凤的方案，跟黄思怡的思维模式有着根本上的区别。

她拿出来的是一个产品的外观设计，圆滚滚，看起来很萌。名字就叫：

女神仪。

这就是她认为能够让公司走出低谷的产品。

"降低门槛,我们本来就是生活美容!"她激动地对着林静雯这么说道。

在这个方案里,就是努力把这门槛再往下压,压到比市面上的护肤品高不了多少的地步。

林静雯只扫了一眼,就看明白了,简单地讲,就是用略高于护肤品的价位,来做美容仪器,达到远高于护肤品的效果。

"我们可以向终端的门店承诺,只要他们购买了机器,我们就帮他回本!"黄凤说得很直接,她是市场出身,所有的思绪都是以回款为第一标准,而毫无疑问,在她的职业生涯里,她和她的团队也是这么征服自己的客户的。

所谓的回本,是门店出五万块购买机器,黄凤就带团队下去,帮门店老板给最终客户做服务,然后让最终客户充值——这是美容院、SPA,包括发廊都已经惯用的招数,通过打折、赠送等手段让顾客来充值开卡。

而如果门店用这仪器帮最终客户做一次生活美容收取五百块,黄凤就得帮门店让客户实际充值一百次,才能够回本。

她真的不愧是跟着唐翔出身的销售人才,这是一个听上去极有诱惑力的方案。

美容院需要付出什么?一个小小的隔间,似乎就再没有其他了。

因为机器来了,黄凤和她的团队来了,然后黄凤会帮美容院招揽顾客来充值,团队里操作人员会操作仪器帮顾客美容,顺便培训美容院里的工作人员。黄凤这个团队如果一天能让最终客户充上五万块,那她第二天就会带着团队撤走;如果要一个星期才能让客户充值五万块,那么她和团队就会在第八天离开。

"要是一个星期还没法让最终顾客充值五万块呢?"林静雯看了方案后,提出的问题,大约也是美容院老板所关心的。

但这没有难倒黄凤,她走进来时,早就想好了这一节:"说明当地的市场不符合咱们公司的产品,我们认栽撤出。但正常来讲,三天,三天一定能让顾客充值五万块的。"

然后她把一份数据报表放在了林静雯的桌面上。

事实上,黄凤是亲自分派团队,三天,九个小组,去了四个省份,十一个城市，三十多个门店做了实验。

桌面上的数据，是真实可靠的一手数据。

"每一笔钱都干干净净，财务那里记着的。"黄凤微笑着对林静雯这么说道。

由她自己亲自带队的那个小组，在三个城市的七个门店里，都是一天就超额完成了五万的充值额，有五家仅用一天，就超过了十万的充值额度。

黄凤调出来跟门店老板合影的照片，那些门店老板都笑到"看见牙齿看不到眼睛"的程度。谁不高兴？就隔了一个小房间出来，用上一天，等于白得了一部几万块的机器啊。当然门店后续还要帮顾客做服务，但耗材什么的，都包括在那五万块里面了，就后续出点人工的成本。

而那些黄凤下到店里去，帮他们做到一天让顾客充值十几万的店，那就更不用说了。

这不是白得一部几万块的机器之外，还卖了近十万的充值卡啊，能不高兴吗？

"女神仪，这名字《广告法》上会不会有违禁的可能？"林静雯笑着对黄凤说道。

她并没有太过激动，这并不是一条让她能看到光明的道路。除了淡淡地提出对名字的意见，林静雯没有再说什么。

沉默了良久，她才开口对黄凤说："后续的服务要做好，不然的话，很容易把名声搞臭。"

黄凤当然点头应下，销售高手的条件反射，甚至脸上立刻呈现出"老板说得极对，我竟没有想到"的表情，在惊讶里带着几分庆幸，庆幸里还能看出一点心悸。

但实际上，她对林静雯的担忧并不以为然。

每个小组配套了一名操作员、一名销售专员，包括她自己也一样。

除了卖女神仪的五万块，派下去的小组，帮门店多销售出来的充值，按行业潜规则，那肯定要给黄凤派下去的小组提成的。所以有不少门店购买了多台女神仪，不少是有连锁门店的，这东西这么能招揽客人，一个店放一台又如何？反正这样充值的钱都提了仪器，就不用给黄凤他们的小组发提成了。

十八人，三天收回来三百多万。黄凤觉得，这绝对就是能让公司从困境里走出来的光明大道!

"'女神'这两个字,老板要觉得不合适,咱们改成'仙女仪'也可以嘛,或者让设计部的文案想一批名字,咱们再来讨论也可以。"黄凤很热切地向林静雯劝说,"但这方案您要觉得可行,咱们得尽快铺开。"

她这个说法倒是有道理的,现在整个行业的竞争非常激烈。

而且那些门店的老板,在吃了这一波甜头之后,就会向其他同类的美业仪器提供商聊起这种模式,那别人会效仿啊!

别人仪器的效果就算差点,销售人员水平也差点,那三天收不了五万,三天帮门店招揽充值三万行不行?三万不行,一万总可以吧?那收个七天,帮老板招揽个三两万块的充值,总是能行的啊。

"就算去掉差旅费用,不够成本,但他们一样能做啊!"黄凤说起来就有些急了。

因为现在各个行业都是一片欣欣向荣,不够成本怎么样?占据市场啊!

后面仪器的耗材才是无比重要的创收点——跟打印机的墨盒、打印纸一样啊。

黄凤真的认为,这就是一条康庄大道,甚至她对林静雯说:"老板,我愿意把房子押了,拿五百万出来,一起来做这个事!"

# 第三十七章　独木桥

为什么分九个小组呢？因为只有九台仪器，都是实验性的产品，刚刚取得合格证，都还没投产。这一投产的话，生产的成本、堆货的仓库，包括配套的物料设计、落地的宣传等，不论哪一项，全都是钱。

在黄凤看来，林静雯的犹豫，是在担心这些费用支出之后血本无归。

所以为了表示自己的诚意，她提出了这么一个方案。

对黄凤的计划和方案，其实林静雯感觉不太对劲。所以她接着就拨了公司法务部门的电话，让他们过来一趟，把整个方案过一次。法务部门的人来得很快，他们花了半个小时左右，把黄凤的文档和数据报表过了几次，商量了一下意见，然后向林静雯汇报。

作为专业的法律工作者，他们给林静雯的回答也很专业："就目前的计划来看，并没有什么法律方面的问题。但下一步的实施操作是否会有问题，暂时就无法判断。"

林静雯点了点头，示意他们可以先去忙日常工作。

"嗯，我找你当CEO，合着就为了让你押房子，拿钱来公司做项目？"林静雯看着法务部门的人员离开了房间，就笑了起来，拿起桌上的笔，在那份报告上签了名，对黄凤说道："拿一千万另外注册个公司，专门来做这件事吧。"

然后又让财务总监过来，因为海关驻在公司的工作组还没撤，所以为了不引起误解，拨出来做这事的一千万，林静雯还是请财务总监来操作，她专门对黄凤说："不是钱的问题。"

"明白！"黄凤感激地点了点头。

商业上的事情，是不可能没有风险的。黄凤做了这么多年的日化行业，她比谁都清楚这一点。

别看有第一手数据，有实地操作和调查等，它仍然存在不少的风险。

所以她才提出，自己押了房子，拿五百万出来，跟公司一起出钱来做。

如果不是信心不足，她压根就不会这么提。

但林静雯一开口，就批了一千万。

在海关正在查账的现在，在林静雯非常迫切要收购HFB股份的现在。

一千万就这么批了出来，黄凤要说不感动，那真是不可能。

其实林静雯给的不止一千万，研究、申请专利、注册商标等，这里就有一大笔钱花出去了，否则那九台样机也出不来。当然作为CEO黄凤有这样的权利，不过她没有忘记，是林静雯给了她这样的权利。

所以她在离开林静雯办公室时，真的有愿意为后者赴死的激昂。

其实林静雯始终不太看好这方案的，她隐约觉得不对劲，只是一时之间，看不出哪个环节出问题。

否则她也不会专门叫法务过来，过一过方案。

但她终究是商人，当法务告诉她，这份方案目前看来没有法律方面的问题时，那林静雯不可能有钱不赚，所以她最后还是决定了，让黄凤去推进这件事。

但当所有人离开之后，独自坐在宽大办公室里，把助理也叫了出去的林静雯，却幽幽叹了一口气道："有空？"

她问的，当然就是手机只要有电，就会二十四小时跟她开启着通话的石朴了。

"准备去开会。"石朴温和的声音，在彼端响起来，"找我有事？"

林静雯笑了笑："嗯，要记得吃中午饭。"

"遵命。"石朴低声回了一句，看起来他走进了会议室，能听到有人跟他打招呼了。

林静雯便没有再说下去。

尽管公司的状况让她心情很烦躁，但她从一开始，就没打算在石朴这里寻找开解或办法。

那是她的企业，她并不觉得，自己没有能力去完成决策。

林静雯只是想听一听石朴的声音，这就足够了。

她站了起来，走到门口，拉开了办公室的门，对自己的助理说道："让黄思怡过来一趟。"

没有什么过多的客套、试探与过场，当黄思怡进来坐下，林静雯就对她说："黄总刚才给我一份方案，有着第一手的数据，翔实可靠；并且由公司团队派了若干组人下去，证明这个方案的可执行性，现在看来完全一点问题也有。相对于你这个只在构思阶段的方案，更加合理，更有逻辑性。"

她一边说，一边习惯性地观察着黄思怡脸上的表情，但后者并没有任何情绪的波动。完全没有那种听到质疑，想要抢话，但又被自己理性压抑的感觉。

在商海中闯荡了这么些年，打拼出这么大的家业，林静雯当然知道，会有这种表现，无非就两种可能：要不黄思怡就是刚才在胡扯，现在躺平接受命运；要不就是她有着非常周详的计划、方案，完全有把握一拿出来，就可以应对所有的质疑。

很明显，黄思怡是后者。

当她说完之后，黄思怡马上就把翔实的资料和计划、方案发到她微信上。

林静雯看完了那些文件，抬起头来对她说："不要指望一个庞大无比的团队。"

在对方还没有开口之前，林静雯就抬手示意先听自己说完："只能给你六个人，包括你在内六个人。你可以招聘，可以在公司其他部门挑选——只要不是管理层，你都可以挑走。"

黄思怡点头道："收到，明白。"

同样也没有多余的话，没有激动，没有澎湃。

"五十万欧元。跟 IWA 合作建立这个研究机构，公司只能出这么多。"林静雯对她说道，"而且，公司要在这个机构里有决定权。"

"明白，收到。"黄思怡仍然是简明而清晰的答复。

如果是黄凤，肯定会表示，自己一定要实现少出钱、多占股份之类的，恨不得当场用裁纸刀剖开胸膛来，把热乎乎的心啊肺啊全掏出来给林静雯看个通透不可。就如同她之前干的一样，要把房子押了，拿五百万出来，跟公司一起来做这事，要是亏了就承受后果。

黄思怡不是这样的做派，从头到尾，她强调的只是这个方案的必要性、

第三十七章　独木桥

合理性。

但黄思怡给林静雯的感觉，却有种让她放心的平静。

过了国庆之后，天气渐渐冷了下来。但是在这座城市，短袖和短裤、短裙仍可以存在许久，毕竟这是广州。

从迈巴赫VS商务车下来的刘书萱，就是背心、热裤和人字拖，外面套了件宽大的衬衣，在腰间打了个结。

她一下车，就扣上棒球帽，拒绝了企图下车送她的刘父，笑着说道："得了，老窦。"

刘父的助理还没来得及伸手，刘书萱就自己从容拖下三十寸的巨大行李箱。

虽然看脸她是萌白软妹子，可人家毕竟是有钱有闲，没钱就撸铁打搏击，真把打了结的衬衣一脱，那腹肌能羞死不少男人。

"好啊，返去啦，到了给你电话，快走快走。"她走到机场入口停下来，挥着手，驱赶着父亲离去。

也许只是她不想要太多的仪式感，而在还没有离开时，就沾染上无尽的乡愁。

在机场外面看着父亲的座驾远去，她抽了抽鼻子，倚着巨大的行李箱，抖了根烟叼在嘴上，点着火。其实从现在开始，她已经开始怀念干炒牛河、烧卖、虾饺、叉烧包、粤式烧鹅、潮式卤狮头鹅、客家酿豆腐，还有东星斑、石斑……

下午的阳光里，她带着"猫须"的淡蓝热裤，把那修长的腿衬出耀眼的白，甚至白得茫然，有些似她将奔赴的他方。刘书萱吐出一口烟雾，她咬着烟，掏出手机，发了一条微信信息给林静雯："'碗仔翅'开咗未？"

她没有说哪一家"碗仔翅"，因为她知道不必说。如果没有这点默契，那就不是朋友，至少，不是她刘书萱定义里的朋友。

果然，很快林静雯就回了她一条信息："上个月初就开张了，麦兜你等我，我不管你，你改签也得等。"

她看着就笑了起来，这就是她的朋友。

林静雯不用问，就知道她说的是海外那个港口的"碗仔翅"分店，也没有问她什么时候出行，更没有问她现在在哪里。

她接到这条信息，就知道刘书萱现在肯定在机场。所以才会说，改签也得等她过来。

"好啊，别急，还有三个小时呢。"刘书萱叼着烟，这么回复。

她拒绝父亲的送别，不是她拒绝家人的关爱，而是她担心父亲情绪会失控。毕竟她是他唯一的孩子，而他的身体近年来并不太好，越来越胖，又懒得运动，"三高"问题还能依赖"内脂刀"之类消除脂肪，但医生说他的心脏是不太好的，不宜受太大的刺激。

很快她就抽完了那根烟，把打火机在手上抛了抛，然后放在垃圾箱上，拖着巨大的行李箱走进了机场。

把行李箱托运，过安检，找到登机口，然后坐下来，把登机口发给了林静雯。

她不太喜欢去那些VIP候机室，跟节俭无关，她提前过了安检进来，林静雯要来找她，就得不分远近先买张机票，要不然都进不来。

何况刘书萱买的就是头等舱，但坐在那些VIP候机室里面，她总感觉有点可笑，似乎脆弱到无法跟经济舱的客人呼吸一样空气似的，她更喜欢登机口的座椅，有着四处洋溢的人气。

在候机的人潮中，小孩的啼哭声里，老人的咳嗽声里，还有外放的刷视频的声音中，刘书萱听到了一则报道：历时八年多的建设，被称为桥梁界"珠穆朗玛峰"的港珠澳大桥于今天，2018年10月24日首日通车。

她掏出手机，打开新闻视频，此时主持人在介绍港珠澳大桥建成通车后，将首次实现珠海、澳门与香港的陆路对接，极大缩短港珠澳三地间的距离。珠海至香港的交通时间将由现在的水路约一小时、陆路三小时以上，缩短到二十至三十分钟内。

刘书萱就在拥挤的人潮里，热泪禁不住地淌下。

不是伤情，是骄傲。

有人看着她的抽泣，也许是出于好心，也许是因为她那长腿的白，唤起打抱不平的热血，总之便有两三个人过来安慰她，问她受了什么委屈。刘书萱举起手机，抽了抽鼻子，用大拇指冲着自己："我参与的工程，我是其中的一个工程师。"

第三十七章　独木桥

惊讶，质疑，不敢置信的眼神，在周围人的脸上泛起，要不是看见是位萌白软妹子，恐怕他们都要爆粗口骂人了，直到刘书萱从手机里直接调出她在横琴工地的工牌照片。一瞬间，旁边所有的脸上都只有敬佩，有好几个边上的人向她竖起了大拇指。

她抱拳一圈还礼，便有些羞涩地跑进了洗手间。

不知道为什么，她洗了一把脸之后，感觉对于前路，似乎就没有了先前的那种茫然无依。

"这，就是我的归宿。"在机场的洗手间里，对着镜子，她用沾着冷水的手拍了拍自己的脸，"我的征途，是星辰大海。"

然后她握着拳头挥舞了一下。

尽管中二，但这感觉很好，刘书萱是这么觉得的，于是她又握拳挥舞了一次。

如果不是身后洗手间有人开门，她感觉自己还想再来第三次。

回到登机口，她很快就被好几人围上了，有勇敢的搭讪者开始找她添加微信。她笑着拒绝了。

并非所有的搭讪者都会被拒绝吓退，于是就有自许长得帅气的男孩，坚持不懈地追问，为什么要拒绝呢？

她干脆给他们看了自己机票的目的地，笑着说："世间安有双全法？不负壮志……"

然后她没有再说下去了。

因为在她最意想不到的现在，在她已努力把过去忘怀的如今，她看到了他。

就在十米之外，形容枯槁、胡子拉碴，额头上尽是密密麻麻汗水的相亲男，一看见她，扔掉了身上的背包，嘴里不知道念叨着些什么，张开双臂向她奔来。

她不知道为什么，下意识地做了一个向后滑步。

在没有见到他的时候，她可以为他辩护，可以帮他找借口，甚至用自己的泪水，企图洗去心里的他那许多霉斑，但一见他，肌肉的反应比脑袋更快。

她只是想避开。

在机场出发厅里，紧接着发生的事，把相亲男本来很有仪式感的一幕，变得尴尬无比。

在刘书萱身边请求加个微信的男孩中,有一位一米八几、快一米九的帅气青年,可能觉得衣衫褴褛的相亲男,大约是什么尾随痴汉、露械狂徒之类的人物,而对这位帅气青年来说,不就是天上掉下来的英雄救美的桥段吗?

所以帅气青年冲上去,直接就把相亲男一个过肩摔,然后死死按倒在地:"这里有监控的,你他妈做个人吧!"

相亲男被按在地上,成缕成缕的头发胡乱披散在他蜡黄的额上,他望着刘书萱,张大着嘴,但因为被叉着咽喉说不出话来,一张一合的嘴巴,让人看着,就像是菜场的砧板上等着被刮鳞破腹的鱼。

机场的安保人员还没过来之前,上演英雄救美情节的青年就被别人劝开了:"都翻白眼了,快松开吧!""哥们家里有矿啊?这货说不准就是来碰瓷的。"

爬起来的相亲男,并没有纠缠把他摔倒的男青年,他捡起自己的背包,然后一瘸一拐向刘书萱走过去。

终于在她离开之前的几个小时找到了她,他花了无尽的心思和钱物。

有许多话,他要对她说出来,在这些分别的日子里。

"我认识他。"冷静下来的刘书萱,挥手止住了想继续见义勇为的人们。

但看着走近的相亲男,她又退了一步:"但我没兴趣跟你说话。"

可这毕竟是公众场合,刘书萱也不想躲到洗手间里,所以相亲男自觉地隔了一个空位坐下,她也实在不好赶他,倒是那些围过来的人很有点担心:"小姐姐,这人看着不是好货,要不要帮你报警?"也有大妈好心凑过来:"可别乱借钱出去,这年头,人心隔肚皮!"

刘书萱有点无奈,起身强笑着一一道谢,然后走了一段路,去边上的登机口,找个空位坐了下来,要不然还在刚才"事发"的那个登机口,感觉就消停不了的。

他跟在她身后,有点怯懦,仍是隔着一个空位坐下,便痴痴地看着她。

所有的精神气,所有的自信和骄傲,都在她离开之后,渐渐地消磨殆尽了。

相亲男望着她那洁白的脸庞,泪水便无声地滑落。

"如果时间能重来……"他喃喃地低声说道,很窝囊的感觉。

想必接下来就该说，他一定不会为了两千万而把她抛弃之类的废话吧？

这让她皱起了眉，就是有千般的不好，她印象里，他便不是这样的人。

不论受什么样的挫折或打击，他总能爬起来，正如他的求学，无论多少艰难，他总能找到自己的路，走下去。这才是她欣赏的他，这才是她愿意被背叛了，却仍在心里替他辩护的他。

她用余光瞄着他，目光里便有了些不屑。

"……我一定不会去上那个相亲网站。"他喃喃地这么说道。

不去那个相亲网站，便不会遇到她，那么他就是那个"小镇做题家"里的成功者，是不忘初心的受捐赠者，是创业团队的带头大哥。也许会失败，也许会成功，但他知道，一定不会是现在这样。

他其实一点也不怕失败。因为他还年轻，他整个团队都年轻，就算失败，最多就是大家重新去找工作上班。

至少五年内，他的团队，不会有人担心找不到大的 IT 公司，拿一份丰厚的薪酬。

可以说，他们渴望成功，但对于失败，毫无压力。

如果不是与她相识的话。

"我没有拿那两千万，你听我说，你相信我。"他喃喃地这么说道。

他开始倾诉，在她离开的第二天，他就开始后悔了。

原本他想跟投资人决裂的，但他团队的其他成员马上跟他做了切割。

他一分钱也没拿到，反而背上了两百万的违约金——团队、项目及相关的专利都转让给投资人，从而取得投资方的谅解，所以才会是这么少的违约金。

接着他的团队跟着投资人走，整个项目跟他已经毫无关系。

相亲男一直在找她。

"项目没有，我可以再攒；团队离我而去，我可以再找人。"他望着刘书萱，这么说道。

她终于回过头来，看着他泪流满面的脸。

"但我不能没有你。没有你，我过不下去。"他把脸埋进双手之中，抽搐着，压抑的哭声里有着深重的悲恸，以至于周围的候机人等，都纷纷侧目，看看发生了什么事。

刘书萱张了张嘴，想说什么，而在这个时间，她的手机响了起来，是林静雯打来的，她接通了电话："到了？我在下一个登机口，好，我去找你。"

她起身，快步而去，很快就在原来的登机口看到了在找她的林静雯，她们欢笑着，相拥在一起，然后奔向机场的咖啡厅。

无论如何，在这远行之际，知己别离，天各一方，总得有一点仪式感。

"然后呢？"在机场停车场，坐在车里等着林静雯的石朴，好奇地向她问道。

林静雯递了一杯从机场咖啡厅给他带的咖啡："开车了，啥然后？"

石朴笑了笑，喝了一口咖啡，发动了车子。

然后，当然是刘书萱有没有跟相亲男和解，他们有没有又走到一起之类的了。

但林静雯没兴趣聊，他也就没再往下问。

当车子驶上机场高速公路时，林静雯幽幽地说："我不知道结局。"

她真的不知道，因为相亲男也买了刘书萱同一航班机票，目的地也是那个海外的码头港口。

也许以后会在一起，也许不会，谁知道呢？

"但我觉得不太会。"林静雯想了想，还是给出了自己的看法。

石朴笑了起来："你怎么这么肯定？俗话说，好女怕赖汉，对不对？"

相亲男能这么一路找到刘书萱，能查到她要出国远行，能这么缠到机场，还搭同一航班。这不是赖汉了，这简直是502胶水的赖汉了，甩都甩不脱的程度。

所以，石朴觉得也许现在下结论为时过早。

林静雯想了想，摇头道："成不了，他戏太多了。"

## 第三十八章　坏种

珠江新城的住宅，往往都不会辜负它高昂的价格。从机场回来的刘父，坐在这拥有近乎一百八十度景观的客厅，静静看着华灯初上，璀璨的灯火如何装点着这座不夜的都市。无论是边上今年刚刚开业的K11购物艺术中心，还是略远处林立的华厦，盛世风韵便是这么轻轻柔柔地让人迷醉其中。

"麦兜要几时先到啊？"刘母的声音从刘父身后传来，她把手搭在他的肩上，他侧过头望去，就算常做保养，没有什么明显的斑点、皱纹，但总不复年轻时光泽，正如他渐渐上移的发际线，还有不再矫健的身姿。

他把自己的手覆在她的手上。

谁也没有再开口，刘书萱还要多久才到，这是一个不需要回答的问题。

世界各地的旅行对他们来说，都是驾轻就熟的事，不论是北极点的极昼还是东非大裂谷的动物大迁徙，都是多年前就看厌了的景观。所以从广州起飞之后，多久能抵达目的地，对刘母来说，是近乎常识的事，再不济，她也懂得上网去查找航班时间。

正如这繁华的夜景，并不能带给他们欢悦。

过了不知道多久，她打破了沉默："饮汤啦。"

"好啊。"他笑着点了点头。

起身他才发现，家里竟然没开灯，因为他们从天还没黑，就在客厅里呆坐到现在。

"我忘记煲汤了。"刘母拍了拍自己的额头。

家里其实是有请阿姨帮忙做家务事的，但刘母向来觉得，饭要自己做才香，汤要自己煲才好喝。

可今天不光忘记煲汤，她连打麻将都忘记了。

从下午刘书萱出门，那些麻将搭子发过来的信息，她直接就回了一个"有事忙"。

不忙，只是心里堵得慌。

"出去吃吧。"刘父对她轻声说道。

她点了点头，并没有说什么。

直到下楼之后，在那一线江景的包厢里坐下来，刘母许是看多了，对那窗外珠江夜景熟视无睹，向刘父问道："听说那个相亲男追了过去，麦兜会不会……"

刘父笑了起来，伸手握住了她的手："不会。"

而他还加了一个理由："他戏太多。"

相亲男的戏不是一般的多，他的结果，跟他在刘书萱面前所呈现的现状的确差不多。也就是说，他真的落魄成那样了。

但起因和经历，并不是如他自己所描述的那样。

"我不是散财童子。"他微笑着拍了拍妻子的手。

这其实是当时刘书萱呛他的话，看起来，对刘父而言，他很在意女儿对自己的看法，尽管他从来没有在女儿面前去分辩。

没有成功是偶然的，也没有哪一个脱颖而出的成功者会毫无防御能力。

刘父有他自己的底线和原则，但他实在太懂得如何运用资本去布局了，特别当他抱着那两千万作为风投，愿意跟创始团队试错，全亏掉也在所不惜；而他又是受害者的父亲的情况下，其实也很难对他指责更多。

相亲男的团队很快跟他进行切割，并不是因为他不愿放弃刘书萱，而恰恰是因为他放弃了刘书萱。

刘父手下的职业投资人就是拿这一点，轻易突破了相亲男团队的防线，当然不会去向团队成员直接问"你如何保证，明天他不会如抛弃前女友一样抛弃你？"这样的问题。

但是当团队成员被问道：如果你离开团队，项目是否还能如常推进？你于团队中的不可替代性是什么？那就很难不让人去考虑，果断抛弃了前女友的相亲男，在这种事情上的决绝。

何况还有那位妖艳女郎，一直在他们的团队里提醒着这件事的存在。

相亲男很敏锐，他绝不平庸。一个平庸的人，很难依靠好心人捐赠上完

第三十八章 坏种

名校，然后很快在北上广深，完全通过自己的奋斗，达到这种程度的年薪收入和行业地位。

所以一个不平庸的团队领袖，他很快就发现了团队里的不稳定情绪。

而他是专业的，他并不是依靠关系或是资金成为团队领袖，而是以无与伦比的专业性。

于是他开始启动一位专业"大牛"的传统技能：建立备用方案——一旦团队某个成员出问题，如何保证项目继续。

世上没有不透风的墙，何况创业团队专业领域这么小的圈子。

当团队成员得悉了相亲男的备用方案时，他们很快就取得了共识：为了自己利益的保障，踢开相亲男，直接跟投资人接触，成了他们最为可行的选项。何况，通过那位妖艳的女郎，就可以跟投资人直接接触。

"我并没有亏。"刘父点了菜之后，对妻子这么说道。

相亲男的项目能不能成功？这是一件未知的事。

但在他的团队把他踢掉之后，刘父手下的投资人很轻松地拿到专利，并帮他们走到A轮，然后启动退出机制。这个项目以后如何，已经跟刘父这边没有关系了。

他们在退出时就完成了盈利。

盈利有多少？刘父冲着珠江新城那方向指了指："交完了税，买多几套房子，还是可以的。"

那里房子的单价，这时候，一平方米恐怕至少要十万，一套房子怎么也得上千万。

所以，他真的不是散财童子。

刘母点了点头，她叹了一口气："不知道麦兜什么时候才能嫁出去呀！"

也许因为生活上已经没有别的缺失了，她始终觉得，女儿的终身大事是让她放不下的心结。明显在跟女儿沟通的这一点上，刘父要比她更擅长些："你知道，之前在横琴工地那个姓林的工程师吗？听说他也去了海外的那个码头。那人很实诚。"

其实，刘父还通过其他的渠道，加了那位林姓的工程师的微信好友，看到刘书萱哪怕在离职后，经常第一时间给对方点赞和评论。

"啾！那个得比麦兜大一轮吧！"刘母一下子就激动起来。

刘父摇了摇头："跑工地，看着成熟罢了，也就大六岁。"

这个时候汤端了上来，刘母的脸上有了笑意："饮汤。"

对于足够聪明的人来讲，越曲折的过程，越多的起伏，就有越多的细节可以推敲。

而刘父和林静雯对相亲男的评价出奇的一致，就是戏太多。

如同刘书萱这样的人，她会被骗，除了她完全没有接触过的专业领域之外，那就还有一个可能：她愿意被骗。

是的，只要她愿意被骗，多拙劣的谎言都可以奏效。

也许换句话说，真诚是唯一能让刘书萱接受的路径。

可是相亲男并没有选择这么做。他总在编织一个缜密而复杂的谎言，然后企图用近景魔术一样的手法，来获取原谅和得到认可，这从一开始，就注定他不可能达到目的。

而李亮要比相亲男聪明得多，他选择了更直接的方法。

"我就是喜欢你呀。"李亮剃了个光头，在监狱的接见室对林静雯这么说，甚至他还向边上的石朴做了一个歉意的表情，"石总，这不是我能控制的，我能控制的只能是我自己的行为。"

在判决没有下来之前，犯罪嫌疑人除了律师、家属和监护人，是不允许见其他人的。

林静雯能够见到李亮，就是因为判决已经下来，后者已经开始服刑。

石朴和林静雯通过李亮的家属，咨询到其服刑的监狱，然后提交相关的申请，才能见到这一面。之所以要来探望李亮，是因为林静雯始终没有弄明白一件事，以至于成了她的心结：李亮为什么要做这件事？他的获利点是什么？

其实石朴之前是做了推演的，就是觉得李亮是在权衡之后，放弃了不可能成功的后续行动，因为不论他后续能不能成功，他回避不了石朴的报复，那样的话，他恐怕到了国外，也会面临其他国家相关的调查等。

但林静雯总觉得，这个理由有点牵强，所以她想见一见李亮，在尘埃落定的如今。

结果没有想到，李亮很坦诚，一开口就给出了这样的答案。

他望着林静雯的脸庞，沉溺到回忆中："那天的夜色，其实想起来，也不见得很吓人，但在我的回忆里，比任何一部恐怖片的夜晚都更加可怕。"

李亮所指的夜色，就是他和林静雯从传销窝里跑出来的那天晚上。

当时他躲在一楼的厕所旁边，把自己藏匿在黑暗里。他甚至都不敢站出来，尝试去攀爬围墙，不但因为那围墙上有玻璃碴子，更因为一旦翻越那道围墙，就意味着他做出选择，而必须去承受选择的后果。

"当我软弱时，总会想起你那天晚上的身影。"李亮毫不回避林静雯的目光，缓慢而坦诚，"你从厨房拿起防烫手套，冲出去，扫掉墙头玻璃碴，攀爬上去的身影。"

而想得多了，他才发现，林静雯就是他最后的白月光，仿佛守护着他黑色的行骗人生里最后的良知和人性。

所以，这就是李亮来大湾区的初衷："有人要对付你，有人要布一个局。"

他对林静雯说："我不知道算不算爱，但我可以确认，我喜欢你。那我总得做点什么，对吧？"说到这里，他还向石朴也问了一句："对吧，石总？"

石朴也下意识地点起头来。

所以，李亮就开始做点什么。毫无疑问，他做得很成功，毕竟当一个出色的骗子，处心积虑地反手背刺合作伙伴时，这种伤害是无法估量的，而获刑二十年的唐翔，就是最好的注脚。

林静雯一时不知道该怎么回应，想了想，对李亮说道："四年很快过去，你好好服刑，到时我和石朴一起请你吃饭。"

"好啊，好啊，你们结婚了，要记得给我派喜糖！"李亮就高兴起来。

林静雯一下就脸红起来，而李亮又对她说："我家人在福建工作，石总能不能跟我多聊两句？"对她来说，这是一个避开尴尬的借口，所以她就把石朴留下，自己先在监狱工作人员引领下离开了。

李亮并没有家人在福建工作。

"四年很快就过去，我出去，不会留在国内了，国内已经没有我们这种人生存的土壤。"他对石朴这么说道，说着他苦笑了起来，"一开始还是有侥幸心理的。"

慢慢地就发现，司法制度越来越健全的社会，可以供他行走的黑色空间已不复存在。

所以他果断地自首，把唐翔所有的一切都供了出来。

这也是为什么他只有四年刑期的原因，因为所有唐翔给他的钱物，他都交出来了。

而唐翔要他做的事，或是唐翔那一方面声称李亮去做的事，都没有任何证据证明李亮有去做过。

"你也可以做个好人，以你的才能，好好工作，安安稳稳生活，并不难。"石朴这么对他说道。

李亮笑了起来："去石总的公司上班吗？"

"好啊，你到时来找我，我一定给你安排。"石朴也笑了起来。

李亮忙不迭地道谢。

在离开监狱之后，石朴感觉林静雯的情绪不错。很有可能，是因为林静雯找到了一个她愿意相信的理由——李亮因为喜欢她，而放弃了自己的行动。

这个说法不论是不是真实的，至少是一个让人开怀的理由，石朴并不打算去证伪。

但当过了ETC收费口，车子上了高速公路时，林静雯突然开口："李亮真的是个坏种。"

这让石朴出乎意料，不知道她怎么突然来了这么一句。

"你以后别和这种人来往。"她又这么说道，而且她盯着他的眼睛。

她眼里有一种看透一切的清澈，这让石朴有点慌乱，但很快他点了点头："好！"

林静雯无声地弯起嘴角，笑了起来。

那天晚上，她手里拿的可不是什么厨房的防烫手套，而是童敏的胸罩。

当着石朴的面，李亮这么说，无非就是在暗示，他们之间有着不为石朴所知的秘密。

最后要求跟石朴多聊两句，就是说明，他和石朴之间，也有着不为林静雯所知道的内幕。

这就是林静雯给予他这个评语的原因：他在尽其所能，于林静雯和石朴之间散布不信任的种子。

但这对林静雯来讲，没有太大的用处。

她能够猜到，李亮会突然反咬唐翔，很大可能，是石朴在后面做了一些什么。但石朴从头到尾没有说，那她便也不问。

她甚至都不会去刻意表现，自己猜到了这来龙去脉。

内心足够强大的人，并不需要每时每刻，去向身边人彰显自己的聪明和无所不知。

"好久没跟南哥喝茶了，要不去看看南哥？他今天放假。"石朴这么提议。

而林静雯想了想说："好啊，南哥他家边上那家'双皮奶'，老字号，很不错。"

这让石朴一时之间哭笑不得："你能不能别这样？"

这样说起来，好似是为了吃"双皮奶"，才去探望李建南一样。

"他家街对面那大排档，牛骨汤底，真的用牛骨煲的噢！"林静雯马上换了一种说法。

于是石朴摇了摇头，向她冲出大拇指，决定换一个话题："那好吧，晚上去哪儿吃？"

林静雯一下子就陷入了沉思，因为对她来讲，人生有三个终极问题：中午吃什么，晚饭吃什么，宵夜吃什么。

她一下子就不高兴了，向石朴这么抱怨起来："为什么要问我？"

石朴大笑起来，超过了一辆车之后，对她说："因为你漂亮。"

"哼。"林静雯打开微信，点开童敏的头像，发了一个视频通话请求。

童敏很快就接通了："大雯雯，我在客户这边呢，有啥事快说！"

"你都三个月了，穿那么紧身的衣服干什么？见啥客户呢？他养不起你我养你呀！你怀孕的人，好好在家待着不行吗？"林静雯一接视频就光火，对着电话那头的童敏指手画脚说了一大通。

石朴在边上听着，受不了了，笑着问道："三个月，不至于要保胎吧？"

林静雯摇了摇头发："似乎也对噢，对了，晚上吃什么？"

不过看起来，童敏对林静雯的态度并没有什么太大意见，笑着问他们要去哪个区域，然后很快就给她发了店铺定位。

"看到没有？食神！我妹。"她得意地向石朴炫耀。

石朴连忙表示实在厉害，羡慕得不行。

当他们回到广州才发现，李建南已不住在原来租的房子了。

在新租的房子边上，找了一家茶楼坐下，石朴问起为什么搬家。

4G不是尽头，5G的概念开始被提起，时代在变迁，都市在生长，每个人都在改变。

而李建南会换房子租，是因为他媳妇去了三甲医院当护士长。

"她上班很累的。"李建南看起来似乎永远都不见老，也不见年轻，一如当年初识的模样。他憨厚地笑着，抽着烟，话不多，"你们关照我，我多轻松对不对？她太辛苦了。"

李家嫂子有些不好意思地低头踢了他一下。

轻松，其实跟李建南的工作是扯不上边的。他不但要跟进"碗仔翅"那边几个私房菜连锁店的工作，而且阿强跟他合开的无堂食送餐店，已经开到第三个了。李建南几乎每天二十四小时连轴转，他今天会休息，是因为李家嫂子今天可以轮休。

"南哥，请人吧，我很担心你身体累垮。"林静雯给他倒了茶之后，这么提议。

但李建南很坚决地拒绝了，甚至还拿出体检报告，证明自己一切皆好等。

"可是南哥，你看着真的不是太健康。"石朴禁不住这么说道。

李家嫂子在边上笑道："我也是看着他不太对劲，所以才叫他去体检，没想到数据又都还好。"

那份报告，就是之前李家嫂子供职的那家医院出具的，虽说是小医院，但也是正规的机构。不过李建南的性子，向来是不太喜欢别人同情自己，一根烟没抽完，他就岔开了话题："阿朴仔吼，南哥甲李讲，结婚之后，不要打老婆吼！真的，你赚多少钱都好，我看见打老婆的，就觉得很没出息吼！潮汕妹跟你一起这么多年，很不容易吼，结了婚，不能动手啊！"

林静雯的脸一下就红了起来："谁跟他结婚？南哥你想多了！"

但石朴一下就握住了她的手，四目相对，石朴很坚定地说道："那不行，我不放心让别人照顾你，你要是被用工单位欺负了，蹲地上哭怎么办？"

林静雯一听，抽出手来，弹了他耳垂一下，笑骂道："路痴还有脸提！"

"南哥你看，她家暴我！"石朴捂着通红的耳朵，装作气愤不平地申诉着。

但这个时候，李建南就看见，在他眼里，不论多么艰难也不曾低头的林静雯，幽幽叹了一口气："我家里不会同意的。"

潮汕地区，往往很介意婚嫁的一方不是潮汕本地人。

而如果其中一方，连广东人也不是，那这种歧视和敌意，还有左邻右里舆论上的导向，就会夸张到某种程度。

　　石朴听着这话，一下子就沉默了。因为福建的风俗，至少石朴老家的风俗，也差不多。

　　到了这个环节，南哥和嫂子也沉默了，因为真的不知道怎么劝说。

　　他们因为是广漂，加上跟林静雯和石朴认识这么多年，都默认他俩是一对的了，所以就没有什么地域的偏见。但林静雯和石朴提出来的问题是实际存在的，怎么解决？根本无法解决啊！

　　难道让他们因此而分开？明显那是十分荒谬的事，特别是在现在的这个年代。

　　但家乡那边的舆论，又是客观存在的。

　　"要不，别跟家里说，把证先领了！"南哥出了一个这样的主意。

　　但马上就被李家嫂子狠狠踩了一脚。

　　石朴再一次伸出手，把林静雯的手握住："反正，我不会放开。"

　　林静雯的脸上，却尽是苦涩的笑。

　　人力终有穷。一个地区的风俗，很难以个人微薄之力去改变它。

　　而他们的父母家庭，就是在这样的风俗里成长、生活、老去。

# 第三十九章　比星星更明亮

与朋友小酌，并不在于喝多少的酒，或是吃多贵的饭菜，哪怕李建南新家边上这间破旧的茶楼，装潢陈旧而且碗碟隐约都有细微的缺口，但并不妨碍这一顿饭大家都吃得淋漓尽致，宾主尽欢。

因为，他们是朋友。

"下次还可以过来。"石朴笑着这么说道，随手点上一根烟，大约也只有在这样的茶楼里，才没有很严格地禁烟了。李建南也笑得开心，他其实很喜欢跟石朴、林静雯他们一起聚聚，从他一人打几份工，在看车场时就是这样了，酒一喝下去，本性流露，就少了许多原本的拘谨，只不过，咳嗽声多得有点揪心，偏偏他指间的烟一根接一根，就没有熄过。

临分别时，林静雯把李家嫂子拉到一边，低声叮嘱了一番，然后才叫了代驾过来。

"你刚才走时，和嫂子聊啥呢？"石朴让代驾开车，然后向林静雯问道。

后者开始没有回答他的问题，直到他问第二次，才开口说："我让嫂子抓紧时间，带南哥去再做一次体检。"

"不至于了。"石朴安慰她说道，因为石朴知道她是什么意思。

那就是代检。例如李建南去体检，怕自己过不了关，找一位已经证明是健康的人，最好长得差不多的，然后就拿着李建南的身份证，去过各项体检，最后出来一份合格的体检报告。医生护士的眼睛也不是虹膜检测仪，一天那么多人从眼前过去，又是有心算无心，往往就能得逞。

特别是李建南拿出那份报告，是一个小医院出具的，所以林静雯很怀疑它的真实性。

林静雯叹了一口气："南哥看着真的就不是什么健康的模样。"

她停顿了几秒，想说些什么，就听见坐在边上的石朴，发出了微微的呼噜声。

在她身边，他很安心，跟李建南喝酒，也让他不用去保持绝对的清醒。所以他就醉了。

可以醉，是一种幸福。而林静雯却不敢醉，她习惯于井井有条地安排好每一件事。

可是在这一刻她突然发现，手头很多事情，并不是她所能安排的。

让父母接纳石朴，这是一件不可能完成的任务。

德国那边的厂商，一旦谈判有进展，那就需要大笔的钱。资本家可能因为他们的信仰、理念和利益，关闭合作的通道；但是不会因为理念、信仰的认同而开放技术、专利共享。如果谈判有转机，就需要大笔的现金流。

而海关工作组仍驻在林静雯的公司，这让很多商业上的筹募手段，根本就不敢展开去做。

怎么办？林静雯真的不知道，她甚至不知道，自己下周跟厂商的谈判，是希望有突破好，还是没有突破好？

因为没有进展的话，那她就不用头痛资金的问题，但拖得越久，跟厂商达成共识的机会、通过技术共享来实现国产化的进程就会越迟，同业之中，中低端市场的份额，会被越多的山寨产品、同类竞品占据。

可是有进展，她上哪里去找钱？

"喂，发什么呆？怎么了？"不知道什么时候醒过来的石朴，向她这么问道。

而热心的代驾就在前面插嘴回应，说从石朴睡着半个小时过去，其间他七八次搭话，林静雯一句话也没搭理他，把代驾的司机吓得不行，听他那习惯用语，估计是天津人："我就怕这姐姐有什么不高兴的，一会儿拉开车门往下一跳，我一身是嘴也说不清了，您说是不是这道理？"

石朴笑了笑，并没有加入代驾司机的话题。

他捏了一下林静雯的手："会好起来的。"

"这年头，只要努力肯干，日子总会好起来的！"代驾司机很热情地自说自话。

本来林静雯和石朴有点不高兴，就是明显不想跟他聊天啊。

石朴更是气得不行，他在哄妹子呀！突然出来抢话几个意思？石朴真的拿出手机，就准备向平台投诉这代驾了。

但听了两句，林静雯他们就由着司机自顾自聊下去了。

因为司机是真担心这两人出事，从他的话里，完全可以感觉到这种顾虑："你们还有这么好的车，对不对？就这车，哪怕二手，也得我们奋斗好些年了，搞不好，真的得半辈子积蓄才买得起啊。但我没有你们这车，我也能过，也能开心啊老板！"

然后他说着自己白天送快递，晚上送外卖，打赏高就来代驾："我一个月能赚一万五呢！我这样，就是没读过啥书的乡下人呢，人生没那么难啊老板，总能过去的。"

到了目的地时，林静雯很诚挚地向代驾司机说："大哥，谢谢您，不用担心。"

她没有去解释更多，因为也没必要，但她觉得，自己应该向这位热心的代驾司机道这么一声谢。

"会好起来的，相信我。"石朴送她上楼，在门口道别时，再一次向她这么说道。

她略有些敷衍地点了点头。

石朴没有说什么，有时候，也许热心人的几句话，就能拯救迷茫失意的人；但林静雯这种忧虑，不是靠几句话就能解决的。她没有说为什么，但他大约能猜到。

星星有些黯淡，是路灯亮得耀眼。

因为喝了酒，所以他走到路边打车，有位推着共享单车的外国女孩，长腿金发精致的脸容，几点小雀斑在夜幕下平添了几丝活力，她走过来，用不太灵光的普通话向石朴问话："番禺，番禺。"

她连比带画的，最后还是用上英文，才把她的问题表述清楚，她大约要去番禺某个小区。石朴听着就皱起眉头，她的方向是对的，但这么过去，得近三十公里路程啊！

"嗨，我帮你叫辆出租车，我会给钱，这么晚了，这么远的路，不安全。"石朴想了想，向年轻的她这么说道，做了这么多年外贸，石朴的口语还是很不错的。

但这却让这位外国女孩迷惑了:"为什么?这路上,有毒品?有枪?"

"不,不!怎么可能有这些东西?这是中国!"石朴听着感觉要疯了。

女孩摊开手:"那有什么不安全?"

然后她骑上那共享单车,向着番禺的方向奔驰而去,在这比星星更明亮的路灯下,金色的发丝飞扬着,雀跃着。

"是呀,有什么好担心?"石朴笑了起来,拿起电话拨给了三叔。

大着肚子的童敏,这几天视频通话时,都能隔着一百多公里,感觉到林静雯的愁绪,她先生一有空闲,就开车带她过来广州。当看见一袭黑色长裙的童敏托着腰、抚着鼓起的肚子走进来时,林静雯眼眶一下子就红了。

她绝对不是一个脆弱的人,无论多少风雨和艰难,从来很少看到她情绪的失控。但当看到童敏这么走进来,林静雯真的一下子就控制不住了。

因为她知道童敏是担心她,才专门跑过来的。

"又乱跑,又乱跑,说你多少次了?"但林静雯说出口的,却仍然是嫌弃,甚至她望着童敏的先生,"你也不说说她?她疯你也陪着疯?"

这让陪着过来的童敏的先生有点尴尬:"姐,我劝过她的。"

其实现在就五个月,也不见得真的就要待在家里养胎,真要依靠上班养家糊口,八九个月还在坐公交车上班的,在这现代化的都市里,并不是什么太稀罕的事。

其实林静雯自己公司人事部的女职员,有一位此时也有六七个月的身孕了,只不过她把童敏当成自己的妹妹,不舍得教她受一点罪。

"大雯雯!"童敏一下子就把林静雯抱住了,顾忌着她身孕的林静雯,立刻便不敢动弹了。

终于坐下来的童敏,看着一脸不高兴的林静雯,就乐了:"这还好大雯雯你是女的,要不这孩子呀,要说不是你的,我都不信啊!"

林静雯被她逗着笑了起来,摇了摇头,咬着嘴唇沏了茶:"我没事,不用担心我的。"

这时童敏的先生就开口:"姐,我们公司现在业绩还可以,您这边如果需要,我们还是能尽一点绵薄之力的。"

只要关心一个人,自然有办法了解到她近期到底是为了什么事烦忧。

何况童敏先前跟着林静雯把这公司支棱起来的，就算她退出，大概的经营方向还是很清楚的，所以她能判断得出，林静雯就是缺钱了，她捧着肚子，很直接地对林静雯说道："大雯雯，我们现在真的有点积蓄了。"

林静雯听着就笑了起来，她伸手薅了薅童敏乌黑发亮的秀发："犀利喽！好，要是需要，我就找你们开口。"

人和人是不同的。童敏不是刘书萱，不是林静雯也不是石朴，她向来是洒脱乐天的性子。

所谓"有点积蓄"，林静雯很清楚，以童敏的性子，大约就是三两百万的现金，当然放在北上广深，大学毕业后不依靠家里，不但自己在深圳买了房子，供着房贷，丈夫有自己的广告公司，自己能拿到大几十万年薪，还有两三百万现金积蓄，那也算是过得非常不错了。

可是，对林静雯来讲，两三百万，她现在这公司发一个月的工资都远远不够呢。何况要去跟 HFB 谈专利共享，收购股份。

但童敏的这份情谊却是让林静雯极为感动，至少让她感觉到自己并不孤单。

"中午吃什么？"林静雯决定岔开话题。

事实上童敏的丈夫能感觉到这一点，他本来已经张开嘴，但听到林静雯的话之后，他笑了笑，就没有再往下说。至于童敏，她本来就不是一个逻辑思维很强的人，何况对一个美食爱好者来说，还有什么比讨论"中午吃什么"更能引起她的兴趣？

如果没有其他的变数，那么接下来的话题，大约就是在吃四川菜或是顺德菜抑或是潮汕菜之间选择了。但茶还没有过三巡，石朴就也过来了。

今天的石朴，略带着一点羞涩，以及平时不曾有的腼腆。

童敏是个爽朗的性子，一看石朴这做派，就不乐意了，当场就调侃他："你怎么了？是昨晚去了趟东南亚，还是准备去东南亚？没事，说出来，以后跟我们上女厕所嘛，不会歧视你的！"

本来有些紧张的石朴，被她这么一搅和，就苦笑了起来："车神，求放过啊！"

然后他随手把一个信封递给林静雯，示意后者帮他拿着："你收一下。然后，我有个事想跟你说。"

信封有封口，所以林静雯也就没打开，看着石朴这么郑重其事，就打开保险柜，把它放了进去。她把散落的发丝撩到耳后，坐了下来，一边换茶叶，一边向他道："说吧。"

"我想，咱们要不结个婚？"石朴沉默了几秒，憋出这么一句。

童敏在边上拍着腿狂笑："我服了！有你这样的吗？你至少不是得问一句'你瞧我这人咋样？'然后她说'还行'，你才再说这句的吗？"

"你别那么大动作！"林静雯看着，马上训斥了童敏一句，后者连忙老实坐好，双手捏着耳朵扮出乖巧模样，看着她先生在一旁都笑得不行。

但不管怎么样，至少石朴所有的紧张和不安被童敏这么一打岔，都无影无踪了。

他感觉到这地步了，再遮掩也没用："这样，你要觉得行，咱们也不跟你家里说，也不跟我家里说，咱们就在广州把事办了。"

这座城市有足够的包容，足以让他们抛开所有的桎梏。

她沏了一轮茶之后，把茶壶放下，抬头望着他。

然后，她微微地点了点头。

"但是……但是我没有钻戒，我过几天报销款到账了，咱们再补个求婚程式，你看行不？"石朴有些心虚地这么说道。

"不要答应他！钻戒都没有，你求啥婚呢？"童敏在边上听着就不干了。

甚至她还用手机上网，搜了一些身上挂满金饰的新娘照片："来来，没有钻戒，就按你们闽南的风俗来，黄金的镯子给大雯雯整上百来个！要不然的话，你别想从我手里把她抢走！"

说着童敏一把抱住了林静雯的胳臂，一副不依不饶的模样。

"我现在实在没有钱了。"石朴苦笑了起来。

林静雯拍拍童敏，示意她不要玩了，先松开自己，然后向石朴问道："都在里面了？"

石朴点了点头："都在里面。"

林静雯咬着下唇，沉默了一会儿，向他问道："我要不答应呢？"

"那我也不后悔，我嘴笨，但有些事，我总觉得不是说说而已。"石朴搔了搔脑袋，笑着这么说道。

有些人天生就是吃开口饭的，如同唐翔那样的，他要不开口，就是一个光头胖子,那跟"帅"字压根就不沾边,但只要给他舞台,只要让他站上去,人品操守如何暂且不提,他一口聊起产品,真的整个人都有光了,他就是 top one!

相较之下,刚开始来广州,石朴别说英语,连普通话都说得不利索,要是听他讲话的人,不是福建人或潮汕人,真的要听明白都非常吃力。这么些年下来,能说一口标准的普通话还带点卷舌音,已是竭尽全力了。外贸做了这么些年,英语、葡萄牙语之类的,也算能交流。

但要说一张嘴就光芒四射?石朴不是这样的人。所以他决定去做什么,就不仅仅说说而已。

所谓"都在里面",就是他把自己公司所有的股份,都兑了出去套现。

这是那天晚上,偶遇那位外国少女之后,他才下了决心给三叔打电话:一个没有枪械,没有毒品的盛世,就算从头再来,就算路远些,艰难些,怕什么?

不但打给三叔,而且还打给刘书萱,他把自己那百分之二十平摊给了三叔和刘书萱。

为什么这么做?因为他知道林静雯魂不守舍的忧愁根源在哪里。

林静雯用白云区和钟村那边的厂房做抵押,跟银行借了三千万了,再加上她能动用的现金流,那至少还有五千万的缺口。她在想办法,但明显能想的办法都想过了。甚至石朴看见她在给刘书萱写短消息,写了之后,在发送之前又删除,这样的场景他看过两三次了。

不论是石朴还是林静雯都清楚,一旦跟刘书萱借钱,那么她们的友谊就到此为止。

而且还并不一定能借到钱,刘书萱是绝对不会做散财童子的。

所以,他便做了选择。

他说不出如诗的情话,也学不来舌灿莲花的道行。甚至他害怕自己的表白会被拒绝,开口之前先把那"都在里面"的支票,硬塞到她手里让她放好。

他有自己的倔强。

也许她不接受他的情意,那么他至少不要看着她再为这个资金而苦恼,那样,会让他有揪心一般的痛。

"亏了呢？会亏的哦。"林静雯抬起眼望着他，这么说道。

石朴一脸的无所谓，掏了根烟叼着："再难，也不会比当年更难。"

但林静雯伸手就把他嘴上的烟扯了下来，童敏在边上又狂笑起来，因为那根烟叼反了，如果不是林静雯把它扯下来，石朴就要用打火机点着过滤嘴的那一端。

近十年所有的努力都在那信封里，没有人会真无所谓，又不是含着金钥匙出世的二世祖。

看着石朴有点尴尬地又拿起烟盒，准备再掏一根烟，林静雯白了他一眼说："也别说啥钻戒，你把烟戒了。"

"好，好，我戒，我戒！"石朴笑得像个傻子，把烟和打火机都一股脑扔进垃圾桶里。

童敏看着不住点头："看着行。"然后她向自己的先生说道，"要不咱们也来一套？你先学抽烟，抽上几年抽上瘾了，然后再为我把它戒了？很带感啊，你不觉得吗？"

她先生一脸的哭笑不得，都不知道该怎么接她的话茬。

还好林静雯马上就把他们都轰了出去："你们先去会议室等我，石朴泡茶，去去去！"

因为资金缺口补上了，那她就要开始推动商业计划，而又不把时间耗费在闲聊上面。

至于计划？她在考虑怎么填上资金缺口的时间里，早就做了不下五个方案，每个方案都迭代了七八次的。

所以把童敏他们轰出去之后，马上就把财务总监叫进来。

她打开信封，拿出那张支票，可不止五千万，石朴说连买钻戒的钱都没有，绝对不是开玩笑。有一种幸福感不知不觉在心头滋生，林静雯无声地笑了起来，以至于财务总监吓了一跳："老板，你怎么了？"

然后在财务总监起身准备看她有没有发烧时，她才想起来："对了，我可能要结婚了。"

在财务总监准备尖叫恭喜她的时候，林静雯把支票递给财务总监："入账，我私人借给公司。然后叫黄凤和黄思怡一起过来。你把黄凤那个'仙女仪'的销售情况报表也发过来给我。"

所有的欢呼和恭喜就这么被打断了，情商足够高的财务总监，当然知道这个时候，任何一句工作以外的话都是不合时宜的。

作为CEO的黄凤，还没有弄清楚怎么回事，就被林静雯叫过来汇报近期的工作。

"仙女仪"的销售情况很不错，特别是黄凤以获得诺贝尔奖的水通道蛋白技术来作为噱头，至少在目前看起来，整个裂变状况是良性和向上的。

"我们有专利吗？"林静雯在翻看了销售业绩报告之后，向黄凤问道。

这个问题一下子就把黄凤问住了。

如果面对客户，她有一千种应对的办法，可是面对林静雯，她只能老实地摇了摇头。

"用户都很认同我们的产品，都说有效。"黄凤有些苍白地辩解着。

甚至她还拿出一些用"仙女仪"之前和之后的对比图片，肉眼可见的，用户的皮肤看上去是白了，色素沉淀和皱纹之类也是的确有所改良。

"不要再裂变了，先申请专利。"林静雯想了想，对她这么说道。

黄凤显然不是太认同林静雯的说法："专利申请不太好过啊，我们有生产许可的啊，我们拿了二类许可的……"

林静雯敲了敲桌面："申请专利，然后再做裂变，这事不讨论了。"

她实在没有时间，去一一解释那么多。

不过这些年来，林静雯决策很少出错，并且也比较有预见性，所以黄凤还是马上按着她的意见，去安排后续的一系列工作。

"不用给黄凤订去汉堡的机票了。"林静雯对助理这么说道。

黄思怡坐在林静雯面前时，后者已经把黄思怡参与的几次谈判录音来回听了几次。

当林静雯来回拉动音轨，录音里这一节，黄思怡当时用港珠澳大桥扛下了台风，击碎了外界对奇观式的港珠澳大桥的质疑，来说服厂商，展示中国人的工作态度、中国人的质量要求。

"米歇尔被你打动了，你听，打火机的声音。"林静雯笑着这么说道。

她很了解米歇尔，谈判中，如果后者停下来抽烟，往往就是她被打动了。

林静雯关掉了录音，对黄思怡说道："我要HFB。"

之前黄思怡主张的跟IWA合作的研究机构开始出成果了。而她做了市场调查，HFB 开始派人在渗入这个机构——不论如何，这个机构让 HFB 不安。

"如您所愿。"黄思怡轻轻柔柔地说道，展露出八颗牙齿的笑容，灿烂得让林静雯放心。

# 第四十章 巨浪！巨浪！

婚礼对很多人来讲，可能是一生之中的高光时刻。但对林静雯而言，她其实并不这么看，甚至她心里面是拒绝一场盛大的婚礼的。

当石朴跟她商量请哪家婚礼公司，摆酒选在哪一个酒楼，忙得不行的林静雯都回他一句："都行，随你啦。"

以至于石朴渐渐地都有意见了，在约她出来喝早茶时，忍不住问她："是不是因为没有告诉家里人，所以你不高兴？"

"不是，近来忙，你知道的，尽管交给黄思怡，我还是得跟。"林静雯笑着夹了一个虾饺到他的碗里，看着石朴吃饭，总能让她感觉到开心。

因为石朴不讲什么格调，如果吃面，他会尽量喝光最后一口汤，不论他身上有多少钱。

所以看他吃饭，会让人下意识感觉这饭菜很可口，很有食欲。

"那找哪家公司拍婚纱照，你总要选下吧？试一下婚纱之类的。"石朴向她问道。

林静雯很无所谓地说道："你喜欢哪一套，就选哪一套嘛。"

看着石朴疑惑的表情，林静雯很坦诚地对他说："婚礼只是生活的开始，不是终结。当然我能理解大多数人的思维，所以，我也愿意配合你的演出。但你问我的话，我真的无所谓。"

她的意思，就是感觉盛大的婚礼，就是一场戏，一场演给身边人看的戏。

包括那婚纱的照片，林静雯也是没有感觉的："如果我们能走到最后，白发苍苍的我们，需要依靠浓妆加上精细修图的婚纱照来臆想年轻时的美好？我不希望自己成为这么悲哀的角色。"

石朴惊讶地望着她，然后他笑了起来："那我们就不选婚纱，请朋友们喝一顿酒就好。"

于是她便开心,那种发自内心的笑容,让他感觉比盛大的婚礼更让他满足。

可是事情的结局,往往总是跟一开始设定的模样不同。

尽管石朴为了她愿意不办婚礼,但从海外专门飞回来的刘书萱却不这么认为。

刘书萱下了飞机之后,看到专门来接她的石朴告诉她这个决定,就笑了起来:"所以,你就指望我了?"

她没有跟石朴走向停车场,而是走向T2航站楼地底的地铁站。

石朴苦笑着跟在她身后:"看你说的,怎么叫指望你呢?"

"滚。"刘书萱提膝,作势要踹石朴,因为后者打算帮她拖那个三十寸的巨大行李箱。

她实在太聪明了,一眼就看透了石朴的企图。

其实石朴还是希望举行婚礼的,只是他不忍,或者说他劝不动林静雯。

所以他听到刘书萱回来参加他们的婚礼,就马上跑过来接机:"我这不是看你专门飞回来参加我们婚礼,所以我就想着得先跟你说一声……"

"我要退掉所有股份,如果三叔同意,你不许从中作梗;我退股之后,你马上辞职;我重新投资你,给你百分之十五的股份。"刘书萱停了下来,很突然地向石朴提了三个条件。

石朴搔了搔脑袋,尴尬地笑了起来:"大家朋友……"

"不,我的朋友不多。"刘书萱截住他的话头。

她要这么干,是因为套现所有股份的石朴完全沦为打工仔,让她对自己的投资感觉非常不放心,而且她一点也不认同三叔在经营上的理念:"我和三叔聊过,我退出,三叔是很高兴的。"

三叔有着自己的时代局限性,他更愿意整个公司都是村里自己人。

"那你和阿雯是朋友吧?你用朋友的婚礼来要挟我,不太对吧?"石朴一时也只能这么反驳她,明显刘书萱不可能留时间给他考虑,而是要他现在就做决定。

刘书萱笑了笑,拉着巨大的行李箱,叼着一根没有点着的香烟,往地铁站而去。

"喂，好，我答应你！"石朴追了上来，咬牙这么对她说道。

刘书萱连头也没回，夹着那根没点着的烟挥了挥手："收 email 了，笨！"

然后她很快就拖着那个巨大的行李箱，淹没在人潮之中。

石朴拿出手机，打开平时用的邮箱，有一封信，大约是他打电话给刘书萱，告诉后者他到机场接她时，她发的邮件，内容就一句话：你如果是找我帮忙婚礼的事，我会提条件，不论你答应与否，我都会帮你这个忙。

毫无伤害性，但对智商侮辱性极强的一封电子邮件。

"操！"石朴实在忍不住，自己一个人在机场的停车场里，坐在车上骂了五分钟的粗口。

对专门从海外飞回来的刘书萱，林静雯是有着歉意的，毕竟朋友是专门为了她的婚礼而回来的，所以她扔下所有的工作，拖上童敏，一起跟刘书萱吃饭。

"你返深圳吧，大肚婆。"刘书萱看着童敏，一脸的嫌弃，"你坐这里，我烟都不敢抽。"

童敏皱起鼻子："哼，这里不许抽烟的！"

"包厢啊，我可以偷偷抽嘛。"刘书萱翻了翻白眼，但她还是没点着指间的烟。

不过话题很快就转到了林静雯不愿摆酒的婚礼上。

当林静雯告诉刘书萱，男女双方的家长都没有通知时，刘书萱笑了起来："有新意，有种私奔的感觉，对不对？不愧是我死党！这样的桥段也被你想出来！"

林静雯许是喝了酒，又是跟最好的朋友在一起，她红着脸分辩，其实并不是如此浪漫，只是害怕双方父母的反对。

"当时我记得，我帮人家翻译了一份稿子，拿到两张免费的 SPA 券，对吧？"刘书萱举起酒杯，晃动着杯里的威士忌，"有台机器坏了，店主在求助，你试着帮她，对吧？无偿的，你就是试着帮她，你那时德语很差，可以说不会吧，英语也差。"

说着童敏和林静雯都笑了起来，的确，那时候林静雯虽然过了四级英语考试，但就是所谓哑巴英语，至于德语，那真的完全不会。

刘书萱抬起头望向她："你试了一下，于是……"

她说着，一手夹着没点燃的烟，一手拿着半杯威士忌，就这么张开双手。

　　不知道为什么，林静雯感觉到胸膛里有某些东西被点燃了一样，她一下就抱住刘书萱，就似拥抱着过往与未来，那过往的、将到来的美好的时光，那些纷飞的花瓣，都不曾远去。

　　是的，她试了一下，于是有了现在的事业。

　　她松开了刘书萱，抹了一下眼角："那我试一下？要不等咱们喝完，明天……"

　　"当时你并没有等明天。"刘书萱笑了起来，然后敏捷地躲开林静雯来捏她的手，但随着童敏的加入，刘书萱还是没有逃脱被蹂躏的结局，因为她不敢躲童敏，"大肚婆你小心点！"

　　捏完刘书萱，林静雯一口气就把杯里的威士忌喝完，然后又把刘书萱手里的酒也抢过来，一并喝了，她拿出电话，向母亲发出了视频通话，很快就接通了，家里很热闹，大约是亲戚邻里来家里喝茶。

　　"妈，我要结婚了。"她说了这一句，然后酝酿着勇气。

　　但没有等她往下说，她母亲就在那头问道："好啊，好啊，你跟福建仔石朴在一起这么久，早就该结婚了呀！"然后母亲转头跟在场的亲友又说了一次，就听见彼端一片祝福的声音。

　　林静雯的父亲很快被喊了来，和她母亲一起，开始问在哪摆酒，摆多少桌等。

　　没有人会拒绝被祝福，林静雯当然也不会。

　　在这无数的祝福里，她羞涩地让母亲去问石朴婚礼的细节安排。

　　她只是惊讶，意料中的反对为什么并没有发生？

　　"我小时候，从镇里去潮州，踩单车要两个钟，去汕头市坐中巴得四个钟呢。现在，不论去广州看你，还是去福建，高铁三两个钟头就到了，又没多远。"父亲这么对她说道，但笑着笑着，他就哭了起来，一脸的皱褶，都是浓浓的不舍。

　　"爸，你和妈可以搬过来跟我们一起住。"她跟父亲的关系其实一直都不错，她很不舍得父亲难过。

　　但父亲笑了起来，在彼端看着她的眼里，似乎有年幼的她在奔跑跳跃，他拭去了泪水，只是不停地念叨着，让她要多打视频回家。

对石朴来讲，林静雯母亲发来的微信，简直就是世上最动人的信息了。

他不但如愿举行了婚礼，而且还得到了双方父母的祝福——他在林母的要求下，也打了电话回去，同样的，并没有什么反对的声音，家乡的长辈们在视频通话里给予了他们祝福，尽管长辈的寄语，包括三叔，仍然带着时代的烙印，"要生两个啊，至少得生两个男孩！"之类的。但双方长辈都很一致地觉得，福建和广东也不算太远，两三小时高铁的距离。

不愿远嫁、娶，无非也是舍不得自己的儿女远离。

而现在，已不再是当年。高铁、5G等时代脉搏，把遥远的距离拉近，原本反对的基石不复存在。

时代的巨浪，总会一次又一次击碎那些早已腐朽的枷锁。

"这值得干一杯！"童敏向刘书萱和林静雯提议。

她拿着手机，向好友展示刷到的一条新闻：西昌卫星发射中心成功完成发射任务，嫦娥四号升空。

"你喝牛奶！热牛奶！"刘书萱和林静雯异口同声地对童敏说道。